TALEEN VOSKUNI

Foi mal, cara

Tradução
Mariana Mortani

Copyright © 2023, Taleen Voskuni
Originalmente publicado por Berkley, selo da Penguin Random House LLC.
Direitos de tradução cedidos por Jill Grinberg Literary Management LLC e Sandra
Bruna Agencia Literaria, SL. Todos os direitos reservados.
Tradução para Língua Portuguesa © 2024 Mariana Mortani
Todos os direitos reservados à Astral Cultural e protegidos pela Lei 9.610, de
19.2.1998. É proibida a reprodução total ou parcial sem a expressa anuência da
editora.

Editora Natália Ortega

Editora de arte Tâmizi Ribeiro

Produção editorial Andressa Ciniciato, Brendha Rodrigues, Manu Lima
e Thais Taldivo

Preparação de texto Beatriz Araújo

Revisão de texto Alexandre Magalhães, Carlos César da Silva e
Luiza Hidalgo

Design da capa Katie Anderson   **Ilustração da capa** Liza Rusalskaya

Foto da autora Nazya — Clouds Inside Photography (@clouds_inside)

Dados Internacionais de Catalogação na Publicação (CIP)
Angélica Ilacqua CRB-8/7057

V932f

    Voskuni, Taleen

      Foi mal, cara / Taleen Voskuni ; tradução de Mariana Mortani.
— Bauru, SP : Astral Cultural, 2024.
    384 p.

    ISBN 978-65-5566-483-6
    Título original: Sorry, bro
    1. Ficção norte-americana I. Título II. Mortani, Mariana

24-3058   CDD 813

Índice para catálogo sistemático:
1. Ficção norte-americana

BAURU
Rua Joaquim Anacleto
Bueno 1-42
Jardim Contorno
CEP: 17047-281
Telefone: (14) 3879-3877

SÃO PAULO
Rua Augusta, 101
Sala 1812, 18º andar
Consolação
CEP: 01305-000
Telefone: (11) 3048-2900

E-mail: contato@astralcultural.com.br

Para minha irmã,
minha mãe
e minha terra natal.

Uma boa menina vale mais que sete meninos.

Լաւ աղջիկը եօթը տղի համ կուտայ:

— *Provérbio armênio*

1

Uma vez lançadas, as flechas, assim como as palavras, não retornam mais.

Նետն ու խօսքը դուրս թռչելէն վերջ այ ետև չեն դարնար:

— *Provérbio armênio*

Passo por um grupo arruaceiro de nerds e uma garçonete com um traje típico alemão parecido com o que ganhei de presente do meu namorado, Trevor, graças ao seu fetiche — que ele não admite ter — por garotas servindo cerveja. A música polca soa pelos alto-falantes. Os clientes estão batendo nas mesas e cantando. O clima abafado do restaurante só perde para a sensação de entrar em um carro quente com todas as portas e janelas fechadas.

Estou atrasada para encontrar Trevor, mas qual é a novidade? É difícil me safar da minha família e das obrigações familiares (neste caso, organizar o chá de panela da minha prima Diana). Minhas mãos estão doendo de tanto manusear punhados de rosas espinhosas e enrugadas para pressioná-las nos arranjos de flores. Esfrego uma na outra, ansiando por alívio.

Avisto Trevor. Ele está digitando loucamente no celular, com aquela cara que faz quando está superconcentrado no trabalho, o que é impressionante porque estamos no meio de uma festa de polca cheia de homens barulhentos. Ele está com seu penteado habitual de *Psicopata americano* (palavras dele, não minhas) e vestindo um suéter de zíper, por mais que a temperatura esteja batendo um milhão de graus. Com todos esses detalhes, ele aparenta ser o típico advogado nerd e malvado de São Francisco — tirando a parte do malvado, porque Trevor é um ursinho de pelúcia que por acaso gosta de seguir a lei das patentes à risca. Chego com tudo na cadeira à sua frente e solto logo minhas desculpas.

O rosto dele se ilumina, e, por algum motivo, me sinto muito culpada.

— *Schatzie*! Você está deslumbrante. Muito gata. Que bom que lembrou de se arrumar.

Não me lembro de ele me pedir para ir arrumada, mas ainda bem que hoje mais cedo escolhi meu poderoso vestido vermelho na tentativa de impressionar meu chefe e persuadi-lo a me dar uma história importante para noticiar em vez das banalidades de sempre que me são atribuídas. Acabei gravando o seguinte segmento de notícias: "Unhas encravadas: seriam elas assassinas silenciosas? Um médico local avalia.". Então, pois é, a roupa não funcionou. A lembrança de meu chefe rebatendo publicamente meu pedido, com uma resposta cheia de crueldade desacerbada, deixa meus nervos à flor da pele.

Arrasto a cadeira pesada de madeira para mais perto da mesa.

— Você sabe como minha família é. Não dá pra chegar e ir direto ao ponto. Temos que fofocar e reclamar de algo por uma hora antes de fazer qualquer coisa.

Não sei por que estou reclamando delas. Tudo bem que minha mãe ficou me infernizando para ir a um evento armênio superimportante que acontecerá este mês (estou revirando os olhos) e tantig Sona não parava de reclamar do calor, mas houve um instante — quando a luz de fim da tarde característica de junho incidiu na sala e em tudo, e todos brilharam sob tons de amarelo enquanto o ambiente era preenchido pelo aroma de bolo de *buttercream* — em que me senti em paz. Terminamos os preparativos, mas ainda há muito a fazer, e me senti péssima por deixá-las e, ao mesmo tempo, horrível por estar tão atrasada para esse encontro.

— Ah, eu sei. Sua família armênia maluca. O grupo de mulheres mais barulhento do território continental dos Estados Unidos. E o que vocês vão dar mesmo para as pessoas amanhã, nesse chá de panela?

Dou um sorrisinho porque não é culpa dele; eu reclamo da minha família com frequência, e ele acaba internalizando. Mas também, como ele pode debochar do barulho se este lugar aqui é o seu restaurante favorito na cidade? Um sino toca repetidas vezes, e um monte de garçonetes desfila pelos fundos, entregando copos de cerveja no formato de botas para outro grupo de nerds no canto.

Trevor olha carinhosamente para a tela do celular, e torço para que ele não esteja prestes a contar suas aventuras da Oktoberfest de 2009 mais uma vez.

Antes que ele tenha a oportunidade de dizer algo, respondo rapidamente:

— Umas lembrancinhas aí.

— Lembrancinhas. Vão dar protetores de ouvido enfeitados para todo mundo, é?

Ele ri sozinho, e fico irritada, pois isso me lembra de Mark, meu inimigo do trabalho. Eca, não. Trevor é zero parecido com Mark, que passa por cima do que for preciso para conseguir qualquer matéria notável e depois se gaba pela redação, todo satisfeito. Diante das câmeras, ele faz perguntas rudes e invasivas às pessoas que sofreram traumas, mas nosso chefe engole tudo. Para me distrair da ideia de Trevor ser parecido com aquele homem, examino o cardápio.

— Então, estava pensando no frango *jäger*...

— Já pedi: *sausage extravaganza* para dois. E uma surpresa.

Eu odeio surpresas. Minha esperança é de que ele esteja se referindo ao *strudel* de maçã no cardápio de sobremesas, o que seria uma novidade e tanto, já que ele sempre pede a torta de mirtilo. Ou talvez ele tenha comprado uma das cabeças de veado que estão penduradas na parede. Até que são legais, embora tristes, e Trevor andou comentando que queria fazer uma oferta por uma delas. Lanço um sorriso sem graça para ele e começo a me abanar com o cardápio igual a tantig Sona.

— É especial estarmos no Diekkengräber esta noite, *ja?* — Trevor é apenas um quarto alemão, e seu sobrenome, Milken, é irlandês, mas ele se formou em alemão, estudou em Munique e ainda é fluente. Então ele pronuncia o nome do restaurante naturalmente, com um sotaque perfeito, e não como eu o pronuncio, que mais parece uma variante de "agarrador de pau" em inglês: *dick grabber*.

— *Ja* — tento sorrir ao responder "sim" em alemão, pois presumo que está se referindo ao voo para a Alemanha que ele pegará amanhã ao meio-dia.

Trevor está ajudando um dos sócios em um caso de litígio de patente com um fabricante de bicicletas elétricas. É algo importante, então preciso me recompor por ele. Estou exausta por passar um dia inteiro filmando e editando — apesar do material pouco inspirador —, e depois teve toda a correria para ajudar com o chá de panela e, em seguida, enfrentei uma hora de trânsito estressante para chegar à cidade. Mas faz semanas que Trevor vem falando sobre este encontro no *dick grabber*, e estou usando meu vestido vermelho, é sexta-feira, e tenho só vinte e sete anos, então devo ter energia guardada para isso.

— Vou sentir muito a sua falta, *schatzie* — diz ele, com aquela vozinha doce e irritante. Debaixo da mesa, sua mão aperta meu joelho um tanto forte demais. Eu não estremeço.

O apelido significa "tesouro" em alemão, o que é fofo, mas, desde que começou a me chamar assim, ele parou de pronunciar meu nome de verdade, Nareh, e até mesmo meu apelido, Nar.

— Eu também — respondo, consciente de como soo ao tentar imitar o tom dele. — Mas você estará de volta logo, logo.

— Em três semanas — murmura ele, meio abalado.

O restante de junho e início de julho. Deveria parecer muito tempo, mas tenho a sensação de que quase um mês longe dele vai passar voando.

— Continuo fingindo que é menos tempo — digo. Não sei por que estou mentindo. Acho que quero deixá-lo feliz.

A garçonete deposita a garrafa de champanhe e as duas taças na nossa frente. O rótulo diz "Cristal 2010", e fico com mais calor ainda, porque essa deve ser uma garrafa de quinhentos dólares. Jesus, ela tem cinco anos; deve ser ainda mais cara. Então vejo o sorriso largo no rosto de Trevor, que o faz parecer o Gato de Cheshire.

— Estamos comemorando sua viagem? É uma... — dou uma gaguejada — ... uma despedida meio extravagante.

Com uma cara de travesso, ele responde:

— Ah, estamos comemorando algo, sim.

Ele se levanta e se posiciona entre a nossa mesa e a do lado, sem perceber que derrubou uma caneca de cerveja com a bunda porque o barulho aqui é ensurdecedor, e, de repente, está ajoelhado na minha frente. E, ai, meu Deus, ele pega uma caixa azul-escura, e eu sinto minha pulsação nos ouvidos. Estou segurando a cadeira com firmeza, como se fosse a única coisa me impedindo de escorregar até o chão. Ele abre a caixa, e a mulher na mesa ao nosso lado fica boquiaberta porque o diamante é enorme pra caralho — não há outra maneira de dizer isso —, e me dou conta de que ele tomou uma decisão burra: levou a sério aquela regra que diz que deve-se gastar três meses de salário em um anel de noivado. Ele ganha muito mais do que paga impostos, mas ainda tem uma grande dívida estudantil. Isso faz com que eu me lembre do meu pai e da segunda hipoteca, da qual ninguém sabia, que ele nos deixou quando morreu, mas não quero pensar nisso agora.

Trevor está radiante.

— Nareh Bedrossian. — Ele cospe meu sobrenome, como se o tivesse passado por um picador de madeira. — Você aceita ser minha esposa? Aceita ser Nareh Milken?

Metade do restaurante está olhando para mim, e a outra metade continua festejando, gritando, rindo e se empurrando. Milken. Que lembra leite. Ai, meu Deus, farão ainda mais piadas sobre meus seios pelo resto da minha vida. Ou eu poderia fazer uma cirurgia de redução de mama. Não, minha mãe me mataria.

— Você… Você já contou para minha mãe?

Seu sorriso vacila um pouco, mas ele não se deixa abalar.

— Não. Eu não queria que sua mãe atrapalhasse este lindo momento. Da nossa união.

Então ele se vira e faz um gesto de "venha aqui", e percebo que o calor está definitivamente me causando alucinações, porque posso jurar que vejo Mark H. Shephard, meu inimigo número um do trabalho, empurrando outros fregueses para poder passar, munido de seu microfone e com um cinegrafista carregando um equipamento enorme de filmagem, daqueles que geralmente só se usam em grandes histórias. Ele vem em minha direção e passa o microfone no meu rosto de um jeito que sujo o objeto inteiro com meu batom vinho. Trevor e Mark se cumprimentam com um *high-five*, o que embrulha meu estômago, e Trevor pressiona a testa na minha enquanto pergunta:

— O que me diz, *schatzie*?

O rosto morto do veado com chifres na parede me encara, e desejo estar ali, suspensa ao lado dele. Chega de decisões, chega de fracassos, chega de pessoas decepcionantes, chega de...

Estou escorregando, caindo, e a última coisa que sinto é uma dor na nuca.

O rosto de Trevor está na minha frente, os olhos arregalados, e ele está desesperado e cuspindo ao falar, e, ai, meu Deus, tudo me vem à mente quando avisto Mark parado em segundo plano. Na verdade, ele está rindo enquanto estranhos se empurram para ver a garota que desmaiou.

— Temos que ir — sussurro para Trevor.

Trevor me levanta do chão, e minha visão fica embaçada por um instante. Pessoas que nunca vi na vida perguntam como estou, e eu lhes dou um sorriso televisivo e digo que estou bem, e agradeço. Minha cabeça para de girar, e saio do restaurante me certificando de esbarrar com força em Mark, sem dizer nada, enquanto ele grita: "Ei!". Por que fiz isso? Estou puta da vida. E não apenas com Mark, por ele rir de mim, mas com Trevor e essa ideia de pedido romântico de casamento — neste restaurante, com todos os clientes bêbados —, e em parte comigo mesma por... por... Não sei por quê! Mas fiz algo errado e vou descobrir e punir a mim mesma.

Ao chegar lá fora, o frio é instantâneo. A névoa cobre tudo, camada após camada, nos engolindo como ondas. Em algum lugar do Distrito da Marina, uma buzina soa, longa e profunda. Deve ser um mês de junho quente e idílico no resto dos Estados Unidos, mas estamos em São Francisco, onde o verão é sinônimo de neblina implacável e ventos nevoentos. Trevor está atrás de mim, a porta do restaurante tilintando atrás dele. Preciso chegar a um de nossos carros antes que a umidade acabe com a minha escova. Tinha trazido um lenço para enrolar no cabelo, mas não volto para aquele restaurante de jeito nenhum. Estará nos achados e perdidos amanhã.

Trevor está me seguindo. Ouço o barulho de seus pés, mas não olho para trás, não ainda.

— *Schatzie*! Fala comigo.

Chego ao meu carro, abro a porta e me viro para ele.

— Entra.

A neblina e a luz dos postes da rua encobriram tudo com um tom acinzentado de amarelo. Enquanto ele se senta, vejo que está segurando a garrafa de champanhe. Prioridades.

Este é Trevor, meu namorado há cinco anos — quatro e meio, sendo mais exata —, que tem sido uma fonte de imensa bondade em minha vida e que estou prestes a magoar muito. Mas, por dentro, estou gritando. Tenho de fazer isso.

— Você vai viajar amanhã, vai ficar fora por quase um mês e me solta isso assim, do nada?

Ele parece aliviado.

— Não ia conseguir esperar até voltar — explica, segurando minha mão. Está quente e suada. — Estou muito animado com o que temos e com o nosso futuro. E é um pouco romântico: seu noivo no exterior, e você em casa, aguardando o retorno dele.

Embora eu ame romance, algo nisso me parece nojento. Trevor acha que vou ficar me lamentando enquanto ele estiver vagando por aí. Meu Deus, essa situação toda. Desde a maneira como ele fez o pedido, até o fato de ter incluído Mark, a câmera e aquele restaurante horrível. E ele ainda acha que foi romântico. Antes que eu consiga pensar melhor, minha boca cospe as palavras de forma clara e sem emoção alguma:

— Talvez você ficar fora por um mês seja bom.

Seu dedo indicador sobe e desce pelo gargalo da garrafa, e me dou conta de que o ano que ele escolheu, 2010, foi quando começamos a namorar. Sua voz sai insegura:

— A ausência faz o amor aumentar. Você entende.

Esse é o problema: eu não o entendo. E ele não me entende. Mas até que tivemos momentos de conexão, não tivemos? Como naquela vez em que peguei uma doença ocular no evento da TechCrunch Disrupt e ele me enviou um buquê de íris, para que eu me sentisse melhor por não poder trabalhar até que meu olho deixasse de parecer uma cena de crime sangrenta. Aquilo foi legal. Porém, o que mais? Sua proposta desastrosa está me fazendo reavaliar tudo. Fui feliz com Trevor. Fui mesmo. Tudo bem que recentemente comecei a assistir a reprises de *Big Love*, a série mórmon polígama, porque a obsessão das esposas pelo marido me inspirou a ser uma namorada melhor. Não parei para pensar que provavelmente eu estava era pedindo socorro. Preciso recusar o pedido de casamento. Tudo em mim está gritando "não", um coro colossal de "nãos".

Mas tenho medo de expressar isso. Não aguento olhar para o rosto dele, para seu lindo nariz de esquiador, para seus olhos cansados de tanto analisar a papelada do trabalho. Seus lindos traços sempre me atraem de volta. Seu rosto tem essa inocência que sempre me faz acreditar que ele está agindo de forma genuína e cuidadosa.

Até que eu abro a boca.

— Não. — Olho para minhas unhas, o esmalte lascado nas pontas. Preciso retocá-lo antes do chá de panela amanhã. — Não, quer dizer, preciso desse tempo para pensar. Sobre isso e sobre nós.

Estou mesmo fazendo isso. Parte de mim está tipo: *O que há de errado com você? Ele é fofo, inteligente, leal e te adora.* Mas há um *porém* que não consigo articular, e tem ligação com o fato de não ter contado à minha mãe, por achar que ela atrapalharia, conforme ele disse.

Trevor está imóvel.

— Está falando sério?

Assinto, e então ele cobre os olhos, talvez esteja chorando ou tentando não chorar, mas não direi nada a respeito. A noite é reverente neste silêncio momentâneo, com apenas as luzes dos postes e as vermelhas da parte traseira dos carros, borradas ao longe. Prendo a respiração, esperando por ele.

Ao tirar a mão do rosto, ele funga alto para abafar o choro.

— Isso é tudo minha culpa. Eu devia ter conversado com você. Queria que fosse grandioso. Katie me disse que eu deveria levar você a um restaurante que significasse algo para nós, fazer um grande gesto, algo inesquecível que daria uma ótima história. — Ele faz uma pausa. — Acho que já resolvemos a parte da história.

É claro que Katie tem dedo nisso. Katie é a bibliotecária jurídica no escritório de Trevor e, por acaso, sua melhor amiga do trabalho. Já estive com eles em jogos de beisebol patrocinados pela empresa o suficiente para saber que ela está completamente apaixonada por Trevor (mas ele me ignora sempre que menciono isso, dizendo que ela está sendo apenas amigável). Eu meio que a odeio, mas também não tanto. Ela é superinteligente, sarcástica e descaradamente idiota, e eu confio em Trevor. Essa confiança devia ser suficiente para um casamento. Mas só de pensar na palavra "casamento", meu estômago embrulha.

— Isso é o que *Katie* quer para o pedido de casamento dela — afirmo.

Estremeço, sentindo o frio finalmente me atingir dentro do carro. Quero dar partida, mas seria rude.

— Você está decidida mesmo. E eu estou indo viajar. Três semanas é muito tempo longe. É como um término.

— Não — digo depressa. A ideia de estar sozinha, totalmente sozinha, é assustadora. Nenhum de nós quer isso. — Eu preciso entender melhor algumas coisas, e prometo que não é sobre você.

Eu não devia ter sido tão enfática na parte do *não é sobre você*, porque ele definitivamente tem algo a ver com isso. Trevor saca a caixa azul-escura novamente, mas não a abre, e diz, baixo:

— Você tem ideia de quanto gastei neste anel? Fiz isso por você. Quero que seja feliz.

Mas eu nunca pedi isso. A lembrança do meu pai retorna, ele sempre tentando acompanhar o ritmo dos caras brancos do *country club* e nos sobrecarregando com dívidas que só descobrimos depois que ele faleceu. Ai, meu Deus, não. Ele tira o anel da caixinha e pega minha mão — quero tirá-la dali —, só que acontece muito rápido, seus dedos ossudos já estão em torno dela, e ele desliza o anel até a junta, e ele fica ali. Por puro instinto, termino de enfiar o anel; tipo, não podia deixá-lo cair do meu dedo e não queria que Trevor o colocasse. Fico chocada com quão perfeitamente ele se encaixa. É impressionante, sendo bem sincera. Mas...

Ah, não. Trevor me abraça, como se o fato de eu ter colocado o anel fosse algum tipo de acordo. Mas seu abraço é gentil. Seus pelos bem aparados do pescoço arrepiam meu nariz. Ele tem cheiro de sabonete masculino, montanhas frescas de pinheiros, e isso me lembra por que sobrevivemos a todos esses anos. Talvez eu esteja sendo injusta. Eu sei o que os juízes do Reddit diriam: "Levem-na para a masmorra das namoradas mal-agradecidas". Mas, eca, na única vez em que postei lá, pedi conselhos sobre dieta e exercícios, juntamente com uma foto sem rosto, e recebi comentários como "se ela perdesse uns vinte ou trinta quilos, eu até cogitaria ficar com ela". Essa não devia ser minha bússola moral. Ainda assim, quero propor uma solução a Trevor.

Com a mão direita, toco a lateral do anel.

— Se for pedir muito, você pode terminar comigo agora — digo —, mas eu queria um tempo para pensar enquanto você estiver fora. Depois podemos, hum, nos encontrar de novo.

— Isso não é uma simulação da ONU. — Ele pega a garrafa de champanhe e, ao mesmo tempo, abre a rolha com a mão mais habilidosa. Eu pulo com o estrondo. A garrafa fumega, e ele não espera que o líquido se acalme antes de erguê-la e tomar um gole grosseiro, seguido de outro. Ele não me oferece nem um pouco, não que eu fosse aceitar. — Caramba. O que eu fiz de errado? Foi o timing?

Não consigo me segurar.

— Você trouxe o Mark, por exemplo. Eu odeio ele.

— Você fala dele o tempo todo. Achei que ele era a sua Katie.

Sinto uma pontada de ciúme da maneira familiar como ele fala sobre ela. Esse sentimento é seguido de irritação. Não acredito que ele não consiga enxergar. A maneira como ela inclina a cabeça quando ele está falando. O contato visual que ela nunca interrompe com ele, e só com ele. Os luxuosos presentes de Natal que sempre compra para ele, tipo o relógio Fitbit em seu punho.

— Katie está apaixonada por você — murmuro.

Ele dá outro gole na garrafa, e agora sinto o cheiro das uvas fermentadas apodrecendo ali dentro há cinco anos. A porta do carro é aberta, e ele sai com metade do corpo para fora.

— Ciúme não combina você. E sabe de uma coisa? Se queria sua liberdade, então conseguiu. Você não pode terminar comigo. Eu é que estou terminando com você — esbraveja ele, mas, assim que diz isso, sua expressão é hesitante, como se não tivesse planejado fazer isso e ficasse chocado com o sentimento. Com menos fervor, ele acrescenta: — Você entendeu, pelo menos durante um mês.

Trevor não sai, espera como se quisesse ver como vou reagir. Eu me inclino em sua direção e tensiono um músculo na lateral do corpo, que soa como um cordão arrebentando. Massageio bem o local e estou prestes a implorar, reclamar ou pedir mais esclarecimentos, mas tudo que solto é um "ai" antes de ele me interromper e dizer:

— A propósito, este champanhe está incrível. Você perdeu. — Ele fecha a porta do carro com certa graciosidade.

Eu encaro o meu dedo. O anel ainda está nele, opaco, sem brilho em meio à neblina.

Quando o poço seca, seu valor é conhecido.

Չրհորը շորնալէն վերջ յարգը կը ճանչցուի:

— Provérbio armênio

— *Nareh! Você* pulou a mesa inteira. — A voz da minha mãe me atinge, interrompendo meu devaneio.

É a manhã seguinte à proposta de Trevor, e estou no *country club*, arrumando o chá de panela de Diana. Geralmente eu fotografo a decoração e posto as melhores fotos no Instagram (meus trinta mil seguidores *adoram* conteúdo floral), mas, em vez disso, tenho deixado minha mãe mandar em mim à vontade. Minha mente vaga pelas vastas e caóticas lembranças da noite passada, tentando dar sentido a tudo. Não posso retirar o que disse. Por que não gritei "sim" e dei um abraço apertado em Trevor? O que tudo isso significa, falando principalmente do meu status de relacionamento? Como é que a única coisa que está me deixando lúcida neste momento é quão justo meu vestido está? Qualquer coisa com zíper é um inferno para mim; por que faço isso comigo mesma?

Mas, de certa forma, estou grata pela distração. Minha mãe e eu criamos algo primoroso e adorável. Uma hora atrás, este era um espaço insignificante (ok, um espaço insignificante naturalmente bonito com um clássico painel de madeira lambri), porém conseguimos transmitir um clima de festa ao ar livre mesmo estando aqui dentro. Usamos delicadas toalhas de mesa rosa, pratos na cor champanhe e louça de porcelana branca, com talheres dourados alinhados em todas as mesas. Nossos buquês são as peças centrais, com fitas de seda caindo em torno de velas de chá e romãs douradas. É um paraíso do Pinterest, e Diana vai adorar (tomara que, em algum momento, eu saia do modo zumbi para conseguir tirar uma foto decente da mesa).

— E — diz minha mãe, acenando para mim com um cartão que vamos usar em um jogo durante o chá — você colocou dois desse em todos os lugares. Onde é que está com a cabeça?

Os convidados chegarão em breve, então não me surpreende a paciência da minha mãe estar se esgotando. Mesmo frustrada, ela está muito bonita, usando um vestido com um corte reto na cor turquesa e um longo colar de ouro. Sempre que minha mãe está usando dourado e um tom claro de azul, acho que ela fica parecendo a Cleópatra. O cabelo está como sempre: tingido de castanho-escuro, repartido ao meio, com os fios alisados lutando contra os cachos ondulados e volumosos na parte superior, e penteado para trás das orelhas com spray fixador da marca TRESemmé nível quatro. O meu está parecido, porém é mais longo, e refaço os cachos depois de alisá-lo. Cabelo ocupa grande parte da nossa vida.

Minha querida avó Nene também está aqui, com um vestido floral verde. Está entediada porque se recusa a ajudar em atividades tão frívolas como decoração (sorte a dela). Ao ouvir minha mãe me repreender, ela reage e segura minha mão por um instante. É um toque ameno e macio. Depois, ela relaxa na cadeira onde está lendo um livro de Proust em seu idioma original, o francês — nossa, quem me dera ter ao menos um terço da classe dela.

Preciso contar à minha mãe sobre Trevor. Eu já devia ter tocado no assunto; achei que precisava processar tudo sozinha primeiro, só que não estou chegando a lugar algum por conta própria. Mantenho o tom casual em minha voz, tentando fazer parecer que a situação é totalmente hipotética.

— O que você diria se eu te contasse que Trevor me pediu em casamento?

— Casamento? — pergunta ela, com uma explosão aguda na primeira sílaba, e apoia os cartões na mesa. — Quando foi que isso…? E você só está me contando agora?

Nene tira os olhos do livro ao ouvir a exaltação de minha mãe, e então se acomoda novamente. Tiro alguns fiapos da toalha de mesa.

— Ontem à noite, quando saímos.

— Você guardou esse segredo a manhã toda? Escondeu de mim? Inacreditável. — Ela levanta os cartões, depois os abaixa. Então, olha para as minhas mãos. — Cadê o seu anel?

Involuntariamente, toco meu dedo anelar. Deixei o anel em casa, mas foi uma decisão circunstancial, como quando eu o estava usando no momento em que Trevor saiu furioso. Mandei uma mensagem para ele de manhã, antes de sua viagem, e ele não me respondeu. Acho que estamos mesmo dando um tempo. Quer dizer, eu nem aceitei o pedido do cara. Não posso culpá-lo por me abandonar, seja de forma temporária ou não.

— Tirei porque não queria desviar os holofotes da Diana, mas principalmente porque não disse "sim".

Ela hesita, assimilando minhas últimas palavras, então toda sua feição se ilumina. Ela se benze duas vezes e diz:

— Graças a Deus. Ele não era o cara certo para você, meu anjo.

Então, como se nada tivesse acontecido, ela começa a colocar o restante dos cartões para o jogo na mesa posta. Eu a sigo, meio indignada.

— Bem, eu também não disse "não". E o pai sempre gostou dele.

Isso é eufemismo. Meu pai bajulava o Trevor. Achava que ele era exatamente o tipo de cara com quem eu deveria estar, dentro do estereótipo de garoto estadunidense que faz a barba com regularidade e usa sapato casual de couro. E Trevor estava comigo na noite em que meu pai morreu. Ele me viu totalmente desamparada e continuou sendo gentil mesmo depois de muitos meses, quando eu já estava cansada de fingir o dia todo que estava bem. A lembrança faz meu estômago doer. É isso que alguém deve querer em um relacionamento. Certo?

Minha mãe suspira.

— Trevor foi criado como seu pai gostaria de ter sido criado. Ele queria ser o Trevor, alto e estadunidense, com diplomas universitários.

Lá no início, meu pai gostou dele logo de cara. Dava dois tapinhas nas costas de Trevor, chamava-o de "meu garoto", e a felicidade dominava seu rosto, seu bigode crescia junto ao sorriso. Sinto falta de vê-lo daquele jeito, do orgulho que sentia de mim por ter escolhido tão bem. Sinto um frio na barriga quando penso o que meu pai acharia agora.

Minha mãe continua:

— De qualquer forma, é a sua vida. Não estou dizendo o que deve fazer, só estou dando minha opinião sobre vocês juntos. — Ela vai até a mesa de sobremesas para arrumar os cupcakes que eu já havia arrumado.

Em outras palavras, por concordar com a minha decisão de não aceitar o pedido de Trevor, ela não vai se empolgar e falar sem parar suas *opiniões* de sempre. Nada a impediu antes: lamentou-se quando ele brincou dizendo que os *sarmas* que ela cozinhou pareciam lesmas do fundo do mar, ou como ela sempre quis que eu estivesse com um homem elegante, e já insinuou que algumas pessoas simplesmente não pareciam ser um casal. Minha mãe também falava nomes aleatórios de alguns caras do nada, como Sako Berberian ou Armen Shamlian, e comentava que eles eram jovens impressionantes cujos pais eram farmacêuticos ou professores e, uau, eles ainda estavam solteiros; que sortuda seria a mulher que conquistasse um deles. Ela nunca tentou me impedir de ficar com Trevor, porque ele é bonito e tem uma carreira promissora, e essas virtudes são muito importantes para minha mãe. Mas ela sempre se mostrou passiva-agressiva em relação a ele.

Por isso me pergunto se, no fundo, a opinião da minha mãe a respeito de Trevor me influenciou. Se essa foi a verdadeira razão pela qual eu o rejeitei ontem à noite. Ela sempre esteve ali, rondando todas as minhas decisões, mas, com Trevor, pensei que a havia bloqueado de meus pensamentos. Ele é um cara branco, um *odar*; ela podia falar o que quisesse dele, pois não me faria mudar de ideia. Só que, meu Deus, é claro que ela entrou na minha cabeça. Lá vem aquela sensação de novo — o vestido de festa me sufoca.

Minha mãe se vira de repente.

— Espere. Ele não está na Dinamarca neste momento?

— Alemanha. — O primeiro amor dele.

— Ele trabalha muito e vai chegar longe. Isso é algo positivo nele. — Cada consideração dela sobre Trevor é como um tapa, mas minha mãe é assim. Ela ajeita as fitas de uma mesa próxima. — Então o que você vai fazer durante esse tempo? Uma lista de prós e contras como naquele programa? Você sabe, com a mulher loira. A alta? Às vezes o cabelo dela está oleoso na parte de cima...

Ela se interrompe, como se tivesse sido possuída. Sua mão está parada sobre uma romã dourada da decoração.

— Você vai para o Explore a Armênia — sussurra ela.

Demoro um segundo para perceber que ela está falando daquele grande evento armênio que acontece a cada três anos, aquele sobre o qual ela estava me importunando ontem. Deve ter sido a romã que a lembrou — os armênios são obcecados por elas, um símbolo de fertilidade e de abundância. Temos cinco delas em nossa casa, um número modesto.

— Hum, tá, vamos a esse último evento. — Eu resmungo internamente por ela ter me inscrito em um banquete caro e chato. Mas uma pequena parte de mim se atenta, lembrando que minha mãe finalmente vai sair de novo depois da morte de meu pai, e eu deveria apoiar isso.

Além disso, a oradora principal será a congressista Susan Grove, que representa o 14º Distrito Congressional, o mesmo que minha equipe na redação cobre. Ela é um quarto armênia e tende a defender as causas armênias, por isso, de alguma forma, o comitê do Explore a Armênia a convenceu a aparecer na festividade. Mark (Mark malvado) geralmente fica na sala de imprensa quando ela faz os anúncios, mas nunca a conheci. E se eu pudesse cobrir o banquete? Talvez ela esteja disposta a me dar uma entrevista. Ai, mas isso é bobagem. Estou sonhando em conseguir uma entrevista exclusiva com uma congressista. Isso está "fora do meu alcance", como diria meu chefe.

Minha mãe está sorrindo agora, é um sorriso grande e otimista.

— Você vai aos outros eventos também. Os homens de lá estão procurando mulheres armênias para casar. Tem um motivo pelo qual eles fazem eventos durante todo o mês de junho. É muito romântico.

Ai, meu Deus. Isso é muito a cara a dela: cinco minutos depois de descobrir que rejeitei Trevor, ela tenta me arranjar com rapazes armênios. Meu corpo tensiona em defesa.

— Odeio te decepcionar, mas nem processei direito o que aconteceu ontem à noite. Agora não é a hora.

Ela não me escuta. Vejo em seus olhos que está pronta para a batalha.

— Agora é o momento perfeito. Vou ligar para Nora Tereian e...

Ela para no meio da frase porque os primeiros convidados chegaram, graças a Deus. São amigos da família que ela e eu adoramos, mas que cometem a terrível gafe de chegar cedo em todos os eventos. Para os armênios, chegar na hora marcada é chegar cedo demais, estar trinta minutos atrasado é ser pontual, e tudo depois de duas horas é estar atrasado. Aparecer antes do horário de início do evento é quase imperdoável. Mas sorrimos de orelha a orelha e os abraçamos. A mulher mais velha elogia o espaço e me fala: "*Darosuh kezee*". Significa "Que você tenha a mesma sorte", como quem diz: "Que você arranje um bom homem em breve". Pela expressão dela, percebo que quis ser gentil, mas tudo que fez foi me lembrar de que tive essa sorte e a rejeitei. Digo a mim mesma que pare de pensar nisso; é hora de bancar a anfitriã.

O chá de panela está terminando, e tudo corre perfeitamente bem — ao menos na teoria —, tirando o fato de a professora de música do ensino fundamental de Diana ter se ofendido por a terem colocado na mesa das idosas e feito um comentário rude para a mãe de Diana. Tirando isso, está tecnicamente impecável. Fiz meu discurso — curto e grosso (insira o comentário "Assim como eu!" aqui) — enquanto era transportada para fora do meu corpo, como se outra pessoa o habitasse. Foi assim durante todo o evento; posso ter brincado com Diana e meus primos favoritos que vieram de Los Angeles, batido um papo com meu ex-professor de piano e feito meu papel de anfitriã, mas posso muito bem estar sendo só uma sósia de Nar fazendo uma imitação perfeita de mim mesma.

A Diana não. Ela — minha prima perfeita, que é sete centímetros mais alta que eu, mais magra, com cabelo mais grosso e, ainda por cima, prestes a se casar com um armênio — estava genuinamente radiante o dia todo. Fingiu não estar afobada enquanto rasgava os dez mil presentes o mais rápido que conseguia, enquanto se emocionava com cada um deles e agradecia a quem o tinha comprado. Há algo em Diana que a torna capaz de apreciar e existir no presente momento. Ela não começa a planejar o futuro de imediato nem se afunda em lembranças reconfortantes quando as coisas ficam difíceis. Eu a invejo por isso.

Depois que o último convidado foi embora, ficamos só eu, minha mãe, Diana e a mãe dela cuidando da limpeza. E Nene, que ignora a agitação ao seu redor e parece aliviada por poder voltar a se concentrar em sua leitura sobre a madeleine de Proust e o fluxo de consciência. O noivo de Diana, Remi — que deu as caras nos últimos quinze minutos do chá de panela com um buquê para Diana e suscitou muitos gritos de alegria —, também está aqui, carregando caixas de porcelana e utensílios de cozinha até seu carro.

Estou supercheia, quase passando mal, por causa dos macarons de pistache, do bolo de *buttercream* e dos crocantes e brilhantes doces armênios com gotas de água de rosas. Se bem que pode não ser efeito apenas da comida. Algo que uma das tantigs de Diana disse está martelando em minha cabeça, sem deixar que meu cérebro descanse (e não, não estou falando daquela vez em que essa mesma tia comentou sobre meu ganho de peso em um funeral. Eu tinha cinco anos). Ela estava se gabando, toda entusiasmada para Diana, de que seus filhos iriam para a escola armênia (porque, sim, as tantigs supõem isso caso você se case) e como eles estariam ajudando a preservar nosso idioma. Meus pensamentos logo vão para Trevor: eu me lembro de como ele desdenhou da minha ascendência armênia; como, durante uma ligação com Diana em que eu disse algumas frases em armênio, ele me pediu, brincando, que "parasse de falar essa língua diabólica". Há uma diferença entre se casar com um *odar* que respeita sua cultura e com alguém que... age como Trevor. Não posso ignorar que os traços de minha ascendência armênia seriam desprezados em qualquer filho que eu tivesse com Trevor. E, de repente, isso me incomoda.

Enrolo uma das toalhas de mesa, agora manchada de glacê e com respingos de champanhe, e a jogo na sacola do lugar em que as alugamos. Tento sentir a satisfação da organização, de como consigo limpar e desobstruir espaços e colocar tudo de volta no lugar.

Mas meu cérebro não para. Continuo ouvindo a frase que me dirigiram tantas vezes hoje: *Darosuh kezee*. Toda vez era como uma facada. Porque, se eu tivesse dito "sim", teria sido esse o "daros" que eu gostaria?

No canto da sala, a mãe de Diana parou de trabalhar para puxá-la em um abraço e dizer quão feliz está por ela.

Sinto na hora um desconforto que associo à tristeza, pois anseio pela mesma coisa. E, como se a cena não pudesse ficar mais sentimental, o noivo se aproxima um instante depois, puxando as duas para um abraço e chamando a mãe de Diana de *mayrig*, que significa "mãe" em armênio. Os dois compartilham um olhar de carinho tão sincero que parece que não era para eu estar ali. Ambos estão completamente sincronizados e deliciados com a sorte que tiveram. Eu desvio o olhar.

Sinto um frio na barriga de tristeza. Estou feliz por Diana; esse sentimento não tem nada a ver com ela. É só que... Vendo minha prima, seu noivo e sua mãe juntos, e agora que estive tão perto de ficar noiva, percebo como é grande o abismo entre a minha situação e a dela. Com Trevor, nunca terei o que ela tem. Talvez eu nunca tenha com um *odar*.

Minha mãe coloca delicadamente um suporte de cupcakes na caixa e a enche com papel triturado. Eu me recordo de ouvi-la sussurrar, reverentemente, sobre minha ida ao importante festival armênio. De repente, dar uma volta por lá e sentir o (provável) forte cheiro de colônia ao meu redor não parece ser a pior das ideias. Dou um passo em direção a ela, mas não me esforço muito para atrair sua atenção.

— O que você diria se eu considerasse... — Hesito, percebendo que estou prestes a dizer algo mais significativo do que apenas afirmar como quem não quer nada que irei ao Explore a Armênia. E, uma vez que eu diga tal coisa, será difícil voltar atrás. Mas estou me sentindo ousada. Eu quero uma mudança. Quero tentar algo novo, fazer alguma coisa, pelo menos me dar uma chance de ver minha mãe olhando nos olhos do meu noivo com algo que não seja decepção. Uma chance de não silenciar minha cultura pelo resto da minha vida.

Eu recomeço:

— E se eu considerasse dar outra chance aos homens armênios? — A expressão da minha mãe agora é de concentração. O suporte de cupcakes acaba de ser esquecido; metade de um pedaço de preenchimento de papel caído para fora da caixa. Continuo falando rápido: — Explorar a Armênia, como você sugeriu. Posso ir a alguns eventos, conhecer alguns homens…

Paro porque ela ergue as mãos, como se a notícia fosse perfeita demais e ela precisasse repeli-la.

— *Vai Asdvadz* — diz minha mãe, depois desacelera porque nunca acredita que um desejo dela esteja se realizando sem nenhuma pegadinha. — Você não está brincando, está? Às vezes você faz essas piadas que eu não entendo…

Estou determinada agora. Eu me sinto estranhamente tranquila e confiante.

— Não, estou falando sério. E, se tiver um cara que você queira que eu conheça, não importa quão cabeludo ele seja, eu vou conhecê-lo.

Uma voz na minha cabeça gostaria que eu pudesse dizer "cara ou mulher", mas esse não é o mundo em que vivemos. Descarto o pensamento de imediato, o que é fácil de fazer porque minha mãe não está me olhando como se eu tivesse dito uma frase normal, seu olhar é mais como se eu tivesse dito que comecei a achar Gucci um designer totalmente superestimado. Até que seu rosto assume uma expressão confusa, uma sobrancelha abaixa.

— E o Trevor?

Dou de ombros, fingindo estar mais indiferente do que estou de verdade.

— A gente praticamente terminou.

Diana se aproxima.

— O que está acontecendo? — Ela deve ter visto a cara da minha mãe.

Minha mãe está tremendo, e, ai, meu Deus, torço para que ela não chore. Não consigo lidar com isso.

— Ela vai para o Explore a Armênia. Conhecer homens armênios.

Sua voz fica baixa e aguda no fim, embora ela a mantenha assim na maior parte do tempo. Ela enxuga a lágrima que escorre com as costas da mão. Mudo meu peso para a outra perna e desvio o olhar.

Diana tem uma expressão preocupada.

— Homens... E o Trevor?

Minha mãe faz um gesto como se estivesse farta dessa novidade velha, embora tenha me feito exatamente a mesma pergunta dez segundos atrás.

— Eles não estão juntos.

— Não agora, de qualquer forma — corrijo. Conto rapidinho a Diana o que aconteceu ontem à noite, e vejo sua expressão mudar e se exaltar nos momentos apropriados. Minha mãe olha para a frente, menos chocada, mais calculista.

— Chega de falar sobre ele — interrompe ela. — *Hokees*, por que você está fazendo isso logo agora? Durante toda a sua vida tenho dito a você que se case com um homem armênio. Você nunca me ouviu.

Diana está assentindo um tanto intensamente. Eu respondo:

— Podemos não falar sobre o passado? Estou dizendo que farei o que você sempre quis que eu fizesse. Porque...

— Agora, confrontada com a realidade de erradicar a minha cultura armênia, sinto-me aterrorizada, e me agarro a isso como se fosse uma boia salva-vidas. — Talvez você tivesse razão durante todos esses anos.

Ah, minha mãe adora ouvir isso. Ela está tentando reprimir um sorriso do tipo "eu avisei" e fazendo um baita esforço para ser modesta.

— Bem, aqui nos Estados Unidos dizem que as mães sabem de tudo, e é verdade. — Ela pega o celular em uma mesa próxima e começa a digitar furiosamente. — Agora, precisamos começar a adicionar todos os eventos na sua agenda, e vou falar com meus conhecidos para descobrir...

Eu a interrompo e faço um gesto para o espaço ao redor.

— Peraí. Será que podemos terminar isso aqui, por favor?

— Não faço a sugestão por estar interessada na limpeza, e sim porque o entusiasmo da minha mãe está começando a me deixar nervosa com o que acabei de aceitar. Como se tivesse um tique, olho para o meu celular, que está explodindo de curtidas com a foto da decoração que postei mais cedo. Eu respiro.

— Tenho que concordar com ela, tantig. Eles estão quase nos expulsando — diz Diana.

Ela aponta com a cabeça para uma mulher de saia lápis, parada perto da porta e com uma prancheta na mão, mal escondendo sua impaciência. Eles sabem que não somos membros, apenas patrocinados por um, então a administração do clube não precisa ser educada conosco.

— A gente vê isso em casa.

3

Não se cozinha pilaf com pouca modéstia.

Խոսքով փիլաւ չեփուիր:

— *Provérbio armênio*

Em casa, descarregamos todas as caixas com restos de comida, travessas e arranjos florais que sobraram. Durante a viagem de carro, minha mãe estava em transe, murmurando vez ou outra nomes de homens armênios para si mesma, preenchendo seu Rolodex mental com os rapazes solteiros.

Subo correndo as escadas para tirar essa roupa, passo pelos candelabros, pelas velas escuras e pelo mix de arte armênia tradicional e arte medíocre de algum site de decoração. O estilo da nossa casa pequena, mas de decoração pouco modesta, pode ser descrito como uma aspirante à vila toscana com um toque gótico. Não é o que eu escolheria, mas é a casa da minha mãe, e esse misto sombrio de ítalo-armênio é sua inspiração, então quem sou eu para discordar dela? Algo curioso é que, depois que meu pai faleceu, ela tirou todos os tapetes armênios do depósito e os estendeu pela casa. Eu não sabia que era possível acumular tantos tapetes durante a vida, mas acho que minha mãe os comprava, pedia a opinião do meu pai e, quando ele os vetava, ela os escondia no depósito.

No meu quarto, enfim tiro o vestido, e juro que minhas costelas se expandem cerca de trinta centímetros. Respiro fundo pela primeira vez em horas. Não deveria julgar o gosto da minha mãe, já que meu quarto é como um santuário dos meus tempos de escola, quando eu me importava o suficiente para decorá-lo. Meu pai morreu um ano e meio depois que me formei na faculdade e voltei para casa, e não consegui mudar nada. Sim, continuo revoltada com ele por ter bebido naquela noite e por ter feito uma segunda hipoteca sobre a qual nunca contou à minha mãe, mas grande parte deste quarto me lembra ele. Recebi um prêmio chamado "Amor por Aprender" no terceiro ano que deixou os pais das crianças ricas furiosos porque achavam que seus filhos também mereciam um. Meu pai riu tanto deles, de um pai em particular, bem na cara dele, dizendo: "Pelo visto não dá para comprar tudo". Fiquei morrendo de vergonha, mas muito orgulhosa de ter um pai tão corajoso. Tem a escrivaninha que ele comprou para mim no ensino fundamental, com corações no lugar dos puxadores de gaveta, que escolhemos juntos. Minha cômoda está coberta com uma bagunça organizada de maquiagem e perfumes da última década. Alguns cheiros me lembram ele.

Há também um monte de pôsteres do Maroon 5 e de *The O.C.*, que não têm nada a ver com ele e que eu deveria tirar. No ensino médio, eu era obcecada pela Marissa do *The O.C.*; a beleza esbelta e os olhos grandes e inocentes dela fizeram com que eu afinasse demais minhas sobrancelhas por anos — algo de que me arrependo muito. Digo, que tipo de mulher armênia que se preze precisa preencher as sobrancelhas?

Uma das mazurcas de Chopin vem do quarto de Nene. Ela tem um repertório com cerca de cem músicas que vem tocando durante os últimos dois anos, desde que se mudou para cá, então agora sou basicamente uma ilustre gênia da música clássica. Nene é muito introvertida, e a maneira como ela toca, com imediatismo, é como se estivesse amando aquele tempo a sós depois de uma manhã sendo sociável.

Visto minha camiseta da Universidade da Califórnia (a de Davis) e um short velho superconfortável. Puxo meus cílios postiços; a pele das minhas pálpebras se estica enquanto arranco um e depois o outro. Sempre esqueço como eles são opressivos até que meus olhos se libertem daqueles miniarbustos.

Então, minha mãe entra. Está com um vestido azul-marinho confortável, segurando seu notebook. Ela está radiante de tanta energia, e diz alto:

— Ok, hora do Explore a Armênia.

Justo. Eu disse que faria isso e sabia como minha mãe reagiria quando acontecesse. Então vamos nessa.

Ela se senta na minha cama e abre o notebook.

— Tem quinze eventos vindo aí.

Chego mais perto dela.

— É muita coisa. Eu só irei aos eventos sociais, e não aos de "aprendizado". Não dá pra conhecer ninguém lá mesmo... — Eu me inclino para ver a tela dela, e no topo há um Explore a Armênia em vermelho, graças a Deus em uma fonte que não é Papyrus, a fonte que normalmente usam para esse tipo de coisa. Estendo minha mão e rolo a tela para baixo. Há todo um calendário de eventos e, logo no fim da página, os rostos de sete pessoas, os membros da diretoria do Explore a Armênia. O rosto de uma mulher chama minha atenção, diferente do restante, com cabelo curto e encaracolado, olhos um pouco espaçados e maquiagem moderna (diria até meio bruxa). Ela parece mais jovem do que os outros membros da diretoria.

Antes que eu consiga ler as informações dela, minha mãe sobe a tela até os eventos. Ela toca em tudo, deixando marcas de dedo.

— O primeiro evento social é o shourchbar.

Que maravilha! A dança armênia é minha maior insegurança, e — olho para a data — é hoje. Shourchbar é uma dança armênia em que as pessoas formam filas para dançar em grupo, e é preciso conhecer os passos. Só consigo dançar uma modalidade de dança armênia, que é aquela que eles ensinam a crianças de quatro anos, pois o nível infantil não exige alta coordenação motora. Sem dúvida, vão incluir essa em algum momento para que todos os novatos participem, mas ficarei o resto da noite sentada de canto observando. Mais tempo para conversar com os caras, eu acho.

Não reprimo meu grunhido.

— Posso pular essa? Estou cansada.

Mas nós revisamos tudo, e há apenas quatro eventos sociais que fazem sentido para minha furtiva busca por homens. A dança, uma aula de culinária armênia, degustação de conhaque armênio (ok, esses dois últimos parecem muito divertidos) e o grande banquete no fim, ao qual eu já cogitava ir. Há também uma noite de show de comédia ao vivo, o que pode ser divertido, mas ir sozinha seria estranho, e ir com minha mãe significaria não caçar homens. Além disso, tem um monte de palestras de história e de eventos educativos sobre o genocídio armênio, que eu definitivamente estarei ignorando — são totalmente deprimentes, e os armênios são fissurados no genocídio, o que sei que é horrível dizer, mas sinto que, tendo crescido em um ambiente armênio, já ouvi tudo a respeito do ocorrido. E há uns dois concertos de músicas clássica e contemporânea, que devem até ser legais, mas tenho uma vida e não posso passar todos os momentos livres fazendo coisas armênias.

Parte de mim gostaria que minha mãe *pudesse* ir comigo a esses eventos. Quer dizer, sim, eles são voltados para o público mais jovem, e não, as mães não são a melhor companhia para sair quando se pretende flertar (não importa quanto elas teimem que são), mas eu quero ver minha mãe feliz. Ela era tão ativa quando meu pai era vivo... Agora, viúva, sente que não tem permissão para nada. É besteira, e quero tirá-la dessa situação, mas, enquanto sua filha estiver em busca de um homem, não é o momento certo.

Minha mãe solta um resmungo de decepção.

— Talvez você não vá a nenhum então.

No mínimo, posso ajudá-la a viver indiretamente através de mim.

— Ok. — Suspiro de forma bem dramática. — Eu vou ao shourchbar hoje.

Então, ela bate palmas. Realmente *bate palmas*.

— Como a gente consegue ver quem vai? Posso ligar para Nora Tereian...

Preciso interromper isso rápido.

— Não. Dá pra ver na internet. — Essa é a minha deixa para acessar o Facebook, onde encontro o evento de hoje à noite e abro a lista de convidados.

Aponto para a tela.

— Fique à vontade.

Parece que eu a presenteei com uma bolsa Chanel de pele de cordeiro. Ela começa a rolar a tela e clica em um nome.

— Mãe, abra em uma nova aba. — Passo meus braços ao seu redor e mostro a ela como fazer.

— *Esh chem!* Posso derivar a fórmula de Black-Scholes, não me trate como se eu fosse estúpida — argumenta ela, e me empurra.

Tá bem, tá bem, erro meu. Ultimamente, ela fica na defensiva quando questiono sua inteligência ou suas habilidades, e suspeito que seja porque se aposentou depois de décadas como professora de matemática no ensino médio — o nível mais alto de matemática que ensinam às crianças, ela sempre gosta de me lembrar — e porque não sente como se tivesse um objetivo só *dela*, então precisa que eu saiba que ela já fez coisas muito impressionantes. Mas é claro que sei disso.

E ela está focada. Rola, clica, rola, clica, com uns "oooh" e "*eerav?*" (que significa "sério?") aqui e ali. Até que ela para.

— Não.

Eu olho para a tela.

— Que foi?

— Raffi Garabedian vai estar lá.

— Eu devia saber quem é?

— Nareh! Já falei sobre o avô dele antes. Era um político de alto escalão, e o irmão dele era dono do principal jornal de Beirute.

Linhagem. Vocação. Conexão. Tudo que é necessário para avaliar um homem.

Às vezes, sinto que todos os armênios capazes de impressionar minha mãe são os que foram os líderes do Líbano no passado. Eles carregaram sua influência para a diáspora, pelo menos nos círculos armênios. Mas ter um jornal é bacana, sem dúvida, mesmo que seja do seu tio-avô.

— Esses dois não se misturam muito. Tem muita corrupção.

— Era o Líbano dos anos de 1960, lógico que tinha corrupção. De qualquer forma, ouvi dizer que o neto dele, Raffi, agora é médico. Você vai falar com ele.

Estudo a foto. É difícil dizer pelo ângulo, mas ele parece ser o que só posso descrever como um lindo modelo da Abercrombie. Há uma inclinação em seu queixo que indica arrogância. Loção pós-barba Hugo Boss e uma pitada de "sim, eu tiro minha monocelha com a pinça nos fins de semana". Mas isso pode ser fruto da minha imaginação, e vou tentar não ser vencida por uma possibilidade de presunção em uma foto escura e angular. Ou pela sua beleza.

— Combinado. Agora vamos ver os outros sortudos. Quem será minha próxima vítima?

Nós prosseguimos, minha mãe segue selecionando alguns pretendentes que atendam aos seus altos padrões, enquanto eu me preparo mentalmente para entrar no clima e sair hoje à noite. Não apenas sair, mas trabalhar, de certa forma. Estar atenta, ser charmosa. Estou realmente me comprometendo com toda essa coisa de homens armênios, e, sei lá, parte de mim sente que estou abraçando isso muito rápido. Quanto ao Trevor? Essa parte está quieta agora; sinto um impulso louco de correr até uma floresta e permitir que a aventura me encontre.

4

Se tens medo de molhar os pés, nunca pescarás um peixe.

Որտ չթրջած, ձուկ չի բռնուիր:

— Provérbio armênio

Estacionei em frente à escola armênia, que já não frequento desde que estava matriculada no jardim de infância, porque meu pai não quis que eu permanecesse lá. A neblina deste lado da cidade é tão densa que eu poderia achar que estamos em dezembro.

Olho para os saltos brilhantes jogados no chão do banco do carona. Quando minha mãe me viu escolher minhas adoráveis sapatilhas douradas para esta noite, ela perguntou, muito indignada: "Você vai de sapatilha?". E, antes que eu pudesse responder, Nene recitou em seu armênio impecável: "*Erekhan pan teer, heduh khnah*", que significa: "Se você mandou sua cria para a guerra, vá com ela", o que é um pensamento tão doentio que nem fiquei ofendida. Considero ir de salto alto, aumentando meus 1,60 m para 1,70 m, mas, se eu for mesmo dançar, minhas costas não aguentarão a noite toda. Isto é, se eu chegar a entrar.

Observo o salão de eventos. Vejo mulheres bonitas com vestidos de festa e xales para o frio e homens com trajes esporte fino mais casual entrando. Estou com um vestido de jersey índigo que é chique o suficiente, mas também muito macio e confortável, e peguei o longo colar de ouro da minha mãe. Como estou vestida não é o problema. Todo mundo parece estar aqui com pessoas que conhecem. Não é como se fossem todos estranhos para mim, mas muitos deles são conhecidos muito distantes, e sempre esqueço os nomes de todo mundo. Odeio aquele joguinho de "Devemos dizer 'oi'? Não devemos? Posso apenas assentir para você e sorrir?". Meu nível de intimidade com essas pessoas é quase mais embaraçoso do que se eu fosse uma completa estranha. Sou filha de Boghos e Anahid. Neta de Haiganoush (os dias de pianista clássica da minha avó ainda têm influência, mesmo depois de tantos anos).

Sei o que dirão a meu respeito: *"Ah, agora ela resolveu aparecer?"; "Ela está sozinha? Isso é estranho, mas ela sempre foi estranha. É por isso que nunca vem aos nossos eventos"; "O pai dela era tão esnobe"; "Acha que ela engordou?"; "Quem você acha que é mais bonita? Ela, a mãe ou a avó? No auge, é claro. Sempre falei que era a avó"; "Ela não tem namorado?"*. E talvez o mais notável: *"Por que ela está aqui?"*.

Sou tão burra. Onde eu estava com a cabeça quando decidi vir e fingir fazer parte desse mundo? Sempre me senti distante disso, mesmo sendo totalmente armênia. Eu devia ter implorado à Diana que viesse comigo, mas tenho certeza de que ela já está na cama sonhando com sua nova batedeira KitchenAid verde-água. Por instinto, pego o celular e começo a digitar uma mensagem para Trevor, então lembro que ele está em um avião e ignorou minhas mensagens mais cedo. Não tenho ninguém. Eu me sinto tão, tão sozinha.

Coloco os braços em cima do volante, abaixo a cabeça e solto um longo gemido. O que raios estou fazendo da minha vida? Por que estraguei uma coisa tão fácil e boa?

Então, ouço um *toc-toc* na minha janela e levanto a cabeça.

Um rosto está me olhando do lado fora, quase todo escondido por cachos, mas vejo um grande e curioso olho castanho.

A pessoa diz, com a voz abafada pela janela:

— Você está bem?

Sua presença, embora chocante, também causa um efeito caloroso e reconfortante em mim. Ela parece genuinamente preocupada. Abro um sorriso rápido e falo:

— Sim, sim, estou bem.

Eu me viro para a porta, pego minha bolsa e saio. Ela recua para me dar espaço.

Estou do lado de fora e, pela primeira vez, o frio não parece um ataque violento; na verdade, é refrescante. Estamos presas entre meu carro e outro preto, e parece aconchegante aqui. Então, essa mulher, meu anjo da guarda — muito dramático? Dane-se —, é alta como uma palmeira e está com uma bota slouch chique. Ela está usando uma blusa preta rendada e decotada, calça preta e uma gargantilha com um pingente no pescoço. O cabelo dela é incrível, cacheado em um corte Chanel assimétrico. Ela é, basicamente, a pessoa mais descolada com quem já conversei. Eu devia dizer alguma coisa.

Dou um leve aceno.

— Obrigada por… Estou com uma dor de cabeça. — Sinto uma familiaridade que não consigo identificar, mas há algo em seu olhar totalmente imparcial que me obriga a acrescentar:

— E um pouco nervosa para entrar, já que estou sozinha.

A mulher assente como se entendesse.

— Também estou sozinha.

Quando ela fala, a sensação é como entrar em contato com a água fria. Quando ela fala, perco toda a noção do que está ao meu redor.

E ela está aqui sozinha.

— Ah.

Sou mesmo muito sutil.

— Quer entrar junto comigo?

— Com certeza. Quero. Obrigada.

Se eu continuar acrescentando palavras, talvez descubra o que realmente quero expressar. Quando saímos de entre os carros, percebo que meu cabelo será prejudicado pela neblina, então desperdiço qualquer última chance de parecer normal e coloco minha bolsa em cima do couro cabeludo, na esperança de pelo menos preservar a parte superior do meu cabelo, que é a mais importante, como qualquer mulher que faz escova sabe bem. Ela sorri para mim.

— O cabelo. A névoa é uma inimiga mortal — explico.

— Eu me lembro bem desses dias.

Ah, certo, ela é do tipo *au naturel*. Tomara que não me despreze por fazer alarde acerca do meu frizz. Ela não parece me julgar, mas não há como ter certeza. Quem é essa pessoa? Ela parece familiar, mas certamente nunca a vi. Eu me lembraria.

— Sou Nareh Bedrossian. Obrigada de novo, já me sinto melhor.

— Erebuni.

Erebuni. Repasso as letras na minha cabeça. Nunca ouvi esse nome armênio, mas soa familiar.

— É o seu sobrenome?

Há uma calma em sua resposta que me faz pensar que ela já teve de responder a perguntas como essa antes.

— Minassian é meu sobrenome. Erebuni é como minha mãe me batizou. Incomum, eu sei.

Já usei exatamente a mesma palavra, *incomum*, para descrever meu nome centenas de vezes em ligações — "Vou soletrar para você, é um nome incomum" —, ou quando alguém se aproxima do meu rosto, tentando ao máximo analisar a palavra que saiu da minha boca. Erebuni precisa fazer isso não só para todos os americanos, como também para os armênios. Sinto um leve aperto no peito por ela.

— Não, eu adorei. Parece familiar, mas não consegui identificar.

Chegamos às portas, e ela faz uma pausa.

— É o nome antigo de Yerevan. Quando era uma fortaleza urartiana.

Ok, esse é um conhecimento acadêmico e específico da Armênia nível dez. Eu me pergunto quem são os pais dela — a mãe, que ela mencionou.

Dou de ombros suavemente enquanto tento fazer uma piada, mas acaba soando algo mais genuíno do que eu pretendia:

— Não acredito que já conheci a pessoa mais legal da festa.

Estou arrependida de parecer uma *stalker* pegajosa, mas ela ri, doce, fazendo um leve zumbido, como beija-flores batendo as asas.

— Vamos entrar? — pergunta ela. — Pode sentar comigo e com meus amigos, se quiser. Não há marcação nas mesas, é livre.

Digo a ela que eu adoraria, e então a sigo.

5

A fala é feita de prata, o silêncio é feito de ouro.

խոսքը արծաթ, լռութիւնն ոսկի:

— *Provérbio armênio*

Aqui dentro parece outro mundo. Estamos no grande salão onde já estive várias vezes — quando há apenas uma escola armênia em toda a região norte da Califórnia, a maioria dos eventos sociais armênios acontece nela. Sou instantaneamente atingida pela música armênia dos anos 1990 e pela zurna, um instrumento armênio que soa como um clarinete elétrico vibrante. Faz com que eu me lembre na hora de um homem com o rosto avermelhado, cujo nome é algo como Davo, trinando com os dedos grossos no instrumento.

Uma fileira de dançarinos conectados através dos dedos mindinhos pula ao som da música, se enroscando na pista de dança, intensificando e diminuindo à medida que seus passos vêm e vão. Há rubor por conta do calor, do suor, das luzes e das risadas ofegantes e conversas por toda parte.

Perto da porta há um bar, e estão estocando todos os produtos triviais — vodcas, tequilas e Johnnie Walkers.

Uma vaga lembrança de quando eu era mais nova me vem à mente: meu pai e os amigos da nossa família rindo e zoando o "Johnnie que anda".

Eu era muito pequena para entender a piada com o nome da bebida Johnnie Walker, e o restante da lembrança foi apagado pelo tempo. Sempre tinha esse uísque em nossas reuniões sociais. Estou começando a achar que era um tipo de sinal, como se meu pai quisesse mostrar que tinha realmente se dado bem na América se servisse o Red Label todas as vezes.

Erebuni deve ter reparado meu olhar, pois pergunta:

— Quer uma bebida?

Ô, se quero. Não vou dançar e conhecer um bando de estranhos sóbria. Quer dizer, eu até poderia, mas prefiro beber.

Eu me preparo para responder com um tom de surpresa, como se não tivesse pensado nisso antes de ela tocar no assunto.

— Acho que quero, sim.

Nós nos aproximamos do bar, e o bartender é uma daquelas pessoas que reconheço vagamente, cujo nome eu deveria saber. Estou impressionada, estar sozinha em uma reunião armênia é aterrorizante. Geralmente me garanto com a proteção da minha mãe, quando ela diz o nome de todos antes de se aproximar ou me lembra quem as pessoas são, tipo: "Esta é Hera, a mãe da sua professora do jardim de infância". Agora, tudo que posso fazer é dar um tímido 'oi' ao bartender. Mas Erebuni está preparada para tudo.

— *Parev*, Antranig.

Logo depois dela, eu repito:

— Antranig.

Pergunto como ele está, e nós três conversamos um pouco antes que ele me pergunte o que eu gostaria de beber.

— Uma dose de Johnnie, por favor.

Vou beber em memória do meu pai. Eu me pergunto o que ele pensaria de eu estar aqui hoje. Mamãe o arrastava (e me arrastava junto, sejamos realistas) para a festa de Ano-Novo que acontecia aqui, ou para o jantar beneficente que acontecia todo ano. Sempre que ia, ele era um Boghos sociável, o marido perfeito, se exibia um pouco, voltava para casa e reclamava de como tudo aquilo era exaustivo. Falava sobre quanto preferia o clube. Menos *tashkhallah*.

Não, não consigo nem imaginar meu pai aprovando isso. Se ele estivesse vivo, eu estaria com Trevor, comemorando nosso noivado. E, mesmo que eu tivesse terminado com Trevor, ele estaria me jogando para o filho de um dos seus colegas de clube — um homem loiro com uma herança sueca gorda e um pai que trabalha no setor financeiro. Eu me sinto mal, a raiva duelando comigo e com ele, e, então, culpada por me sentir assim em relação ao meu falecido pai.

Mas houve um tempo em que nenhum de nós precisou ser persuadido ou subornado para estar neste salão. Diana e eu estivemos neste mesmo tablado há vinte e três anos para uma apresentação de Natal (*Hantes* em armênio, o que é importante acrescentar, já que os armênios gostam muito de *hanteses*). Meu pai foi até o corredor com a filmadora amarrada no ombro, acenando para mim. A lembrança dele agachado, posicionado para não perder nem um único segundo, me dá um aperto no peito. Eu nem era a estrela — Diana tinha conseguido esse papel, era a Virgem Maria, com o boneco do Menino Jesus nos braços. Fui escolhida para ser "o quarto anjo", envolta em cetim verde e com um halo cintilante na cabeça. Senti muita inveja do papel principal na época, mas meu pai fez parecer que o meu era igualmente crucial. Além disso, olha só quem está no centro das atenções todas as tardes no Canal 8. Brincadeira, brincadeira.

Erebuni pega uma taça de pinot (elegante), e brindamos.

— *Genatsut* — diz ela, e sinto um arrepio na espinha. Mulheres como ela, estilosas, com um sotaque armênio impecável e cujo primeiro instinto é falar em armênio, têm uma coisa a mais.

Bebemos, e eu me esforço para não fazer uma careta enquanto o álcool desce pela minha garganta. Virei tudo de uma vez como se fosse uma caloura na festa do dormitório. É constrangedor, mas sinto que Erebuni entende todo o meu lance de "estou sozinha e me sinto insegura", então não tento esconder isso dela. Na maior parte do tempo.

Assim que o uísque passa, sinto minha respiração leve e rápida por um instante, e me pergunto como estou aqui ao lado desta mulher gentil e corajosa. Ela faz um sinal para que eu a siga em direção às mesas em volta da pista de dança, enfeitadas com algumas romãs e arranjos florais simples no centro.

Neste salão há — se a lista de presença do Facebook for confiável — oito homens que devo rastrear e caçar. Mas, quando olho para as pessoas, tudo fica confuso e nenhum rosto atrai minha atenção.

Fico perto de Erebuni enquanto ela me guia até uma mesa com sete lugares ocupados, poucos estão livres, e meu coração começa a palpitar porque conhecer gente nova é assustador, não importa quantas vezes eu faça isso. Então me lembro de que sou como uma mercenária aqui, estou trabalhando. Sem falar que posso só dar uma de repórter; se tudo der errado, faço perguntas educadas e moderadamente investigativas sobre eles. Meu cérebro começa a formigar, como se Johnnie e sua bengala estivessem andando por ele.

— Ei. — Erebuni chama a atenção do que presumo serem seus amigos, que são apenas três pessoas à mesa (não sete, graças a Deus). — Esta é Nareh. Nareh, estas são algumas das melhores pessoas que conheço.

Estremeço ao ouvir o modo como ela diz meu nome. A língua dança em sua boca, marcando as sílabas com confiança. Meu nome armênio é bem popular. Ela deve conhecer outras Narehs, tenho certeza de que há outras nesta festa. Mas adoro o modo como ela o pronuncia, foi como estar confortável em um barco, descendo um afluente.

Erebuni aponta para uma mulher com um vestido de festa cinza, de ombros estreitos, olhos grandes e um olhar perspicaz e superior.

— Esta é Janette. — Ela não pronuncia o *jan* do jeito americano, mas como o *zhahn* francês.

Janette e eu damos um aperto de mão, e ela estende o braço de uma forma delicada e elegante. Tomara que meu aperto não machuque seus dedos. Meu pai me ensinou desde cedo a "dar um aperto de mão firme como um homem" para que as pessoas me levassem a sério — é, pelo visto há muita coisa para analisar na nossa relação —, e eu só mudo a intensidade para poupar da dor quem dá um aperto de mão mole.

— *Parev*, Nareh — cumprimenta ela, com um armênio limpo, confiante, e um toque de arrogância. Repito "*parev*" para ela e tento navegar pela palavra sem deixar meu sotaque americano aparecer. Compreender o armênio é uma coisa, mas anos e anos sem praticar significam que o R americano e os tons mais ásperos se infiltraram.

— E Vache — continua Erebuni.

Vache está sentado ao lado de Janette, e eu o reconheço da busca pelo Facebook. Gostei dos óculos de aviador estilo anos 1970, os mesmos que ele usa agora, com uma camisa xadrez roxa e vermelha que parece ter sido usada muitas vezes. Foi um dos caras sobre os quais perguntei à minha mãe, mas ela não conhecia as origens de sua família, então foi descartado (pelo menos para ela; isso não significa que eu não esteja potencialmente interessada).

— Oi — diz ele com um aceno.

Retribuo com o mesmo gesto de forma breve, tentando não parecer ansiosa.

Ok, eu gostei desse Vache. Um "oi", e já estou sentindo uma energia boa dele.

— E, por último — anuncia Erebuni —, Arek.

Meu Deus, esse cara está na lista da minha mãe. Arek, engenheiro de alguma empresa de tecnologia de serviços virtuais. Ele não era o mais gostoso — essa qualidade pertence a Raffi, o favorito da minha mãe —, porém é fofo, apesar de não ser meu tipo. Ele está com camisa preta brilhante e uma corrente de ouro com um pingente de cruz no pescoço. Não é tão chamativa como as dos filmes, mas é proeminente e notável. Gosto que ele esteja contrariando os padrões do tipo de pessoa que costumo ver em eventos de tecnologia.

Ver um dos meus potenciais pretendentes pessoalmente torna tudo real. Sinto correntes contínuas de energia passando pelo meu corpo, primeiro de excitação, depois de ansiedade. Tudo porque estou fazendo isso — estou fazendo algo novo, começando do zero.

— Nareh *jan*, olá. Prazer em te conhecer. Sente-se aqui.

Ele tem o típico sotaque armênio-americano, e aposto que vai soltar um "mano" a qualquer momento. Mas sua simpatia parece genuína. Digo a mim mesma para relaxar. Não é como se eu tivesse que beijar um príncipe antes da meia-noite ou algo assim. Só estou conhecendo pessoas.

Ele se levanta e me oferece seu lugar, e eu até tento recusar, mas ele se senta na cadeira vazia ao lado, e suponho que assim não vou ficar excluída no canto. Todos estão me olhando com expectativa, então me sento na cadeira aquecida de Arek, ficando entre ele e Vache, e sorrio, tímida.

— *Barev, barev.* — Arek sorri também. Ele deve falar armênio oriental, já que seus *pês* não soam como *pês*, e sim como *bês*. É algo digno de nota mental porque, uma vez que o império armênio foi muito grande um dia e fomos divididos em tantas comunidades da diáspora, existem dois dialetos: o oriental e o ocidental. Minha família, que originalmente vivia na Turquia (a Armênia histórica), foi forçada a ir embora e desembarcou no Líbano. Os armênios que eram do oeste do Oriente Médio falam armênio ocidental. A família de Arek deve ser da Armênia contemporânea, do Irã ou da Rússia. Graças à pronúncia de uma letra, dá para fazer muitas suposições sobre a história de um armênio. Sinto meu rosto corar ao pensar nesse conceito. Ou talvez seja o calor causado pelo uísque.

Erebuni se senta na cadeira vaga ao lado de Janette, e prendo a respiração porque parece que sou uma intrusa no meio do quarteto feliz e estou trazendo uma energia estranha para a mesa. Também queria estar sentada ao lado de Erebuni, que é a única pessoa que "conheço", mas não tive essa sorte. Então, Arek pega a garrafa que está na mesa e me serve uma taça de vinho tinto. Ele faz isso bem na minha frente, com um sorriso. Preciso me segurar depois desta taça porque voltarei para casa dirigindo, mas aceito e agradeço.

— Conta aí, Ere, qual é a história por trás dessa linda desconhecida que você trouxe para nossa companhia?

Graças a Deus retoquei minha base, porque sei que minhas bochechas estão iguais a um tomate.

— Eu sou só… a Nareh. Faz tempo que não venho a eventos. Pensei em… hum, em "explorar a Armênia" outra vez. — Estão todos sorrindo educadamente, mas é de uma forma muito educada, e odeio ser entediante. Que piada posso acrescentar? Eu me blindo e comento com um falso tom de aborrecimento: — E minha mãe me obrigou.

Isso provoca algumas risadas, e Vache ergue a taça.

— Estou com você nessa. Mães armênias são o mais próximo que temos da culpa católica.

Todos nós aplaudimos, e os pelos do meu braço se arrepiam com o calor alcoólico familiar. Um grupo de pessoas novas, cheio de possibilidades infinitas. Esta será uma noite boa.

Continuo:

— Sorte a minha que ela não me fez ir a nenhum dos eventos sérios. Digo, é óbvio que eles são importantes, mas às vezes parece que estamos obcecados pelo genocídio. Como se eu não pudesse ter uma conversa com um armênio sem que essa pessoa acabe mencionando o que aconteceu.

A música ainda está alta pra caramba, mas um silêncio mortal se instala na nossa mesa. Vache e Arek estão se mexendo em suas cadeiras, e Janette parece bem arrogante agora. Erebuni, no entanto… curiosa? Ela é a única que olha diretamente para mim. Meu coração parece ter se expandido até meus pulmões, e toda a parte superior do meu corpo segue o batimento cardíaco acelerado. Estendo a mão para tocar o pingente retangular na ponta do meu colar e esfrego os dedos nas extremidades das joias que pontilham as laterais dele. Viu? É por isso que nunca digo o que estou pensando. As pessoas não querem ouvir o que penso; elas só querem a versão menos ofensiva. Faço a expressão mais respeitosa que consigo e espero parecer sincera, porque dane-se o que eu disse, só quero fazer o controle de danos.

— Desculpa, na minha cabeça não estava tão ruim assim. O que quero dizer é…

— Não, eu entendo. — Erebuni me interrompe (obrigada, Deus, eu estava prestes a inventar qualquer coisa depois do "o que quero dizer"). — O tema se tornou exaustivo. É a mesma coisa, ano após ano, sem resolução, sem mudança. Vale ressaltar que não há apuração por parte da Turquia ou dos Estados Unidos. Por isso precisamos que alguns de nós continuem lutando, incitando tanto o nosso povo quanto os *odars*, para que assim todos compreendam que a história antiga não ficou apenas no passado. Há efeitos prejudiciais concretos no presente.

Estou assentindo com força, sobretudo de forma performática, porque, vamos aceitar os fatos: passei vergonha. Estou processando o que ela disse, e algumas coisas parecem certeiras. É difícil não sentir esse esgotamento que ela mencionou, mas foi uma coisa horrível que aconteceu no passado, e nós, como parte dessa cultura, precisamos seguir em frente e focar o presente. Ainda assim, estou morrendo de vergonha. Ainda estou segurando o pingente e cravando meu polegar nas laterais.

— E é por isso que convido você para ir à palestra que vai ter daqui a duas semanas, "Genocídio: Identidade Turca e Ligações Americanas". Levei um tempo para organizar e convencer o dr. Markarian a embarcar nessa. Vou adorar te ver lá.

Eu congelo. Fui burra, presumi que minhas bochechas não poderiam ficar mais vermelhas que um tomate, mas tenho quase certeza de que agora elas foram pulverizadas até virar ketchup. Eu me viro para Arek.

— Peraí, ela usou a palavra *organizar*, no sentido de que ela organizou a palestra?

Ele sorri.

— *Havadah*.

O que significa "pode acreditar". Ele não comenta de forma presunçosa, e sim deixa claro que são velhos amigos e que está orgulhoso do trabalho de Erebuni. Bacana. Eu a insultei à toa, e agora tudo que quero fazer é dar um passo inverso no estilo Homer Simpson e desaparecer no meio do mato.

Ela dá um gole no vinho e pousa a taça antes de continuar:

— Faço parte do comitê de planejamento. Minha tarefa é organizar o quadro de palestras, já que meu trabalho de verdade é na Fundação de Educação sobre o Genocídio.

Só melhora. Quantas vezes uma pessoa pode morrer em uma noite? Ela organizou as palestras que eu desprezei há um minuto. *Mertzur indzi*, me mate agora.

Meu Deus, ela é a mulher do site. Membro do conselho do Explore a Armênia. Não imaginei que ela fosse tão alta, então não fiz a ligação com o corte de cabelo e a maquiagem mística. Talvez eu não estaria no meio dessa confusão se tivesse tomado aqueles suplementos alimentares que meu tio-avô Berjouhi insistia serem cruciais para uma memória aguçada. Fixo o olhar no arranjo central de romã, torcendo para que isso me ajude a escapar desse mar de constrangimento.

O tom de voz dela muda, agora está mais suave.

— Mas o restante do comitê me permitiu opinar sobre mesa posta e toalhas, e assim o fiz. Se eu vir algo dourado no banquete, cabeças vão rolar.

— Quem não gosta de dourado? — Arek ri. — Ainda mais a gente. Ouro está presente em nomes e sobrenomes com "Vosgi". Você está ofendendo todos os Vosgi da nossa comunidade.

O clima melhorou visivelmente, e todos estão com posturas mais relaxadas. A música volta aos meus ouvidos, soando mais amigável e me lembrando de que isto é uma festa. Brincando, Erebuni chama Arek de "canalha" em armênio.

Pergunto se todos eles se conhecem há muito tempo e peço a Deus que a pergunta seja inofensiva e não me leve a cuspir em todo o trabalho da vida de Erebuni. Arek é quem responde:

— Crescemos juntos em Fresno. — Ele gesticula para Erebuni. — Depois eles foram para a faculdade juntos.

— Janette e eu somos de South Bay — acrescenta Vache.

Ah, é por isso que nunca os vi nos nossos *barahantes* ocasionais. Eles moravam a uma hora ao sul de São Francisco. Vache menciona algo sobre seu trabalho freelance ser mais adequado em Los Angeles.

— Freelance?

Ele assente.

— Eu escrevo. Jornalismo gastronômico. As origens nativas da comida, a relação dela com a identidade. Subcultura alimentar.

Olho para ele, surpresa e com a boca aberta, pois isso parece absolutamente incrível e eu poderia conversar com ele o dia todo. Ele deve estar lendo minha expressão, porque acrescenta:

— Não fique tão impressionada. Por necessidade, também sou barista durante o dia. Conhece o Café Monocle?

— Soa familiar. Vou dar uma olhada.

Olho para Erebuni para ver se consigo decifrar se ela está ou não irritada comigo, arrependida de ter me trazido para sua mesa. Mas não, ela está recostada na cadeira, supercontente, como se pudesse fechar os olhos e adormecer com um sorriso no rosto. Ela pega a taça e dá um gole tão devagar que é como se estivesse atraindo o vinho para si. Meu coração quase sai pela boca, e mudo meu olhar para Vache, que está falando.

— Nada como atender vovós hipster — comenta ele. — Elas são generosas com as gorjetas.

— Ele está sendo modesto. Nosso garoto é basicamente um gênio — diz Arek, e passa o braço atrás de mim, se esforçando para dar um tapinha nas costas do amigo.

— Essa palavra já está pra lá de ultrapassada. Acredito que só deveria ser usada em circunstâncias extraordinárias — comenta Janette, com a voz embargada. Então percebo um sorriso de canto. — Claro que é por isso que devemos usá-la para Vache e sua escrita.

Eu rio. Bem, estou oficialmente cercada por um bando de pessoas bem-sucedidas que foram unidas por alguém cujo trabalho significativo eu menosprezei.

— E suponho que Janette trabalhe no Banco Mundial ou no Fundo Monetário Internacional?

Erebuni e Vache sorriem, trazendo uma sensação de conforto para dentro de mim, mas Janette está confusa.

— Por que eu trabalharia com finanças internacionais? Sou advogada de imigração.

Ela não parece entender que isso não é menos impressionante (e, tipo, ela lida com coisas internacionais, não foi um palpite exagerado e, fala sério, minha intuição é certeira). Mas acho que isso não importa, já que ainda me sinto igualmente intimidada por ela.

— Todos aqui estão tentando tornar o mundo um lugar melhor. Menos eu — diz Arek. — Impossível de acreditar, mas não entrei no meio da computação pelo impacto social. Foi pelo dinheiro, querida, o dinheiro que é bom.

Eu rio e ergo as mãos.

— Nesse caso, me sinto um pouco melhor, porque tudo que tenho a acrescentar é que sou uma humilde repórter. Notícias locais para Redwood City. Principalmente as pautas mais banais.

Arek está surpreso.

— Uau. Por que ainda não te vimos? Uma armênia no noticiário?

— Porque ninguém com menos de cinquenta anos liga para TV, a menos que estejam assistindo a um jogo — responde

Vache. Em seguida, acrescenta: — Droga, não quis constranger você. É só uma coisa demográfica. Aposto que nossos pais te conhecem, e digo isso da melhor maneira possível.

Honestamente, estou sorrindo por fora e por dentro, agora que não sou mais a única que cometeu gafes esta noite. Arek continua:

— Não me importa. Agora vou procurar você. Vou pesquisar Nar no Google e encontrar suas notícias.

Adorei que ele me chamou de Nar. É um dom que algumas pessoas têm, especialmente muitos armênios, de fazer você se sentir imediatamente como um deles. Eu me pergunto se isso acontece por sermos pouquíssimos no mundo.

— Eu também — comenta Erebuni, baixinho.

Então, algo muda nela, e ela soa quase um pouco falsa, ou desesperada, ao perguntar:

— Por que não tem ninguém dançando?

— Acabei de comentar isso — diz Arek, sentindo-se finalmente validado. Ele se vira para Vache e continua: — Mano, fazer você dançar é como tentar lutar contra javalis.

E não é que saiu um *mano*? Sabia. Janette o interrompe:

— Humm, javalis são agressivos, Arek *jan*. Nosso Vache não é nem um pouco ríspido.

Vache nem se importa com a conversa.

— Só danço se beber demais, e só bebo demais se alguém começar a tocar dancehall. Ou Italo disco.

Arek salta da cadeira.

— Mano, é noite de shourchbar, então toma logo uma dose e vem com a gente. Senhoritas?

Penso com cuidado na minha embriaguez e chego à conclusão de que estou em uma viga estreita, andando na ponta dos pés, em direção a estar bêbada o suficiente para dançar. É aí que me levanto e digo a Vache:

— Vou dançar uma com você. Vamos nessa.

Ele suspira e pega uma garrafa de vodca do meio da mesa.

— Tudo bem, vou dançar, mas só porque a Nareh quer. — Ele serve uma dose para cada e me oferece uma. — Para minha nova amiga jornalista.

— Aliás, estou morrendo de vontade de conversar sobre isso com você.

— Nós vamos, com certeza.

Brindamos e bebemos de uma vez só, sem que nenhum de nós disfarce o desgosto.

À medida que nosso grupo se dirige para a pista de dança, a música fica ainda mais alta, e eu grito:

— A propósito, não sei os passos da maioria dessas músicas. Só para estabelecer um limite de expectativas aqui.

— Ninguém sabe — Vache me tranquiliza.

— Eu sei — diz Janette, com naturalidade. — Erebuni também.

Arek já está dançando, acenando para as pessoas e gritando *barevs* e outras gentilezas para elas. Erebuni aparece ao meu lado, e compartilhamos um sorriso. Ela está mais perto do que nunca, e agora consigo sentir o cheiro de seu perfume, um almíscar rosa com algo mais amadeirado. Gostei que ele só sobressai quando se está muito perto dela. Percebo uma energia de protetora vindo dela, e talvez seja só o efeito do shot que acabei de tomar, mas sinto meu corpo cálido e aconchegante de repente.

Nós nos aproximamos dos dançarinos, e esta é a parte divertida/aterrorizante na qual, para participar, é preciso entrar em um trenzinho em movimento. Arek vai em direção à fileira de pessoas e entrelaça seu mindinho com o de uma linda mulher usando um vestido cobalto colado no corpo; eles parecem se conhecer. Janette se conecta com Arek, depois

Vache com Janette, em seguida Erebuni, o que significa que, ai, meu Deus, sou a última.

É assustador porque vou atrair mais atenção. A pessoa que fica por último deve balançar um guardanapo no ritmo da música, o que significa uma espécie de emoção e de honra, e eu raramente estive nessa posição. Alguém próximo me entrega o pano branco pronto para ser balançado, e, no mesmo instante, Erebuni entrelaça o dedo mindinho no meu.

Ela sorri para mim; seus lábios são lindos, e sua boca se alarga. Ela, então, dá um salto para a frente, e começamos. Estou acompanhando os movimentos dos seus pés. Tem uns vinte passos complexos para repetir, o que significa que estou totalmente desesperada. Tento chamar a atenção de Erebuni para dizer: "Não tenho ideia do que estou fazendo, não é engraçado?". Embora essa tenha sido a energia que exalei a noite toda, então suponho que ela já tenha sacado. Como Janette afirmou, Erebuni é muito boa nessa dança, e fico olhando para suas botas pretas de pele de cobra, tentando imitar seus passos. Seu mindinho aperta o meu com força. Estou feliz por ter vindo.

É aí que o vejo do outro lado da sala. Raffi Garabedian, o solteiro armênio mais cobiçado da Bay Area. E, uau, ele é um gostoso. Tem uma mandíbula sexy e definida, e um olhar de aventureiro, do tipo que seria digno de uma história narrada por Sherazade em *As mil e uma noites*. Também parece ser alto, pela maneira como está sentado na cadeira, com as pernas abertas como se o chão à sua frente não tivesse espaço suficiente.

Raffi está conversando com outros dois homens que parecem familiares, e posso estar errada, mas tenho a sensação de que são um grupinho. Eles têm seu time, não estão procurando novos membros. E tudo bem. Se for esse o caso, não preciso de ninguém assim; já encontrei meu grupinho. Minha gafe parece ter sido esquecida.

Desisti de acompanhar os movimentos, mas ainda estou me divertindo aqui. Sinto minhas têmporas e meu pescoço febris, mas de alegria. O dedo mindinho de Erebuni e o meu estão suando, deslizando para dentro e para fora um do outro, mas sempre encontrando uma maneira de continuarem ligados. Nossa corrente de dança segue em direção a Raffi e, embora estejamos perto, não consigo vê-lo, pois estou de costas para ele. Continuo balançando aquele guardanapo como se fosse um lutador de sabre até ele estalar de uma forma não natural, como se tivesse entrado em contato com alguma coisa.

Então, ouço um vidro quebrando, e um homem grita:

— *Vai!*

Eu me viro para ver o que causou o grito de susto em armênio. Meus gestos brincalhões com o guardanapo derrubaram um copo cheio da mesa, caindo no colo de Raffi e espatifando tudo no chão. E ele está chateado, com as sobrancelhas franzidas e um ar do tipo: como o universo poderia tê-lo traído dessa forma? Sem hesitar, me separo de Erebuni e corro até os pés de Raffi.

Vidros quebrados e uísque com notas de fumo respingam por toda parte, e o líquido sufoca os mocassins Gucci de Raffi. É um desastre total. Não consigo olhar para ele, mas pelo menos vim preparada, com algo para secar. Limpo seus sapatos de veludo.

— Sinto muito. Eu... Eu levei o lance de balançar o guardanapo muito a sério.

A energia frenética dos caras ao meu redor se acalma de repente. E então há uma mão sob meu queixo, inclinando suavemente minha cabeça para cima. Estou olhando diretamente nos olhos de Raffi, atordoada, porém encantada.

— O que eu fiz para merecer uma mulher tão gata ajoelhada aos meus pés?

Sua voz é um ronronar suave, e ele tem um pouco do sotaque armênio-americano. Sua beleza é honestamente hipnotizante. Quando olhamos para um rosto como esse, percebe-se que não vemos muitas pessoas lindas de morrer em nosso dia a dia. Digo, talvez em Los Angeles, mas de fato não em São Francisco (me desculpe, SF).

Então, de repente, me dou conta de como isso deve parecer ruim dos pontos de vista feminista e conservador — não estou agradando ninguém aqui, exceto Raffi —, e me levanto.

Tento transformar meu tom de voz em algo confiante. *Não diga nada sobre a calça molhada dele, ou vou tirar você daqui.*

— A boa notícia é que seus sapatos vão sobreviver.

Ele os observa.

— Essas coisas velhas? — Ele semicerra os olhos e meio que aponta para mim. — Ei, eu te conheço. Você é a repórter.

— V-você me conhece?

E conhece meu trabalho? Um pensamento ridículo me ocorre, de que Raffi tem uma mãe em um universo paralelo que preparou uma lista de solteiras elegíveis para ele.

— Claro, @KTVANareh. Quase rima; fácil de lembrar. Bem pensado.

Ah! Ele me segue no Instagram. Uau, é a primeira vez que isso acontece. É satisfatório e assustador ao mesmo tempo.

— Adorei os arranjos de flores da festa da sua prima — comenta Raffi. — Mas adorei ainda mais aquela selfie que você postou.

Estou corando de novo, combinando com as romãs. Nunca ninguém tão atraente me disse que tinha gostado de uma foto minha, e isso fica evidente.

— Bem, quem sabe você não vai ver mais algumas.

O quê. *O quê?* Não acredito que eu disse isso. Este é meu primeiro flerte depois do Trevor em, tipo, cinco anos. E não me sinto mal? Parte de mim não consegue acreditar que sou capaz de dizer coisas assim. A emoção me faz sentir com três metros de altura. Além disso, insinuei que mandaria um nude? Talvez sim. Ai, meu Deus. Não era isso que minha mãe tinha planejado. Mas quem disse que um relacionamento legítimo não pode nascer de uma troca de nudes?

— Vou te mandar uma DM.

Ele está com uma cara de quem acabou de engolir algo delicioso.

— Acho bom.

Então, me viro e vou embora, balançando os quadris para ele.

6

Tudo que os outros semeiam cresce reto,
o que eu semeio cresce torto.

Ամէնքը արտ կը ցանեն շիտակ կը բուսնի, իմ ցանածս ծուռ կը բուսնի:

— Provérbio armênio

Eu me sinto uma bosta enquanto caminho de volta em direção ao meu grupo, não vou mentir. Posso até estar me exibindo. Posso vestir essa armadura alcoólica que me diz que nada que eu faça é errado. E, sim, sei que andei vacilando por aí, mas deve haver algum tipo de anjo da guarda jogando meus erros no espremedor e fazendo uma limonada.

Meus novos amigos estão no meio do salão, agora que mais pessoas se juntaram e outras abandonaram o círculo. Chego por trás de Erebuni enquanto ela dança, dou um tapinha em seu ombro e me entrelaço entre ela e outra mulher, que é mais um daqueles espectros do passado que eu meio que reconheço. Dou um pequeno aceno de cabeça, digo "*Parev*" e presumo que isso será suficiente, já que estamos dançando. Ela retribui, depois se volta para a amiga e então, ufa, essa interação acabou. O anjo da guarda ataca novamente. Olho para Erebuni, que levanta a sobrancelha para mim.

Ela sussurra de um jeito muito articulado:

— Raffi G., hein?

Ah. Ela o conhece. E não parece gostar dele? Tento reagir como se não estivesse tão interessada nele e que toda a interação não significou coisa alguma para mim. E nem tenho certeza se significou algo além da sensação de atrair a atenção de um cara gostoso. Pelo menos é o que acho.

— Ele é chamado assim? Raffi G.?

Os passos de agora são mais complexos do que os anteriores, e não tenho guardanapo para balançar, então estou tentando pular o mais despretensiosamente possível, meu único objetivo é não parecer uma intrusa para o restante dos dançarinos.

— Foi assim que ele se apresentou para mim há muito tempo. Ele acha que isso lhe dá algum prestígio, mas me lembra de Kenny G.

Ela definitivamente não gosta dele. Eu rio, porque duvido que o garanhão que usa Gucci ficaria feliz de ser comparado ao cacheado rei do saxofone.

— Ele parece mesmo meio convencido. Mas, com aquela beleza, meio que justifica, né?

A fila para e recua em um momento no qual eu ainda estou andando para a frente, e acabo puxando Erebuni e aquela outra conhecida que está ao meu lado. Ela me lança um olhar, tipo, *mas que porra*?

— Quer fazer uma pausa? — pergunta Erebuni.

Quero, mais do que tudo. Eu logo me afasto e grito algumas desculpas sorridentes para a mulher por atrapalhar seus movimentos. Em vez de ir em direção à mesa, como pensei que faria, Erebuni caminha em direção à porta. Logo estamos do lado de fora, com a música abafada atrás de nós e a noite gelada de São Francisco beliscando nossa pele suada.

Há pequenos grupos de amigos fumando juntos, a maioria homens, e Erebuni nos afasta deles.

Nós nos sentamos lado a lado em um banco, e nem consigo acreditar que essa mulher culta ainda esteja prestando atenção em mim depois de eu parecer uma idiota insossa. Olho de novo para ela. Sua beleza é muito marcante. Ela tem olhos cósmicos, um par de planetas inexplorados, quase alienígenas de tão grandes.

— Sei que acabamos de nos conhecer, mas acho que você é... — ela faz uma pausa — uma boa pessoa, Nareh. Espero que possamos sair mais vezes.

Ela está sendo tão legal comigo que não quero perder minha chance de pedir desculpas por mais cedo, então deixo escapar:

— Eu também. E sinto muito pela minha ignorância antes. Não sei o que deu em mim. Você está totalmente certa sobre a questão do Holocausto Armênio. O que está fazendo é muito impressionante. Você... Você é impressionante. Tenho sorte de ter te conhecido. Tomara que eu não tenha estragado tudo sendo... — Procuro uma palavra mais sofisticada do que a primeira que me vem à mente, *babaca*.

— ... fútil, mais cedo.

— Não. Você é honesta. Gosto disso.

Estranho, porque normalmente não considero ser honesta como minha melhor qualidade. Consigo me adaptar a mentirinhas inocentes para deixar todo mundo feliz. Sei que faço isso, mas não consigo parar. Pensando bem, acho que hoje deixei a verdade escapar mais cedo que o normal. Sobre o maldito genocídio, por incrível que pareça. Nossa, sou tão idiota às vezes.

A brisa fica mais forte, e sinto o perfume floral de Erebuni de novo. O cheiro é arrebatador, e esqueço o que estava prestes a dizer. Ou sobre o que estávamos falando.

— Qual... Hum, qual perfume você usa? É floral, mas amadeirado. — Isso soa meio assustador, né? Como se eu a estivesse fungando. Continuo: — Sou uma apreciadora de aromas.

Ai. Como eu disse, sou uma idiota. Balanço as mãos.

— Desculpa, desculpa. Estou piorando as coisas.

Ela não parece nem um pouco incomodada.

— Viu? Você é honesta. E está no caminho certo. O nome é Trampled, faz referência à rosas pisoteadas no chão de uma floresta. Tem rosa búlgara e, não sei se conhece, madeira de ágar?

Nego com a cabeça. Mas quero conhecer a madeira de ágar. E todas as outras coisas que ela conhece.

— Eu passo um pouco atrás das orelhas. — Sua voz é suave, fluida. Meus braços formigam. Ela sorri. — Também sou uma apreciadora de aromas.

— Caramba, Erebuni. Podemos ser amigas?

— Espero que sim. Deixa eu te dar meu número.

Amizade selada. Trocamos nossos números, e lhe dou meu perfil do Instagram, pois é a melhor maneira de manter contato comigo.

Até que ela me pergunta:

— Então Raffi é o tipo de cara que você gosta?

Ela quer conversar sobre caras? Não achei que ela fosse esse tipo de mulher.

— Segundo meu histórico, não. Acho que com todo o seu... — Estou prestes a contar toda a história de sua família na política e nos jornais e como isso me sugere que ele pode ser mais do que um garoto bonito usando alta-costura, mas me censuro. — Digo, não. Minha resposta é não.

Ela sorri, e parece algo particular, como se fosse só entre mim e ela.

— Aí estão vocês! — exclama Arek, seguido por Vache e Janette. Droga, queria saber para onde a linha de curiosidade de Erebuni seguiria. Não quero presumir nada, mas parecia… íntimo.

Os homens estão suados, com as têmporas salpicadas de gotículas e as camisas úmidas. Janette continua a mesma. Arek tem uma expressão animada, quase infantil, com seriedade nos olhos como se alguém tivesse lhe entregado um pacote extragrande de minhocas de goma.

— O convidado especial, DJ Versace, já chegou. — Ele se dirige a Erebuni. — Sabia que ele vinha? Você é tão sacana. Sabe que eu adoro surpresas.

Eles começam a conversar, e eu olho para o relógio. Está ficando tarde, e tenho de trabalhar amanhã. Pois é, trabalho aos domingos. Às vezes, trabalho todos os dias da semana. As notícias não dão trégua nos fins de semana, e essa é uma perspectiva que costumava me entusiasmar, mas agora me dá medo. Não tenho certeza de como isso aconteceu, de como fiquei presa nessa versão repórter do bode expiatório. Mas há algo no otimismo desta noite, intensificada por pessoas tão boas, que resolvo, aqui e agora, mudar minha posição no trabalho. Esta noite, vou procurar informações, vou atrás das minhas fontes e terei uma pauta brilhante e polida de um assunto sério para entregar a Richard amanhã de manhã. Já é tarde e tomei três drinques, mas sei que consigo fazer isso.

— Uma pena que vou perder o DJ Versace. Tenho que ir.

— Vai voltar dirigindo? — pergunta Erebuni, preocupada.

— Hum, estava pensando em…

Eu me autoavalio. Minha cabeça está girando, não como uma corrente tempestuosa, mas como se flutuasse em um rio sossegado. Ainda assim, há muito movimento.

— Pedir um Uber.

Erebuni coloca a mão atrás do meu braço. Sua voz é gentil.

— Boa.

Fico sem ar. Está acontecendo de novo, e preciso desligar esse sentimento. Está crescendo. Tentei fingir que não, mas, quando sua mão macia e fria passa pelo meu braço, a sensação é diferente de quando cruzamos os dedos mindinhos para dançar. Minha pele tensiona e formiga, e não posso ficar me enganando. Tenho um crush nela.

Ai, eu poderia falar de maneira tão poética sobre os crushes que já tive em garotas. Acontece com muita frequência, e, quando eu era solteira, essas paixonites nunca deram em nada, exceto em minha própria decepção e nas ocasionais amizades arruinadas. Às vezes, parecia que todas as mulheres do mundo eram heterossexuais. De qualquer forma, este não é o momento; estou em busca de homens. *Então, Nareh, pare com isso.*

Peço licença, corro de volta para dentro para me livrar dela, pego minha bolsa e chamo um Uber. Eu me encolho ao ver o valor, pensando no tanto que fui burra por beber demais a ponto de não conseguir dirigir. Ainda mais em noite antes de trabalhar. A filha de um pai que morreu em um acidente de carro envolvendo bebida. Toda vez que entro em um carro, penso nele, e digo a mim mesma que não sou invencível. Mas esta noite minha cabeça estava cheia de coisas felizes demais para que eu pudesse pensar nas consequências de dirigir. Talvez meu pai tenha se sentido assim.

Quando volto ao grupo, dou um pequeno aceno de despedida.

— Não faça desfeita. Venha aqui. — Arek me dá um abraço de urso. Arek, um dos pretendentes selecionados por minha mãe, está riscado da lista. Ele é incrível, ele é mesmo, mas sempre fui boa em saber quando estou sentindo atração ou tenho a possibilidade de me sentir atraída por alguém (literalmente em segundos), e ele não é uma dessas pessoas. Desculpa, mãe.

Vache e eu nos abraçamos, e ele é muito mais musculoso do que eu esperava.

— *Mnak parov* — Janette me deseja, e manda dois beijos no ar.

Erebuni se inclina para um abraço, e então estou em seus cachos, cercada por rosas escuras, lascas de madeira pisoteadas e galhos quebrados em uma floresta. Ela é macia, mas não frágil como Janette; há força em seus braços, e a maneira como ela me segura faz parecer que está me dando algo para levar para casa.

Eu me acomodo no carro e me nego a olhar para ela. Mas não consigo conter meus pensamentos. *Será que ela me olhou? Se sim, por quanto tempo? Por que estou tão focada nela, e não em quem deveria estar?* Estou perdendo tempo me apegando àquele perfume, à onda de calma que ela exala. Preciso cair na real. Fecho os olhos e penso: *Chega de Erebuni*. Faço um esforço e me pergunto quando será que Raffi vai me mandar uma mensagem.

7

De quem é a palavra mais valiosa? Dos ricos e dos belos.

Ո ՞ րուն խօսքը անցուկ կ'ըլլայ:—Հարուստին ու գեղեցկին:

— *Provérbio armênio*

São exatamente nove horas da manhã, e Diana está na minha casa. Desço as escadas com dificuldade, e, a cada passo que dou, parece que minha cabeça contrai contra a própria vontade. Bastaram três drinques para eu ficar de ressaca; então é assim que é ir dos vinte e sete para os vinte e oito anos. Fiquei torcendo para conseguir sair de casa de forma tranquila e silenciosa até o Uber que chamei para me levar de volta ao local em que meu carro ficou.

A reunião de pauta no domingo é às dez da manhã, e não há notícias de última hora, então costumo ter uma manhã calma. Minha mãe tende a dormir até tarde, e Nene, que nunca foi de conversar, diz que está velha demais para bater papo. Pretendia ficar sozinha com meus pensamentos, tentando processar a festança que foi ontem à noite. A principal sensação no momento é a de *mal-estar físico*, com um sentimento reluzente, uma centelha de otimismo.

Encontro Diana na cozinha, e ela parece à vontade com sua calça legging e uma camisa maleável, colocando gelo em dois copos fumegantes de chá Earl Grey. É lógico que está incrivelmente chique com a roupa mais casual que tem.

— Nene — sussurra ela enquanto coloca o chá na frente da nossa avó, que está sentada usando um roupão branco. Isso a faz parecer mais velha, e meu coração estremece só de pensar. Nene assente brevemente para Diana.

Entro na sala e abraço Diana, prestes a perguntar por que ela está aqui tão cedo. Ela mora a menos de dez minutos de carro, mas costuma aparecer só no fim do dia.

Minha mãe desce as escadas correndo.

— Não comecem sem mim!

E lá se vai minha esperança. Adeus, manhã tranquila.

Agora entendi o que está acontecendo. É a grande inquisição de Nareh Bedrossian e da sorte que deu com os pretendentes no evento.

Diana está olhando para mim.

— Tantig Anahid e eu estávamos nos falando por mensagem ontem à noite. Temos *muito* assunto para colocar em dia. Você foi ao shourchbar? Nossa, deve estar exausta, fazer isso depois do chá de panela.

Minha mãe balança os braços.

— Exausta, que nada. Quem você conheceu?

— Gente. Tenho que ir trabalhar. E, ah, meu carro.

Explico a elas como voltei para casa, e Diana e minha mãe ficam mais do que felizes em me levar até a escola armênia, já que isso significa que terão mais tempo para ouvir as fofocas de ontem. Admito, fico feliz por não ter de pagar por uma corrida até lá, mas há algo na energia conspiratória entre as duas que está me irritando. Ou pode ser só a pulsação chata atrás dos olhos. Sinto a enxaqueca ganhando forma.

Nós três nos aproximamos do jipe branco que Diana tem há mais tempo do que eu tenho meu carro. Ela tem o adesivo da Delta Gamma desbotado no para-choque e a moldura da placa da Universidade de Santa Clara. Vou até o banco de trás para me sentar com Nene, mas minha mãe segura a maçaneta.

— Vá se sentar no banco da frente com Diana. Não quero esticar o pescoço durante todo o trajeto. — Começo a protestar, mas ela me interrompe: — Estou velha, tenha dó.

Não adianta discutir. Então vou na frente e, no segundo em que Diana liga o carro, fecho todas as saídas de ar que sopram em minha direção, porque não há nada pior do que ar frio em um dia já triste. O mês de junho deve ser muito diferente daqui no restante do país. Anseio pelo calor metropolitano, pelo manto quente de umidade de Chicago, ou de Washington, ou de Nova York. Todas as possibilidades que um verão escaldante oferece, toda a emoção da população com a chegada dele — está aí algo que nunca vivenciei, mas que gostaria.

Diana dá ré como quem quer sair logo daqui, e minha mãe já começa a pedir que ela dirija devagar.

— *Gamats, hajees*. Você sabe que não aguento.

— Eu sei, tantig. Ok. Nar! Então você vai mesmo embarcar nessa busca por um pretendente armênio? Ou tantig Anahid está exagerando?

— É tudo verdade. Só estou… — começo a responder, mas como posso explicar? Estou confusa, e me arrependo de não ter me juntado a elas antes para um chá.

— Ouvindo a mãe dela, finalmente — acrescenta minha mãe, e fico feliz porque significa que não preciso explicar mais.

Diana faz uma curva ousada à esquerda na rua principal, que leva à rodovia; a escola armênia tem uma saída logo antes dela. Passamos por todas as casas de São Francisco enquanto minha mãe faz um barulho como se tivesse sugado todo o oxigênio do carro, e posso imaginá-la cravando as unhas na maçaneta.

Decido contar devagar.

— Bem, eu conheci Arek, o engenheiro. Também conheci o amigo dele, chamado Vache, que é jornalista gastronômico. Não é legal?

— Se quiser ficar sem um tostão no futuro, sim — retruca minha mãe. — Qual é o sobrenome dele?

— Não entendi.

Minha mãe suspira com desdém.

— Nareh costumava gostar dos intelectuais — comenta Diana.

Ok, frase no pretérito, um insulto ao Trevor. É verdade, no entanto. Tenho propriedade para dizer que ser advogado e ser intelectual são coisas diferentes.

— Precisamos encontrar aqueles armênios da Costa Leste para você. Os *darper* da Costa Leste. Aqueles mais americanizados por estarem aqui há muito tempo. Você adora esse tipo. Uns caras de Watertown, de Boston, com camisa quadriculada e que não têm medo de usar gravata-borboleta e trabalhar, tipo, com *finanças*. Ah, consigo muito imaginar.

Minha mãe descarta essa ideia. Ela diz em uma tacada só:

— Eles não vêm nas nossas coisas, e já temos muitos homens. Agora, me conte sobre Arek Grigoryan.

Eu meio que adoro como minha mãe consegue ser totalmente profissional em relação à perspectiva de namoro (quando se trata de rapazes armênios). É como se ela fosse uma casamenteira em nosso antigo país, folheando uma pasta com a ponta dos dedos. Eu explico:

— Ele é superamigável, mas é assim com todo mundo.

— Então você gostou dele? — pergunta Diana.

— Sim, mas ele não faz meu tipo. Di, a camisa dele era tão brilhosa que eu conseguiria me maquiar no reflexo dela. Minha mãe e Diana riem.

— *Nareh-een ov guh portzess amousnatsnel? Kroghuh lav er.* — Minha avó me defende, perguntando com que tipo de cara elas estão tentando me casar, e ela gosta da carreira de jornalista de Vache, ao contrário da minha mãe. Mas vale lembrar: Nene é artista, e semelhante reconhece semelhante. Mas Vache, não sei, ele é incrível, mas só senti uma energia amistosa com ele, e tenho certeza de que ele também sentiu o mesmo. Mesma coisa com Arek. Sim, Arek fez um comentário sobre a minha aparência, mas parecia estar sendo apenas simpático, e não flertando. E estou feliz com isso. Dois amigos? É isso aí. Não preciso namorar ou abandonar todos os homens.

Digo a Nene que não se preocupe; ainda não vou me casar com ninguém.

Diana acelera em uma rua quase vazia. Minha mãe agarra o assento de Diana e se inclina para a frente.

— Vejo sinais vermelhos. *Gamats*!

Diana freia do nada, provavelmente desacelerando uns quatro quilômetros por hora.

Continuo:

— Também fiz outros amigos. Uma tal de Janette, de algum lugar de South Bay.

— Ah, Janette. — Interrompe minha mãe. — Ela é magra, pequena e parece um pássaro? Um lindo pássaro?

— É... Isso mesmo, na mosca.

— Eu a conheço. Yacoubian. Os pais são professores da Universidade de San José. Muuuuuuuito esnobes. — Ela prolonga a sílaba por, tipo, uns dez segundos. — Mas vocês gostaram uma da outra? Isso é bom.

— Mais ou menos. E tinha também — manipulo meu tom de voz para sair quase entediado — outra mulher, Erebuni. Sobrenome, hum... Mardirossian? Não. Minassian! Acho que é isso. Você a conhece? Ela é de Fresno.

— Erebuni? Nome estranho. Nunca ouvi falar de nenhuma Erebuni. Conhecemos alguns Minassian, mas nenhum de Fresno. Quem mais?

São apenas esses comentários que conseguirei a respeito de Erebuni. Estou, ao mesmo tempo, decepcionada e aliviada. E se minha mãe conhecesse a família dela e os odiasse ou algo assim? No melhor estilo rivalidade moderna entre Capuleto e Montéquio. Assim que assimilo esse pensamento, me surpreendo por estar realmente considerando Erebuni uma opção. Sei lá, estou cansada, minha guarda está baixa e quero vê-la de novo.

Também percebo como é um absurdo esquentar a cabeça com o fato de minha mãe gostar ou não da família dela. Primeiro, porque isso é presumir que Erebuni tenha interesse em mulheres, e segundo que, mesmo se ela tivesse, não dá para saber se gostaria de mim. E por último, que a objeção de minha mãe estaria relacionada a laços familiares, e não ao gênero de Erebuni.

Não é como se minha mãe fosse superpreconceituosa com gays — ao contrário da tantig Sona, irmã do meu pai, que andou curtindo memes antigays no Facebook, provavelmente sem saber que aparece para todo mundo ver. Porém, minha mãe já lamentou que os filhos de outras pessoas fossem gays porque eles teriam uma vida mais difícil, mas "que bom para aqueles aceitos pelos pais", "é tão complicado para todo mundo" etc. Não sei se poderia chamar de progresso, mas ela não quer trancar as pessoas em armários nem acha que ser gay é uma escolha, então considero um passo na direção certa.

O que impede a sua total aceitação é que a comunidade armênia não é muito receptiva a pessoas LGBTQIAPN+. Não conheço uma única pessoa assumida que esteja fortemente envolvida na comunidade. Talvez esse seja um sinal de que eu é que não estou tão envolvida, para início de conversa. Pode ser que tenha um homem gay no comitê para Jovens Profissionais Armênios, mas como vou saber? Em vez disso, o que cresci ouvindo são sussurros sobre um ou outro homem bonito, na casa dos quarenta anos, com um bom emprego e que nunca se casou — será que ele é gay? Quem se importa? Deixe o pobre homem em paz. E quase não há menções a lésbicas, como se o conceito nem existisse. O que acontece com todas as lésbicas armênias? Ou são rotuladas de solteironas, ou se casam com um homem, eu acho. A sensação que tenho é que a comunidade armênia é silenciosamente hostil com os LGBTQIAPN+. Então, mesmo com minha mãe sendo "tolerante", nunca me assumi para ela nem para meu pai.

Por que eu faria isso? Sei que não é o jeito mais moderno de abordar o tema, e a Geração Z me criticaria por dizer isso, mas só namorei homens até hoje. Nunca mencionei que me sentia atraída por mulheres porque nunca tive um compromisso com nenhuma delas; só me diverti por aí, principalmente na época da faculdade. Tenho vagas lembranças em que o álcool me tranquilizava o suficiente para realmente *fazer algo* em vez de só flertar com a ideia, as sinapses cintilando com a novidade. Nas manhãs seguintes, meus neurônios ficavam relaxados a ponto de irritar, considerando que éramos apenas garotas héteros se divertindo um pouco.

Contar aos meus pais seria basicamente dizer: "Estou fazendo sexo casual tanto com mulheres quanto com homens". Informação desnecessária, na minha opinião. Agora, se eu desse uma chance a namorar mulheres, aí, sim, seria diferente.

Então, até onde minha mãe sabe, sou tão hétero quanto Taylor Swift (minha inimiga mortal).

Diana meio que sabe, mas não é como se eu tivesse me assumido abertamente para ela. Um tempo atrás, estávamos discutindo nossas façanhas, como todo mundo faz, e eu mencionei as mulheres com quem já fiquei. Ela disse que já tinha beijado uma ou duas garotas bêbada, mas que não gostou. Contei para ela que eu *gostava* de meninas, e acredito que ela enxerga minha sexualidade como algo que eu estivesse só experimentando. Mais ou menos como o fato de eu ser uma repórter navegando em todos os tipos de histórias. Eu poderia ter insistido, mas ela é tão hétero e só tem amigos héteros que fiquei com medo de ser muito direta e ela me achar estranha. Além disso, assim como meus pais, ela só me viu com homens, então não posso culpá-la por pensar que minha bissexualidade não é real.

Trevor também sabia, assim como alguns amigos da faculdade, para quem contei casualmente sobre meus encontros. Nossos amigos, pessoas de mente aberta, mal deram bola, e ficaram, tipo: "Ah, legal". Acho que sem saber o que dizer. Trevor achou sexy e brincou dizendo que deveríamos fazer um ménage. Na época fiquei lisonjeada, mas agora não tenho tanta certeza.

Diana chega ao estacionamento.

— Voltando aos homens. Quem mais estava lá?

Sempre voltamos a falar de homens. De qualquer forma, essa até pode ser uma boa ideia — é melhor não forçar o tópico Erebuni, pois minha mãe pode começar a suspeitar (ela tem faro de cão de caça para qualquer coisa que eu não "deveria" fazer). Além do mais, minha mãe ganhou vida durante essa conversa, um nítido contraste com a tristeza habitual e incômoda na qual ela se afundou desde que meu pai morreu.

Ela virou uma eremita, e eu quase agradeço a Diana por estar se casando e tirando minha mãe de casa para ajudar a escolher talheres ou cadeiras chiavari. Faz anos que minha mãe não visita amigas para tomar um café casualmente como costumava fazer. Ela conversa com elas por telefone, mas sempre recusa convites, dizendo que precisa cuidar de Nene. Eu me pergunto se ela não quer visitar suas casas, cheias de vida e com marido, para evitar a lembrança de que é viúva e diferente delas. Minha mãe não gosta de coisas diferentes.

Mas agora ela está sentada, atenta, e não é apenas porque Diana está ao volante. Quero que continue assim, e sei o que ela vai adorar ouvir.

— Deixei o melhor para o final. Derramei um drinque no Raffi Garabedian.

— *Vai, Asdvadz* — exclama minha mãe, fazendo o sinal da cruz.

Diana está tendo um colapso. Suponho que tenha ouvido minha mãe falar de Raffi.

— Mas ele não se importou. Na verdade, ele me conhecia do Instagram e disse que ia brotar nas minhas DMs.

— Ele não disse "brotar"! Disse? — grita Diana.

— O que é DM? Nada de falar em códigos — diz minha mãe.

De alguma forma, toda essa conversa deixou de ser uma causadora de enxaqueca e virou algo divertido. É terrível admitir, mas estou gostando da atenção. Durante quase um ano, todos os olhares se concentraram em Diana e em seu noivo armênio, gerente de uma agência bancária e que parece uma bela raposa com feições marcantes. É óbvio que estou feliz por ela, mas é bom ter minha família atenta a cada palavra que digo, porque sinto que elas também se preocupam com meu futuro. É uma droga que tenha de namorar armênios para que elas se importem. Homens armênios, devo ressaltar.

— Significa que ele vai me mandar uma mensagem privada no Instagram. E, ok, posso ter exagerado, ele não disse "brotar". Mas foi alguma coisa assim. A propósito, ele adorou as flores do seu chá de panela.

— Ele viu minhas flores? — Posso jurar que vi Diana corar um pouquinho.

Ela estaciona ao lado do meu carro. Começo a pegar minha bolsa e a outra com roupas de academia que eu trouxe.

Minha mãe está agitada.

— Não fique por aí fazendo coisas privadas, às escondidas. Tenha certeza de que ele saiba que você é uma mulher de valores.

— Mãe, eu sei. É uma forma de dizer. Estávamos flertando um pouco, mas ele sabe que sou repórter. Não estou interessada em algo casual. — Faço uma pausa e, ai, não consigo evitar. — Eu acho.

— Não! — exclama minha mãe, e Diana começa a rir.

— Brincadeira, brincadeira — eu a tranquilizo.

Ela diz meio que para si mesma:

— Raffi Garabedian está interessado na minha filha. Quem poderia imaginar? — Então, se volta para mim. — Quando ele enviar uma mensagem para você, me mostre. Não, mostre para Diana também. *Tserket togh chuh pakhi.*

Um voto de confiança. Minha mãe insiste que elas vão me ajudar para que ele não escape das minhas mãos.

— Ok, preciso mesmo ir agora. Di, obrigada pela carona. Mãe, devo chegar mais tarde hoje. Vou malhar.

Começo a descer do carro, enquanto minha mãe diz:

— Malhar. O que você tanto malha? Tem gente que não foi feita para tanto esforço. Foque em uma coisa só.

Minha mãe acha que os estadunidenses têm obsessão por malhar e que ninguém se exercita no Líbano, pois estão todos ótimos. Meu pai e ela sempre brigavam por causa das constantes partidas de tênis e de golfe dele, mas eu gostava que ele e eu tivéssemos isso em comum. Meu pai me ensinou a ser boa em ambos os esportes, caso, sabe como é, eu precise mostrar minhas habilidades para conseguir uma grande promoção. Pena que não tenha dado tão certo assim na vida real, e meu chefe, Richard, está mais interessado nas minhas entregas de pauta dentro do prazo do que no meu *backhand* perfeito.

— Não vou me esforçar muito no treino, que tal?

Ela assente.

— Isso é bom.

Eu me despeço de todas e fecho a porta, tomando cuidado para não bater com força. Diana fica lá por um instante, me esperando entrar e ligar o carro. Entro e ligo o motor para que ela saiba que estou prestes a sair.

É então que meu celular apita com uma mensagem. É de Erebuni, e eu travo. Não me sinto mais grogue. Meu corpo todo fica em alerta enquanto leio.

A seguir, dicas para se manter conectada. Caso mude de ideia a respeito dos eventos sobre o genocídio armênio, aqui está o link para a palestra:

Beleza, acho que selei meu destino ontem e precisarei ir. Embora o fato de Erebuni estar na organização me deixe um pouco mais inclinada a participar. Pontinhos surgem enquanto ela digita.

Agora um link para minha perfumaria favorita:

Clico e vejo um ateliê chique de Nova York com um site todo em preto e fonte de máquina de escrever. Sei muito bem que não poderei comprar nenhum desses produtos, mas vou ler sobre eles e imaginar os aromas. Eu a imagino posicionando um dedo na abertura de um frasco, depois pressionando o dedo molhado em cada lado do pescoço. Mais pontinhos enquanto ela digita.

E uma esperança de que a gente possa se conectar de novo em breve?

Seguro meu celular como se fosse uma pétala caída, inspecionando a mensagem. Tudo lá fora está ofuscado em meio ao branco acinzentado da neblina, mas aqui, dentro do carro, eu estou brilhando.

Gostar dele seria como gostar de segurar o choro.

Անպէս կը սիրեմ, որչափ աշքս մութը կամ փոշին:

— *Provérbio armênio*

Durante meu trajeto, milagrosamente livre, até Redwood City (obrigada, trânsito de domingo), a neblina se dissipa em algum lugar perto de San Bruno, revelando um dia ensolarado e fresco. As pessoas às vezes perguntam se o deslocamento me incomoda, e, sim, dirigir uma hora no trânsito parando e andando não é agradável, mas adoro atravessar os microclimas da Bay Area, respirando ar desde o clima monótono do verão de São Francisco até uns perfeitos 23ºC em Redwood City. Uma curiosidade: o slogan da cidade é "Melhor climatizado, graças ao Estado!", o que é uma minifanfarrice tão engraçada. É *ciência*!

  Entro na reunião de pauta logo após uma troca de mensagens com Erebuni. O restante das nossas mensagens não foram lá grandes coisas. Agradeci a ela pelos links, confirmei que ia à palestra e avisei que estaria na aula de culinária armênia em alguns dias. Li a resposta dela quando estacionei meu carro, e dizia: "Não vejo a hora". Tive de fazer um exercício de respiração para não ficar muito animada. Nem mesmo Mark, que não vejo desde o incidente no Diekkengräber, vai conseguir acabar com o meu bom humor com seu sorriso maldoso.

— Bom ver que se recuperou do desmaio — comenta Mark. Ok, acabou um pouco com meu bom humor, sim. Richard ainda não chegou, então Mark pode deixar sua maldade correr solta. Felizmente, minha parceira de trabalho, Elaine, está sentada bem ao meu lado, e sinto seu corpo enrijecer como um escudo.

Ela não tem paciência para as besteiras de Mark, e se vira para mim.

— Sei que Mark sempre foi um imbecil, mas ele está ficando doido também? Desmaio?

— Né? — respondo, fingindo incredulidade, só para ver as veias dos antebraços de Mark começarem a saltar e a pulsar. Ele está prestes a contar o que aconteceu quando Richard entra.

Richard tem quase cinquenta anos, cabelo loiro-avermelhado, bigode, e usa óculos de senhor dos anos 1980 que, acidentalmente, voltaram à moda. Ele sempre faz a reunião durar mais do que devia e faz anotações no quadro branco com uma caligrafia incompreensível.

É um daqueles dias arrastados pela falta de notícias, o que significa que a diretoria (Richard e os produtores principais) vai pedir sugestões. Depois da noite no shourchbar, fui fiel à minha palavra, desbravei o Twitter em busca de dicas e consegui uma boa pauta. Estou me arriscando um pouco ao apostar em uma história fora da minha zona de conforto, mas ouço a voz do meu pai contando aos amigos como a filha dele cobre as notícias, as notícias reais, e isso me dá um gás.

Todo mundo compartilha suas ideias, e, quando Richard chega até mim, começo dizendo:

— Eu estava querendo escrever uma história política.

— Há certa zombaria de algumas pessoas na sala; Mark e os âncoras. Minhas bochechas queimam. Lá no fundo, meus canais lacrimais começam a inchar, prontos para caso eu precise deles. Ai, meu Deus, por que essa é minha primeira reação? Mantendo minha voz o mais firme possível, embora pareça que estou pisando em uma prancha instável, continuo: — Ouvi dizer que o prefeito Ortega está considerando interromper o desenvolvimento das novas áreas de mangue com urgência, e uma fonte próxima ao gabinete do prefeito está disposta a falar comigo.

Essa última parte é meio que mentira, mas posso conseguir alguém, sei que posso. Richard se vira para escrever "desenvolvimento dos mangues", e ficamos olhando para as rugas de suor marcando a parte traseira de sua calça verde-oliva.

— Isso é verídico? — pergunta ele. — Alguém tem informações disso?

Mark, com seu cabelo repugnantemente perfeito, responde:

— Sim, senhor. Tenho motivos para acreditar que sim.

Ele está mentindo, mas não posso culpá-lo pelo velho instinto de querer apertar um botão em um jogo mesmo sem saber a resposta.

— Você teria tocado no assunto antes se soubesse de algo — diz Richard. — Mas ganhou essa, parabéns.

Mas que m...? Mark se vangloria como se tivesse ganhado um prêmio de jornalista do ano. O que ele provavelmente fará um dia, esse babaca. Mas não, de jeito nenhum. Ele não vai roubar a minha história. Quero pular na mesa e gritar para a sala toda, mas há algo no rosto presunçoso de Mark e no desprezo de Richard que faz minha voz sair baixinha:

— Richard, com todo o respeito, essa é a minha pauta e a minha fonte.

Ele continua:

— E o Mark cobre o cenário político. Você tentaria roubar uma história sobre a última explosão de gadgets tecnológicos da Elaine?

Roubar? Que palhaçada! Mas o que posso responder?

— Não — respondo sorrindo, tentando ser agradável.

Porque posso sentir que, se eu não inventar algo bom muito rápido, vou receber outra história inútil. Mas não tenho nada.

A não ser que... Explore a Armênia. Uma comunidade que povoa a Bay Area e, visando o público mais jovem, partilha vários elementos da sua cultura para manter suas tradições vivas. Sim, posso transformar isso em uma pauta chamativa. Que se dane, vou falar.

— Mas eu tenho outra história. Esse mês está tendo um evento que só acontece a cada três anos.

— A Bitconference acontece a cada dois anos — interrompe Mark. — E a Elaine já está cobrindo.

Meus olhos se fecham um pouco demais com meu sorriso falso.

— Não é a Bitconference, Mark. — Nossa, que sensação boa. Levanto meu tom de voz para a grande revelação: — Explore a Armênia. É um evento cuja importância vai além da comunidade armênia que está situada na Bay Area. Não se trata apenas de preservar a cultura armênia, e sim de compartilhá-la com a nossa comunidade local. Tem uma aula de culinária chegando que pode ser muito...

— Pode ir parando por aí — me interrompe Richard. Não sei o que fiz de errado; estava parecendo algo sólido. Sua expressão é um misto de desinteresse e presunção. — Entediante. Não costumamos ter respostas positivas com, abre aspas, histórias culturais, fecha aspas.

Ele pelo menos me poupa de fazer aquelas terríveis aspas no ar para acompanhar o desdém em sua voz. Confiante, eu contra-argumento:

— Mas histórias sobre culinária são sempre ótimas para a audiência. Na semana passada você me fez cobrir a zona de food trucks na Broadway...

Richard me interrompe com a voz calma, porém mais alta que a minha:

— Tá. Mas era sobre tacos. Todo mundo ama tacos. Temos muitos espectadores, principalmente os millennials brancos que estamos tentando atingir, que amam tacos. Ninguém sabe quem são os armênios, não dá para encontrar o lugar no mapa e, de qualquer forma, ninguém está nem aí.

Estou em estado de choque. Tenho um milhão de respostas, mas estão todas confusas na minha cabeça e, embora eu esteja controlando minhas emoções o máximo que consigo, a única coisa que falo é por me sentir diretamente atingida:

— Richard, você sabe que *eu* sou armênia, né?

— E eu sou um quarto francês. Se meu chefe me diz para não publicar uma matéria sobre a França, ou, sei lá, sobre croissants, eu vou obedecer a essa ordem.

Hum, ele acha mesmo que ter ascendência francesa, de uma enorme nação colonizadora que brutalizou civilizações ao redor do mundo, se iguala a ter ascendência armênia. Eu devia ter ficado quieta. Ele não falou algo específico sobre mim, mas tenho vontade de dizer na cara dele: "Então você está dizendo que não tenho permissão para relatar uma história armênia porque nossa cultura não é interessante o suficiente para os brancos millennials?", porque ninguém pode negar que isso soou *mal*. Mas agora parece tarde demais, e a energia é outra, como se ele tivesse dado a última palavra e aliviado o clima com sua referência à culinária francesa. Fico quieta, e ele examina a tela do computador.

— Quais são as notícias mais pedidas? — Ele digita freneticamente. — Alguém pode procurar e projetar?

Ah, não, as sugestões dos espectadores que chegam por meio do nosso site. São sempre crônicas pequenas e mesquinhas, e adivinhe só quem sempre fica com elas.

Mark digita e clica com raiva, e a página de comentários aparece na TV atrás de Richard. Nem tento ler.

A aula de culinária seria perfeita. Eu podia fazer uma parceria com Vache, um especialista em comida armênia, o que daria certa notoriedade ao Explore a Armênia. E eu poderia me exibir na frente de Erebuni. De forma totalmente platônica, sabe.

Richard passa a mão no cabelo.

— Por que estou olhando para a lista completa? Não temos alguém para fazer a curadoria dessa merda? Meredith!

Mark está com a resposta na ponta da língua.

— Senhor, ela está de férias.

Richard balança a cabeça para a sala.

— Vocês e essa droga dessas férias. — Ele faz um breve contato visual comigo, mesmo eu não tendo tirado férias há anos.

Espere aí. Se Meredith não está aqui, significa que ninguém está olhando o site. Ninguém verifica isso a não ser ela e nosso estagiário. Se eu filmar a aula de culinária e subir no site da KTVA sem publicar na primeira página, Richard nunca vai saber. Ninguém verá, a menos que eu compartilhe o link com eles.

Tecnicamente, não estaria quebrando nenhuma regra. Não foi aprovado e pode me trazer alguns problemas? Sim. Mas não é ilegal.

Vou fazer isso de qualquer maneira. Vou construir meu portfólio, ajudar meus colegas armênios, entregar isso a Richard e mostrar a ele que...

Richard interrompe meu devaneio ao me atribuir uma pauta sobre um grupo de moradores reclamando do excesso de cocô de ganso no bairro.

9

Ao abrir a boca, abra também os olhos.

Բերանդ բանալուն, աչքդ բաց:

— Provérbio armênio

Três dias depois da reunião de pauta, estou de volta à escola armênia. (Afinal, onde mais seria possível conseguir uma cozinha industrial que permita que trinta pessoas misturem, amassem e mexam ingredientes ao mesmo tempo?) Mas desta vez, quando estaciono, não preciso ser resgatada por Erebuni. Embora eu não ache uma má ideia.

Mandei mensagens em um grupo com Erebuni e Vache para ter certeza de que todos estão de acordo com os detalhes de hoje. A conversa tem fluído surpreendentemente bem e sem causar estranheza, considerando que sou a pessoa nova do grupo. Agora estou mais tranquila porque não vou entrar neste lugar com receio, me perguntando se as pessoas vão querer falar comigo, como foi da última vez.

Além disso, tenho um propósito diante de mim como uma onda abrindo caminho. Vou cumprir a promessa que fiz a mim e registrar o evento, Richard que se dane. É provável que alguém no trabalho me denuncie (Mark, *cof-cof*), mas as chances são poucas. E a estagiária, Winnie, pode ser uma puxa-saco, mas não é uma X9 (pelo menos torço para que não seja).

Entro no grande salão e reparo nas placas que me direcionam à cozinha. Quase hesito — apesar das inúmeras vezes que estive aqui, foram poucos os momentos em que entrei nas cozinhas, e parece que estou adentrando furtivamente uma área restrita. Se ao menos a minha versão da pré-escola pudesse me ver agora. Estamos mandando ver.

A cozinha é toda industrial. Fria. Há balcões e ilhas de metal, azulejos simples dos anos 1980, vasilhas e conchas suspensas no alto ou fixadas nas paredes. E está cheia de pessoas — a maioria mulheres — inspecionando os utensílios de cozinha em seus postos. Elas pegam os materiais, examinam potes, passam os dedos pelas listas de ingredientes.

E lá está Erebuni; avisto seu perfil. Ela está com um cardigã longo de renda preto por cima de um vestido curto roxo-escuro e meia-calça preta. *Gakhart*. Isso significa "bruxa" em armênio, e também está no *user* dela no Instagram. O fato de eu estar intrigada não explica como me sinto, mas a conta dela é fechada e ela ainda não aceitou minha solicitação. Ela também não me seguiu, então suponho (desejo) que isso queira dizer que ela não é muito de ficar no Instagram, e não que não esteja interessada em mim.

Há um anel de lua em seu dedo indicador, e, com a outra mão, ela aperta a lua e fica girando o anel. Quero ser essa lua. Digo a mim mesma que preciso me segurar imediatamente.

Arek está ao lado dela, conversando com Janette e Vache. A julgar pela falta de homens, me pergunto se Arek veio apenas para apoiar Erebuni e seu trabalho na organização, ou se ele gosta de cozinhar. Vache, é óbvio, está aqui pela comida e pelas histórias por trás dela. Assim como eu.

Não havia mais vagas quando tentei me inscrever, todas as trinta tinham sido preenchidas, mas garanti minha entrada por ser da imprensa. Na boa, foi melhor ainda, porque a inscrição estava cara. Erebuni não apenas concordou com isso como também usou a palavra *animada* e disse que a história estaria *em boas mãos*. Talvez eu tenha pensado demais nessas palavras nos últimos dias. E ela ficou feliz pela oportunidade de Vache e eu colaborarmos.

Eu me aproximo deles, de repente me sentindo tímida outra vez, já que estão todos juntos, esses grandes amigos.

— Oi, gente.

Arek me dá um abraço repentino, como se fosse reflexo de um susto.

— Nar! Parece até que a gente já estava junto, porque nós vimos suas reportagens. Caramba, garota, você é uma jornalista e tanto.

Nós vimos? Será que eles têm um grupo paralelo no qual estavam comentando minhas reportagens? Agradeço que esteja frio aqui, porque é a única coisa que me ajuda a combater o rubor que se espalha pelas minhas bochechas.

— Eu… Ah. Tomara que tenham visto as melhores. Nem sempre recebo o melhor material para trabalhar.

Como food trucks e fezes de ganso. Nenhuma das minhas pautas é o que chamariam de jornalismo contundente, o que lamento profundamente neste momento, com vergonha do que todos eles devem pensar sobre mim e do que meu próprio pai pensaria — *argh*, afasto rápido esse pensamento —, mas tento fazer meu rosto parecer impassível.

— Não tem do que se envergonhar, você estava refinada e muito profissional em tudo que vi — elogia Janette, e eu meio que quero morrer agora. Quantas reportagens constam nesse *tudo*?

Mas Erebuni está ficando vermelha na mesma proporção que eu (provavelmente) estou. Achei que já estava gostando muito dela, mas, ao vê-la corar, é como se eu a tivesse pegado fazendo algo que não devia. Ela não expôs nada de si que chegasse perto de ser embaraçoso, mas agora nossa conversa a fez se sentir assim. E isso me faz criar expectativa de algo que nem deve existir.

— Eu te entendo — comenta Vache. — Sinto o mesmo quando descubro que alguém leu meus artigos. Tem uma vulnerabilidade nisso, mesmo quando somos nós que divulgamos nosso trabalho.

— Aham — concordo, prestes a mudar de assunto. — E por falar nisso, Vache, está pronto para ser entrevistado? Erebuni, mais tarde será você; pode me contar como você e o grupo decidiram organizar este evento em específico. E, se sobrar tempo, adoraria conversar com a Vartouhi.

Vartouhi é a chef que conduzirá a aula de hoje. Ela é uma vovó armênia de respeito: está com um vestido simples logo abaixo dos joelhos e um avental velhinho, cabelo curto amarrado para trás e pele olivácea com manchinhas de sol de anos criando memórias por aí. Ela tem um ar de professora que é perfeito para este evento. Anda pela sala com confiança, orientando as pessoas, porém se mostra completamente acessível.

As coisas estão mais tranquilas agora. Posiciono meu tripé no canto, coloco o microfone em Vache e peço que me conte um pouco sobre a comida e suas origens. Li vários artigos dele nos últimos dias e, se ele for tão bom diante das câmeras quanto é escrevendo, com certeza terei um material excelente.

E consigo exatamente isso. Depois de sua fala sobre a comida, pergunto:

— E qual é a importância de um evento como este? Não é só uma aula de culinária?

Ah, adoro uma pergunta instigante. Vache e eu conversamos com antecedência sobre o tom da entrevista, e isso foi importante.

Vache dá um sorrisinho de cúmplice.

— Certo. À primeira vista, é apenas uma aula de culinária. Você pode ir ao Sur La Table em qualquer dia e aprender a fazer *cioppino*. Mas este evento é mais do que seguir uma série de passos. A comida armênia não é só uma comida, é um testemunho da tradição transmitida por meio das gerações, na qual nossos antepassados usavam ingredientes que cultivavam e com os quais possuíam ligações. É tudo uma questão de tradição compartilhada, de pessoas que se reúnem para criar e comer. Nossa comida representa a sobrevivência e é um posicionamento contra o apagamento cultural. O fato de haver trinta jovens armênios aqui, aprendendo com uma especialista, significa que estão honrando a sobrevivência dos seus antepassados. Só de os armênios estarem juntos, aprenderem e continuarem passando tradições, já é um ato de resistência. Estamos usando receitas sagradas de nossas terras ancestrais às quais não temos acesso.

Caramba. Fiquei arrepiada. Já ouvi falas assim antes, mas sei lá, vindo de Vache agora parece algo urgente e importante. Além disso, essa matéria será arrebatadora, e meu corpo inteiro vibra com aquela adrenalina que sinto quando sei que tenho uma boa história. Não são notícias de última hora, mas, de certa forma, gosto mais disso; matérias assim me permitem dedicar meu tempo às entrevistas e pensar na história como um todo, em vez de apressar algo com base em reações instintivas. Eu me acalmo para ouvir e gravar Vartouhi enquanto ela explica o que vamos fazer hoje.

Em inglês, com uma pitada de conhecimento armênio (já que nem todo mundo fala armênio), ela começa:

— No cardápio de hoje temos *kufte* ovalado, *mutabel* e *sarma*. — Seu sotaque é forte, e suas palavras saem precisas, enfáticas. — Vamos começar com os *kuftes* ovalados. Eles são assim chamados devido à sua forma, que remete à bola do futebol americano.

E são absurdamente deliciosos. Se *sini kufte* já é difícil de fazer, essa versão ovalada é sua irmã mais nova e afrontosa. São menores, e é complicado demais manter a forma intacta enquanto assa ou frita. Ninguém na minha família costuma fazer; quando aparecem na mesa em encontros de família, é porque compraram de um fornecedor ou em algum mercado armênio em Los Angeles. Então é muito legal aprender as dicas com a chef Vartouhi.

— *Mutabel* é o próximo prato. É um patê de berinjela picante e defumada. Geralmente é servido como aperitivo.

A segunda esposa do meu tio-avô Varouj costumava fazer esse patê para nós, mas, desde que ela faleceu (que descanse em paz), notamos a ausência de sua existência calorosa e de seu excelente *mutabel* quando nos reunimos em família.

— O próximo é o *sarma*. Vamos fazer um *sarma* de verrrrr- dade. — A vibração de seu R é tão longa que sou sugada por suas palavras, tipo, pode crer, será mesmo de verdade. — Nos Estados Unidos, eles chamam o *sarma* de "dolma", por causa da tradição grega. Mas noventa e nove por cento dos consumidores estadunidenses de dolma não provaram a delícia do verdadeiro *sarma*. — Ela levanta o dedo junto com a voz, como se estivesse anunciando uma grande injustiça do mundo. Depois, se acalma. Com pose astuta, continua: — Vou ensinar vocês a fazer.

É verdade. Já comprei alguns e são secos, sem tempero, e fazem você se sentir como se estivesse ruminando. Quando um cozinheiro armênio os faz, eles ficam tão moles por causa do óleo e do suco de limão que se desfazem nas mãos. *Sarmas* autênticos são recheados com especiarias complexas, doces e salgadas. Estou feliz por poder ver esta demonstração ao vivo.

A aula começa, e eu perambulo pela sala, observando, tirando fotos, filmando (sempre com permissão, claro). Os comandos de Vartouhi são seguidos por facas sendo deslizadas e os participantes atentos ao seu trabalho, ou observando as pessoas do lado. Pergunto a Vartouhi se posso tirar uma foto de sua estação de trabalho e faço um lindo post colorido de comida no Instagram, com as folhas de uva em destaque.

Fico tão emocionada que esqueço de que estou aqui para conhecer homens. Hum, quem é mesmo que deveria estar aqui? Minha mãe queria que eu conhecesse um cara com doutorado. A sala é ampla, e não há muitos homens, então o identifico facilmente. Ele é alto, com olhos e cabelo escuros, de aparência agradável. Tem uma feição gentil, porém parece muito desordenado e trapalhão pela maneira como fala e gesticula, então é provável que eu não vá me sentir fisicamente atraída por ele. Decido dar uma voltinha por perto para confirmar.

Ele está amassando berinjela defumada e conversando com uma mulher bonita.

— Sabe o emoji de berinjela, né? Pense no que estou fazendo agora. Ai. Ai! Estou morrendo por um bem maior.

Ele contorce o rosto com uma expressão de dor bem caricata, e eu me viro para ir embora. Sua parceira está rindo da piada, eles parecem combinar bastante.

Em busca de conversa fiada, volto para o meu grupo. Parece meio presunçoso considerar que eles são *meu* grupo, mas nenhum deles me fez sentir de outra forma. Quando guardo meu celular — também conhecido como minha sofisticada câmera de reportagem — para fazer uma pausa nas filmagens, reparo em Arek conversando com Erebuni:

— Peraí, a Sheila trabalha na Cloudbase agora? A sua ex. Aquela que sempre tentava nos vender uma maconha fajuta. Vou atrás dela oferecer um saco de orégano.

Espera. Ele está falando da ex de Erebuni? *Que é uma mulher? Chamada Sheila?* Erebuni ergue o processador de alimentos com um molho bege e coloca o *mutabel* no prato.

— Não começa, por favor. Faz quase dez anos que não falo com ela. Só comentei porque vi a novidade no LinkedIn.

Sim, *ela.* Dou um passo para trás. Ela não é hétero. Ela não é hétero. Ela não é hétero. Erebuni está raspando as laterais do processador, jogando até a última gota de comida na tigela de cerâmica branca, o que me faz pensar que ela é perfeccionista, e, uau, ela não é hétero. Erebuni arregaçou as mangas compridas do cardigã de renda para não sujar, o que a torna muito charmosa se juntarmos esse detalhe ao avental bege liso que usa por cima da roupa e que a deixa ainda mais com ar de bruxa. É como se estivesse preparando um doce amuleto. E parte de mim quer intervir, acenar e falar: "Eu também. Eu também não sou hétero, Erebuni". No instante em que penso isso, sei que preciso me conter.

Então, ela se vira para mim, porque, ah, sim, estou parada atrás deles há, tipo, trinta segundos. Sorrio de uma forma que espero parecer amigável, casual, e não como se uma informação devastadora tivesse acabado de ser transmitida. À medida que me aproximo, meu pescoço dói como se eu tivesse distendido um pequeno músculo, porque fiquei muito ereta tentando ouvir a conversa deles sem ser percebida.

Arek sorri para mim e continua:

— Em qual setor ela está? Atendimento ao cliente?

Erebuni salpica uma pitada de salsinha no *mutabel.* Sua boca se contorce.

— Vendas.

Arek ri, quase se engasgando.

— Uma vez vendedora, sempre vendedora. Pelo menos ela tem um produto melhor agora, se é que posso dizer isso.

Sei que Arek está apenas zoando, mas Erebuni parece um pouco desconfortável. Reparo que a pele dela ficou pálida, e me pergunto se é porque estou ali escutando piadas internas específicas sobre seu passado, ou se é porque ela não é assumida (o que, vamos combinar, nem eu sou) e está preocupada com a possibilidade de alguém ouvir. Não deve ser isso, já que Arek é um de seus melhores amigos e não faria algo tão horrível. Ainda há uma opção pior, que seria essa tal Sheila ser uma linda deusa que partiu seu coração e Erebuni ainda estar apaixonada por ela depois de todos esses anos. É instantâneo: eu odeio Sheila.

Eu me aproximo.

— Pronta para o seu close?

Ela coloca alguns grãos de romã em cima do aperitivo e assume uma postura superprofissional. Meio rude da minha parte, já que acabei de lhe fazer uma pergunta, mas continuo antes que ela responda:

— Ficou lindo. Você é ótima decorando comida. Devia mostrar suas habilidades no Instagram.

Isso. Acabei de plantar a semente do Instagram porque ela não aceitou meu pedido e não me seguiu, e estou morrendo de vontade de descobrir o que está acontecendo sem parecer desvairada e perguntar: "Por que você ainda não está me seguindo?".

— Quase não uso o Instagram. Ah… — Seu rosto muda para algo como remorso. — Você me passou seu *perfil*, né? Desculpa, acabei esquecendo.

Uma onda de vergonha toma conta de mim por eu ter sido tão óbvia. Patética. Parece que ela está dizendo que se esqueceu de mim, embora eu saiba que não é verdade; ela me mandou uma mensagem um dia depois de nos conhecermos. Faço uns ruídos e solto algo como: "Ah, não, não é isso… sabe". E Erebuni diz baixinho:

— E você tem certeza de que quer me entrevistar? Como eu disse, não fui eu quem liderou a organização deste evento, foi basicamente a Kiki. Tenho certeza de que ela adoraria aparecer na frente das câmeras — Erebuni inclina a cabeça em direção a ela.

Karoline Kassabian, também conhecida como Kiki, é a chefe do Explore a Armênia. Uma mulher bonita, diga-se de passagem, de quarenta e poucos anos, com madeixas grossas presas em um penteado elaborado e dedos enfeitados por diamantes. Hoje ela está usando uma blusa amarelo-esverdeada de cetim que eu morreria de medo de manchar. Mas no que isso a afeta? Provavelmente tem outras dez iguais. Ela mora no município, e eu a conheço vagamente, embora não o suficiente para dizer "oi" (graças a Deus). Ela está do outro lado da sala, tomando uma taça de vinho branco, gesticulando para os *mutabels* de uma amiga, e parece contar uma piada maldosa.

Pela maneira como Erebuni disse seu nome, tenho a sensação de que as duas não se dão bem. Eu me pergunto se há algo além de apenas energias divergentes.

— Tenho certeza — respondo. — Prefiro entrevistar pessoas que não estão morrendo de vontade de aparecer diante das câmeras. Dá um toque de autenticidade.

E quase dou uma piscadinha, mas evito ser uma xavequeira cafona.

— Tudo bem então. — Ela coloca uma mecha de cabelo encaracolado atrás da orelha e sorri para mim, e me sinto insegura, com dificuldade para conduzi-la até o local que escolhi para as entrevistas. *Ela não é hétero, e, ai, meu Deus, você está prestes a entrevistá-la. Não diga nada estúpido.* Bato meu quadril em um balcão e finjo que não dói, nem que vai deixar hematoma.

Entrego a ela o microfone de lapela em vez de prendê-lo no vestido porque ela está muito perto e tenho medo de estar perto demais. Não confio em mim mesma.

Ela aguarda, pronta para começar. Eu gostaria de ser confiante a ponto de perguntar: "Então, o mundo quer saber, você está solteira?", e fazer com que pareça uma pergunta encantadora em vez de assustadora.

O cheiro de berinjela assada e salsa picada me arrancam dessa fantasia. Reúno minha confiança e dicção não regional, e pergunto:

— Srta. Minassian, pode nos contar por que decidiram organizar este evento?

Minhas primeiras palavras surpreendem e a fazem sorrir, tomara que seja porque ela gostou de me ouvir ativar o modo repórter. Ou de chamá-la pelo sobrenome. Ela junta as mãos e se inclina ligeiramente em minha direção.

— Quando estávamos organizando o Explore a Armênia, sabíamos que era preciso incluir um evento voltado para a comida. A alimentação é uma necessidade básica, mas também pode ser arte e identidade. Pode ser até resistência. Com a diáspora da Armênia tão fraturada, a comida armênia tem significados diferentes para pessoas diferentes, mas nós queríamos partilhar essa fatia da nossa cultura gastronômica com as "novas gerações", se é que posso dizer assim.

A forma como ela escolhe as palavras, tão serena e com todo esse fulgor, me faz pensar que sou um caso perdido. Faço mais perguntas, ela responde e, mesmo quando consigo ouvir suas respostas de forma neutra, ainda parece que fui convidada para algo entre duas pessoas. A conversa na cozinha foi abafada, ouço apenas as palavras dela, e gostaria que pudéssemos fazer esse momento durar mais. Sendo bem honesta, eu a entrevisto por mais tempo do que o necessário. Se fosse uma entrevista habitual, diria que seria um material difícil de revisar e editar, porém algo me diz que assistir a Erebuni de novo não será ruim.

Aviso a ela que já tenho o que preciso. Ela questiona:

— Tem certeza? Não me importo de refazer algumas das respostas. O que quer que possa ajudar. Talvez eu tenha cometido um deslize ao falar sobre a formação de Vartouhi. Pronunciei algumas palavras arrastadas enquanto tentava lembrar o nome do outro negócio dela.

Nego com a cabeça.

— Não, você foi perfeita.

E me pergunto se ela consegue ouvir o zumbido do meu coração.

Quando Erebuni volta para sua estação para preparar o próximo prato, acho que é um bom momento para filmar meus stand-ups, especialmente as chamadas, que escrevi nos últimos dias. Meu tripé já está montado, e prendo as palavras impressas no suporte. Clico em "gravar", assumo minha posição e sinto dois toques leves no ombro. É Kiki. Sua feição tem irritação e arrogância nítidas.

— Você é a repórter?

Ok, rude pra caramba. Mas vou dar uma chance a ela, talvez tenha um bom motivo para se dirigir a mim como se eu fosse um objeto.

— Nareh Bedrossian. — Estendo minha mão. — E, sim, sou da KTVA News.

Ela dá um enorme sorriso forçado.

— Não sei se você sabe, mas sou a presidente do Explore a Armênia. Estou pronta para ser entrevistada.

— Ah, sim. Claro.

— Vi que entrevistou Erebuni.

Consigo sentir quanto ela ficou sentida pelo seu tom de voz, e todo o benefício da dúvida desaparece. Não sou fã da senhorita Kiki.

— Sim. — Estou prestes a dizer: "Sim, porque Erebuni é a razão pela qual este evento está recebendo tanta atenção da imprensa", mas sinto que isso a irritaria um pouco além da conta, e ela poderia me expulsar. Então, em vez disso, explico: — Pois é. Ela tem sido o meu contato e me ajudou a colher detalhes para a matéria.

— Hum. Da próxima vez que precisar de detalhes, fale comigo. Ela tem ideias estranhas sobre algumas coisas, e receio que nem sempre represente bem a comunidade armênia.

Sinto meu rosto ficando quente, e minha visão periférica fica limitada enquanto semicerro os olhos. Estou me sentindo extremamente zelosa com minha nova amiga. Quero muito dizer algo grosseiro para Kiki, mas não o faço, torcendo para que minha raiva diminua. *O que meditar me ensinou mesmo?*, eu penso. Estou no fundo de um denso oceano, observando esta cena acontecer acima da água. Sim, quero arrastar esta vadia para o fundo do oceano comigo. *Nar, não diga vadia nesse contexto; é sexista.*

— Ela comentou alguma coisa a respeito de...? — pergunta Kiki, deixando a questão no ar.

Não vou brincar de preencher lacunas com ela, então continuo a olhando, questionando-a de volta.

— É... Acho que não. — Então, ela retorna para sua postura rígida cheia de presunção. — Tudo bem. Faça suas perguntas.

Decido aqui mesmo que não vou incluir nem um segundo do que ela disser, a menos que consiga encontrar algo que a faça soar desagradável de forma tão sutil que ela não perceba.

Quando faço algumas das mesmas perguntas que fiz a Erebuni, Kiki cospe de volta uma versão entediante do que Erebuni disse. O pior é que, em certo ponto, ela menciona como é importante que as mulheres, em particular, aprendam este ofício para que os seus filhos possam comer comida armênia. Fala sério.

Depois de Kiki se mostrar satisfeita com a quantidade de tagarelice, ela pergunta:

— Terminamos?

Sorrio, maliciosa, e digo a ela que está liberada, torcendo para que isso a irrite.

Eu me livro da névoa de arrogância e estupidez que Kiki deixou para trás e filmo minhas entradas. Assim que termino, volto para ver o que a turma está fazendo.

Todo mundo está atento aos *kuftes* agora, os enrolando e colocando as bandejas no forno. Erebuni acena para mim.

— Quer ajudar? Estou um pouco atrasada e preciso de uma mãozinha.

Eu me seguro para não fazer piadas de mão com duplo sentido, até mentalmente (não obtenho sucesso).

— Com certeza — respondo.

Vários grupos já colocaram seus *kuftes* nos fornos, e o cheiro quente de especiarias está pairando no ar. Lavo as mãos e enfio os dedos na camada externa do *kufte*, molhada e macia. Os dedos de Erebuni são longos e majestosos. O jeito que ela enrola com ternura… Sinto um calor.

Não conversamos por alguns instantes, e devo estar emitindo vibrações estranhas. Estou muito rígida. Tipo, agora que sei que posso ter uma chance de alguma coisa com Erebuni (não quero pensar muito sobre o que essa "coisa" é), tudo fica assustador. É real. Além disso, Erebuni não sabe que eu também gosto de mulheres. Não preciso fazer uma autoavaliação rápida para saber que sou lida como extremamente hétero. E, sejamos realistas, uma bem básica. Meu cabelo sempre penteado passa dos ombros, é elegante e muito convencional. Ela já me viu com dois vestidos (e, no noticiário, com mais um milhão deles). Minha maquiagem é bem pesada, não é um reboco total, mas estou acostumada a aplicar camadas generosas para estar em frente às câmeras. Sempre estou de delineador. Tenho uma grande variedade de batom líquido mate e gloss de frutas vermelhas. Tenho sotaque de patricinha e dirijo um Honda Civic (pelo menos não é um Jetta branco). Preciso colocar um botton de arco-íris na minha bolsa ou algo assim, senão ela nunca vai descobrir. Não sei por que, mas quero que ela saiba logo que jogamos no mesmo time (ou, pelo menos, que jogo em ambos — sem preferências — e que ficaria feliz de jogar no time dela a qualquer momento).

Estamos em junho. Eu poderia mencionar que...

— Junho é o Mês do Orgulho — deixo escapar. Os dedos de Erebuni param de se mover. Ela também.

Ai, merda, merda, por que fui falar isso? Aonde é que eu quero chegar? Pensa logo em alguma coisa. Eu retomo:

— Queria poder cobrir o desfile, mas grandes eventos como esse vão para repórteres mais experientes.

Tive sorte de a minha voz não falhar e de eu não engolir em seco, e foi uma boa defesa, mas ainda é muito estranho sair do nada de um assunto qualquer — estamos em uma aula de culinária armênia fazendo *kuftes* ovulados — para um comentário avulso sobre orgulho LGBTQIAPN+. Sem falar que é uma baita mentira. Nunca demonstrei meu orgulho; estou sendo tão falsa quanto o bronzeado de Kiki.

— Ah, é? — pergunta Erebuni, e agora ela parece estar nervosa, provavelmente porque estou puxando papo como se a estivesse provocando, ou algo assim. Tento transmitir normalidade, mas não acredito que a vida funcione dessa forma. *Senhor, por favor me ajude a sair dessa. Sinto muito pelos meus erros de vinte anos atrás; lamento ter deixado a sra. Nvart com a cara vermelha por causa daquela coisa toda dos dinossauros.*

De repente, percebo uma movimentação à minha direita, perto das portas, e lá está Raffi. Raffi G. Ele está encostado no batente e se dirige à sala.

— O que eu perdi? — pergunta ele, com um sorriso que faria as modelos do Instagram chorarem de inveja. E pode até ser apenas fruto da minha imaginação, mas juro que ouço algumas mulheres suspirarem atrás de mim.

Raffi não estava na lista de presença, mas, na boa, quem é que se preocupa em sempre confirmar presença? Então, com um friozinho de nervoso na barriga, lembro que ele me mandou uma DM hoje à tarde e que não respondi à sua última mensagem.

Postei um *flat-lay* de chá matcha hoje cedo, e ele comentou:

Matcha latte é legal, mas, *vai jan*, aquela selfie...
Poste mais daquelas, por favor.

Ele forçou com esse *vai jan*. Foi quase em um tom de "caramba, garota", e não tenho vergonha de dizer que me excitou um pouco. Mesmo assim, mandei um agradecimento educado.

Obrigada, teremos mais em breve.

Não estou desesperada. Ele respondeu:

Acho bom 😊

E parei de responder. Na hora, parecia de bom-tom. Tipo, sério, o que eu ia responder? Mas agora, vê-lo pessoalmente me faz sentir como se tivesse feito algo errado.

Vartouhi corre pela sala, e, como ele está super atrasado e interrompeu a aula, fico um pouco empolgada para ver o esporro que só uma senhora idosa sem nada a perder pode dar. Mas, em vez disso, ela fica na ponta dos pés, agarra o rosto dele e lhe dá dois beijos.

— Tantig. — Ele ri com o rosto sendo espremido.

Em seguida, Vartouhi o repreende carinhosamente por ser um menino travesso (usando a melhor palavra: *charageegee*) que está atrasado, e então belisca sua bochecha e o chama de "minha belezura". Pelo visto, chegar atrasado na aula da sua tia-avó — o que presumo que ela seja, já que "tantig" pode ser usado para qualquer mulher mais velha na família — lhe rende o tipo de castigo que se dá a um cachorrinho atentado.

— *Keedem*, tantig. Fiquei até tarde no consultório ajudando minha última paciente. Uma garotinha com artrite juvenil — explica ele ao erguer os olhos e encontrar os meus. Sorrio, meio nervosa, e olho para o *kufte* cru. Ele também é pediatra? Um santo que gosta de Gucci.

Enquanto ele fala, Kiki corre e coloca a mão no coração ao ouvir Raffi mencionar sua paciente. Ela comenta:

— Tão corajoso!

Sinto o olhar de Raffi em mim de novo, e toda a conversa estranha com Erebuni, atrelada ao fato de ver Raffi e me lembrar da sua insistência para que eu compartilhe fotos minhas com ele, é demais para mim. Preciso sair por um instante e me recompor. Sussurro com o canto da boca:

— Vou no banheiro. Já volto. — Tomara que ela não se ofereça para vir comigo (embora, no fundo, eu adoraria que ela viesse comigo, assim eu pegaria seu rosto em minhas mãos e a beijaria bem na boca; ahhh, adoro um encontro no banheiro). Mas ela só assente, e eu escapo pelos fundos para não ter que passar por Raffi.

Estou no átrio do lado de fora da cozinha. É tudo muito modesto quando não está decorado — há apenas um velho piso de madeira, paredes creme, alguns quadros mostrando os doadores da escola, tudo com um leve cheiro de água sanitária. Uma das portas da frente está aberta, e a neblina de São Francisco sopra, me fazendo perceber que eu estava como um sapo sendo fervido vivo na cozinha, sem perceber o quanto estava quente lá dentro.

Enquanto ando, faço um discurso incentivador para mim mesma mentalmente. *Ok, Raffi está aqui e meio que gosta de você. Tudo bem. Você não deve nada a ele. Mas você gosta de Erebuni, e ela é sempre muito legal com você e te inclui nas coisas, e você acabou de mencionar o Mês do Orgulho, então tomara que ela pegue a deixa? Mas ela não parece gostar de Raffi, e flertar com ele provavelmente será ruim se quiser começar alguma coisa com Erebuni. Mas... você quer? Seria uma terra desconhecida, que certamente causará oscilações. E você ainda não tem certeza se ela gosta de você como mais que uma amiga.*

Estou passando pela porta do banheiro quando uma voz com tom malicioso me chama:

— Repórter.

De repente Raffi está lá, perigosamente perto de mim, e não tenho certeza de como não o ouvi se aproximando de forma sorrateira. Ele tem aquele olhar, como se não só soubesse que me quer, mas também que eu o quero. Não acho que ele deveria ter tanta certeza. Mesmo assim, a mandíbula dele é de tirar o fôlego. E, quase contra a minha vontade, sinto os pelos do meu braço se arrepiarem de desejo. Quero passar os dedos por ele, por seu cabelo grosso, quero que me envolva com seus braços e me diga que sou linda. Porque, se alguém tão gostoso diz isso, deve ser verdade.

— Você me achou — digo, e soo sem fôlego até demais.

Ele se aproxima. Estamos nesta pequena alcova, eu encostada na porta do banheiro feminino, e ele, no do banheiro masculino. O cheiro de água sanitária está bem forte.

— Você estava me provocando no Insta — diz ele, com uma leve repreensão.

— Eu? Não, eu... Eu não provoco. — Tento extrair um pouco de força dos desejos ocultos do meu corpo. — Nós não nos conhecemos, como eu te provocaria?

Ele aciona um tom meio de vendedor, só que de flerte.

— Então vamos nos conhecer. Em um encontro. Aposto que quer um encontro, uma mulher das antigas.

— Hummm — solto, junto a uma risada nervosa, tentando ganhar tempo. Isso parece errado. Digo, sim, ele é ridiculamente gostoso e está claramente interessado em mim, e ele é um médico que salva vidas, e minha mãe e Diana ficariam loucas por eu estar com ele. Então eu deveria aceitar. A questão é justamente esta: Raffi é a galinha dos ovos de ouro que preciso levar para casa. Ele está se aproximando. O chiclete dele é de hortelã. Incapaz de suportar a pouca distância que existe entre nós, desvio os olhos dele, daquele sorriso de segundas intenções. Há uma mancha na parede em forma de mosquito; nem o alvejante conseguiu retirá-la.

— Não posso, sinto muito, não é você. — Na verdade, é ele, sim, e cada alarme na minha cabeça grita NÃO. Seu rosto se vira. Vejo a amarga decepção e, com medo de que isso se espalhe, continuo: — Você é gostoso, charmoso e, sério, pode conseguir a mulher que quiser. Estou num momento estranho. — Ele fica confuso, então continuo: — Sendo bem sincera, ainda tenho um namorado. Estou em um seminoivado. Noiva. Ele me pediu em casamento antes de viajar para a Alemanha.

Seu olhar se suaviza, e ele ri com gosto.

— Noiva. Faz sentido. De que outra forma conseguiria resistir ao charme de Raffi G.?

Ele confirmou minha suspeita: que ele respeitaria outro homem que tivesse algum "direito" sobre mim. Eca. Outra coisa está acontecendo. Tipo, agora que ele chegou tão perto e soprou seu hálito de chiclete em mim, é como se tivesse me passado os anticorpos de sua beleza feroz, e eu me tornasse imune a isso, o que está deixando Raffi com uma aura monstruosamente desfavorável. Uma opaca aura amarela, narcisista e sexista.

— Tudo bem, repórter. Eu lhe digo *adieu*. Agora pode ir retocar sua maquiagem. — Ele aponta para a porta do banheiro.

— E você pode tirar a água do joelho — digo, querendo mostrar de alguma forma que posso ser subversiva. Não vou exatamente ganhar um prêmio por isso, mas pelo menos não respondi com um "hihi".

— Não preciso, vim aqui por sua causa — confessa ele, e se afasta, voltando para a cozinha.

Que *meeeeerda* é essa que acabou de acontecer? Estou prestes a mandar uma mensagem para Diana. *Pqp!! Raffi me chamou pra sair!*

Mas então me pergunto como contaria a ela que recusei. Lembro da minha mãe e de Diana, com seus sorrisos no carro e fantasiando um namorado como Raffi para mim. Não, elas não entenderiam.

Especialmente porque parte da minha recusa é por saber quem realmente quero conquistar. Mas estraguei tudo com Erebuni ao dizer aquela frase sobre o Mês do Orgulho.

Preciso sair daqui. Estou me sentindo mal, como se meu estômago tivesse parado de funcionar. Não tem nem chance de eu gostar da comida agora. Volto para a cozinha.

O ambiente cheira a conforto, com *kuftes* opacos e crocantes nas bordas e panelas cheias de arroz com outros ingredientes para acompanhar o *sarma*. Algumas pessoas estão montando as folhas de uva uma a uma, tomando o maior cuidado com as pontas. E Erebuni está lá, conferindo o recheio do *sarma* de Janette. Elas trocam umas duas palavras agradáveis, e então Erebuni me vê. Sua expressão muda de calorosa para algo que não consigo ler. Preocupação? Eu me pergunto se é por causa da minha aparência. Minha boca e minha garganta parecem secas.

Vou em direção ao meu tripé, desmonto-o e vou pegar minha bolsa, sentindo os olhos de Erebuni em mim e me perguntando se posso dar o fora com um tchau rápido.

Arek e Janette estão absortos em uma conversa. Arek puxa com a mão o vapor da panela de Janette em direção ao nariz e suspira.

— Igual ao da minha Medzmama. Quer dizer, tipo comida de vó, e minha vó era mestra na cozinha. Deixa pra lá. — Janette o observa, irredutível.

Vache acena com a cabeça em direção ao meu tripé.

— Está indo embora? — pergunta ele, a surpresa alterando a sua voz. — Nem deu tempo de você provar nada.

— Comecei a me sentir mal. Não consigo comer agora. Uma droga.

Não é mentira, então soo convincente.

Janette e Arek não me ouvem, já que Arek está tentando elogiar Janette de novo, e é como se ele fosse capaz de se deitar aos pés dela só para fazê-la dar um sorriso. Fico feliz que eles não percebam que estou indo embora.

— Deixa que eu levo — diz Erebuni. Antes que eu consiga protestar, ela segura o tripé, e eu o entrego a ela.

Vache abre um sorriso um tanto decepcionado. Eu aceno para ele.

— Tchau. Desculpa de novo por ir embora tão cedo.

Dou passos rápidos, e Erebuni não tem problemas em acompanhar o meu ritmo.

Assim que saímos na névoa noturna incessante, Erebuni pergunta, com a voz cheia de preocupação:

— Tem certeza de que está tudo bem? Você consegue dirigir?

— Isso acontece às vezes. Vou ficar bem. Nossa, está frio. — Estremeço com um arrepio.

Chegamos ao meu carro, e eu o abro usando uma chave mesmo, como nos anos 2000 (que é o ano do veículo). Pego o tripé, e Erebuni o entrega de boa vontade e olha para mim como se quisesse alguma coisa.

Não digo nada e, em vez disso, coloco meu equipamento com cuidado no banco detrás.

— Bem, vou acender uma vela para você hoje à noite — avisa ela. — Disse que era o estômago?

De alguma forma, talvez pela adrenalina, talvez pela névoa gelada, não estou sentindo nem um pingo de escrúpulo que me impeça de fazer perguntas estranhas, então respondo, com uma pitada de humor:

— É, estômago. Ei, você é uma bruxa ou algo assim? — Não tenho certeza se isso não soou de forma acusadora, então acrescento: — Porque isso seria muito legal.

Sua expressão não demora a abandonar qualquer emaranhado de pena em que ela se envolveu antes. O canto de sua boca se curva.

— Eu me aventuro na magia da Wicca.

Atraente pra caramba. Eu sabia. Sempre tive um fascínio por bruxas, desde a infância, mas meu interesse foi extinto de todas as formas possíveis. Minha mãe nunca me deixou me vestir de bruxa no Halloween, já que dava azar provocar as artes das trevas dessa maneira. "Não adoramos a Sadana nesta casa", ela dizia. Nossas decorações de Halloween eram peças cheias de cabaças e milho, e não do tipo que tem fantasmas e morcegos. Meu pai me permitiu usar apenas fantasias do tipo bom de magia — fadas, principalmente. Eu implorava para assistir a filmes de bruxas e eles quase nunca deixavam, e ia ler livros de bruxas debaixo das cobertas depois de lhes dar boa noite. No ensino fundamental, até desenhei um quadrinho de bruxa de curta duração, e o chamei de *Academia de feitiços*. Então o ensino médio chegou, e enfiei essa obsessão em um canto do meu armário, ao lado dos meus adorados bichinhos de pelúcia e das bonecas que restavam. Os adolescentes descolados não gostavam de bruxaria, e eu estava morrendo de vontade de fazer parte do grupo deles. Meio que funcionou, e eles me deixaram ficar por perto. Não falo com nenhum deles hoje. Então é claro que Erebuni é uma bruxa.

— Você faz feitiço por encomenda? Porque tenho um monte de gente na minha lista de travessuras e tenho acesso ao cabelo de todos.

Ela ri, e o ar ferve ao nosso redor.

— Você é engraçada, Nareh. Se tiver interesse, adoraria te mostrar algum dia.

— Você não faz ideia — respondo, e me sinto bem por dizer exatamente o que eu queria. E surge a possibilidade de eu não ter estragado tudo com aquela fala sobre o orgulho. Acho que ela me convidou para ir à casa dela. Não é algo que se diz a alguém que você considera esquisita. A esperança brota em meu peito.

Uma rajada de vento passa por nós, e meu corpo tem espasmos de frio. Vou para o lado do motorista e seguro a maçaneta. Parte de mim quer ficar aqui, conversando com ela sobre sua bruxaria até que todos tenham ido embora, que todos os carros tenham desaparecido e todas as luzes sejam apagadas. Mas eu já disse que estava doente, então provavelmente preciso seguir adiante.

— Vou fazer acontecer. Sou boa nisso — diz ela. Droga, por que ela é tão sexy dizendo que é boa em alguma coisa, especialmente quando essa coisa envolve a possibilidade de eu ir até a casa dela e ver sua magia? (Não acredito que estou pensando essa frase na vida real.)

Desta vez, quando me afasto, olho para trás. Ela não se moveu, e nós nos entreolhamos por um instante. Não sei se é minha vontade falando mais alto, se estou idealizando, mas o que vejo é óbvio. Desejo.

Por um momento, isso me ilumina, colore as ruas escuras com pinceladas de dourado e vermelho vibrantes. Em vez de dirigir, parece que estou correndo muito rápido.

O que isso significaria, afinal? Se a gente gostasse uma da outra. Se algo acontecesse. Será que eu me impediria de viver qualquer coisa por causa de quão difícil poderia ser? Sinceramente, não sei.

10

> Posso ter muitas maçãs e peras, mas meu coração anseia por marmelo.
>
> Տանձն ինձ, խնձորն ինձ, սերկեւիլն ալ սիրտը կուզի:
>
> — *Provérbio armênio*

É quinta-feira à noite, dia seguinte à aula de culinária armênia, e minha mãe disse que tem algo muito importante para me mostrar depois do jantar. Nós (eu, minha mãe e Nene) comemos meu prato armênio favorito, *sini kufte* (que é basicamente *kufte* em uma panela). A torta de carne é coberta com mais carne, e possui um precioso e distinto padrão de corte: duas camadas externas de carne moída, além de *bulgur*, e dentro tem carne moída com cebola, pinhão e especiarias. É tão bom que chega a ser um crime; caro por causa de toda a carne e um pé no saco de fazer, já que você fica amassando a carne por uma eternidade.

É lógico que não sei muito sobre colocar a mão na massa, já que não fiz nada hoje à noite… nem na maioria das vezes. A aula de culinária armênia e, principalmente, as opiniões de Vache e Erebuni sobre a importância de nossas receitas me fizeram querer mudar meu status de criança mimada, mas entre o trabalho culinário e a caça aos homens, ainda não tenho certeza de em qual poderei contribuir.

Minha mãe é quem faz tudo agora. Nene cozinhava muito quando meu avô estava vivo, mas, depois que ele faleceu, ela disse: "Passei cinquenta anos servindo meu marido e meus filhos. Acabou". Ela se recusa a cozinhar um ovo sequer desde que passou a morar conosco. Jogada poderosa. Ainda bem que minha mãe sempre gostou de cozinhar e, quando se aposentou, elevou sua comida a outro patamar. Por exemplo, fazer um *sini kufte* casualmente com um acompanhamento de *tabule*. Será que ela está aprontando algo? Algo me diz que esta refeição foi feita para me bajular, para que eu esteja mais receptiva a tudo o que ela está prestes a dizer.

Fiz um esforço enorme para não comer demais. Antes de me sentar, com o cheiro quente de pinhões torrados e da carne temperada na cozinha, disse a mim mesma: *Olha lá, hein, Nareh, não vai se empanturrar desta vez. Você vai querer pegar mais, mas não vai ceder.* Toda essa conversa não vem de pensamentos como "cuidado para não engordar", porque eu não me importo quando se trata de comida boa. É mais porque comer alimentos com *bulgur* costuma ser uma escolha delicada; o *bulgur* fica na sua barriga e se expande até que nem mesmo sua calça de moletom te reconheça.

De qualquer forma, ignorei aquela vozinha na minha cabeça no segundo em que dei a primeira mordida, então aqui estou, prostrada na mesinha de madeira no canto da cozinha. O notebook da minha mãe está na minha frente e, atrás dele, há um dos arranjos de flores do chá de panela de Diana. Parece ser um que montei, feito às pressas e de forma aleatória, com o enchimento muito alto e poucas rosas. De qualquer forma, não importa agora; as hortênsias estão vazando e as pétalas externas da rosa estão formando crostas. O enchimento ainda está em boa forma, com folhas verdes em abundância e pequenos botões fechados apontando para o céu.

— Por que você cozinha tão bem? — Dou um gemido de forma dramática, sem um pingo de restrição. Tenho cinco anos de novo, e é ótimo deixar isso escapar.

Ela não vai admitir, mas adora o elogio. Sei disso só pelo ritmo de seus passos. Ao meu lado, ela coloca um copo de Earl Grey com um pedaço de cravo flutuando na superfície.

— Para a digestão. E nem estava *tão* bom assim. — Ela faz uma pausa e sorri. — Ou talvez estava. — Minha mãe cutuca meu ombro, e eu protesto. — Agora ajeite a postura e veja isso — diz ela.

Ela clica em uma guia que revela uma planilha.

— Já que não teve sorte de novo na aula de culinária, fiz isso para ajudar.

Bem... Não contei a ela sobre Raffi ter me chamado para sair, nem sobre eu tê-lo rejeitado. Fingir que isso nunca aconteceu parece ser a melhor decisão, principalmente porque Erebuni continua em minha mente.

Erebuni aceitou minha solicitação para segui-la no Instagram na noite da aula de culinária. Eu estava no meio de uma tarefa, escrevendo uma pauta, mas desisti e passei os vinte minutos seguintes olhando o perfil dela. Quase não tem foto, só umas dez, mas todas tinham seu toque de bruxa, com natureza morta, sombria e temperamental, rica em detalhes. Velas vermelhas de cera de abelha, especiarias trituradas, guardanapos de renda, cristais de ametista, espelhos de prata gravados, lavanda seca, fumaça de sálvia queimada e — não algo clássico de bruxa, mas ainda assim uma arte supersticiosa — uma caneca com uma gota de café armênio escorrendo. E tudo isso registrado de forma habilidosa, considerando um ponto de vista fotográfico. Não tenho vergonha de admitir, fiquei com um pouco de inveja. Tenho me esforçado muito tentando entender como tirar uma boa foto plana, estudando o trabalho de outras pessoas, lendo posts em blogs, testando diferentes aplicativos de edição e, após alguns anos, minhas fotos estão até aceitáveis. Ou boas, mas nada que se destaque. Sei disso. E aqui está ela; mal se importa com o Instagram, e, mesmo assim, suas fotos esbanjam talento.

Trocamos algumas mensagens hoje, e tentei conter quão impactada fiquei com suas fotos, mas acho que ela sacou. Ah, e eu pude mostrar a ela como ficou a matéria de culinária. Não me acovardei. Editei com afinco hoje de manhã, assistindo sem parar à participação de Erebuni várias vezes, vendo a maneira como seus lábios se moviam, ouvindo aquela voz capaz de se destacar na chuva. Em um certo momento, ela disse a palavra *prolongando*. Ela começou dizendo acidentalmente (ou talvez não) *pra,* e parou com a boca entreaberta; tipo, foi tão sensual que vi diversas vezes e fiquei: *Ai, que sexy.*

Deixei Kiki de fora, sentindo que seria um insulto ainda maior. Com as entrevistas de Erebuni e Vache e as instruções de Vartouhi, esta reportagem acabou sendo a melhor que já fiz. É isso que acontece quando escolho minha história. Só estou chateada por não ter conseguido esfregar isso na cara de Richard e de Mark. *Viu como consigo escrever uma história?* Em vez disso, murmurei *chupa, Mark* quando o vídeo e o artigo que o acompanha foram postados no site da KTVA.

Compartilhei no Instagram, pois, mesmo com o perfil aberto, me pareceu seguro. É minha conta pessoal, então só Elaine, minha confidente no trabalho, e MacKenzie, a âncora, me seguem. Contei a Elaine de antemão, e ela apoiou e prometeu guardar segredo. MacKenzie, que é assustadora e egocêntrica, nunca comentou ou deu like em nenhum post meu. Mark tem Instagram, mas está bloqueadíssimo na minha conta.

O post recebeu reações conflitantes. Quer dizer, todos que comentaram pareceram gostar, mas muitos dos meus seguidores mais ativos não comentaram nada. Foi inesperado, já que raramente posto sobre meu trabalho. Não importa. Erebuni viu e me agradeceu um milhão de vezes por divulgar o evento, e isso significou mais do que comentários de estranhos. No artigo no site da KTVA, inseri um link para o site de Vache, que, segundo ele, deu um *boom* nos acessos, muito mais do que ele estava acostumado a ter. Sei que um dia não muda o alcance, mas ainda assim fiquei feliz em fazer com que pessoas conhecessem o trabalho dele. Tudo isso, até a parte de enganar Richard, me trouxe um quentinho no coração, um otimismo, e me fez desejar poder escolher minhas histórias com mais frequência.

Mas a empolgação pela atenção de Erebuni desaparece aos poucos enquanto me debruço sobre a planilha da minha mãe. Ao longo das linhas, leio o nome dos solteiros aprovados por ela, e as colunas seguintes contêm: Idade, Ocupação, Família, Cidade, País de origem, Altura, Foto e Confirmação de presença.

As oito linhas estão totalmente preenchidas, com pontos de interrogação em algumas colunas. Dou um gole rápido no chá e queimo minha língua na hora. Droga, como sempre, acabei calculando errado, e o chá fica morno antes que eu tenha coragem de tentar de novo. Embora eu esteja aterrorizada com a meticulosidade da minha mãe, preciso admitir que estou um pouco impressionada. Desde que ela se aposentou como professora de matemática do ensino médio, está um pouco entediada e sem direção. Isso também pode estar relacionado ao fato de meu pai ter falecido e Nene ter se mudado para cá. Quando meu pai estava vivo, eles nem sempre se davam bem, mas estavam sempre *planejando* coisas juntos. Recebiam visitas, iam ao *country club*, organizavam arrecadação de fundos, eram voluntários em uma associação ou outra. Agora minha mãe se sente presa em casa com Nene, porque minha vó se recusa a cuidar de si mesma, e me sinto mal por meu trabalho me manter longe a maior parte do tempo, mas vai além disso. Sem meu pai, minha mãe acha que não deveria mais sair de casa, que sua vida está basicamente em suspenso até que eu lhe dê netos. Ela já deu a entender isso.

Portanto, acho que não é uma grande surpresa que ela tenha se esforçado tanto na criação deste documento, que, com esperança, será como um salto de trampolim direto para o seu objetivo de ter um bando de pirralhos correndo pela casa. Entendo, todos os pais querem ser avós (é como uma recompensa por sobreviverem à paternidade), mas suspeito de que minha mãe só esteja entediada. Acho que cabe a mim levar esta planilha a sério e tirá-la da crise. Mas também tem Erebuni. Ela não está em *nenhum* lugar do "Planejamento de vida da Nareh por sua mãe".

Eu me ajeito na cadeira.

— Caramba, mãe, você se esforçou muito nisso.

— Gostou? — Ela dá um sorrisão. Sabe que mandou bem. — Não diga que sua mayrig não trabalha pra valer.

— Eu não falo isso.

— Sei que você pensa assim.

Balanço a cabeça um pouco em negação e examino a lista. Parece que nem todos esses caras estarão em todos os eventos (pelo menos de acordo com as confirmações de presença do Facebook). Ela pôs Raffi e Arek no topo. É claro que Raffi recebe a melhor avaliação. Arek tem um ponto de interrogação no país de origem. Aponto para esse quadrado.

— Arek é Barsgahye ou Hyastansti. E ele é de Fresno. Mas não importa, eu disse que não gostava dele dessa maneira, somos só amigos.

Ela puxa o notebook para si e clica no teclado, preenchendo a célula com "Armênia?"; ela diz enquanto digita:

— Não há muitos Barsgahyes em Fresno. De qualquer forma, você não deu uma chance a ele. Tente outra vez.

Garanto a ela que está tudo bem, embora na minha cabeça eu pense: *Shhh, nada a ver.*

Vamos para o próximo.

— Armen, fazendo doutorado em engenharia química em Stanford.

Ah. O homem da berinjela na aula de culinária. Sinto um frio na barriga quando sou transportada de volta para aquela cozinha — a entrevista com Erebuni, a maneira como ela olhou para mim, com expectativa e lábios entreabertos.

Eu me remexo.

— Eu o conheci ontem à noite. Não faz meu tipo.

— Não faz seu tipo? Ele é muito bonito! Reparou em como ele é alto? Tem 1,82 m de altura.

Droga. Ela está certa nesse quesito.

— Como você conseguiu as alturas?

— Já vi alguns pessoalmente, ou conheço seus pais. É só calcular a média ponderada, dando ao pai setenta por cento mais peso. Quem não conheço, procurei no Facebook, os vi ao lado de outras pessoas e chutei.

— Isso é muito... — Aposto no eufemismo. — Bem pensado.

Volto minha atenção para a planilha e prossigo, esperando que possamos resolver isso logo para que eu possa subir e sonhar acordada que estou ficando com uma bruxa.

— Sako, o corretor de imóveis. Da Síria. Certo. Ele é bonito.

— Ouvi dizer que ele é o corretor número um aqui em São Francisco — comenta minha mãe, com entusiasmo. — Angelina, que também está no ramo, me contou.

Assinto para que ela saiba que estou ouvindo, embora não sinta a mesma emoção em relação às vendas de imóveis. Eu me pergunto se é por causa de Erebuni. Deus, não tenho ideia se ela gosta de mim assim, e queria poder desligar a parte Erebuni do meu cérebro. Semicerro os olhos e miro a planilha, fingindo interesse.

— Ara, um empreendedor. Isso é meio vago. Ah, a mãe dele era costureira. Tem certeza de que quer alguém cujos pais não garantiram vagas em grandes faculdades e não trabalham em cargos de especialistas?

— Eu não discrimino ninguém!

Diz a mãe que literalmente montou uma lista de homens com carreiras promissoras e incluiu seus pais (também conhecidos por terem pedigree familiar) na planilha. Não vou me opor, não vou desistir agora, mesmo achando ridículo, pois minha mãe está se divertindo muito. Adoro vê-la tão radiante, com o rosto mais corado e os olhos mais brilhantes do que nunca. É isso que quero proporcionar a ela. Encorajá-la a ser feliz pelo menos agora, porque, se por acaso eu me envolver com uma mulher, ela vai ficar arrasada.

— Kevork, o joalheiro. É claro, eu já esperava um joalheiro na lista. Ele é um fofo também.

— A família dele era dona da joalheria, agora passaram para ele. Ele é muito bom nos negócios, muito respeitado na comunidade.

Já ouvi falar dele. Sempre me pareceu legal de longe, mas não sei por que qualquer um desses homens, com suas extensas redes de amigos, estaria interessado em conhecer uma desconhecida, praticamente. Duvido que todos estejam caçando esposas, mas, de novo, como vou saber?

— Zareh, advogado. Ah, não, outro advogado. — Minha mãe escreveu "Advogado, promotor" na célula. — Posso vetar esse? Parece ter prazer em colocar pessoas inocentes atrás das grades.

Minha mãe olha para cima, pensativa. Quando chega a uma conclusão, diz:

— Tudo bem. Só porque não gosto muito do pai dele. É um homem duas caras.

— Viu, sabia. E depois vem o Artur, que é... Sargavak? Hum, isso não quer dizer que ele é, tipo, um padre?

— Sim, um aprendiz.

— Como vou me casar com alguém que é casado com Deus?

Minha mãe fica exasperada, como se essa fosse uma informação muito óbvia.

— Afff, ele não é um padre celibatário. Esse tipo pode se casar, e ouvi dizer que ele está procurando uma esposa.

Eu me viro para ela e tento manter um semblante normal, e não algo que expresse: "Está falando sério?".

— Mãe. Você espera que eu, *eu*, sua filha, que não é nada angelical, que foi expulsa da escola dominical por insistir em falar sobre dinossauros e evolução, seja esposa de um padre e viva na igreja? Seria muita hipocrisia.

Ela está balançando a cabeça, na defensiva.

— As coisas são diferentes agora na igreja. Tudo está mais moderno. Além disso, ele foi muito bem-criado. E a mãe dele é fornecedora. Você nunca precisaria levantar um dedo para ter todos os *kuftes* e *sarmas* que quisesse.

— Mesmo que isso seja tentador, não daria certo. Nene — mudo para armênio —, você acha que devo me casar com um padre?

Mas, em vez de *sargavak,* uso a palavra *srpazan,* que é um padre celibatário de categoria superior, como se fosse um bispo.

Esperava que ela desse ao menos um sorriso, mas, para minha alegria, Nene começa a rir, e é uma gargalhada bem alegre.

— Sabia que seu tio Varouj desprezava nosso Srpazan? — pergunta Nene, em armênio, para minha mãe. — No funeral de Nervant Boudikian, Varouj contou um monte de histórias desagradáveis sobre o homem, que passou por lá para dar as últimas bênçãos. Agora, adivinha por que seu tio Varouj odiava o Srpazan?.

Minha mãe está sorrindo porque já sabe a resposta, e eu estou morrendo de curiosidade para saber o que fez Nene rir tanto. Minha mãe a aguarda continuar.

— Eles tinham a mesma amante! — exclama Nene, se segurando de tanto rir. Eu me junto a ela, pois definitivamente não sabia isso do meu tio-avô ou dos Srpazans, em geral. Coitada da minha tia-avó. Não éramos tão próximas, mas ontem mesmo eu estava pensando nela e em seu *mutabel* perfeito. Tio Varouj sempre foi meio chato. Não estou tão surpresa.

Minha mãe está igualmente alegre, e acrescenta:

— Uma senhora da Grécia, nem era armênia. Ela tinha a propriedade toda comprada e quitada. Tudo pago pelo Srpazan, é claro. — Ela balança a cabeça enquanto fofoca. — Todos os nossos dízimos iam para uma propriedade à beira-mar com vista para o Egeu.

É então que meu celular toca. Diana. Eu a coloco no viva-voz, pois tenho certeza de que minha mãe também vai querer ouvir (e dominar toda a conversa).

Ela está ofegante e na expectativa de receber atualizações sobre o "Plantão de busca ao armênio da Nar".

— Nar! Tantig Anahid. Oi, Nene. Eu perdi tudo? Você já analisou a lista?

Peraí.

— Como você sabe da lista?

Sem hesitar, Diana responde:

— Ajudei a preencher algumas colunas.

Essas duas... O nome da minha mãe e da minha prima, Anahid e Diana, são quase palíndromos, e estou começando a achar que a mãe de Diana é vidente por ter dado a ela o nome da minha mãe.

Solto um muxoxo irritado e sou ignorada por elas.

— Já analisamos a lista. Acredito que agora Nareh irá aproveitar ao máximo os dois últimos eventos — diz mamãe, me lançando um olhar severo.

— E o Raffi? — pergunta Diana. — Ele não disse que ia mandar uma DM para você?

Ah, não. Meu estômago aperta. Não contei sobre nossa troca no Instagram. Sem querer mentir ainda mais — e, sejamos realistas, talvez uma pequena parte de mim queira manter a impressão de que posso atrair a atenção do solteiro armênio mais gostoso deste lado do Mississippi —, respondo que sim, tivemos uma breve conversa.

Na mesma hora há um alvoroço sincronizado entre minha mãe e Diana, me repreendendo por não as ter consultado antes de responder e exigindo ver as mensagens. Eu devia ter cogitado isso.

Hesito, pois imagino que elas não ficarão satisfeitas com minha resposta sem emoção para a mensagem sexy de Raffi.

— Onde estão meus óculos? — pergunta minha mãe para o além enquanto sai para procurá-los.

Essa é a minha deixa. Posso simplesmente inventar. Diana não está aqui para ver. Raffi poderia ter elogiado minhas reportagens sobre cocô de ganso. Já estou preparando troca-dilhos sobre "odor esvoaçante" quando minha mãe volta para o meu lado, empurrando os óculos no nariz. Droga, perdi a oportunidade. Tudo bem. Vou ler a mensagem dele.

Abro o aplicativo, e lá está Gakhart, o perfil de Erebuni, com uma vela vermelha de cera de abelha pingando em cima de um pergaminho coberto por ervas. Uma onda de medo me invade ao achar que posso ser descoberta, mas minha mãe olha como se não enxergasse absolutamente nada de mais. A falta de reação dela é devastadora, e fico surpresa. É assim que ela vê a possibilidade de eu estar com uma mulher: inexistente. Mas eu devia me animar. Se por um acaso Erebuni estiver a fim de mim, poderia ser um lance divertido e minha mãe nunca saberia.

Se é que eu ia querer assim.

Prontamente, clico nas minhas DMs e desço até as de Raffi. Seu *user* é @SempreDoutorHye, com uma foto sexy de seu rosto, em preto e branco, que parece ter sido tirada por um profissional. *Hye* significa "armênio" e soa exatamente como *high*, "chapado" em inglês, então já dá para imaginar a cornucópia de trocadilhos produzida entre alguns grupos da diáspora. Mas, neste caso, suponho que Raffi, um médico de verdade, nem sempre esteja chapado.

Leio a mensagem de Raffi em voz alta e com uma voz monótona, me encolhendo com seu "vai jan" porque, primeiro, ele não é mais o homem aspiracional que eu pensava que era e, segundo, minha mãe e Nene estão bem aqui, e Diana está ao telefone, e que nojo. Não.

— Ai, meu Deus, ele está muito a fim de você — diz Diana, cantarolando.

Minha mãe grita para o telefone:

— Eu entendi direito? Ele quer que ela tire mais selfies?

Como se eu não pudesse responder.

— *Ayo*, tantig. Ele acha Nareh linda e quer ver mais fotos dela.

Minha mãe me abraça.

— Ela é linda mesmo.

— Você respondeu? — pergunta Diana.

Eu leio o resto da conversa, e Diana geme do outro lado da linha.

— Essa é a resposta mais chata que existe, Nar. Ele te enalteceu. Você poderia ter dito: "O que você está disposto a fazer por uma foto?". Ou: "Qual é a sua avaliação médica dessa aqui, doutor?", mas não.

Queria que ela pudesse ver a expressão em meu rosto.

— Que nojo! Sou sua prima, não uma personagem de novela.

Ela ri e fala "eu sei, eu sei" bem no momento em que minha mãe diz:

— Isso me parece muito inapropriado.

Antes que ela possa compartilhar outra sugestão ultrajante, digo:

— Não queria parecer desesperada. Ir com calma é o caminho, confiem em mim.

Então, uma pitada de vergonha toma conta de mim. Raffi já não é uma opção, e estou lhes dando esperança. Enganando as duas.

Diana me implora que conte a ela se Raffi me mandar uma mensagem de novo, e eu prometo que contarei, ciente de que ele não tem mais nada a me dizer. Os gritinhos dela e da minha mãe deveriam me deixar feliz agora. Eu deveria estar comemorando com elas. Deveria ter contado sobre ter sido chamada para sair e me orgulhar de como sou uma excelente paqueradora por ter potencialmente conquistado o maior prêmio. Eu poderia estar saindo com ele. Em vez disso, sou uma versão falsa e alegre de mim mesma, e não me orgulho disso. Mas o que posso fazer?

Desligamos, e eu encaro minha mãe.

— Posso ir me deitar agora?

— Pode. Durma nove horas para ter nove homens em seus braços.

— Tem só oito na lista.

— Durma nove e você encontrará mais um.

Depois de me preparar para dormir, estou jogada no meu edredom de babados, fazendo algumas tarefas de última hora no meu celular. Olho para cima para dar uma pausa e encaro o pôster de *The O.C.* com a Marissa fazendo beicinho para mim.

De alguma forma, isso me remete a Trevor. Faço as contas do fuso horário de cabeça (minha mãe ficaria orgulhosa); são cerca de sete horas na Alemanha, o que significa que ele já saiu para a corrida matinal e está se arrumando para ir trabalhar. O homem é uma máquina. Provavelmente fazendo tudo que pode para parar de pensar em como sua ex-namorada não aceitou seu pedido de noivado.

Enquanto isso, já fui a dois eventos armênios, recusei um encontro, desenvolvi um crush e fui presenteada com uma lista de homens do Facebook para eu ir atrás. Será que sou uma pessoa horrível? Não faz muito tempo desde o combo "proposta + término".

Eu me pergunto se todos esses homens e Erebuni são considerados meu escape para me distrair do fim do meu relacionamento. Se meu acordo com minha mãe é como um band-aid vermelho, azul e laranja, as cores da bandeira armênia, em cima da minha ferida de Trevor.

Quase no mesmo instante em que penso nisso, afasto o pensamento. Não, está tudo acabado com Trevor, e não só isso, fico surpresa porque o pensamento me faz suar. Sim, me sinto mal pela forma como tudo terminou e gostaria que tivéssemos um término melhor. E esse anel, meu Deus, tomara que ele possa pedir reembolso. Mas tudo isso é, sem dúvida, algo positivo.

Eu me levanto de uma vez só, subo em cima da minha mesa e arranco o pôster de *The O.C.* da parede, sem cuidado nenhum. Estou farta dela. Há coisas melhores para almejar.

11

Ela é uma garota muito honesta. Como você sabe?
É o que a mãe dela diz.

Շատ լավ աղջիկ է: — Ինչէ՞ն յայտնի է: — Մարը վկայեց:

— *Provérbio armênio*

𝒜 *vendedora está* ajeitando um vestido de tule azul-gelo no meu corpo enquanto cinco membros da minha família observam: minha mãe, Nene, Diana, a mãe da Diana (tantig Emma) e a irmã do meu pai (tantig Sona, que adora se intrometer). Eu estava praticamente nua na frente delas segundos atrás, e todas, inclusive eu, fingiram ser muito modernas e de boa com isso, mas estávamos todas olhando para outros lugares. Há uma fila de mais trinta vestidos de madrinha para eu experimentar em seguida, e o suor já se intensifica em minhas têmporas. Estou tentando sorrir por Diana, mas quero arrancar esse vestido de tule que me causa coceira e sair correndo porta afora.

É sábado, meu dia de folga, e vou passar o dia inteiro aqui antes de me preparar para a degustação de conhaque armênio, que descobri ser na casa de Kiki. E, embora vários homens da lista da minha mãe tenham confirmado presença, não são eles que estou animada para ver hoje.

— Diana, meu vestido pode ter fenda? — uma prima adolescente pergunta do provador ao lado.

Antes que Diana responda, a mãe da menina grita:

— *Heesoos prgich!* Sem fenda, já disse!

Ocupamos quatro provadores, cada um lotado de parentes de Diana de todas as idades. Sei que fiquei brava quando Trevor fez aqueles comentários sobre quão barulhenta minha família é, mas, assim, tenho certeza de que as vendedoras estão odiando a gente. Por outro lado, elas estão no ramo de casamentos, então devem estar acostumadas com bandos de mulheres falando o tempo todo de roupas.

Não consigo deixar de pensar que, se eu estivesse experimentando vestidos de noiva para meu casamento com Trevor, tudo seria mais tranquilo: nossas mães, sentadas do lado de fora da sala, conversariam sobre os vestidos, sem mencionar os valores por medo de assustar a mãe de Trevor, que é, hum, mão de vaca. No momento, não tenho certeza de qual cenário prefiro.

Minha mãe semicerra os olhos ao ver meu peito.

— O busto ficará assim no vestido de tamanho certo? Ou… vai mostrar ainda mais?

Ela me conhece. Estou usando um vestido sem alças sete tamanhos maior que eu, mas infelizmente fica no tamanho correto para os meus seios. Bem-vindos ao meu dilema diário com roupas.

Vejo os olhos da vendedora no espelho, e ela parece desconfortável, como se não quisesse nos dar a resposta.

— Tenho esse estilo no tamanho dela, mas em uma cor diferente. Podemos ver se funciona.

Há um breve momento de silêncio quando ela sai da sala, e ouço Nene cantarolar uma música. Está tocando Mozart, o que as pessoas acham relaxante, mas a música dele é surpreendentemente energizante e, no caso de hoje, só me deixa mais nervosa. Parece estar gritando: "Vai! Vai! Vai!".

Nene está sentindo a música e curte o momento como se sua vida dependesse disso. Ela não gosta de estar cercada de gritaria.

— Nene, qual é o nome dessa música? — pergunto. Em seguida, acrescento: — Sei que é Mozart, claro.

Quero me poupar de um sermão sobre como não consigo identificar músicos clássicos. Toquei piano durante cinco anos, para a grande decepção de todos. Minha mãe queria que eu tocasse violino e meu pai queria que eu tocasse violão, então piano foi o meio-termo que encontraram, já que podia ser jazz e clássico. Nene só queria que eu fosse musical como ela (ela não morava com a gente na época, mas investia muito no meu progresso). Quando, ano após ano, fiz melhorias ínfimas e me apresentei em um recital particularmente desastroso, no qual toquei uma versão descompassada da "Marcha Turca" e esqueci as notas no meio do caminho (minha mãe disse que era uma música amaldiçoada por causa do título), ficou claro que eu não tinha talento, e desisti. A sexta série foi difícil.

— "Eine kleine Nachtmusik", Serenata n.º 13 em sol maior — responde Nene, erguendo o dedo no ar; prefiro perguntar a ela em vez do Shazam porque posso ouvir seu forte sotaque armênio.

Agora eu me recordo, "A Little Night Music". E, por alguma razão, esse título me lembra de Erebuni, talvez porque eu a tenha visto apenas à noite, ou porque ela é como a música noturna, pela maneira como fala e se move.

Eu me permito aproveitar essa sensação por um momento, até que tantig Sona me puxa de volta para a realidade no provador. Ela está balançando a cabeça para mim.

— Seu tamanho é muito difícil de achar.

Hum, obrigada? A irmã do meu pai nunca se casou nem teve filhos, e quem se importa, não é? Escolha dela. Mas ela não pensa assim. Culpa todo um grupo de pessoas por isso (ela provavelmente tem razão; tenho certeza de que muitas pessoas na comunidade foram desagradáveis com ela por causa disso), e ela se limita a mostrar essa amargura às vezes. Ela também é hilária, uma contadora de histórias nata, e adoro tê-la por perto, mas ela também consegue ser cruel quando menos esperamos. Além disso, há os malditos memes homofóbicos que ela compartilha no Facebook. Assim como ignoro os memes, finjo que não registrei o comentário dela sobre meu corpo.

— Não ligue para isso — diz tantig Emma, afastando o comentário e virando-se para Diana. — E a cor? *Hokees*, tem certeza de que quer azul em setembro? Naquela luminosidade? Podem ficar parecendo flocos de neve e gelo.

Diana respira fundo e reprime um revirar de olhos.

— Não me importo com a estação, vamos nos casar em setembro porque era o único mês livre no Manor Hotel, e azul-gelo é a cor que eu quero. Também vai ter verde-claro.

— Verde e azul juntos, *akh akh* — lamenta a mãe dela, baixinho.

Minha mãe tem alguns defeitos, mas ela é boa em não se intrometer nos problemas dos outros. Assim como eu. Ficamos quietas, mas telepaticamente sinalizamos concordância uma à outra.

— Encontrei na cor laranja — diz a vendedora ao entrar com uma horrível versão abóbora do vestido de tule. Relutante, enfio as pernas ali, ela fecha o zíper e cabe perfeitamente na cintura, mas parece que estou em um filme pornô na parte de cima, de tanto que meus seios aparecem. Tantig Sona balança as mãos em negação, e todo mundo está dizendo "não, ai, não" com diferentes entonações.

— Eu avisei — comento, tentando não demonstrar minha satisfação ao dizer isso. — Não posso usar um vestido sem alça.

— Isso elimina mais da metade dos vestidos — comenta a vendedora, com as sobrancelhas levantadas.

Diana se levanta, pronta para lutar contra as prateleiras.

— Não tem problema. Tem inúmeras outras opções.

Coloco minhas roupas e a sigo. O local fica no centro de São Francisco, em um loft bem iluminado no último andar de um prédio de dez andares, que nos dá uma vista da Union Square e das centenas de turistas para lá e para cá.

Os dedos de Diana passam pelos cabides, cada um batendo com certa precisão enquanto ela passa para o próximo. Ela pega um vestido longo de chiffon e o pendura no braço. Algumas das outras tantigs estão perambulando pela loja, então agora é minha chance. Sussurro:

— Queria te contar uma coisa. Raffi me chamou para sair. Hum, no início da semana.

Ela arranca um vestido com tanta força que o cabide voa e vai parar no chão.

— Quê? — sussurra ela, de forma exagerada. — Por que não me contou?

Ninguém parece ter nos notado.

— Porque eu...

Estou interessada em outra pessoa, em uma mulher, e minha mãe nunca ficaria feliz com isso. E você? Não tenho certeza se entenderia. Eu me curvo para pegar o cabide.

— Não queria que vocês fizessem alarde.

Ela bufa, e uma mecha de seu cabelo voa. Continuo:

— E porque eu recusei.

O olhar de Diana é como arame farpado.

— Hum, oi? Por que você faria isso?

Ela fala como se ele fosse uma joia sem imperfeições, então, se recusei, é minha culpa. Amo minha família, mas às vezes essa mente fechada me irrita. Vai ser uma batalha difícil, eu sei. Tento só compartilhar os fatos.

— Ele é muito desprezível, D. Ele se aproximou demais e disse que eu era uma mulher das antigas, e foi muito agressivo, como se não aceitasse um não.

— Agressivo? — questiona Diana, desapontada.

Viu? Eu sabia.

— Sendo bem sincera, se ele não fosse lindo daquele jeito, ou médico, ninguém lhe daria atenção. Ele não tem uma energia boa.

Diana examina uma saia de organza e diz:

— Isso é loucura, todo mundo o adora.

Quando ela a solta, a saia volta ao lugar no cabide, e ela me encara. Diana e eu, geralmente, gostamos de manter as coisas leves mesmo ao discutir tópicos difíceis. Não sei, é como se nunca devêssemos reclamar de nada, já que temos famílias amorosas e foi isso que fez nossas vidas serem boas no geral. Portanto, não vejo esse rosto preocupado dela com muita frequência.

Alterno entre olhar para Diana e um vestido verde-musgo.

— Ele não estava aceitando meu não. Então contei a ele que estou noiva.

Diana balança a cabeça.

— Que droga. Digo, o fato de ele estar fora de cogitação. Sua mãe gostava tanto dele que acho que você deveria pelo menos ter dado uma chance.

Ela não entende. Minha família nunca vai entender. Assim como provavelmente nunca aceitariam que eu estivesse com uma mulher. Só se aceitassem de má vontade, e isso se eu tivesse sorte. É o melhor que posso esperar.

— Sim — murmuro, apertando com força um vestido de cetim entre os dedos. Então, pensando em como minha mãe reagiria, o que talvez fosse ainda menos favorável, acrescento: — Não conte para minha mãe.

É então que minha mãe, segurando uma enorme pilha de vestidos, se aproxima de mim. Dou um pulo de susto, mas ela não nota.

— Está falando de hoje à noite? É uma de suas últimas chances. Lembre-se da sua lista. Há álcool envolvido, então todos estarão lá. E com vontade de conhecer pessoas. Você tem muito trabalho pela frente.

Embora o contraste da luz da tarde com pisos e tetos totalmente brancos faça parecer lindo aqui, há sempre alguma coisa nos lofts que me dá um frio na barriga de ansiedade. Não sei se é o teto que parece absurdamente alto, ou se são os canos expostos, como se eu estivesse vendo algo que não devia: as entranhas do prédio. Ou pode ser a conversa que tive com Diana.

— Eu sei, eu sei — murmuro.

Preciso me esforçar para que conhecer esses homens pareça só mais uma tarefa. Prove mil vestidos, conheça um monte de caras armênios. Só há uma coisa agora que não sinto que fui forçada a fazer, e isso é: sair com Erebuni hoje. Nossas mensagens de ontem terminaram de forma tão agradável, com uma sequência de elogios mútuos que provavelmente causariam náusea em qualquer pessoa de fora. Fico com vontade de vê-la, mas isso não faz com que aquela sensação de ansiedade desapareça.

Por algum motivo, ando viciada em irritar meus nervos, então murmuro algo sobre o banheiro, entro no corredor e pego meu celular.

Para Erebuni, digito:

Quer jantar antes?

Mas não envio essa. *Jantar* parece um pouco estranho. Que tal:

Quer beliscar algo antes?

Parece que eu quero ser beliscada. Até quero, mas não. Finalmente digito:

Quer comer alguma coisa antes? Preciso forrar a barriga haha

Perfeito. Clico em "Enviar".

Decido ir ao banheiro e faço questão de não olhar meu celular. Coloquei no silencioso para impedir a tentação de ficar olhando para a tela no meio da cabine. Depois de voltar ao corredor, com as mãos lavadas e secas, pego o aparelho e, claro, há uma resposta de Erebuni.

Eu queria, mas tenho que ajudar a organizar tudo. Obrigada pelo convite mesmo assim

Ai, é como um soco no estômago. Isso é exatamente o que eu diria a alguém se não estivesse romanticamente interessada, alguém de quem eu estivesse tentando manter distância. Que droga… Eu deveria me esforçar mais com os homens hoje, já que Erebuni não está a fim de mim. Estou me sentindo irracionalmente irritada com ela, embora ela, é claro, não tenha feito nada de errado. Eu sei, eu sei, eu não deveria me sentir assim — isso é coisa de caras superproblemáticos —, mas eu podia jurar que vi desejo em seu rosto quando ela olhou para mim. E todas as nossas trocas de mensagem... Ninguém agiria assim com quem não gosta. Certo?

Então, outra mensagem aparece:

Quer sair depois?

Ô, se quero. Saio dando pulinhos pelo corredor e sussurrando:

— *Isso!*

12

Uma flor silvestre no topo da montanha não trocaria de lugar com uma rosa no jardim.

Սարին անհոտ ծաղիկն էլ իրան տեղը իրան փառքը վարդի հետ չի փոխել:

— Provérbio armênio

Se alguém me pedisse para adivinhar como era a casa de Kiki, eu descreveria cômodo por cômodo e teria acertado todos. Há mármore italiano importado (minha mãe ficaria com inveja), uma grande escadaria de ferro forjado no hall de entrada, um lustre de cristal, uma mesa de entrada gigante com um arranjo de flores que teria sido de bom gosto se tivesse só um quinto do tamanho. Sendo bem sincera, esteticamente é até bonito, mas não supre as expectativas, pois todo o requinte foi utilizado visando querer impressionar qualquer pessoa que entrasse. Talvez nenhuma mansão pudesse ser considerada de bom gosto; esse é o ponto.

Estamos em Atherton, que fica perto do meu trabalho, mas não chega nem aos pés de lá. Deixe-me explicar: essa área é muito diferente de Redwood City, que abriga um misto de raças e culturas. Essa é uma exclusiva cidade incorporada, quase toda plana, e você pode comprar uma área por seis milhões de dólares. Literalmente demolidor. Estou chocada que Kiki more aqui, na verdade; a cidade é tão branca que cidadãos armênios são vistos como altamente diversos. E como sei tanto sobre Atherton? Bem, em uma cidade de sete mil habitantes ultrarricos — muitos deles nascidos em berço de ouro e com muitos contatos —, quando um deles organiza uma comemoração do tricentenário de um carvalho no terreno do único *country club*, eles pedem que a imprensa local esteja lá. E não há repórter melhor para cobrir aniversários de árvores do que eu.

É sempre estranho entrevistar as mães de Atherton: loiras com 1,80 m, rostos contraídos, esticados e polidos quimicamente até brilharem como o reflexo dos espelhos para os quais passam tanto tempo se olhando. Posso usar meus saltos mais altos, mas ainda assim só consigo chegar a 1,70 m, enquanto elas me tratam como um de seus cachorrinhos de raça e me dizem como sou pequena e fofa. Em comparação com aquele grupo, Kiki é tão reconfortante quanto minha avó (nossa, ela odiaria essa analogia).

A festa parece ser lá nos fundos e, ops, eu provavelmente não deveria passar pela casa, mas que se dane, ela que deu mole deixando a porta aberta. Passo por retratos de sua ninhada de pirralhos — brincadeira, os quatro são muito fofos, e tenho certeza de que são criaturinhas brilhantes, ainda não corrompidas pelo mundo. E talvez eu tenha sido rígida com Kiki; é difícil ter quatro filhos, mesmo no meio de riqueza ilimitada.

— Está perdida? — pergunta uma voz de homem.

Eu me viro para tentar descobrir de onde vem, e minha frequência cardíaca dispara porque penso em Raffi, e se seria ele me encontrando sozinha de novo, tentando uma segunda chance. Este lugar é tão vazio e marmorizado que a voz salta como se estivéssemos em uma casa de diversões de um circo. Então eu o vejo, andando por um corredor que eu não tinha notado.

Ele parece um agradável dedão. Rosto simpático e arredondado, barriga e coxas notáveis, panturrilhas finas. Está com uma camisa de botão marrom combinando com calças marrons mais escuras. Sei exatamente quem ele é. O padre.

— Se estiver procurando o banheiro, fica neste corredor, na quarta porta à sua esquerda. Mas o cheiro, ah, não me julgue; não fui eu. Não posso jurar em nome do senhor Jesus, pois seria pecado, mas vamos imaginar que jurei de forma hipotética. — Ele dá uma piscadinha e faz o sinal da cruz.

O padre tem um leve sotaque armênio, mais ou menos como Arek e Raffi, mas sem a arrogância dos dois. Há algo em sua postura, no corte de sua camisa, na inclinação de seu queixo para baixo que transmite uma energia tradicional, como se estivesse prestes a me dar um conselho levemente condescendente. Ele parece mais um idoso armênio do que alguém com quase trinta anos. Vou tentar conhecê-lo com a mente aberta, sem julgá-lo pelo fato de que nosso primeiro contato envolve o cocô fedido de alguém.

— Ah, não, tudo bem. Acabei de chegar, estava tentando descobrir onde é a degustação.

E só então me ocorre que o padre está em um evento de degustação de bebidas alcoólicas. Isso é ok para a igreja? Digo, por mim tudo bem, mas não sabia que a igreja ortodoxa de mil e setecentos anos estava de boa com seus diáconos tomando a destilação do sangue de Cristo socialmente.

Ele parece aflito, provavelmente pelo fato de a informação sobre o banheiro fedido ter sido desnecessária.

— Bem, posso te levar até lá? Sou Artur. — Ele estende a mão.

— Nareh — digo, e damos um aperto de mão. Um aperto decente e firme, não um esmagador de ossos, mas confiante. Sei que ele e eu nunca vai rolar. Tipo, a chance de eu acabar casada com um padre é quase a mesma de Deus descer à Terra e ordenar que eu me case com esse padre. Mas ele é um cara legal, e minha mãe queria que eu o conhecesse, então não faz mal ser educada.

Ele faz um breve gesto indicando que vai começar a andar, e então o sigo pela casa.

— De onde você é, Nareh?

— Daqui... Bem, de São Francisco. Nascida e criada, como dizem.

Sempre me odeio quando comento algo clichê, mas também é muito fácil soltar uma dessas quando você não se importa muito em tentar acertar o tom.

— Ah, interessante. Então você vai querer ficar em São Francisco.

Ele está tentando recrutar novos congregantes? É uma pergunta meio estranha de se fazer.

Passamos por uma sala de jantar com cristal Baccarat da cabeça aos pés, o tipo de composição que só se vê no andar de móveis de uma Bloomingdale's (o que eu sei porque minha mãe, Diana e eu passamos, tristes, pelos Baccarat expostos na Bloomie's várias vezes). A mesa é deslumbrante, espelhada e brilhante, mas o conjunto é, como parece ser o padrão daqui, exagerado.

— Eu... Eu acho que sim. Estou aberta a morar em outros lugares. Mas, sim, aqui é meu lar.

— Excelente. Sou o novo Sargavak da Igreja de Santo Antônio.

É, acho que ele está tentando me recrutar. Tudo bem, ele está sempre trabalhando; respeito tal ética.

— Ah, sim, acho que ouvi por aí que havia um novo Sargavak. Prazer em conhecê-lo.

Saímos em um átrio, como uma estufa, todo em ferro branco e vidro, e é o que nos leva até o jardim. É lindo aqui, há plantas tropicais verdejantes brotando dos canteiros, as folhas grandes como assadeiras. Não há ninguém aqui além de nós e das plantas, então não é o destino final, mas nossa, poderia me acomodar em uma dessas espreguiçadeiras de teca e passar o dia todo aqui.

Não consigo evitar, acabo sussurrando:

— Uau.

Artur empurra uma porta que dá para o quintal, e fico triste por termos de sair daqui.

— Sim, Deus os agraciou.

Sou tão descrente que não sei se essa é a maneira de um padre dizer "eles deram sorte" ou "eles fizeram por merecer a riqueza". Não vou perguntar. Além disso, ele tem mais coisas em mente, porque questiona:

— E o que você faz, se me permite perguntar? Tem uma profissão?

Estamos do lado de fora, e caramba, uma casa grande não me agrada tanto, mas com uma área externa como essa, sim, minha inveja se faz presente. Há uma piscina em estilo *art déco*, um bosque que parece esconder mais um quintal, um laranjal, uma segunda casa (eles têm literalmente uma casa de tamanho normal no quintal) e uma terceira casa de tamanho considerável, como uma espécie de chalé, com apenas duas janelinhas no topo. Isso é... estranho. Ficamos parados por um momento enquanto observo tudo. Quase esqueci que ele me fez uma pergunta.

— Ah, sim, sem problema. Pode perguntar à vontade. Sou repórter de um canal local, perto daqui, KTVA News.

Ele assente, surpreso.

— Uma repórter, uau. Imagino que seja cansativo?

— Sim, trabalho seis dias por semana.

— Folgas no domingo — comenta ele com naturalidade, e começa a andar em direção ao chalé sem janelas. Nossos pés rangem no caminho de cascalho branco.

— Nos sábados, na verdade — digo, também com naturalidade.

Ele prende a respiração. Sacrilégio total, sei disso.

— Entendo. Você trabalha muito. Não sobra muito tempo para outras atividades?

Que outras atividades são essas que ele quer que eu faça? Aprender o sinal da cruz? Espero que ele chegue logo ao ponto, porque isso me parece uma entrevista às cegas na qual estou falhando, embora não dê a mínima para o resultado. E isso é irritante e um pouco rude.

— É bem cansativo.

Estamos chegando perto da casa, e há uma placa do lado de fora. EXPLORE A ARMÊNIA: DEGUSTAÇÃO DE CONHAQUE. Artur pergunta:

— E você gosta disso, de ser uma repórter que trabalha muito? Pretende continuar?

Não adianta dar a ele nada além do que a verdade. Confesso:

— Sem dúvida. Na verdade, nem acho que estou dando meu máximo. Tenho muito que crescer e evoluir, uma vida inteira de trabalho a ser feito. Posso trabalhar com isso para sempre.

Ao dizer essas palavras, percebo o quanto sou reprimida no meu cargo. E esse objetivo de melhorar? Não tenho certeza do quanto isso é possível. A alegria de gravar e editar a matéria da aula de culinária me vem à mente, e sou atingida por nostalgia e preocupação ao mesmo tempo. Quero fazer mais disso, mas Richard continuará sendo um grande impedidor, a menos que eu faça alguma coisa.

Chegamos à porta. Artur faz uma careta rápida, depois estampa um sorrisinho.

— Entendi. Bem, foi um prazer conhecer você, Nareh. Divirta-se. Deus a abençoe.

Ele abre a porta do chalé escuro e entra sem olhar para trás. Por um instante, acho que ele vai deixar a porta bater na minha cara, mas ele pensa melhor e a segura com a ponta dos dedos anelar e mindinho. E, enfim, vozes me atingem. Cheguei.

Mas que palhaçada foi essa, hein? Foi definitivamente um interrogatório. É então que as palavras da minha mãe me vêm à mente: *Ouvi dizer que ele está procurando uma esposa.* Ai, meu Deus, essa foi minha entrevista conjugal. E eu falhei feio. Deixo uma risada escapar quando o nível de chacota toma conta de mim. Entrei na casa de Kiki e fui avaliada para ser esposa troféu de um padre. A vida é engraçada às vezes. Não vejo a hora de contar para Erebuni.

E agora sei por que há apenas duas janelinhas minúsculas. Estou em uma adega. Todas as paredes são revestidas de barris, os tetos são iluminados por mais lustres Baccarat com lâmpadas amarelas e tudo brilha em tons de marrom e dourado.

No meio do grande espaço há uma série de mesas dispostas com garrafas âmbar de conhaque e taças personalizadas. Existem duas escadas em espiral nos fundos que levam a uma área acima com varanda, onde há ainda mais garrafas e taças dispostas ao longo do balcão. E está lotado, tudo ecoa; a energia está lá em cima, como se todos não vissem a hora de começar a beber.

Sinto alguém olhando para mim. Olho para cima e me deparo com Erebuni. Ela veste uma camisa de cetim vermelho-sangue, com um laço na parte superior, jeans preto e uma jaqueta de couro preta. Está com botas de salto baixo, o que parece deixá-la ainda mais alta, um pilar no meio da multidão. Sua bochecha se ergue em um sorriso, e sinto a minha fazer o mesmo.

Ela não precisa me chamar. Passo pela multidão até a escada em espiral e subo, sentindo o barulho que cada salto faz, o metal frio sob a palma da minha mão. Ela está lá, bem onde eu piso, tendo encontrado um lugar aconchegante no canto. Damos um abraço bem apertado, e estou no jardim de flores dela novamente. Solto-a primeiro, pois tenho receio de quanto tempo ficaria ali se ela permitisse.

Somos só nós duas hoje. Janette não bebe, e Arek, que tenho a impressão de ter um supercrush em Janette, se retirou em solidariedade. Vache está em um restaurante armênio em Los Angeles, que não só vai mostrar a ele os segredos por trás da receita de seu bolo de damasco de duzentos anos, como também dará parte de uma árvore de damasco originária da Armênia. Se você já comeu um damasco da Armênia (eu nunca comi, mas já ouvi intermináveis histórias sobre a fruta), sabe que é algo que só existe lá. Ele ficou chateado por perder o evento de hoje, mas me disse que pediria até mesmo carona na rua até Los Angeles por aquela árvore de damasco. Será plantada no quintal de seus pais em San José; eles já até prepararam a área.

— Você está linda — elogio Erebuni.

— Você também — responde ela, me olhando de cima a baixo. Eu me sinto um pouco pelada, e não é só o ar frio. Estou usando um vestido longo e branco com botões na frente e mangas esvoaçantes, corpete justo e saia larga. Estilos totalmente opostos.

— Achei que estaria mais quente em Atherton que em São Francisco. Não esperava passar a noite toda numa adega a 10ºC.

— Pode usar minha jaqueta. — Ela começa a tirá-la enquanto fala.

Eu protesto:

— Não, está tudo bem. O álcool vai me aquecer.

— Estou vendo sua pele arrepiada — diz ela. Juro que tremo de forma visível ao ouvir isso, porque ela está olhando fixamente para a minha pele. Ela me entrega a jaqueta. — Estou com mangas compridas. Podemos dividir, se isso ajuda a fazer você aceitar.

O peso de sua jaqueta de couro está em minhas mãos, e me sinto um pouco envergonhada por aceitar, mas pensando bem... Visto a jaqueta, que está aquecida pelo seu corpo, perfumada com seu cheiro e pesada como se ela estivesse pendurada em mim, me abraçando. Agradeço, e minha voz sai tímida. Pigarreio mentalmente e digo:

— Não vai acreditar no que acabou de acontecer comigo. Você conhece o Artur, o Sargavak?

— Conheço, sim. Ele te pediu em casamento?

Minha respiração fica presa em uma risada. Como ela...?

— Não passei no teste de esposa. Sou muito ligada ao meu trabalho. Então nenhum pedido. Como você sabia?

— Ele está com essa meta. Já fez três pedidos de casamento, pelo que eu soube. Ele nunca falou comigo, e não sei se devo me sentir aliviada ou ofendida.

Eu rio, e ela acompanha meu sorriso antes de continuar:

— Ele deve ter ouvido fofocas a meu respeito pela Kiki. Não aguento que tudo é tão preto no branco para algumas pessoas. Eles não sabem que, só porque você namorou mulheres, não significa que você gosta só de mulheres? Se bem que essa nuance provavelmente não importa para a esposa de um Sargavak, pelo menos não para Artur. Ouvi dizer que ele é mais conservador. Sou amiga do Sargavak e da Yeretsgeen de Fresno, eles formam um casal maravilhoso e nunca deram a mínima para a minha sexualidade.

Puta merda, ok. Então ela é bi ou pan, mas definitivamente, sem dúvida alguma, namora mulheres. E tem um total de zero por cento de medo de dizer isso na minha cara. Como eu tenho. Sinto que, se eu dissesse o mesmo, estaria *admitindo* algo, como se fosse uma coisa ruim. Fui tão condicionada a acreditar nisso que me pergunto se um dia encontrarei uma saída desse tipo de pensamento.

Acabo constatando que Erebuni não é rejeitada pela comunidade. Há pessoas como Kiki, que não gostam dela só por causa de sua sexualidade, e o padre não deu em cima dela, então é claro que a fofoca funcionou, mas... ela está em uma posição de liderança em uma organização armênia e no conselho do Explore a Armênia. Talvez os ventos da mudança estejam soprando, afinal. Então lembro que ela é de Fresno e os pais dela não estão aqui. Isso faz diferença; ela não cresceu com essas pessoas. Ninguém conhece ou precisa encontrar sua família. Não que eles tenham de encontrar a minha. Esse pensamento é assustador demais para ser uma pauta agora, então o afasto.

Há algo mais brilhante para explorar. Ela me deu, de propósito ou não, a deixa perfeita. E, dane-se, vou morder a isca, porque não quero ter medo ou vergonha dessa parte de mim. Não vou guardar isso como um segredo obscuro.

Tento soar casual, como se estivesse falando do rótulo do conhaque que está na nossa frente.

— E não é porque você namorou mais homens que você seja hétero. Talvez eu devesse sussurrar isso no ouvido da Kiki para ela espalhar coisas sobre mim.

A expressão de Erebuni se ilumina completamente, o rosto florescendo de alegria. Seus olhos ficam maiores, sua boca se abre ligeiramente.

— Tem suas vantagens. Afasta os machistas — diz ela, baixinho, com um sorrisinho se formando.

Pu-ta merda. Não sei o que responder e tenho certeza de que tenho um sorriso estúpido no rosto, porque não consigo esconder minha alegria.

Mas então um toque soa lá embaixo, e lá está Kiki, com um vestido dourado-claro, tocando um sino com um laço na ponta. A imagem dela usando esse sino para chamar os filhos para jantar me vem à mente. Espero que não use com os funcionários.

Ela está exibindo todos os seus dentes; mesmo daqui, consigo ver que estão brilhando.

— Senhoras e senhores, o comitê do Explore a Armênia tem orgulho de apresentar nosso primeiro evento de degustação de conhaque armênio. — Há uma salva de palmas semientusiasmadas e alguns assobios. — Espero que todos vocês se divirtam nesta nova adega, minha e de meu marido, Armen. O evento desta noite é uma cortesia da Zeli Winery, nossa nova empresa de produção de vinho. Se quiserem experimentar nossos vinhos, hoje todos ganham um cupom de cinco por cento de desconto na primeira caixa. — Ela aponta para uma pilha de panfletos verdes na mesa ali perto.

Não imaginei que ela fosse comerciante de vinhos, nem uma grande mesquinha; Kiki continua surpreendendo. Dou uma olhada para Erebuni, como quem diz: "Ela tá de brincadeira?", e ela ri, soltando o ar pelo nariz. Avisto Raffi. Ele está com uma camisa gola V bege, que combina tanto com o tom de sua pele que ele parece estar fazendo topless, e está sussurrando algo no ouvido de uma garota loira que se parece com uma gata. Eu me dou conta de que ele nunca disse meu nome; me pergunto se ao menos sabe qual é. A mulher com quem ele está mexe no cabelo, dá as costas para ele e vai embora, revirando os olhos. Acho que não sou a única que consegue enxergar além daquela mandíbula.

Kiki apresenta o especialista em conhaque, que é um homem mais baixo, com cavanhaque, uma camisa impecável e calça justa. Ele tem um microfone, então sua voz ecoa nas paredes.

— Sejam todos bem-vindos. É uma honra compartilhar com vocês a elegante arte da degustação de conhaque. De acordo com algumas fontes, os armênios têm destilado vinho em conhaque desde o século XII, o que significa que o que estamos prestes a beber hoje tem raízes muito antigas. — Ele faz uma pausa, e há um coro de "ah" em tom de surpresa. — Na Armênia, dizem que se deve beber conhaque com a mão esquerda, porque é a que está mais próxima do coração.

Por serem um grupo minúsculo de sobreviventes, os armênios podem ser extremamente sentimentais. E eu amo isso. Erebuni muda o peso de uma perna para a outra ao meu lado, e eu gostaria de poder ouvir seus pensamentos.

O especialista continua:

— Primeiro temos o Ararat, fabricado por uma empresa que existe há um século e era a marca preferida de Winston Churchill. Por favor, peguem sua garrafa e se sirvam de…

Ele continua falando, mas sua voz fica confusa em minha mente, como se alguém tivesse tapado o microfone, porque Erebuni e eu vamos beber juntas. Partilhar desta bebida que, como ele disse, tem séculos de existência. Ela pega a garrafa com suas unhas roxo-escuras, segurando-a com firmeza.

— Quanto você quer?

— Uma dose — digo, demonstrando com o dedo.

Ela assente, serve, e o líquido sai rápido, mas ela consegue levantar o gargalo a tempo. Erebuni me entrega a taça, e por um instante nossos dedos se tocam. Os meus estão tão gelados que, embora os dela também estejam, para mim possuem um toque de calor. Reajusto minha mão para encaixar exatamente onde os dedos dela estavam, como se estivesse tentando abrir uma passagem secreta ao colocar minhas impressões digitais sobre as dela. O vidro é entalhado com pedaços de folhas, e pressiono a ponta dos dedos nas ranhuras. A taça é mais larga embaixo, e a borda, mais fina, com largura suficiente para o nariz espiar.

Não tomei uma gota de álcool, mas já estou me sentindo imprudente com minhas palavras, como se usar a jaqueta dela me desse algum estímulo.

— Vamos fechar os olhos e tentar sentir a fruta — sugiro. Um acordo para vedar o mundo externo; não sei por quê, mas parece que estamos fugindo de algo.

Erguemos as taças e brindamos, e o som é inesperadamente adorável, não o habitual barulho de vidro quebrando, mas as suaves ondulações de cristal. Dou um gole, e os primeiros sabores que sinto são o gosto forte de álcool e um pouco de doçura. Mas, quando engulo, a queimação se afasta, e é então que os sabores prometidos começam a aparecer.

Confabulamos a respeito dos damascos e dos figos, eu finjo que estou sentindo o carvalho torrado e, quando ela sorri de novo, reparo que outra coisa de que gosto em Erebuni é que ela acha todas as minhas piadas bobas engraçadas, ou pelo menos é brilhante em fingir que se diverte com elas. Eu me lembro de ser boba assim com um ex-namorado há muito tempo, e ele me disse sem pensar duas vezes: "Você não é engraçada". Hoje eu diria: "É, vai se ferrar", mas fiquei com ele por mais dois meses. Agora, é assim que uma conversa deve fluir e refluir. É confortável e emocionante ao mesmo tempo.

— Eu costumava achar isso besteira — comento. — Meu pai adorava degustar vinhos em Napa. Íamos com os amigos dele e as famílias, e eles falavam das notas de sabugueiro e o toque de *crème brûlée*. Eu era menor de idade, mas eles me deixavam provar alguns.

Erebuni esvazia o restinho que tem na taça, sem pressa, expondo a pele de seu pescoço para mim.

— Por muito tempo, o vinho teve gosto de igreja. Comungávamos na escola uma vez por mês, e o sabor do pão com vinho me deixava com ânsia de vômito. Eu odiava vinho até meus colegas de faculdade e eu virarmos intelectuais e fazermos o que chamávamos de Vinho de Quarta todas as quartas-feiras em nosso dormitório, com garrafas de Two-Buck Chuck que imploramos aos alunos transferidos que trouxessem para nós.

Ela olha para os barris, e eu adoraria ver a apresentação de slides passando por sua mente.

— Comunhão, é? Uma bruxa cristã? — pergunto.

— Sim. Não me leve a mal, sou bem insatisfeita com as opiniões da Igreja, mas sou uma espécie de armênia ortodoxa. Uma mistura wicca-ortodoxa. Posso até imaginar o que você está pensando: heresia.

Eu levanto minha taça.

— Um brinde à heresia.

Provamos mais alguns conhaques, um mais achocolatado e com nozes, outro mais amadeirado (de acordo com o cara, pelo menos). Na terceira degustação, meu paladar não está nem perto de ser refinado, e só consigo detectar, como um homem das cavernas, o nível de queimação do álcool. Esse queima muito, esse queima menos. Agora não é apenas a jaqueta de Erebuni que me aquece. Sinto a onda lenta de álcool se espalhando pelo meu corpo, me protegendo do frio.

Ao olhar em volta no meio da multidão, eu me lembro da minha missão aqui, e meio que resmungo. É um pouco difícil escolher os potenciais pretendentes, e será que eu realmente tenho de fazer isso? Quero contar para ela. A imprudência que se fez presente antes só aumentou. Sinto que posso contar qualquer coisa para ela. Até isso.

— Então, minha mãe me mandou para o Explore a Armênia para encontrar um futuro marido. Digo, estou meio que brincando, mas ela tem uma lista de solteiros elegíveis que devo conhecer.

Ela arqueia uma sobrancelha.

— É? E como você se sente?

Ela é sempre tão equilibrada, tão curiosa.

— Eu até queria embarcar nessa no começo, mas então, hum, uma coisa mudou. — Reparo em como os olhos dela estão ficando arregalados e, sem querer dar a ela uma brecha para me perguntar o que mudou, porque não estou pronta para responder isso (não me sinto tão ousada quanto pensei), digo: — Mas eu devia manter minha promessa para minha mãe e, pelo menos, dizer "oi" para esses caras. Pode me ajudar a tornar isso divertido? Podemos fazer anotações sobre eles ou classificá-los. Deixar o processo mais lúdico.

Sua expressão segue inabalável, e eu gostaria de conseguir decifrá-la melhor. Quanto mais bebo, mais esse poder me escapa. Tento soar atrevida, pois tenho muito medo de falar sério.

— Prometo não acabar gostando de nenhum deles, se for ajudar.

Ela dá um pequeno passo para mais perto de mim, e eu não precisaria fazer muito esforço para me inclinar e beijá-la. Sua voz é baixa, tão deliberada.

— Ajuda. — Ai, meu Deus, quero que o tempo pare agora. Então ela troca de posição, e o flerte se esvai. — Tem certeza? Você poderia simplesmente dizer para sua mãe que não quer.

Ela está certa, é claro. Mas minha mãe e eu temos esse combinado. E, tipo, o que eu vou dizer a ela? "Desculpe, mãe, em vez disso me apaixonei por uma mulher." Não, não, não estou pronta. Deixe-me fazer todos felizes, pelo menos por enquanto. A Nareh do futuro pode cuidar do restante.

— Eu... Eu sei, mas já disse a ela que faria isso. O prazo para desfazer a promessa já passou.

Isso parece acalmá-la — afinal, quem não quer cumprir as promessas feitas à mãe? Ela examina a multidão abaixo.

— Ok, pode contar comigo. Quem está na tal lista?

Eu me atrapalho mentalmente com isso. Quem é que está na lista mesmo?

— Hum, Sako, o tal corretor de imóveis.

Ela pega uma das garrafas e, com sua calma habitual, comenta:

— Vou poupar seu tempo, ele não está interessado em mulheres.

Eu gargalho.

— Ah, é? Tem certeza?

— Cem por cento. Mas, por favor, não espalhe, ele não se assumiu totalmente.

Quase engulo em seco. Ele é como eu. Tento interpretar como ela se sente, e o que sinto é que não há julgamento. (Quer dizer, por que ela julgaria? Mas nunca se sabe; ainda estou descobrindo como ela é.)

— Nesse caso, não vou contar para minha mãe. Ela tem um grupo de fofocas.

Erebuni dá uma risadinha.

— Igual à minha, mesmo que ela nunca admita.

— Exato! — Quase grito de alegria. Imito minha mãe segurando suas pérolas. — Eu? Eu não fofoco. Outras pessoas fofocam, e eu ouço.

Ela ri e pergunta:

— Quem mais precisamos avaliar?

Repasso a conversa que tive com minha mãe antes de sair hoje — ela abriu a planilha de novo — e tento visualizar as linhas. O engenheiro, não, ele está fora de cogitação. Raffi também. Arek também. O Sargavak também. E agora Sako. Droga, então quem?... Ah, sim.

— Só faltam dois.

Neste evento, pelo menos. Tem um último cara que só estará no jantar. Continuo:

— Um empresário, Ara talvez? Berjian? E então um Kevork, da Joalheiria Vartanian?

Ela parece estar prendendo a respiração. Pergunto:

— O quê? Você os conhece?

— Já nos esbarramos algumas vezes. Que tal irmos até eles, pela sua mãe?

— Claro — respondo. Estou quase aquecida o suficiente para tirar a jaqueta agora, mas quero manter este pedaço de Erebuni comigo. Isso me estimula a dizer: — Mas não vamos perder muito tempo com isso. Prefiro voltar e ficar conversando com você.

Ela esconde o sorriso com a taça.

Sigo Erebuni como se ela fosse minha bússola. Ela sugere que encontremos Ara primeiro, e, à medida que nos aproximamos, eu o reconheço por conta de sua foto. Ele é magro, tem o cabelo raspado e parece estar em forma. Está usando uma camisa oxford branca passada, com um (ou três) botões desabotoados, expondo os pelos escuros no peito, e mangas com punhos e um relógio gigante no braço. Ele está conversando com o especialista em conhaque, que parece nada à vontade. Não, *conversando* não é a palavra certa. Está evangelizando. Ara está levantando as duas mãos como se estivesse pregando a palavra.

— E é por isso que estou dizendo que é necessário ter um distribuidor maior para os Estados Unidos. Isto aqui é ouro líquido, e você só o encontra em lojas especializadas ou em alguns mercados persas e árabes, que o vendem para os mesmos clientes antigos que já o conhecem.

Erebuni entra em seu campo de visão e, quando Ara respira fundo, ela interrompe:

— Oi, Ara.

Depois de um momento de surpresa, ele abre um sorriso radiante.

— Erebuuunes. *Parev*. Como está a vida?

Ele parece normal até agora, um pouco volátil, mas isso não é ruim. O especialista em conhaque começa a recuar devagar. Memorizo, caso precise sair da mesma forma.

— Estávamos indo pegar um dos cupons valiosos de Kiki e pensei em dar um oi. — A maneira como Erebuni fala é tão precisa, como se ela estivesse entrando com todo o cuidado em um lugar cheio de água e não quisesse deixar transbordar nada. Ela se vira para mim. — Ah, essa aqui é a Nareh.

Ele aperta minha mão, um verdadeiro moedor de ossos.

— Nareh, prazer. — Então me olha com curiosidade. — Ei, você me parece familiar. Onde foi que eu te vi? — Abro a boca para falar, mas ele diz: — Não, não me diga, vou me lembrar.

Ficamos ali esperando, e ouso olhar para Erebuni. Capto um sorrisinho.

Ele faz um som gutural de aborrecimento.

— Ok, desisto, de onde eu te conheço?

Não vou contar a ele como *eu* o conheço, por ver seu rosto e suas estatísticas na planilha da minha mãe. E, respondendo à sua pergunta, não tenho ideia de onde ele me conhece. Na verdade…

— Não nos conhecemos, mas estou no jornal. Eu…

— É isso. Vi você falando sobre a aula de culinária. Foi bombástico.

Ele quis dizer *bombástico* de uma maneira sofisticada? O homem dá um gole no conhaque e faz um breve som de "ah".

— Sabia que ia me lembrar. Você é repórter, né? Que diferente. Às vezes dá a impressão de que todo mundo que você conhece trabalha com tecnologia. — Ele bufa com tanta força que sinto o ar no meu rosto. Hálito de conhaque.

É verdade. Já estive em festas com Trevor, e todo mundo está sempre falando de tecnologia, tecnologia, tecnologia, tecnologia. Dou graças a Deus pelo meu trabalho, no qual minhas entrevistas geralmente não são com pessoas dessa área.

— Sim, somos a cidade da…

Ele interrompe:

— Quanto uma repórter ganha hoje em dia? Você é de São Francisco, ou de alguma cidade menor?

Tá bem, lá vamos nós. Agora entendo por que Erebuni não me contou nada. Sinto que ela queria que eu mesma desembrulhasse esse presente egomaníaco.

Ignoro sua pergunta sobre minha renda e foco só na segunda parte.

— Redwood City.

Ele desvia o olhar por um segundo, desapontado.

— Droga, que pena… Pensei em dar uma dica de pauta para você. É sobre o chefe do departamento de planejamento de São Francisco e como eles estão decidindo de forma aleatória — ele faz aspas no ar ao dizer "aleatória" — a ordem para converter certas terras em condomínios. Acontece que não é tão aleatório assim.

Na boa? Eu poderia vender essa história para Richard se ele me deixasse contá-la. Erebuni se mexe ao meu lado. Eu me pergunto se ela sentiu que ele está falando asneira ou se está começando a se sentir mal por não ter me dado informações sobre ele e me deixado decidir se queria ou não conhecê-lo.

Mas, para o caso de ser algo legítimo, eu digo:

— Eu poderia cobrir mesmo estando em Redwood. Cobrimos São Francisco quando é uma matéria quente.

Ele fica radiante.

— Você curtiu? Sei de mais uma dúzia dessas. Tenho amigos na cidade inteira, pessoas entregando pacotes e consertando a iluminação. Ficaria surpresa com as coisas que eles ouvem. Mas ninguém nunca me leva a sério. Mandei e-mails para vários repórteres de São Francisco.

Bem, isso não é bom. Se ele já tentou estender a mão e foi rejeitado, provavelmente há um motivo. Rumor infundado, provavelmente. Mesmo assim, poderia dar um *boom* nas minhas fontes.

— Vou te escutar. Que tal eu te dar meu número? Pode me mandar sugestões a qualquer momento, podemos falar mais sobre esses assuntos. Mas uma hora vou precisar obter declarações oficiais.

Dou a ele o número de celular que uso para receber informações, mas me pergunto se Erebuni acha que é assim que flerto com os homens. Ela não se moveu de nenhuma forma que demonstrasse ciúme ou aborrecimento, mas depois preciso dizer a ela que essa troca de número é puramente profissional.

Ele saca o celular.

— Anotado.

Então, trocamos os números, e finjo que precisamos ir. Erebuni vai a fundo na encenação e chega a acenar para alguém na multidão.

Nós nos espremmos entre as pessoas, que estão ficando mais turbulentas agora. Ouço um homem gritar: *Vor me dar, ara,* o que tenho quase certeza de que é uma forma hilária e vulgar de dizer: "Por que você se importa tanto, mano?". Ouvir armênio ao meu redor me faz sentir em casa e, ao mesmo tempo, como uma estranha. Tipo, essas pessoas são tão armênias que xingam casualmente em armênio, e com sotaque perfeito. Eu não ouço muito disso na minha própria vida. Minha mãe fala armênio de vez em quando, normalmente apenas com Nene, já que ela foi persuadida a não fazer isso por meu pai, que sempre falava inglês. Inferno, ele mudou o próprio nome (não legalmente, mas socialmente) de Boghos para a tradução estadunidense, Paul. Nenhum de seus amigos estadunidenses sabia disso. Cresci de forma muito, muito norte-americana, mas com essa base armênia que nunca foi embora. Eu me pergunto o que perdi durante esse tempo. Eu me pergunto quão armênias as pessoas nesta sala se sentem. Erebuni, em especial. Eles — ela — também compartilham dessa sensação? Nunca armênia o suficiente, sempre estadunidense em primeiro lugar? Ou se identificam primeiro como armênios e estão resistindo à americanidade que os rodeia, lutando contra a apropriação? Nunca pensei que alguém dizendo a outra pessoa que não se importe com algo me faria refletir sobre identidade.

O braço de Erebuni roça no meu enquanto avançamos no meio da multidão, o que afasta todos os pensamentos, exceto os que são sobre ela. Agora penso que teria sido bom tirar a jaqueta. Quero sentir a pressão de seu corpo através do cetim de sua camisa em meus braços nus.

Estamos a salvo da multidão, encostadas na parede de barris de vinho. Ela parece se divertir ao dizer:

— Esse deve ter sido um recorde de como conseguir o número de alguém. — Começo a ficar preocupada, mas a voz dela se eleva: — E você me disse que não estava interessada nesses caras.

Ela se apoia totalmente nos barris de vinho. Dou um passo em sua direção, ficando mais perto do que amigas ficariam.

— Ei, ele pode estar falando sério. Nunca se sabe quem pode ajudar na sua carreira, principalmente com fontes. De qualquer forma, aquele é o meu segundo número. Mas, sim, entendo por que achou que não seríamos almas gêmeas. Qualquer um que se ache tanto, provavelmente não será a pessoa com quem viverei feliz para sempre. Mas, com certeza, isso será útil na distribuição de informações. Então, obrigada por nos apresentar.

Ela cruza os braços como quem não quer nada.

— Sabia que isso ia acontecer. Foi por isso que te levei até ele.

Ela soa tão confiante, eu adoro isso.

— Arrá! Então esse é o seu poder de bruxa. Você é tipo o Rumpelstiltskin, só que transformou a caça aos homens em networking. — Olho em volta de forma dramática, como uma tia intrometida da igreja espiando por cima dos óculos. — Quem mais conseguimos atingir antes do amanhecer?

Ela ri, e estou perto o suficiente para ouvir o pequeno zumbido acima de todo esse barulho.

— Não, é que eu queria ver quais histórias Ara ia sugerir para você. — Então, ela muda, ficando levemente séria por um instante. — Ele é inofensivo — tranquiliza-me ela. — Mas também um sem-vergonha. Estou surpresa que ele não tenha falado quanto custava aquele relógio. Ele adora aquela coisa. Pode estar guardando a informação para a conversa por mensagem. — Ela fala mais baixo, fingindo estar comparti- lhando algo confidencial: — Foi cinco mil dólares. Ele me contou em três encontros diferentes.

Levo a mão ao peito e finjo desmaiar. Faço isso só para ver seu sorriso, sua boca larga, dentes proeminentes, com incisivos tão afiados e vampirescos. Eu a imagino os arrastando pelo meu pescoço, pelos meus braços...

— Vamos falar com o Kevork?

Argh, sim, acho que sim. *Mas podemos voltar para nós?* É o que quero dizer. Em vez disso:

— Claro. Vamos arrancá-lo dessa lista como um band-aid.

Ela se afasta dos barris, revelando novamente toda a sua altura, e se aventura de volta pelo grupo de pessoas.

— Sério? Não vai me dar nenhuma dica antes desta vez?

Percebo que ela sorri ao responder:

— Não, isso é tudo que você terá agora.

Uma mulher acena para Erebuni e lhe dá dois beijos na bochecha. E, como essa mulher está muito bonita com seu vestidinho preto, me bate um ciúme, que some com a mesma rapidez, porque não sei nada sobre ela, e Erebuni, depois de dizer "oi", continua andando comigo até nosso próximo destino.

— Você conhece todo mundo, hein?

— É só o mesmo grupo enorme de pessoas que vejo em todo lugar.

Faz sentido. Ela planeja esses eventos. É outro nível de envolvimento.

Ela faz uma pausa, depois dá um tapinha atrás do meu ombro, e xingo de novo essa jaqueta grossa que me nega um contato mais próximo com ela. Mas eu amo a insistência respeitosa de seu toque, pelo que consigo sentir. Ela se inclina e sussurra em meu ouvido. Quase não a ouço dizer:

— Aquele é o nosso cara.

Cada centímetro da minha pele se arrepia.

Por favor, deixe sua boca exatamente aí, ou melhor ainda, chegue mais perto, seus lábios estão quase roçando na minha pele.

Percebo que meus olhos estavam fechados, então os abro para não deixar transparecer o momento particular que estava tendo. Aí está nosso próximo indivíduo, e eu o reconheço da planilha. Olhos verde-claros que pendem um pouco para baixo, pele olivácea como a de Erebuni, uma camisa marrom que não condiz com o tamanho dele e uma calça qualquer. Seu rosto é gentil; espero estar julgando certo. Ele está sozinho em uma mesa alta para duas pessoas, digitando no celular. E, apesar de ser joalheiro, não usa nenhuma joia nem um relógio.

— *Parev*, Kevork — diz Erebuni. Kevork olha para cima, com uma expressão confusa. Ela continua: — Sou Erebuni, nos encontramos na reunião de Heros Baghdassarian há alguns meses. Esta é minha amiga Nareh. Estávamos passando e decidimos dizer oi.

A confusão se esvai, mas o misto de serenidade com tédio persiste.

— Ah. *Parev*.

E então ninguém mais fala, e nunca uma sala cheia de pessoas gritando e rindo pareceu tão silenciosa.

— O que está achando da degustação de conhaque? — pergunto, porque esse é o meu trabalho, oras. Posso fazer qualquer um falar. Perguntas abertas levam à vitória.

Ele dá de ombros.

— Achando ok.

Antes que o silêncio se prolongue por muito tempo, digo:

— Não estava muito familiarizada com os conhaques armênios, então foi revelador. — Faço uma pausa, pensando que ele pode ter algo a dizer sobre isso, mas não. Estou tentando lembrar o que minha mãe me disse. Ele é dono de uma joalheria que herdou dos pais e é supostamente bom nisso (provavelmente não no atendimento ao cliente). Eu tento: — Ouvi alguém dizendo que é preciso ter um distribuidor de conhaque maior para os Estados Unidos. Assim, essas empresas conseguem conquistar novos clientes, em vez das mesmas pessoas que os compram em lojas especializadas.

Ele balança a cabeça.

— Quem disse isso? Nunca vai acontecer. Tem que considerar a concorrência, as grandes corporações que eles enfrentam. Às vezes, os armênios sonham tão alto... Foi isso que nos fez perder a região da Cilícia.

Erebuni muda de posição e pigarreia. Tenho a sensação de que ela está irritada. E, infelizmente, não tenho uma opinião sobre o assunto porque nunca aprendi a história armênia para além do genocídio, por isso não faço ideia de a que Kevork se refere, e só sei que a Cilícia é um lugar... algum tipo de terra. Droga, é horrível admitir. Para manter as aparências, eu solto:

— Humm.

Ele dá de ombros outra vez.

— Pense o que quiser, mas é verdade.

Erebuni parece ficar alguns centímetros mais alta.

— Kevork, talvez você goste de conversar com Ara Berjian. Ali, o careca.

Kevork olha.

— Eu o conheço. Sempre tem uma opinião nova para dar, esse aí.

Comentário curioso vindo de um cara que acabou de dar uma opinião categórica que irritou minha garota. *Nareh, não, ela não é sua garota.* Ainda não.

Erebuni o provoca de novo:

— Ele andou dizendo que produtores de conhaque precisam encontrar distribuidores estadunidenses melhores. Devia compartilhar seu conhecimento com ele.

— Alguém precisa ser a voz da razão — acrescento.

Ele assente, a boca firme em uma linha tensa.

— Vocês estão certas. — Sem olhar para trás, agradecer ou dizer que foi um prazer, ele está pronto para jogar sua dissidência em Ara. Pobre Ara. Embora algo me diga que ambos compartilharão um momento prazeroso debatendo sobre isso.

Enquanto ele se afasta, fico aliviada por ter terminado a parte da noite que diz respeito aos homens. Cumpri — mais ou menos — minha promessa para minha mãe. Só sobrou aquele cara no jantar, um violinista, e me pergunto se há alguma chance de conhecê-lo de uma forma sincera. Será que tenho mesmo me esforçado o suficiente esse tempo todo? Não, eu me esforcei, sim. Raffi me chamou para sair. E meio que virei amiga de Arek. Digo, ele me chamou de Nar.

O fato é que, desde o início, sempre foi Erebuni quem me encantou. Está mais claro do que nunca que os homens não tiveram a menor chance perto dela. A única questão é que não consigo pensar muito no que isso significará para mim. Para minha mãe. Para o maldito jantar, onde todos estarão juntos. Quer dizer, não há nada acontecendo entre mim e Erebuni, então não importa, certo? Minha mãe nunca seria capaz de detectar minha paixão, não por uma mulher. Assim como quando ela olhou o perfil de Erebuni no Instagram. Como se não houvesse nada para ver ali. *Vai ficar tudo bem*, digo a mim mesma, e então minhas mãos começam a suar.

Erebuni está ao meu lado, com a cabeça inclinada.

— O que achou?

Meu sorriso se espalha, revelando muitos dentes.

— O que acabou de acontecer?

— Ele é bem... pedante. Não gosta de conversa fiada. Quanto a isso, não posso culpá-lo, mas ele adoraria debater minúcias interminavelmente, essa é a impressão que tenho dele.

Eu aperto meu rosto como se estivesse superexcitada.

— Nossa, meu tipo de cara.

Ela ri baixinho, depois parece satisfeita consigo mesma.

— Então posso me considerar uma casamenteira. Monto casais.

— Parabéns — digo. Minha voz assumiu um tom muito mais sedutor do que eu pretendia. Meu corpo parece estar aproveitando a chance de mostrar minhas cartas, e continua mostrando, desta vez com a boca. — Sabe o que eu adoraria agora? Um pouco de *haygagan sourj*.

Pedir café armênio depois de um conhaque é possivelmente a coisa mais armênia que eu já falei. Mas parece a coisa certa.

Ela está olhando no fundo dos meus olhos, com aquela audácia, e não consigo tirar da cabeça a imagem de seus olhos como planetas, com ventos assobiando em planícies escarpadas, cheios de vida desconhecida.

— Eu sei onde você pode conseguir o melhor *sourj* da cidade.

A voz dela é aveludada, e quero que ela percorra meus ouvidos, meu rosto.

— Onde? — pergunto. Ou quase. Sai como um suspiro.

Eu juro que ela não pisca. Então, responde, quase como um convite:

— Na minha casa.

Ai, meu Deus. Meu rosto se arrepia; sinto as maçãs do rosto formigarem. Abro a boca e não consigo evitar, estou sorrindo com cada nervo entusiasmado do meu corpo, e eu não me importo. Quero que ela saiba que é o que eu realmente quero.

Mal consigo me mover agora, e ainda não quero, pois todo o meu corpo está vibrando enquanto diz "sim, sim, sim". Então, assinto de leve.

— Por favor.

13

O coração do homem e o solo do mar são impermeáveis.
Հայ տղամարդու սիրտը, հայ ծովին անդունդը, երկուքն ալ համար չունեն:

— *Provérbio armênio*

Como uma boa cidadã, fui de trem para a degustação de conhaque (que bom que funciona aos fins de semana, graças às queridas mães de Atherton, que gostam de fazer compras em São Francisco), então Erebuni nos leva de carro.

Fico meio chocada por ela ter um bafômetro no carro e soprar nele antes de colocar a chave na ignição. Se meu pai tivesse um naquela noite, ele o teria usado? Ele teria ligado para minha mãe e pedido para ela ir buscá-lo? Mas não tinha a menor chance de ele ter um em seu carro. Meu pai era muito orgulhoso, diria que conhecia seus limites. Uma onda de tristeza me percorre ao ver Erebuni soprar no tubo, e penso em como a morte do meu pai poderia ter sido evitada de forma tão simples.

Antes que eu possa perguntar, Erebuni explica que ela teve muitos amigos que foram multados, alguns não mereceram (tomaram duas cervejas em duas horas, apenas um dedinho acima do limite) e outros, no fundo, precisavam de um alerta (pelo visto não se machucaram, nem machucaram mais ninguém, porém pararam de beber).

Ao me contar isso, ela também menciona que tem trinta e um anos e, ora, ora, é uma mulher mais velha. Quando eu era caloura na faculdade, ela tinha acabado de se formar. A esta altura, as áreas que processam as emoções em ambos os nossos cérebros já se solidificaram, por isso sinto que quatro anos é uma zona aceitável. *Que pensamento sexy, Nar.* Embora eu possa estar controlando meus pensamentos de propósito para não fazer papel de boba graças ao meu lado libidinoso.

Olhando em direção à Península, onde a luz da tarde não é obscurecida pelo nevoeiro, noto que o sol se põe muito tarde nessa época. O horizonte crepuscular é longo e distante, como um bom tipo de melancolia. São nove da noite, e o carro dela está quente, o ar-condicionado quebrado, então as janelas estão abertas, e meus braços, pegajosos e pendurados, açoitados pelo vento.

Erebuni colocou uma música muito estranha para tocar no rádio, uma harpa assombrada e a voz de uma mulher que soa como uma corda de banjo dedilhada. Quando pergunto quem é, ela diz que é a Joanna Newsom. Provavelmente está muito, muito longe do Top 40 de artistas mais tocados, mas acho que gosto disso.

Estamos nas charnecas de Belmont, uma cidadezinha no lado oeste da Península, basicamente um grande subúrbio montanhoso. Não a identifiquei como uma moradora de Belmont; essa área é cheia de famílias que querem estar próximas de um distrito escolar decente. Digo isso a ela.

Ela mantém os olhos na estrada.

— Eu morava no Russian Hill. Era lindo lá, tinha vista do meu terraço para a Golden Gate Bridge e toda a arquitetura dos anos 1920. Mas sou de Fresno e sentia falta de ter espaço. Tive muita sorte quando encontrei esse lugar. Você vai ver.

Seguimos até o topo da ladeira — ela dirige muito bem; mal noto o movimento do carro, o que é sempre um bom sinal —, e ela para no fim de uma rua, atrás de uma longa fila de automóveis cercada por árvores. Está escurecendo, mas ainda consigo ver que há uma casa bem grande à frente, e me pergunto se estou no emprego errado. Ela estaciona longe da garagem e diz:

— Chegamos.

Estou tentando decidir o que seria mais indelicado: me mostrar claramente impressionada com sua casa grande ou fingir que não me importo com isso.

— Uau, é bem reservado — digo, satisfeita por ter conseguido um bom meio-termo.

— Essa não é a minha — diz ela, apontando para a casa. — Eu alugo a casa de hóspedes deles, e eles acabam ficando fora a maior parte do ano. Voltam em meados de dezembro. Eu só os vi por uns dois meses nos dois anos que moro aqui.

Isso faz muito mais sentido.

— Bom negócio. Eles podiam deixar você morar na casa maior.

Trituro um cascalho com os pés ao ir atrás dela. Esta área possui outro microclima, e venta tanto que consigo ouvir o batucar dos címbalos de todas as árvores ao nosso redor.

— Está tudo bem, eu gosto da outra casa. E, quando estão fora, posso usar o terraço deles, que é a melhor parte. Posso apreciar todas as vistas.

Sob o vento e o luar, sinto uma vontade repentina de pegar seu braço. Devolvi a jaqueta dela assim que entramos no carro, o que parece ter acontecido há anos, então estou com os ombros nus e tentando não tremer. Mas sou uma completa covarde e não consigo segurar o braço dela. Ficamos em silêncio, ouvindo apenas o sussurro do vento e o crepitar das pedras sob nossos pés.

Chegamos a uma casa muito adorável, rodeada pela floresta e com um jardim desgrenhado ao lado. Ela destranca a porta e entra. Eu a sigo.

Erebuni acende uma luz, e sua casa ganha um relevo dourado escuro. Ela não se move para acender nenhuma outra luz, e gosto do ambiente que está criando, me deixa esperançosa.

— Bem-vinda — diz ela, nem um pouco tímida, como se estivesse orgulhosa por mostrar o local. Erebuni larga a bolsa e entra na cozinha.

Certo, esta casa não é como nenhuma em que já estive.

É pequena, isso é normal, e há coisas por toda parte, mas é uma loucura intencional. Há arte e fotografias de vários tamanhos preenchendo todas as paredes. Algumas com detalhes ocultos, algumas em preto e branco, algumas abstratas, algumas fotos bregas dela e (suponho) de familiares ou amigos. Cartões-postais, desenhos a carvão, mais fotos encostadas à parede em cima de uma mesa com papéis, blocos e velas por toda a superfície. Duas mesas completamente cobertas, uma com ervas secas (ou flores secas?) e frascos, conta-gotas, e mais velas.

E a outra mesa que, meu Deus. Nela há cristais de ametista do tamanho da minha mão, esculpidos em *khachkars* armênios, que são esculturas de cruzes estilizadas em pedra. Há cinzéis espalhados por perto, aparas e uma lâmpada, indicando que ela tem criado esses *khachkars* de cristal. Uma bruxa ortodoxa.

Sou atraída por isso, me aproximo como se estivesse possuída, pois preciso ver mais.

— Estou vendo isso mesmo? Esses *khachkars* são feitos de cristal? — pergunto, mantendo minha voz baixa com adoração. Agora, de repente, ela fica tímida. Abaixa a bochecha até o ombro e lança um olhar furtivo para mim.

— Ainda estou trabalhando neles.

Quero muito pegar um e sentir as laterais lisas e as bordas irregulares do cristal com a ponta dos dedos.

— O que falta? Isso é incrível. Posso tocar?

Erebuni foi para a cozinha, e me pergunto se realmente está se sentindo envergonhada pela sua arte. Ouço um barulho vindo de lá, e ela diz:

— Claro. Algumas das bordas são afiadas, então cuidado.

Tento pegar um, e ele quase escorrega da minha mão, de tão pesado que é. É só o que faltava, eu destruir a arte dela. Eu o manuseio com mais cuidado, as pontas do cristal se cravando levemente nas pontas dos meus dedos. Eu só vi *khachkars* em sua pedra tradicional (daí o nome "cruz de pedra"). Há algo nisso, de ver um cristal esculpido em uma cruz armênia, que é irreverente e reverente ao mesmo tempo, e não sou crítica de arte, mas parece especial.

— Quanto de açúcar você gosta? — pergunta ela da cozinha.

Talvez eu devesse ir até lá e ajudar. Coloco o *khachkar* com delicadeza em um pedaço de pano cortado. Penso na pergunta dela e respondo:

— Um pouquinho.

A cozinha fica logo ao lado, com uma abertura para a sala, então ela pôde me ver manuseando sua arte. Chego à porta. A cozinha tem armários verde-sálvia e está igualmente abarrotada de eletrodomésticos, temperos e facas ao longo de uma prateleira metálica.

Ela parece à vontade aqui, embora esteja um pouco mais arrumada e não no verdadeiro conforto proporcionado por um pijama antigo. Essa roupa dela… Quero tanto estender o braço, puxar o laço de sua camisa para desfazê-lo e revelar a pele de seu busto por baixo dela. Mas… não agora. Ela está segurando de forma elegante uma colher de chá cheia de café moído e a coloca no *jezveh* (um bule feito especificamente para café armênio, com cabo longo e abertura para servir) sem derramar um único grão. O dela é um lindo bule de cobre martelado, e o cabo torto me faz questionar se ela o comprou na famosa feira de Vernissage em Yerevan, na Armênia, que é repleta de antiguidades. Ela acrescenta um pouco de tempero de uma jarra e diz, se desculpando:

— Eu sei, nem todo mundo está habituado ao cardamomo, mas o sabor que ele traz é inegável.

Eu agito os braços.

— Você não está lidando com uma amante tradicional de *sourj*. Sem queixas aqui.

Erebuni coloca uma colher de chá de açúcar no bule e acende o fogão.

— Você disse que estava querendo um? Sua família costuma fazer?

Eles fazem. Faziam. De repente, sou golpeada e transportada para uma memória na casa de Nene quando éramos mais jovens. Não me lembro de um dia específico, mas de uma mistura de vários dias, de um sentimento. O toque dos meus pés no chão de linóleo da cozinha. Tons quentes de verde, marrom e vermelho-rubi contrastando com o frio de Twin Peaks. Esculturas de romã e o alfabeto armênio emoldurados na parede. E Nene me mostrando como ter certeza de que o *sourj* não ia transbordar, como observar os sinais de agitação antes que eles alcançassem o *jezveh*. Sentada no canto da cozinha, em uma cadeira metálica antiga, segurando minha pequena xícara de café armênio cheia do conteúdo amargo e doce, e sentindo que estava participando de algo muito adulto. Eu sempre sentia frio naquela cozinha, e os móveis do canto não eram nada confortáveis, mas eu daria tudo para estar de volta na casa dela, que precisou ser vendida.

Nene nunca mais fez *sourj* desde então. Minha mãe não faz desde que sua amiga Nora parou de nos visitar.

— Meu pai preferia o café americano, ou pelo menos era apaixonado pela ideia do café americano. Então minha mãe se acostumou a fazer desse tipo. Meu pai, hum, faleceu há cinco anos.

Ai. Não vim aqui para falar do meu pai. Erebuni pousa a colher.

— Ah, eu sinto muito — diz ela, gentil.

Dou de ombros, tentando fazer com que ela não se sinta mal. Usar a palavra *faleceu* foi um reflexo, já que descobri que usar *morreu* deixa as pessoas desconfortáveis. Embora Erebuni pareça não evitar percorrer espaços difíceis.

— Está tudo bem. Foi complicado. Quer dizer, não a morte. Ele bebeu demais, dirigiu, bateu em um muro e morreu antes da ajuda médica chegar.

Seus olhos estão enormes, como se ela pudesse torná-los grandes o suficiente para absorver toda a minha dor.

— Eu não disse, mas fiquei admirada com seu bafômetro. Ele nunca tomaria uma precaução como essa. Eu o amei tanto. Sempre fui mais próxima dele, nos uníamos contra minha mãe. Mas, desde que faleceu, tenho visto muitos dos danos que deixou em nós. É estranho ter raiva do seu pai morto. Por exemplo, ele não gostava de nada armênio, o que sempre considerei uma vantagem. Nossa, me sinto tão envergonhada por dizer isso.

Erebuni está ouvindo e assentindo atentamente, seu foco se voltando para o café vez ou outra, o que faz seu cabelo cair na frente do rosto como uma cortina. Ao se virar para mim, seu cabelo é puxado para trás.

— Não é constrangedor. Amamos o que nossos pais amam, principalmente quando se tem um pai favorito.

Ela é tão boa nisso; não me faz sentir como se a estivesse sobrecarregando. Mesmo com a tristeza dessa conversa, ela me incentiva.

— Bem. Não concordo mais com meu pai a respeito disso. Entendo por que abandonou tanto sua identidade, mas ele estava errado. Você me ajudou a enxergar.

Ela espia dentro do bule.

— Não tenho certeza se posso receber o crédito.

A cozinha se enche com o aroma inebriante de café e cardamomo. Deve estar quase pronto.

— Obrigada por me escutar. Eu sinto... — Faço uma pausa, querendo dizer quanto ela está começando a significar para mim. Quero que saiba ao menos um pouco disso. Eu termino: — Que você me ouviu de verdade.

Estamos olhando uma para a outra. A voz dela é suave.

— Tudo que você diz me fascina. — Percebo quão próximas estamos. Como seus lábios estão um pouquinho entreabertos.

Então, ouço bolhas zumbindo contra o bule de cobre, e ela também deve ter ouvido, já que se vira e desliga o fogo. Meu coração palpita.

Sou tímida demais para admitir o que aconteceu, então quebro ainda mais o clima.

— Como está? Sem pressão, é claro — pergunto, toda animada.

— Estou acostumada com pressão. — Ela sorri. — Você não pode fazer um bom *sourj* a menos que seus pais ou avós lhe repreendam pelo menos umas cinco vezes. Para sua sorte, sou repreendida há anos por todos os meus parentes. Minha tia-avó Maroosh era a mais exigente. Ouço a voz dela repetindo na minha cabeça: *"Hink ankam togh yera, verchuh mareh"*.

Erebuni examina o *jezveh* e meio que balança os quadris no que considero ser uma dança comemorativa. Droga, queria ver isso de novo.

— Olha só esse *ser*. — Sua voz transborda de orgulho.

Ser, a palavra armênia para "espuma de café", que, dependendo do contexto, significa "amor", tal é o nível de importância que esse processo tem para nós. Não se faz um bom café sem amor — ai, que cafona. Mas também é bonito como isso se infiltrou em nossa linguagem. E gosto de ouvir Erebuni dizer a palavra *ser*. Já que isso meio que também significa "transar".

Depois de servir nosso café, alternando entre as duas xícaras para manter a consistência uniforme para nós duas (ela é mestre nisso; esse é um movimento profissional que eu tinha esquecido até vê-la fazer), ela me entrega a xícara e o pires e me conduz até a sala. Há um sofá baixo de veludo esmeralda com algumas manchas de sol e áreas desgastadas que me fazem pensar que é um móvel velho, e me preparo para um assento desconfortável, mas é surpreendentemente macio.

Erebuni pega uma caixa de fósforos, acende um e depois percorre as diversas velas da sala, mergulhando a chama nos pavios, uma por uma, como um beija-flor tocando flores. Ela apaga o fogo pouco antes de ele lamber seus dedos, e alguns momentos depois o ar se enche com o cheiro de fumaça (a palavra armênia, *mokhr*, sempre soou tão mística para mim, como se as pessoas que a inventaram ficassem maravilhadas com o efeito). As paredes dançam com as luzes trêmulas. Ok, ela está claramente criando um clima. *Cabe a mim não estragar tudo*, penso quando minha nuca começa a ficar quente e um pouco úmida.

Quando ela se senta, estamos perto o suficiente para que nossos joelhos possam se tocar, se quisermos. O vermelho-sangue de sua camisa contrasta com o verde desgastado do sofá.

Tomo meu primeiro gole e sinto a temperatura quente em meus lábios, bem perto do limite. Quando o doce do cardamomo me atinge, fecho os olhos e olho para cima.

— Está muito bom. — Não me esforço para moderar o vigor em minha voz.

— Obrigada. Às vezes acho que a melhor parte vem depois, quando você está cheio de cafeína e lê sua xícara. Tudo parece possível. A realidade muda um pouco quando você lê uma xícara; você se abre para ver o que poderia estar lá.

Bem, eu sou bem cética, mas, de alguma forma, gosto que ela não seja. Além disso, Erebuni fala como se lesse xícaras de café, o que geralmente é uma habilidade que só as mulheres armênias superevoluídas têm e, mesmo assim, só algumas optam por ler. Minha mãe nunca leu, ler o futuro das pessoas é muita responsabilidade. Se Erebuni consegue ler, eu me pergunto como aprendeu. É preciso ter visto umas cem xícaras para saber o que uma raposa emergindo de uma cachoeira significa. Tomo outro gole e pergunto:

— Você sabe ler?

— Ah, com certeza. Fui treinada para isso. — Ela fica com aquela tímida confiança quando sabe que é boa em algo. — É um portal para a intuição, semelhante a algumas das artes Wicca que faço. A arte de ler xícaras de *sourj* também foi transmitida de forma matrilinear. É uma prática do passado usada para adivinhar o futuro. Vinda de um povo tão ligado ao seu passado, a tradição se mostrou irresistível; eu precisava aprender.

Novamente uma referência ao passado dos armênios, ao genocídio. Ela respira isso em tudo que faz, até na leitura de xícaras de café. Ouço o crepitar distante de uma das velas e percebo que a sala está se enchendo com um segundo aroma além do café, com as velas trazendo noz-moscada e laranja à tona. Eu me mexo como se estivesse ajustando meu vestido e me aproximo um pouquinho dela. Quando olho para cima, avisto novamente sua mesa de trabalho.

— Falando em misturar as artes wicca e armênias, podemos falar sobre os *khachkars*? São as coisas mais incríveis que já vi.

Suas costas enrijecem um pouco, e ela empurra a xícara para a frente e para trás no pires algumas vezes, até encaixar perfeitamente no centro.

— Não, você só está sendo muito legal. Meu medo é que fiquem parecendo bugigangas de beira da estrada. Sabe?

Meu café está quase no fim, e sinto os pelos da parte de trás do meu braço se arrepiarem. Esta preciosidade é forte e me atinge rápido. A excitação desperta em mim de repente, como se eu quisesse contar tudo a ela e que ela me contasse tudo, e que isso seria a melhor coisa do mundo. Eu digo:

— Igual a quando você está em uma longa viagem de carro rumo ao Arizona para ver o Grand Canyon e a Represa Hoover ao mesmo tempo, e você para em algum lugar que vende pedra turquesa e cristais que têm o formato de golfinhos? É, não, não é isso que você tem aqui.

Ela abre um sorriso, depois coloca a xícara sem café de cabeça para baixo no pires e o apoia na mesa. Agora a borra lamacenta se espalhará pelas laterais da xícara e, em alguns minutos, revelará o destino. Quando ela se recosta, sua perna roça na minha, e eu prendo a respiração. Ela não recua totalmente. Nossas pernas estão se tocando, e sinto o calor dela no meu joelho. É algo permanente e intencional, e significa que é um estímulo. Preciso dizer a mim mesma que me concentre na respiração, pois agora ela está ficando pesada, audível.

Erebuni olha para os *khachkars* na mesa.

— Obrigada. Me sinto intimidada. Minha mãe que é uma verdadeira artista. E não é meu trabalho; não tenho dado tudo de mim, nem atenção suficiente. Eu me envolvo com muitas coisas. É fácil de perceber. — Ela aponta para a sala como um todo. — Mas quero que estes sejam bons de verdade. Significativos, precisos, excelentes.

Estou prestes a dizer que são, mas parece que ela ainda quer falar — ela está em suspenso, esperando por alguma coisa. Com cuidado, para não atrapalhar seus pensamentos, coloco minha xícara na mesa também. Quando me inclino, nossas pernas se chocam ainda mais por um instante, depois voltam para onde estavam. Erebuni está tão de boa, como se nada disso estivesse acontecendo. Mas ela não tira a perna.

Um momento depois, diz:

— E, quando eles chegarem lá, nesse nível, digo, se chegarem lá, quero fazê-los maior. — Sua voz se enche de admiração com a ideia. — Do tamanho de *khachkars* reais. Consegue imaginar como seria ver isso em cristal?

Consigo, e é incrível, adoro a ideia e quero um na minha casa, por favor. Digo isso a ela, em um tom que deixa claro para mim que ainda estou na montanha-russa cheia de cafeína. Ela sorri, e tenho medo de parecer que estou apenas sendo educada ou uma bajuladora com segundas intenções. Não é verdade. Digo, não a parte bajuladora.

— É um projeto caro. Encontrar o tamanho perfeito, uma profundidade rasa e rara. Não tenho certeza se é possível. Mas é o que eu poderia fazer se tivesse talento de verdade — diz ela.

— Bem, pode me considerar uma fã. E não quero me gabar, mas tenho um número bom de seguidores no Instagram, onde posso divulgá-lo.

— Eu percebi.

Eu coro ao pensar que ela ficou um tempo olhando minhas fotos.

— Posso postar sua arte quando quiser. Você pode fazer um financiamento coletivo para custear seu primeiro projeto.

Ela dá de ombros.

— Não sou boa em pedir dinheiro para as pessoas, mas gosto da ideia. De qualquer forma, eles ainda não estão prontos. Tomara que estejam em breve.

Quero lhe dizer que vou preparar tudo para ela, que farei qualquer coisa por ela. Ainda bem que não digo, e Erebuni balança a cabeça em direção às xícaras e pergunta:

— Quer a leitura? Não tenho certeza se posso ler a minha, mas posso ler a sua.

Aquela voz, bruxuleando com promessas.

— Eu topo.

Ela espia dentro da minha xícara para ter certeza de que a borra está firme e seca o suficiente. Considerando tudo certo, a vira com cuidado. O interior da xícara é uma cascata de borra de café lamacenta formada em padrões ramificados, como veias. Ela inspeciona e, com a mão livre, traça algo no ar acima da xícara enquanto pensa.

— Vejo um cervo. Acho que já é adulto, está vendo os chifres?

Não sei, mas na hora me remete à cabeça de veado lá no Diekkengräber, e de repente me sinto estupidamente nervosa porque ela vai ver meu noivado na xícara de café, o que me faz perceber que nunca lhe contei isso, mas nem está acontecendo, então não importa, certo? Há tempo para compartilhar essa história mais tarde. Faço um barulho evasivo.

— Simboliza proteção. Um protetor pode ser outra pessoa, mas também pode ser você mesma. Às vezes é você quem intervém e se defende. A maneira como ele está meio formado indica que um catalisador, aquilo contra o qual você precisa de proteção, ainda não aconteceu, mas acontecerá.

— E, vendo a expressão de "Que merda, serei assaltada no caminho para casa?" no meu rosto, ela acrescenta: — Não se preocupe. Seu protetor chegará.

Tento não parecer assustada quando digo:

— Vou me lembrar disso.

Sei que zombei da minha mãe por causa de suas superstições, mas morar por algumas décadas em uma casa com uma pessoa que espalha todo tipo de crenças infundadas faz com que você internalize um pouco desse pensamento mágico. *O sonho de cortar o cabelo pressagia doença. As corujas são o símbolo da morte. Não provoque os espíritos mostrando sua alegria abertamente. Dar um nome ao seu bebê antes de ele nascer traz azar. A água escura do oceano em um sonho significa que dificuldades surgirão. Se você entregar uma faca a alguém, terá uma briga com essa pessoa.* Agora estou tremendo na minha anabela porque uma bruxa me disse que vou precisar de proteção em breve.

Ela semicerra os olhos e então se ajeita, como se estivesse surpresa.

— Tem mais uma coisa.

Eu me aproximo, espiando dentro da xícara e aproveitando o espaço compartilhado em que estamos. Estou no espaço dela, mas me sinto completamente à vontade. Sinto cheiro de rosas novamente.

— Não quero que pense que é invenção minha. — Ela parece estar se desculpando.

— O quê?

Erebuni inclina a xícara em minha direção, aponta delicada e amorosamente para a imagem.

— O que você vê? — pergunta ela.

Olhos com cílios, nariz, contorno de rosto e cabelo cacheado. Eu entendo o que ela quer dizer. Fica óbvio demais e, ainda assim, Erebuni espera que eu confirme.

— Uma mulher? — Sai como um sussurro.

Ela baixa a voz também. Fala mais devagar agora:

— Sim. O que você acha dela?

Agora direi. Quero que ela saiba.

— Ela é muito bonita. Deslumbrante.

— É? — Erebuni fica vermelha de novo, o primeiro sinal de que algo nela foi alterado. Quero mais disso, quero derrubá-la de tanto nervosismo. Ela se sente tão vulnerável quando deixa os sentimentos transparecerem.

— Humm — digo, como se estivesse chupando um doce. — Ela é calma, mas poderosa. Posso ver de novo?

Ela entrega a xícara para mim. Meus dedos envolvem os dela, e foi por isso que pedi, para sentir o arrepio em sua pele. Erebuni demora tanto que não acho que vá soltar, mas ela solta. Sinto seu olhar em mim enquanto olho para a xícara. Estamos tão perto agora que o espaço entre nós aqueceu. Sinto o calor do corpo dela.

Meu coração está colado no meu peito, batendo forte, furioso para ser libertado. Estou muito nervosa para me mexer. Meus olhos estão abertos, olhando para a borra, mas não vejo nada agora.

— O que uma mulher significa? — pergunto. O máximo que posso fazer é tirar os olhos da xícara e direcioná-los a ela.

Encará-la é um convite, nossos rostos já estão muito próximos. Dá para ver que ela está respirando pesado agora, seu peito e seu rosto se alargam e florescem diante de mim.

Sinto sua respiração, suave e quente.

— Posso te mostrar?

Meu "sim" é delicado, e nós duas inclinamos o nariz, depois os lábios — os dela são macios como seda e lisos por causa do gloss, os meus estão aveludados. Ela tem gosto de cardamomo e sal marinho. E meu coração está tão feliz, irradiando energia em ondas e cores ao nosso redor, pulsando a cada respiração que escapa pelas nossas bocas. É isso, é assim que deveria ser. Como a sensação de avançar pela cidade com o caminho livre, pegando todos os sinais verdes, indo exatamente para onde se deseja ir.

Seus dedos se enroscam no meu cabelo e, quando ela o puxa, deixam um rastro de arrepios. Não sei quanto tempo ficamos nos beijando, mas quase grito quando ela se afasta. É um alívio finalmente tê-la beijado, ter mergulhado nisso.

Estávamos sentadas tão eretas, colidindo uma contra a outra, que ambas relaxamos no sofá, nariz com nariz, para que possamos olhar nos olhos uma da outra. Para ver o que está lá agora, o que mudou. O branco dos olhos dela está mais brilhante, a íris, mais escura. Suas pupilas estão enormes, me sugando como um buraco negro. Pego a mão dela e me sinto bem, como se estivéssemos no espaço sideral.

Ela fala primeiro, ofegante:

— Faz um tempo que eu queria fazer isso. Quando te vi no carro pela primeira vez, ainda não tinha visto seu rosto, mas me senti atraída por você. Tive essa necessidade imediata de te conhecer, essa estranha, com base em praticamente nada.

Então ela não foi uma boa samaritana só por acidente. Tinha outra intenção desde o início. Ela dizer isso dá significado a tudo. Como se não estivéssemos apenas descontando nossa luxúria uma na outra, como aconteceu com todas as minhas relações com mulheres.

— Achei você a pessoa mais legal que já vi e não conseguia acreditar que estava falando comigo. Eu te insultei tantas vezes naquela noite. — Cubro brevemente os olhos, envergonhada, sorrindo atrás das mãos, e ouço sua risada baixa. Erebuni traça a borda da minha bochecha com o dedo, e todo o meu corpo queima por ela.

— Foi sem querer. Eu enxerguei a sua essência, havia muita bondade.

— Humm, não sei, não.

— Eu sei. — E ela se aproxima para me beijar de novo.

Depois de um tempo, quando estou parcialmente desmaiada, ela me solta. Puxa meu cabelo para trás e aproxima a boca da minha orelha. Sua voz ecoa bem perto:

— Quer conhecer o meu quarto?

14

O sucesso e o fracasso são irmãos.

Յաջողութիւն և ձախորդութիւն քոյրիկ են:

— Provérbio armênio

Minha respiração está irregular. Eu me sinto inundada de alegria e choque. Estou deitada aqui, nua, com os lençóis cor de estanho amassados embaixo de mim. Meu Deus. A maneira como ela chegou ao ápice, como se estivesse morrendo... Acho que nunca fiz ninguém se sentir assim. Ela está ofegante ao meu lado, cobrindo os olhos com o braço, e eu conheço a sensação, porque acabei de sentir o mesmo. Ela está aproveitando a sensação até onde dá.

E eu. Todo o meu corpo parece um batimento cardíaco. Um ser entusiasmado e pulsante.

Onde. Eu. Estava. Com a cabeça namorando só homem esse tempo todo? Eu me amaldiçoo por nunca ter deixado uma mulher *queer* de verdade entrar na minha vida antes disso. Meu Deus. Foram anos de perda. Não que os homens não tenham sido extremamente prazerosos, porque foram, mas há algo diferente no que aconteceu aqui, na atenção e na sintonia que tivemos. Foi uma loucura. Talvez não sejam mulheres no geral; talvez seja Erebuni.

Não quero me mover nunca mais. Quero ficar deitada aqui para sempre. Meus olhos estão vagando, e reparo no despertador antigo de latão na mesinha de cabeceira. Do tipo que se torna vivo e vibrante em desenhos animados. Nunca fui muito boa em ver a hora, nunca aprendi a ponto de ser algo instintivo. Na primeira série, quando fomos ensinados a ver a hora em relógios, lembro-me de desligar da aula pensando: *se liguem, gente. O analógico é coisa do passado.* E um ano depois eu andava com aquele relógio digital Casio verde e preto horrível para cima e para baixo, com todas as roupas, por mais cheias de babados e femininas que fossem. Ai, que curiosas as coisas que vêm à mente quando estou deitada, sentindo que posso derreter a qualquer momento.

Mas parece que são onze horas da noite. Estou tão aérea que posso estar errada, mas não, tenho certeza de que está bem dentro dos limites do "tarde da noite". O que significa que, puts, minha mãe. Algumas pessoas conseguem viver com os pais e nunca lhes dizer onde estão, mas, com certeza não sou uma delas. Mandei uma mensagem para minha mãe mais cedo sem lhe dizer onde estou agora, e temo a quantidade de ligações perdidas e mensagens de texto que devem ter se acumulado. E não sei o que dizer a ela. Por pouco, perdi o último trem para casa. Não que eu quisesse estar sozinha no trem a esta hora, ou em uma viagem compartilhada. Acho que eu poderia chamar um carro de aplicativo às seis, entrar de fininho em casa e ir para a cama. Vai ser um saco estar tão cansada amanhã, mas valeu a pena. Ainda assim, pensar na minha mãe acaba depressa com o clima.

Eu me levanto da cama e fico de pé, me sentindo tonta. A cama ocupa, tipo, oitenta por cento do quarto dela, então eu me espremo, encontro minha calcinha onde ela a jogou e a visto.

Erebuni se vira e pergunta, relaxada:

— Aonde você vai e quando volta?

Eu abro a porta. Com certa hesitação, pergunto:

— Sabe que moro com minha mãe?

Ela faz uma careta, como se tivesse provado algo azedo.

— E a gente pensando que nossos pais entenderiam que somos adultas. Acontece comigo toda vez que volto para casa.

Que bom não ter que explicar essa parte. Todos os meus amigos, e Trevor, nunca acreditavam em como minha mãe ainda fica de olho em mim. Teve uma vez que um conhecido simplesmente não acreditou em mim quando saímos em grupo e eu disse que tinha trinta chamadas perdidas da minha mãe, e ele foi um babaca quanto a isso. Tive de mostrar o meu celular, o que finalmente o fez ficar quieto.

Estou encolhida segurando o celular contra o corpo porque está frio no quarto e estou usando quase nada, pensando no que dizer para minha mãe, quando percebo que Erebuni se levantou. Ela está se vestindo.

— Onde você mora? — pergunta ela, deslizando o sutiã sobre o ombro.

Seus seios são pequenos e imponentes, um belo contraste com os meus. A bunda é enorme, no entanto. Do tamanho perfeito, na minha opinião.

— Na cidade. É longe, eu sei. A esta hora, sempre me certifico de que o motorista tem muitas estrelas e avaliações.

Ela veste uma camiseta preta surrada.

— Não precisa fazer isso. Eu levo você.

Eu balanço a cabeça em uma negativa.

— De jeito nenhum. É uma viagem de uma hora, ida e volta, e está muito tarde, não posso aceitar.

— Você acha mesmo que depois do que aconteceu vou fazer você pegar um táxi para casa? De forma alguma. Sou uma *cavalheira*. — Dou uma risada. É muito fofo ela ter feito uma piada. Mas ainda é pedir muito. Ela continua: — Eu não ligo. Gosto de dirigir à noite, e ver você em casa segura é importante para mim.

Suspiro. É a melhor opção. Chegarei em casa a tempo de — se Deus quiser — ter oito horas de sono, e minha mãe nem vai saber de nada, desde que não espie pela janela. E terei mais tempo com Erebuni.

— Tudo bem. Vamos à caça às roupas.

Estamos no carro, e ela tem razão: há uma sensação de calmaria nessa viagem tardia no fim de um dia tão longo. Estamos na rodovia Interestadual 280, ladeada por colinas enevoadas. A esta hora, há apenas a vastidão sombria em ambos os lados, sem luzes urbanas ou suburbanas. Começa a tocar outra música. É clássica e familiar e… Ah, eu sei de quem é.

— É do Aram Khachaturian? — pergunto.

Ela assente.

— Aham. O balé *Gayane*.

Ok, a lembrança começa a tomar forma. Nene em sua antiga casa, pondo Khachaturian para tocar nas caixas de som e me entregando o CD para eu inspecionar e memorizar. Faço um som de reconhecimento.

— Assisti à apresentação na Armênia — diz ela.

— Do balé de verdade?

De alguma forma, nunca me ocorreu que existisse uma coreografia, vários dançarinos, um cenário, tudo isso ligado à música. E que, se eu fosse à Armênia, poderia assistir.

— No teatro de ópera deles, um lindo prédio no meio de Yerevan. Preciso voltar lá, não vejo a hora. Sempre há uma parte de mim sendo atraída para a Armênia. Já teve a oportunidade de ir para lá?

Digo a ela um "não" e deixo por isso mesmo. Meu pai nunca quis visitar, alegando que o local havia sido invadido por uma mentalidade soviética: pessoas preguiçosas pedindo esmola. Ele diria que, de qualquer forma, nossos ancestrais não são daquela região. Somos da Armênia histórica, que atualmente corresponde ao sudeste da Turquia. Agora que meu pai se foi, alguém de fora poderia pensar que seria mais fácil irmos até lá, mas há o bloqueio mental da minha mãe para entrar em um avião com Nene e comigo em uma viagem de, sei lá, umas vinte horas contando a escala? Sem chance. Minha mãe não acha que cabe a ela fazer algo diferente, viajar e até se divertir, sendo viúva. Portanto, não consigo ver isso acontecendo, a menos que algo mude de forma drástica.

Erebuni começa a me contar sobre suas viagens à Armênia, as vistas do monte Ararat, as andorinhas voando no horizonte, as paradas para comer *kookoorooz* com vendedores de beira de estrada, tomar um café expresso à meia-noite em Sayat-Nova, onde até as crianças ficam acordadas até a uma. Tudo que ela está me contando me deixa com vontade de ir. O seguinte pensamento me vem: *Irei com ela um dia*. Mas é uma ideia perfeita e preciosa demais, por isso a descarto. Ouço a voz dela, mais alta que o balé *Gayane*, o volume da orquestra inspirando e expirando profundamente, complementando as nossas respirações.

Um pouco depois, já em Millbrae, Erebuni pergunta:

— Você disse que gosta de aromas. Quais são seus favoritos?

Para ser sincera, acho que nunca me fizeram essa pergunta, mas fico animada de mergulhar em minhas memórias e pensar sobre isso. É como se Erebuni soubesse; ela sabe exatamente aquilo que me interessa.

— Que pergunta difícil. Quer dizer, além do meu novo favorito, que é o seu roseiral pisoteado, adoro aromas puros. Cheiros que você descreveria como *serenos*.

Erebuni assente, mantendo os olhos na estrada. Ela dirige muito à vontade, recostada e com a mão esquerda apoiada suavemente no volante.

— Amo esses. Tipo... incenso branco e chá de açafrão. Deve ter notado lá em casa que de vez em quando eu brinco criando perfumes.

Então eram para isso, aquelas pétalas e o conta-gotas com lavanda espalhados na mesa. Bem que ela avisou; há muitas artes nas quais ela põe as mãos.

Assinto com um som. Então o silêncio se instaura por um instante, e na escuridão, na minha exaustão, mergulho em outra memória.

— Tem mais um. É estranho. Não sei se já esteve em um lugar tão cheio quanto a Disney, a da Flórida?

Ela diz que nunca foi a essa, mas que já foi à Disneylândia do sul da Califórnia. Não fico surpresa. Minha família foi aos parques de Orlando e da Flórida algumas vezes, são férias bem estadunidenses. Continuo:

— Bem, à noite, quando chega a hora de voltar para casa, depois de horas e horas andando pelos parques, você chega a um monotrilho fresco e silencioso com ar-condicionado. Está tudo escuro, exceto por algumas faixas de néon na cabine e as luzes apagadas do parque.

— Eu me lembro disso.

— Você se encosta na parede e tudo tem um cheiro levemente úmido, quase meio que de mofo. Tipo, vai saber a profundidade de toda a podridão nos bastidores... É difícil conter a umidade da Flórida. Mas não importa. Amo esse cheiro.

Ela fala, e sua voz é uma onda desaparecendo na costa:

— Você associa isso a um dia de diversão. À família.

— Acho que sim. Enfim, é o cheiro de suor na gente agora, salgado e pegajoso, enquanto andamos no escuro. Fez com que eu me lembrasse desses passeios, mas acho que essa aqui é a versão adulta.

— Isso é lindo — comenta ela. Então, estende o braço e aperta a minha mão de leve, causando arrepios por toda a minha espinha. Ela continua: — Você é boa nisso, em tecer uma história. Como na aula de culinária da Vartouhi.

Bombas de orgulho em miniatura explodem em meu peito, seguidas por um sentimento de nostalgia. Talvez, se eu conseguisse mostrar a Richard quão séria posso ser como repórter, ele me desse mais liberdade em minhas matérias.

Então, ela faz uma pausa, e eu aguardo, sentindo que vai dizer mais alguma coisa.

— Eu me perguntei, se que é eu posso perguntar…

Ela está hesitante, e sinto que sei o motivo: está prestes a dizer algo que pode doer. Prendo a respiração.

— No seu Instagram, você não transmite esse mesmo nível de narrativa. Digo, funciona, você tem milhares de pessoas que adoram o seu perfil. Mas, para uma repórter e para alguém que distingue o mofo na Disney, você não passa essa vibe lá. Acho que é isso que eu queria dizer.

Um carro lento aparece à frente, e Erebuni entra e sai da faixa da esquerda para ultrapassá-lo, ainda bem constante. As palavras me magoam na hora, como se eu estivesse em um ringue de boxe e sem luvas, sendo espancada. Sou tão, tão ruim em aceitar críticas… Tenho dois jeitos de reagir: recuar, dizer que estão certos e pedir desculpas sem parar, ou revidar com acusações ainda maiores contra a pessoa (reação reservada principalmente para a minha mãe — desculpa, mãe). E a questão é que Erebuni tem razão, mas...

Eu me concentro em não parecer terrivelmente magoada. Só um pouco.

— Mas não é isso que as pessoas querem ler. As formas na espuma do café com leite em cima de uma mesa de mármore branco e com algumas flores soltas no canto é que são populares.

— Ah, então seu objetivo é o maior número de visualizações.

— Acho... que sim? Essa é... Essa é uma boa pergunta.

Comecei a postar assim que o aplicativo foi lançado, praticamente. Costumava escrever legendas longas sobre assuntos importantes — a redescoberta do troféu do torneio de golfe do meu pai, os sentimentos por trás do Earl Grey de Nene —, mas nada disso parecia capturar a imaginação do público como selfies e café com desenhos, então parei com esse tipo de narrativa. Depois que senti o carinho, continuei dando às pessoas o que elas queriam, e as curtidas e os comentários continuaram aumentando. Faz com que eu pelo menos me sinta boa em alguma coisa. Que tenho valor. Mas no que sou boa exatamente? Não é em fotografia — aprendi alguns truques, só isso; as fotos de contas pequenas são muito melhores que as minhas. "Lá as pessoas *gostam* de mim, caramba", é o que tenho vontade de gritar. Então me lembro da mensagem de Raffi, implorando para ver mais selfies, e me pergunto do que exatamente estou tentando fazer as pessoas gostarem em mim.

— Parece algo superficial depois de um tempo — admito.

— Mas não sei o que fazer para mudar isso.

Ela aumenta um pouco o tom de voz:

— Sinto muito se isso chateou você. Foi rude da minha parte, considerando que sou uma artista exploradora que passou um ano inteiro trabalhando nesses *khachkars* de cristal e ainda não chegou aonde quer estar. Você tem um dom, e eu desrespeitei você. Não cabia a mim.

Digo a ela "não, está tudo bem" umas duas vezes, e ela balança a cabeça.

— Pode ter sido eu falando comigo mesma. Estou tentando me esforçar para ser a melhor, para manter a pureza artística na minha visão. Quem sou eu para criticar alguém que conseguiu?

— Eu não consegui. Só tenho uns trinta mil seguidores.

— Conseguiu, sim. Eu vi como as pessoas bajulam você nos comentários. — Ela contrai o canto da boca. — Fiquei com um pouco de ciúme daqueles que comentaram nas suas selfies, para ser sincera.

Estalo a língua (os armênios adoram fazer isso, a Geração Grandiosa é super a favor).

— Para, não ficou nada.

— Fiquei. Então, tive que me acalmar. *Ere, você não sabe nem se essa mulher está interessada em você. Embora ela tenha mencionado o Mês do Orgulho de uma forma estranha, talvez tenha sido um sinal.*

Começo a gargalhar com a lembrança do meu constrangimento. E compartilhamos aquela noite a partir das nossas perspectivas, acrescentando camadas e mais camadas à memória.

Estamos na frente da minha casa agora. A estrada ganha um brilho laranja devido aos postes de luz e à neblina que cobre as ruas.

— A casa da família — digo.

É verdade. Morei em uma só casa a minha vida inteira, com exceção dos quatro anos em Davis.

Não consigo conceber que este prédio não será meu lar para sempre. Mesmo que eu me mude um dia (o que, tipo, espero que aconteça; quero ter minha própria casa em algum momento), este sempre será meu porto seguro com minha mãe e Nene morando aqui.

Ali estão nossas escadas traiçoeiras que levam à porta da frente — as raízes do eucalipto empurram os degraus de pouquinho em pouquinho a cada ano que passa, então pedaços de pedra estão inclinados ou então se desfazendo. O telhado tem telhas de estilo mediterrâneo, e a arquitetura é o que eu chamaria de "monotonia típica do fim da década de 1920".

Chegamos tarde demais para garantir uma das casas decoradas no estilo vitoriano ou eduardiano, ou com os detalhes icônicos do *Marina style*, e recebemos uma caixa comum com compartimentos dentro. Mas há um detalhe diferente: na fachada da casa, acima da janela da sala, há um buraco de fechadura cercado por um ornamento de folhas.

— Quando eu era adolescente, teria feito qualquer coisa para crescer na cidade. Eu odiava Fresno naquela época, odiava o calor opressivo. Uma vez arranjei um emprego no verão para limpar carros. *Dentro* dos carros. Todo dia batia no mínimo 34ºC, geralmente eram uns 37ºC. E você cresceu aqui, onde, no auge do verão, sua casa é abraçada pela neblina.

Abraçada — uma palavra que eu nunca usaria, mas gostei de ver o frio do verão pelos olhos dela.

Ela se anima.

— Ei, falando nisso, amanhã é o solstício de verão.

Fico maravilhada com quão rápido o tempo passa quando você não está mais na escola. Não acredito que estamos quase no dia mais longo do ano e eu mal consegui aproveitar.

— O solstício é uma celebração da Terra, e de seu amante, o Sol, que está o mais próximo possível dela. É feito para ser o dia perfeito da criação. Vai ter uma fogueira em Ocean Beach, e umas amigas wiccanianas minhas vão. Se quiser ir...

Eu *odeeeeeeio* as praias de São Francisco, porque — adivinha — faz muito frio. Os ventos violentos chicoteiam seu cabelo no rosto. Tipo, mesmo que você o prenda, o vento puxa e bagunça os *babyhairs* na sua cara. E, se tentar entrar na água, que Deus ajude. Seus pés vão quebrar na hora. Já tremi de frio em Ocean Beach muitas vezes. Mas agora é um convite de Erebuni, e a possibilidade de estar próxima a uma fogueira wiccaniana faz meu eu criança com coração de bruxa dançar.

— Eu topo.

— Traga algo para queimar. Um sacrifício.

— Não é para levar uma virgem, certo? Não conheço mais ninguém nessa categoria. Embora exista um cara da edição que é um incel idiota...

Ela sorri.

— Algo de que você queira abrir mão, se livrar. Algo para purificar seu processo criativo.

Terei de pensar. Eu me encanto tão facilmente que não estou questionando toda essa coisa do sacrifício. A ideia de queimar algo que está me travando me parece, sei lá, exatamente o que eu preciso.

— Estarei lá.

Ela se inclina para me beijar, e eu hesito por uma fração de segundo porque, e se minha mãe estiver espiando pela janela? Não consigo imaginar como explicaria isso agora.

Não estou pronta. Mas não quero que Erebuni saiba quão inexperiente sou com tudo isso. Então, me inclino e a beijo como se a hesitação nunca tivesse acontecido.

15

Quem se joga na água não tem medo da chuva.

Ջուր իսկողը անձրևեն չի վախնար:

— Provérbio armênio

Na noite seguinte, estou caminhando no píer da Ocean Beach. É 21 de junho e, como esperado, um dia bem melancólico. Se não fosse pela oportunidade de passar mais tempo com Erebuni, ninguém nunca me encontraria aqui. Mas vim preparada. Vesti o casaco de lã mais grosso que tenho, botas sem salto até a coxa (por causa da areia) e uma linda boina de lã que nunca uso porque é exagerada, mas imaginei que as bruxas não se importariam com meu chapéu (bruxas são classicamente adeptas a chapéus), e preciso de algo para evitar que a neblina afunde sua umidade no meu cabelo escovado.

Tudo está cinza, a areia é monocromática e o mar está da cor da água suja de um esfregão, mas confesso que adoro observar as ondas. Deve ser um hábito estranho da natureza humana sermos capazes de nos sentar e ficar olhando para o oceano até enjoar. As gaivotas, presença confirmada neste lado de São Francisco, gritam enquanto sobrevoam. Nunca confiei em gaivotas, desde que tinha quatro anos. Estava no zoológico quando uma delas apareceu e pegou o brinquedo que meus pais tinham acabado de comprar para mim. Eles não compraram outro, então nunca perdoei o delito dos ratos do céu.

Hoje de manhã tentei sair de casa o mais cedo possível para evitar minha mãe, mas não obtive sucesso. Falei tão pouco sobre o evento que ela logo percebeu que tinha algo de errado. Disse: "Você sempre dá detalhes. Desta vez está deixando muita coisa passar. Está apaixonada por aquele jornalista que comentou? Não quer que eu saiba?".

Tive de enfatizar que não, que Vache e eu somos apenas amigos, e falei que ele nem estava na degustação de conhaque. Depois, contei a ela tudo sobre Ara e Kevork; isso a manteve ocupada e afastou o questionamento de por que fiquei até tão tarde se não gostei de nenhum deles.

Além disso, minha relação com Erebuni ainda está engatinhando, e preciso ver até onde vai. Talvez seja só um lance casual para ela. Talvez ela não acabe gostando de mim se eu a envergonhar na frente de seu clã. Se ela me chutar como uma maçã podre, nunca precisarei contar para a minha mãe. Tomara que não seja o caso.

Abro minha bolsa para pegar o celular e vejo o objeto que escolhi para jogar na fogueira. O rosto da Marissa no meu pôster de *The O.C.* ainda estava no lixo, e eu o cortei e o dobrei para ser meu sacrifício. Não quero mais ser Marissa, loira e de nariz arrebitado, mas também, depois de ver a casa de Erebuni, finalmente me sinto motivada a redecorar meu quarto. Talvez faça alguma diferença — o ambiente ao seu redor e o que você pode criar. Estou morando no quarto de uma adolescente e criando conteúdo para adolescentes no trabalho. E no Instagram (estremeço ao me lembrar das palavras de Erebuni).

Pego meu celular para avisar Erebuni que estou aqui, mas em vez disso sou atingida por uma notificação que dá uma pane no meu sistema. Uma mensagem de Trevor.

Vi um filhotinho de affenpinscher na praça Gendarmenmarkt ontem à noite e pensei em você. Não aguento ficar sem falar com você. Precisava dizer oi.

Merda. Por que agora? O affenpinscher. Até uns meses atrás, em alguma das noites em que nos sentíamos esperançosos quanto ao futuro, Trevor e eu fantasiamos como seria a nossa vida quando morássemos juntos. Depois que Joe Banana, o affenpinscher mais fofo que já vi na vida, conquistou o ouro no Westminster Kennel Club em 2013, fiquei obcecada em ter essa raça de cachorro. Ou nós dois ficamos, e isso sempre fez parte dos planos para nosso futuro lar inventado. Móveis modernos no estilo mid-century e um filhote de affenpinscher andando para lá e para cá. Na boa, ele devia ter me dado um Joe Banana quando me pediu em casamento, e eu talvez tivesse dito sim.

Aff, afasto o pensamento. Não agora, não com a possibilidade de algo tão — não sei definir — mais enriquecedor diante de mim. Sim, assim que eram as coisas com Trevor. A possibilidade de um passo. No máximo três. Com Erebuni é uma *mazurca* inteira.

Decido usar a mesma estratégia que usei com minha mãe. Respondo:

Vida longa ao Joe Banana, que seja longo o seu reinado.

Desviar o foco para o cachorro de Westminster, sem comentários sobre o cachorro hipotético e possivelmente estadunidense do nosso sonho. Hum, mas não posso dizer só isso na minha mensagem. Preciso responder à segunda parte. Digito:

Legal ter notícias de você também. Espero que esteja se divertindo por aí.

Tão sem graça. Deve bastar. Rezo para que ele não mande mais nenhuma mensagem. Se mandar, dane-se, não vou responder. Esta noite é de Erebuni. Não posso deixar Trevor manipular isso.

Acontece que não preciso mandar uma mensagem para Erebuni, ela já está ali, subindo as escadas correndo e acenando. Ai, meu Deus, ela está usando uma capa. Ela se tornou uma bruxa completa, e eu amei. Está sem chapéu, mas está com um vestido com uma cor vibrante pela primeira vez desde que a conheci. É um laranja queimado, pelo que consigo ver sob a capa. Também usa um converse preto de cano alto. Meu Deus, ela está tão bonita.

Ela me alcança, nos abraçamos, e eu viro o rosto para que meu nariz roce seu pescoço, se enterrando naquelas rosas, no cheiro que agora me traz adrenalina e conforto. Preciso disso porque continuo pensando em Trevor. O que ele quis dizer com "não aguento ficar sem falar com você"? Quis dizer que superou o tratamento de silêncio e que agora vamos conversar? Não é possível que ele ache que não terminamos. Né?

— Oi, linda — diz Erebuni. Ela ajeita o chapéu com delicadeza. — Está parecendo uma parisiense pronta para o inverno.

Jogo meu cabelo para trás.

— Desculpe por não ter trazido minha capa. A formal parecia muito elegante, e minha casual está na lavanderia. Espero que entenda.

— Vou deixar passar dessa vez. — Ela assente solene-mente, com um sorrisinho tomando forma.

Chego à conclusão de que Trevor deve estar se sentindo sozinho e com tesão na Alemanha, e foi por isso que me mandou mensagem. Não é nada de mais. Então vou tratar isso como nada.

Começamos a descer até a praia; avisto de longe o grupo dela — cerca de quinze mulheres, silhuetas que parecem manchas coloridas na areia, todas de vermelho e amarelo — e pela primeira vez fico nervosa. Não tenho ideia do que estou fazendo, aparentemente pareço uma mulher básica em sua primeira viagem à França, e não há nada de espirituoso ou admirável em mim.

Começo a tagarelar sobre como a roupa de Erebuni é linda com o mesmo tom que brinquei sobre a capa, mas realmente adorei a roupa, e comento que moro, tipo, a dez minutos da praia e que nunca venho aqui e, nossa, isso não é crime?

Então, Erebuni se aproxima e aperta minha mão. Nossos dedos estão gelados, mas há um toque de calor na palma da mão dela que quero manter. Estou aqui com ela. Fico quieta. Estamos na praia, avançando com passos pesados enquanto nossos pés ficam presos por causa do peso da areia. Nós nos esbarramos umas duas vezes, e eu me aproveito da sensação. Ela está tão quente debaixo da capa.

Alcançamos o grupo, e abre-se um espacinho para nós. O fogo é excelente, como um conforto neste lugar úmido e frio. Pequenas brasas escapam das grandes chamas e cintilam até sumir. Olhos acolhedores encontram os nossos.

Erebuni diz:

— Bom solstício. Gente, esta é a Nareh, uma amiga íntima.

Aceno para o grupo, e espero que elas percebam que tenho a mente extremamente aberta e não acho nenhuma dessas coisas de bruxa estranha. Quer dizer, é meio estranho, mas eu gosto; há uma diferença.

Duas acenam de volta, outras assentem. Todas estão conversando enquanto esperamos mais algumas mulheres chegarem. Erebuni me apresenta a Mabel, uma mulher de uns cinquenta anos com o cabelo quase todo grisalho que se autodenomina uma bruxa de jardim e lida com ervas curativas, essências e tônicos. Uma vida tão diferente da minha. Quase me dá vontade de jogar todos os meus vestidos de cores primárias no mar e reiniciar minha carreira como bruxa de ervas.

— Quer um pouco de óleo de telepatia para nossa jornada hoje à noite?

Acho que me precipitei. Já tenho o suficiente de assuntos pendentes para tratar com espíritos vivos aqui neste plano mesmo.

— Obrigada, estou de boa. Não tenho certeza se saberia o que fazer. Sou nova nisso.

— É tudo uma questão de intenção, de abertura — diz ela. Então, saca um frasco no formato de esfera e passa o conteúdo na testa. — Para abrir o terceiro olho — instrui. — Você saberá sobre o terceiro olho.

— Claro — digo, me lembrando vagamente de informações sobre chakras de quando assisti à *Clube da luta* com Trevor e fiquei completamente obcecada pela Helena Bonham Carter.

— Estou de boa também — diz Erebuni. — Não vou me envolver em trabalho psíquico hoje, estou mais com o foco em mim mesma.

Mabel enfia a mão na capa, e um pequeno borrifador aparece.

— Ylang-ylang e cravo. Para purificar e alcançar o seu Eu superior.

— Perfeito — diz Erebuni, depois arregaça as mangas e estende os braços para Mabel, que se mostra encantada ao ajudar, e massageia os punhos.

— Eu amo cravo — murmuro.

Antes de decidir — se preciso ou não de um pouco de óleo nos punhos —, o círculo de mulheres começa a se estreitar e aquietar, então faço o mesmo.

Uma mulher — a líder delas, acho — que tem uns quarenta anos e cabelo escuro, longo e encaracolado, começa a falar com a voz de uma bibliotecária reverente. Ela nos conta o que tenho certeza de que todas aqui já sabem, sobre a generosidade do Sol e da Terra, como o fogo representa o Sol e afasta os espíritos malignos (minha mãe literalmente morreria se me visse aqui) e como, à medida que o Sol descer além do horizonte, poderemos retirar nossos objetos.

Embora todas estejam em silêncio, há o ruído das ondas e de outros grupos, e eu sussurro o mais baixo que consigo para Erebuni:

— Não tenho ideia do que estou fazendo.

Ela traz a boca em direção ao meu ouvido, e estremeço.

— É tudo uma questão de foco. Pense no que você quer, diga isso a si mesma, e isso vai ajudá-la a fazer acontecer.

Hum, manifestar. Parece factível. Todo mundo começa a enfiar a mão nas bolsas ou capas e a retirar os objetos. Vejo cartas dobradas, pedras, frutas e, finalmente, Erebuni tira seu sacrifício da bolsa. Um panfleto, como aqueles que se vê em uma peça de teatro comunitária ou em um funeral, sobre o qual estou morrendo de vontade de perguntar, mas todo mundo está encarando o fogo agora, então este não parece ser o momento para conversar com a pessoa ao lado.

Ao comando da bruxa-chefe, colocamos nossos objetos no fogo, e ela começa a fazer uma espécie de oração. Ok, foco. *Marissa, também conhecida como Mischa Barton. Eu costumava ler blogs de fofoca e salvar fotos dela em uma pasta chamada "aspiração", mas essa era já passou. Me desculpe por ter arrancado seu pôster da minha parede e por estar prestes a queimar seu rosto no fogo, mas chegou a hora. Não é nada pessoal. É que preciso crescer e espero que isso me ajude. Então, obrigada por todos os momentos bons. Tomara que isso adiante de alguma coisa.*

Enquanto observo as outras jogando seus objetos no fogo, jogo a cara de Marissa, mantendo meu braço mais perto do fogo para que ela não voe de volta para mim com o vento. O fogo enrola as bordas e corrói seu rosto até o pôster ficar preto. Acabou. Estou livre disso, eu acho. Agora preciso cumprir essa promessa.

Erebuni olha para o dela e respira fundo. Ela segura a minha mão e a aperta. Dou um sorriso furtivo para ela, que retribui com um sorriso ainda maior. O jeito que ela me olha faz com que eu me pergunte: estou namorando? *Mas Trevor está mandando mensagem para você*, uma voz muito irritante interrompe meus pensamentos. *Quem se importa com Trevor*, respondo àquela voz, *quando se tem Erebuni?*

Então, a líder com voz de bibliotecária começa a cantar uma música superassustadora, como um canto gregoriano feminino, e todas as mulheres participam, incluindo Erebuni, e sinto como se estivesse de volta à igreja no domingo de Páscoa, fingindo saber a letra. É lindo e um pouco assustador ao mesmo tempo, e sinto como se, em vez de estar em uma praia, estivesse em uma floresta em Salém, com flores silvestres brotando do chão.

A música termina, e estou dando o meu melhor para socializar, tipo, "é, galera, mandamos muito bem nas notas".

A bruxa-chefe sorri.

— Agora vamos festejar.

Não estava mesmo esperando por isso, mas estou dentro. Ela se curva para mexer em algo atrás da fogueira que não consigo ver, e então uma música eletrônica começa a tocar, transmitindo uma vibe Burning Man. Ela estava falando sério sobre festejar.

Erebuni pega minhas duas mãos e pergunta:

— O que achou?

— Hum, eu amei. Mas tenho que perguntar: qual era o seu objeto?

— Na verdade, eu queria perguntar sobre o seu. Era o rosto de uma atriz?

Fico vermelha como se tivesse sido pega fazendo alguma coisa errada.

— Era a Mischa Barton, de *The O.C.* Sempre quis ser ela, e isso representa uma parte da minha vida que quero deixar para trás.

Assim que faço a revelação, rezo para que ela não me pergunte o que há naquela vida que estou tentando abandonar. Para minha sorte, ela parece notar como me sinto.

— Justo — diz ela. — E, respondendo à sua pergunta, era um panfleto de uma das exposições de arte da minha mãe.

Nossa, isso é brutal. Fica óbvio que não consigo esconder minha expressão de choque, porque ela acrescenta:

— Não, não é como se eu quisesse que a arte da minha mãe pegasse fogo. É que fui a essa exposição e pensei: "Nunca serei tão boa quanto ela, então qual é o sentido de tentar?". Mas essa é uma forma contraproducente de olhar para o processo artístico, no ponto de vista da arte. Por muito tempo, senti que o sucesso dela como artista estava me travando. Então, joguei no fogo. Não precisa se preocupar, temos muitas cópias em casa.

Hum, ela mencionou brevemente que sua mãe era artista, mas esta é uma informação interessante. Nem consigo imaginar como seria gostar de matemática e competir com minha mãe nisso. Ou no piano com Nene. De repente, me sinto grata por ter decepcionado as mulheres da minha família ao falhar miseravelmente em suas paixões.

Erebuni começa a dançar, e ela é *boa*. Tão boa que fico tímida por um instante e me dou conta de que estou ali parada, olhando para ela. Uma coisa é conhecer os passos do shourchbar armênio, outra é ser intuitivamente talentosa nos movimentos. Sou uma dançarina moderada — principalmente quando estou sóbria —, e confio mais no balanço do quadril do que em qualquer passo de verdade. Erebuni pega as minhas mãos e me faz espelhar alguns movimentos do tipo salsa, então me gira e me puxa com firmeza. Ninguém estava nos olhando, mas agora há alguns gritinhos das mulheres bruxas, e fico muito sem graça, mas a condução de Erebuni dá certo.

E então a névoa se transforma em garoa. Ótimo, fim da linha para o meu cabelo perfeito, mas pelo menos o chapéu vai cobrir a parte de cima, que fica péssima quando está toda frisada. E a garoa vira chuva. Não é um dilúvio, mas não há como ignorar a água caindo do céu. As mulheres, incluindo Erebuni, gritam e parecem estar gostando. Eu me pergunto se chover no solstício dá sorte. Estou me contraindo por causa da aparência do meu cabelo, pensando em como vai estragar todo o meu look. Erebuni verá que sou aquela garota boba do ensino médio, e será o nosso fim. Eu me encolho.

— Que incrível! — grita Erebuni, porque com a música e os aplausos fica mais difícil de ouvir agora.

Ela ergue a sobrancelha para mim e para meu corpo, que não está dançando, e não consigo deixar de dizer:

— Não sou uma grande fã de chuva.

Erebuni olha para cima, e a chuva bate em seu rosto. Ela nem se importa com o rímel? Eu jamais seria assim. Ela diz:

— Por que não? O céu está limpo. É a purificação que estávamos esperando.

O vento sopra com tanta força que minha boina voa. Deus. Era tudo que eu precisava. Começo a correr atrás dela, com a areia voando tão alto que parte dela chega aos meus olhos. Eu me aproximo da boina enquanto pisco sem parar, tentando tirar aquela areia esmerilada de debaixo das minhas pálpebras, mas uma gaivota ali perto salta casualmente, agarra minha boina com o bico e sai voando. Malditos pássaros demoníacos! Faço um barulho gutural de raiva.

— Nar — grita Erebuni atrás de mim. — Isso aconteceu mesmo? Queria estar com a minha câmera na mão. Eu ia ficar tão conhecida na internet quanto você.

A chuva cai torrencialmente, meu cabelo está pegajoso no rosto, e consigo sentir as gotas escorrendo pelo meu couro cabeludo, e eu odeio, odeio isso. Estou me transformando nela outra vez, na minha versão da sétima série, com cabelo cacheado e insegura. Não mudei nem um pouco. Sem me dar conta, dou uma fungada e limpo o rosto. Erebuni se aproxima de mim, os olhos arregalados de preocupação.

— Está tudo bem? Você amava aquela boina? Me desculpa, fui insensível.

Ela me abraça e está tão quentinha, mesmo que também esteja molhada, e em vez de esquecer quanto estou chateada, sinto seu consolo de imediato porque ela é muito gentil. Ainda assim, não consigo deixar de pensar nessa catástrofe. Queria que minha primeira reunião de bruxas fosse perfeita. Não aguentei nem um pouquinho de chuva, virei um bebê. Ela vai me dar um fora hoje, sei que vai. Choro mais um pouco.

Em meio às lágrimas, consigo dizer:

— Não é isso. Não é a boina.

— Então o que é? — A voz dela é suave. Ela afasta uma mecha de cabelo dos meus olhos com delicadeza.

Estou ciente de que pareço uma criança petulante e tento me controlar um pouco, mas falo:

— Sei que é besteira, mas meu cabelo está todo bagunçado. Eu nunca uso meu cabelo natural. Faz anos que não o vejo natural. Sempre seco imediatamente.

— Ah, Nar. — Ela me aperta. — Sinto muito por você se sentir assim. Aposto que seu cabelo natural é lindo, e estou feliz por poder vê-lo.

Lembro-me do que Richard disse uma vez que fui trabalhar com o cabelo cacheado: que não era profissional, era indomável.

— Não é. Ele é todo rebelde. Faz com que eu pareça um leão.

Erebuni inclina a cabeça.

— E isso é ruim? Me parece inspirador. Eu queria ser um leão.

Apesar de tudo, eu rio. Ela é tão atenta. Erebuni toca os cachos, que também estão encharcados por causa da chuva.

— Meu cabelo também é cacheado. Aprendi que tudo gira em torno do corte e de como você se sente com ele. Vai por mim. Sei que parece mais fácil ter cabelo liso e que as pessoas chamam isso de profissional, mas me desculpe, é uma ideia de merda.

Eu me dou conta de que nunca a tinha ouvido xingar, e isso me tira do buraco em que caí.

— Escute, você pode ficar chateada, lamente por alguns segundos.

Meu choro de antes parece ter dissipado minha tristeza, então eu brinco:

— Descanse em paz, escova.

— Excelente. — Ela aproxima o rosto do meu. — Vamos conhecer Nar, o leão.

Voltamos para o grupo no momento em que a chuva volta a ser uma garoa leve. Já aconteceu, meu cabelo já não está como eu queria, e Erebuni realmente não se importa. Não estava nem na oitava série quando alisei meu cabelo pela primeira vez, e todo mundo — inclusive meus pais — me disse como eu estava incrível e que eu deveria fazer isso sempre. Agora aqui estou eu, com meu cabelo natural, com essa mulher de quem gosto muito, e estamos juntas na praia. Além disso, eu não havia dito que não queria mais ser a Marissa? Hum, os deuses pagãos me ouviram. Estou dançando em uma praia chuvosa com um grupo de bruxas, com meu cabelo o mais molhado e bagunçado que poderia estar. Faz só uma semana e meia desde que Trevor partiu, e minha vida virou de cabeça para baixo, mas de uma maneira curiosa e convidativa. Um paraíso.

Outra música começa, com um zumbido de baixo que percorre minha pele. Jogo minhas mãos para os lados, levanto o rosto para o céu e me mexo, me mexo e me mexo, no ritmo da música.

16

Aqueça uma serpente congelada, e ela te dará o bote primeiro.

Սառած օձն տաքցրնես՝ առաջ քեզի կը խայթէ:

— Provérbio armênio

Estou atrasada, dã, mas é porque encarei um trajeto angustiante da Península até East Bay na hora do rush. Sei que o sul da Califórnia acumula toda uma má reputação devido ao trânsito, mas lá não há pontes de catorze quilômetros de extensão para te deixarem estagnada. Sem saída. É um cenário assustador se você bebeu água o dia todo e não foi ao banheiro.

É quarta-feira à noite depois da fogueira, e estou correndo pelo campus da Universidade da Califórnia em Berkeley, e me aproximo do prédio onde a palestra de Erebuni sobre genocídio está acontecendo. Tive de parar e olhar o mapa porque campus universitários são os lugares mais confusos do mundo. Já fiz cerca de dez reportagens em Stanford e ainda não sei onde fica nada nem como me locomover naquele lugar; todos os prédios foram construídos com o mesmo tijolo marrom, todas as ruas são enormes e sinuosas e levam você a uma esquina desconhecida.

Estacionei fora do campus e, enquanto caminhava por um túnel de lojas para chegar à Telegraph Avenue, passei por um restaurante *dim sum* que vendia *bao* por sessenta centavos. Fiquei muito tentada a parar e comprar alguns, mas já estava atrasada demais, então agora só me resta imaginar os pãezinhos pegajosos.

O campus de Berkeley é muito diferente das lojas da Telegraph e daquela energia de gente branca que usa dreads. Aqui tem um ar bem acadêmico, e, como é uma universidade, bom para eles! Nos degraus de paralelepípedos, não consigo evitar o seguinte pensamento: minha vida seria diferente se eu tivesse passado para a Berkeley? Quer dizer, é claro que seria, mas até que ponto? Eu teria frequentado o clube acadêmico *queer* e me tornado membro? Isso teria me encorajado a me assumir, a me sentir à vontade com essa parte de mim mesma? Eu teria namorado mulheres?

O campus está quase em completo silêncio às seis da tarde, porém um grupo de garotas loiras usando logotipos de irmandades nas roupas passa por mim, duas delas rindo de braços dados. Hum. A quem estou tentando enganar? Eu provavelmente teria feito tudo o que fiz em Davis, do mesmo jeito. Ir até a reunião do clube, dar uma espiada, constatar que todos parecem muito mais velhos e mais confiantes com sua homossexualidade do que eu, e dar meia-volta em direção aos dormitórios. Mas vai saber...

Entro no prédio para o qual estava olhando, o Dwinelle Hall, e meus passos ecoam pelo saguão vazio. Ando pelos corredores, me dando conta de que fiz o caminho mais longo, e finalmente encontro a sala 76, que comporta cerca de cinquenta pessoas. Tem pouco mais da metade desse número, o que é um bom sinal, considerando que é uma palestra sobre um tema tão comovente para as massas quanto o genocídio de uma raça com a qual ninguém se importa (palavras de William Saroyan, não minhas).

Há uma longa mesa no palco, à qual os palestrantes — incluindo Erebuni — estão sentados, com microfones na frente deles. Erebuni está ouvindo atentamente a mulher à sua esquerda. Leio o crachá dela — Prof.ª Dr.ª Seta Markarian — e lembro que é a professora que Erebuni mencionou no dia em que a conheci. Erebuni não me nota entrar, mas, quando me sento no corredor perto do fundo, a cadeira — que é pesada e possui um encosto de veludo como os dos antigos assentos de cinema — range. Seus olhos disparam, e nós nos entreolhamos. Ela está muito séria, sua postura é nobre até, e fico muito orgulhosa. *Essa é minha garota*, penso.

A professora Markarian está falando:

— O que muitas pessoas não percebem sobre o negacionismo contínuo do primeiro massacre do século XX é que o processo de identificação da própria Turquia moderna depende disso. A turbulência política na Turquia durante a Primeira Guerra Mundial foi o cenário ideal para o ataque. Os armênios eram típicos bodes expiatórios; hoje conseguimos enxergar isso. Colocam a culpa de tudo o que ocorre de ruim em suas vidas nos armênios. Dizem que eles roubam seus empregos, que não pagam impostos suficientes etc.

Olha, é interessante, mas há uma parte de mim que não quer examinar nada disso. Talvez pela magnitude do horror, este tem sido o *modus operandi* da minha família: Nene não fala sobre o tema porque seus pais, sobreviventes do genocídio, não falaram sobre isso. Não faço ideia de como eles conseguiram sobreviver. A única informação que obtive foi quando minha mãe mencionou que uns vizinhos turcos esconderam os avós dela no porão. Mas e depois? Como chegaram à Síria e, por fim, ao Líbano? É possível que meus avós paternos soubessem da história, mas eles morreram há muito tempo e eu não podia lhes perguntar. Meu pai também *nunca* falou sobre isso, sempre disse que, sim, foi uma tragédia, mas que os armênios precisavam seguir em frente. Talvez eles estivessem mais focados em ser cidadãos--modelo aqui nos Estados Unidos.

Um grupo de três pessoas entra, e fico aliviada por não ser a última participante. Eles se sentam na mesma fileira que eu, só que do outro lado. Então, vejo os cabelos de Janette, Arek e Vache de costas (fios lisos, modelados com gel e volumosos, respectivamente). Eu teria de passar por quatro estranhos para chegar ao assento vazio perto deles, e não parece valer a pena. Não estou tentando atrair mais atenção para o meu atraso.

A professora Markarian continua falando:

— Quando um país é uma democracia de verdade, a possibilidade de esconder um passado sórdido é menor. Os assassinatos em massa e os genocídios de povos nativos e aborígenes na América do Norte e na Austrália, por exemplo, não são desconhecidos pela população em geral.

Erebuni interrompe:

— No entanto, aqui na América do Norte, o genocídio dos povos indígenas não é ensinado nas escolas, e é raro admitirem que estamos vivendo em terras roubadas. Aqui em Berkeley, estamos nas terras de Muwekma Ohlone, mas eu entendo o que quer dizer. Aqui não é crime mencionar o que ocorreu, ao contrário do que acontece na Turquia, onde é crime "insultar o caráter turco". Nos Estados Unidos, os estudantes podem descobrir essas informações mais tarde na educação superior. Existem documentários, livros e outras opções.

— Exato.

Uma mão do grupo ao meu lado se ergue.

— Com licença — diz um homem, insistente. Ele parece ter um sotaque armênio. A maior parte do público se vira para olhá-lo, e fico grata por estarmos sentados a, pelo menos, seis lugares de distância, para que ninguém pense que estamos juntos.

Erebuni olha para ele; uma sombra de aborrecimento passa por seu rosto, depois desaparece.

— Obrigada, responderemos a perguntas no final — informa ela.

O jovem, que parece ter vinte e poucos anos, a ignora. Ele se levanta e continua:

— Vocês estão aqui discutindo o tal genocídio armênio, dizendo que há centenas de relatos provando que ele existiu, sendo que, na verdade, meus ancestrais são da região de Mardin, onde foram os armênios que cometeram genocídio contra nós. Está documentado pela minha família que os armênios chegaram durante a noite, assassinaram os homens, estupraram as mulheres, decapitaram...

O que é isso? A energia na sala mudou abruptamente, como se a própria sala tivesse se empertigado e esperasse que essa presença indesejada fosse embora. Não era um sotaque armênio, e sim turco. E, ok, beleza, o povo turco deveria vir a esses eventos também, mas não desse jeito. Tipo, caramba, as coisas que ele está dizendo são assustadoras. Foi isso que nos ensinaram que os turcos fizeram *conosco*, e ele está revidando. Existem milhares de relatos de testemunhas sobre as atrocidades que foram cometidas para além da morte, e agora ele está dizendo que fomos nós?

Meus olhos estão focados na madeira bege do assento à minha frente, o brilho desbotado do verniz lascado e raspado em algumas áreas. De repente, me pergunto se é seguro para mim, para todos nós, estar nesta sala. A maioria da plateia parece ser mais velha, na faixa dos cinquenta aos setenta anos, e fico preocupada por todos nós. Esse homem e seu grupo vieram armados apenas de palavras ou de algo mais violento?

Então, ouço Erebuni. Sua expressão é de impetuosidade pura. Sua voz ainda sai devagar, com certa calmaria, mas há um estrondo que denuncia sua fúria.

— Com licença, com base no que você está dizendo, presumo que você, ou seus ancestrais, sejam turcos?

Ele responde:

— Sou turco com orgulho e...

Ela o interrompe, o barulho do microfone não é nada perto do que ele ia dizer a seguir.

— Obrigada. Agradeço por ter vindo aqui e acredito fielmente que possa existir diálogo entre os povos armênio e turco, mas interromper o nosso discurso com uma série de falácias não é a melhor forma de dialogar. Se estiver disposto a tentar conversar, aceitaremos com prazer.

Estou gritando internamente. Ela é boa pra caramba. Como conseguiu manter a compostura assim? Eu diria logo a eles que dessem o fora — se é que algum dia eu teria coragem de fazer algo do tipo.

Um homem do comitê, ao lado de Erebuni, meio que se levanta, pronto para agir. Mas ela olha para ele e balança a cabeça depressa. Ele se senta.

Uma mulher do grupo turco fala, cheia de confiança e raiva:

— Como você pode sugerir isso se cria eventos para espalhar mentiras e propaganda enganosa? Nós sabemos a verdade: os armênios são os criminosos, mas vocês se fazem de vítimas perante o mundo inteiro. Agem de forma inocente, mas vocês são os assassinos e os estupradores...

Gritos tomam conta da plateia, e posso jurar que um deles é de Arek, cuja cabeça está voltada de forma ameaçadora para os intrusos. Erebuni respira fundo e interrompe outra vez.

— Escutem, não é um diálogo se vocês chegam de forma agressiva. Entendo o motivo que leva vocês a dizerem o que estão dizendo, é disso que se trata esta série de palestras. Confrontar a verdade seria uma crise existencial para o povo turco, sem mencionar a possibilidade de reparações históricas que o país provavelmente teria que bancar.

O grupo está zombando e protestando, mas Erebuni continua, com a voz mais alta do que nunca:

— Entendo as raízes disso. Ouçam as palavras de Hrant Dink, um jornalista armênio-turco assassinado por expressar seu ponto de vista.

Ela mexe nos papéis à sua frente, pega um deles e, em meio às objeções, começa a ler:

— "Aos armênios eu digo: tentem enxergar certa honra no posicionamento dos turcos. Eles asseguram: 'Não, não houve genocídio, porque genocídio é uma atitude maldita que meus ancestrais nunca seriam capazes de fazer'. E aos turcos eu digo: pensem por um momento no que os armênios estão dizendo e se perguntem por que eles insistem tanto." — Ela ergue o olhar da folha. — Então, quando digo que entendo, eu entendo, e gostaria que tivéssemos…

O homem turco agora está de pé, gritando:

— Hrant Dink? Você citou Hrant Dink para nós? Aquele turco traidor…

Mas agora o homem ao lado de Erebuni se levanta — ele é um armário — e vai até o corredor, pronto para derrubar alguém. A plateia também está farta, e algumas pessoas gritam de novo contra os penetras turcos. Arek está de pé, mas Janette está segurando sua jaqueta e implorando a ele que se sente.

Vache balança a cabeça sem parar de um lado para o outro. Se houver uma briga generalizada, me pergunto se sou pequena o suficiente para me esconder debaixo dos assentos. Pelo menos posso sair correndo daqui, mas parece covardia, considerando que Erebuni ainda está sentada lá em cima.

Erebuni diz:

— Sinto muito pela interrupção, pessoal.

Mas, quando fica claro que o trio não vai embora e que eles trouxeram um escudo humano (o único homem que não falou está de pé agora, bloqueando seus amigos), vários ouvintes entram em pânico e começam a se dispersar, rápido.

— Se puderem ficar sentados, por favor, tenho certeza de que conseguiremos finalizar o nosso evento — pede Erebuni, com a voz tensa. É tarde demais, e ela sabe disso. As pessoas não param de sair, algumas formam um círculo ao redor dos penetras, e o rosto dela se contrai.

Estamos sentadas no restaurante *dim sum*, cada uma com dois pãezinhos de carne de porco fumegantes à nossa frente. Paguei por eles galantemente e, enquanto entregava o dinheiro, me dei conta de que este é o nosso primeiro encontro. Claro que não é o que nenhuma de nós esperava. Erebuni está imersa em pensamentos, sentada à minha frente na pequena cabine de madeira, irritada. Enquanto andávamos até aqui, ela disse que a palestra foi um desastre e que se repreendia por não ter lidado melhor com a situação, mas eu lhe disse que não havia mais nada que pudesse fazer. Nós nos encontramos brevemente com Janette, Arek e Vache, mas Arek ainda estava tão afobado que Janette o levou embora. Vache queria ficar sozinho e saiu sem se despedir.

Ela está tirando a embalagem do *bao* tão devagar que nem parece que quer comer.

— Eu devia ter adivinhado, garantido segurança. Pelo menos tinha uma área de check-in.

Ela está sendo crítica consigo mesma. Quem espera que sua palestra acadêmica seja invadida?

— Mas como você ia saber?

Dou minha primeira mordida e queimo a língua na carne de porco escaldante. Até meus dentes doem por causa disso. Ela dá de ombros.

— Acontece o tempo todo.

Abaixo a comida.

— Como assim?

Ela finalmente desembala o *bao*, mas não se mexe para pegá-lo.

— É constante. Aconteceu recentemente em Stanford, aconteceu em São Francisco alguns anos atrás, aconteceu quando eu estava na graduação.

Isso é desumano. Eu não fazia ideia. Quer dizer, não é como se eu fosse a palestras sobre massacres para ter noção e a chance de ver esse tipo de coisa, mas presumi que o que aconteceu hoje tinha sido um caso isolado. Esquisitões que estavam entediados em uma quarta-feira à noite.

— Sério?

Ela olha no fundo dos meus olhos e bate o dedo na mesa vez ou outra enquanto diz, enfatizando suas palavras:

— Nar, eles são capazes de qualquer coisa para não confrontar a verdade. De certa forma, era para a palestra ser sobre isso. Quando o negacionismo está tão ligado à identidade, algumas pessoas, geralmente as extremistas, tomam qualquer medida para proteger a sua versão das coisas. Toda vez que falamos sobre o genocídio armênio, eles tomam isso como uma afronta pessoal, como se estivéssemos apontando o dedo para eles e dizendo: "Você é um assassino em massa". Mas é claro que isso não é verdade, e não é por isso que falamos sobre o que aconteceu. Até hoje, nossa sobrevivência ainda está em jogo. Estamos na fronteira entre duas nações que preferiam que não existíssemos. A Turquia fez o possível para nos eliminar e nega que isso tenha acontecido. E o Azerbaijão, por outro lado, afirma que roubamos as suas terras. Nós, a civilização indígena que viveu lá durante três milênios. É tudo...

Ela balança a cabeça e solta um longo suspiro.

— Só estou decepcionada comigo mesma. A educação sobre o genocídio é minha força vital, e eu devia saber o que podia acontecer.

Droga. A névoa com a qual cobri meus olhos ante o genocídio armênio está começando a se dissipar, e acho que entendo agora, pelo menos um pouco, algo que não conseguia ver antes. Sempre presumi que o massacre foi um evento distinto, um acontecimento trágico coberto em plástico bolha e colocado na prateleira dos arquivos históricos. Mas, depois de hoje, vejo que ele ainda está vivo e respirando, que esse monstro continua se embrenhando em nossas vidas. É por isso que Erebuni se empenha tanto. Alguém tem de revidar.

Estava sentada de frente para ela, mas agora saio do meu lado da mesa e deslizo para o dela. Seguro sua mão. Sinto seu pulso, rápido e leve, ou talvez esteja sentindo o meu. Aperto de leve sua mão e apoio minha cabeça em seu ombro. Sinto o cheiro das rosas, das madeiras. Ela se mexe, recostando-se para não ficar tão curvada. É quase como se estivesse se desculpando por estar tão deprimida.

— Lamento que isso tenha acontecido. Você é tão apaixonada pela nossa história, e sei que vai parecer piegas, mas é inspirador. Você sabe como eu era, não me importava nem um pouco com o genocídio. Eu já estava de saco cheio desse assunto, como se fosse algo para ser superado, como se fosse uma moda passageira. Mas, depois de hoje, acho que estou começando a entender — digo a ela.

Ela aninha a cabeça na minha.

— Estou feliz que você veio. Mesmo que tenham estragado o evento.

Eu me afasto e a encaro. Sua mão ainda na minha.

— Não, foi isso que me fez entender. Não é uma figura envolta em âmbar que a gente vê num museu. Ainda está vivo.

— Sim — sussurra ela, e se inclina para me beijar com tudo. Ela tem um gosto um pouco salgado, de lágrimas. Tudo desacelera, e estou perdida nela e em mim, todo o resto desaparece aos poucos.

Quando ela se afasta, vejo que parte do meu batom rosa-cereja ficou em seu rosto, e lembro que eu limpava Trevor na mesma hora (às vezes, nem o beijava quando estava com batom) depois que ele ficou bravo comigo uma vez por não ter contado que estava com resquícios de batom. Duvido que Erebuni me criticaria por deixar marca nela. Fico maravilhada por podermos nos beijar aqui de forma tão libertadora. Ninguém olharia duas vezes para nós, aqui, nessa quitanda em Berkeley. Depois de tudo que aconteceu hoje, é um pouco errado pensar que não conseguiria fazer isso em outro lugar, mas é verdade.

Normalmente, luzes fluorescentes de má qualidade me irritariam, mas hoje não fico irritada. É como se elas estivessem nos iluminando. Passo a mão pelo braço dela, pelo suéter de algodão leve.

— Você fez disso sua carreira.

Ela assente.

— Começou cedo para mim. Meus bisavós faziam parte de um grupo de sobreviventes que registraram seus relatos para um documentário. Eu assisti enquanto crescia. Eles viveram muito, até os noventa anos, então tiveram inúmeras oportunidades de me impressionar com quão real era o horror e reforçar como eles não queriam que aquilo fosse esquecido. Agora vejo que a disposição e a insistência deles em falar sobre isso eram raras. Eles eram adolescentes, na verdade, meu bisavô tinha dez anos quando tudo começou. Consegue imaginar?

Dez anos. Eu ainda estava brincando escondida com Barbies quando tinha essa idade. Não consigo imaginar como seria ver meu pai e meus tios sendo presos e assassinados na minha frente. Está tão longe de tudo que vivenciei que, mesmo na minha imaginação, não parece real.

— De jeito nenhum — respondo, baixinho.

Enfim, assim que ela dá uma mordida no *bao*, eu estendo o braço sobre a mesa e pego o meu, agora com temperatura normal.

— Não podemos nos sentir culpados por isso. Eles escaparam e tentaram dar novas vidas para seus filhos e netos, exatamente para que não tivéssemos que passar pelo que eles passaram. Mas sinto que é nosso dever, pelo menos o meu, fazer a minha parte e lutar todos os dias pelo reconhecimento — acrescenta ela.

E o que eu tenho feito? Menos que nada. Tenho duas plataformas perfeitas para falar com o público — o Instagram e a TV — e as desperdiço. Lembro-me de que o centenário do Holocausto Armênio foi este ano, há dois meses, em 24 de abril, o Dia da Memória, e de repente me sinto envergonhada, pensando que não mencionei o assunto no trabalho. Mesmo que Richard fosse rejeitar por não ser interessante o suficiente, eu deveria ter tentado.

Erebuni está mastigando sua comida e olhando para as formas do piso de linóleo. Depois da última mordida, limpo a boca com um guardanapo de papel áspero. Eu me sinto compelida a compartilhar minha tentativa fracassada de divulgar uma história armênia, de esclarecer tudo.

— Queria te contar uma coisa. Sabe a matéria da aula de culinária?

Ela mastiga rápido, com pressa de engolir a comida.

— Aquela com sua narrativa brilhante e pela qual sou tão grata?

Aff, ela é tão gentil... Mesmo depois da noite horrível que teve, de o evento que vinha organizando há meses ser arruinado, ela ainda diz coisas gentis para mim. Por mais que tenha gostado de criar aquela matéria, não sinto que mereço as palavras dela.

— Quando a publiquei... — Eu olho para o céu. Há uma mariposa circulando e tilintando audivelmente contra a luz. De novo e de novo. — Meu chefe me disse, com todas as letras, que ninguém se importa com os armênios e que eu não poderia contar a história. "Entediante", acho que foi essa a palavra que ele usou. Mas fui em frente de qualquer maneira. Postei a matéria na internet e, tecnicamente, meu chefe não sabe que a história está no nosso site.

Ela abaixa o *bao* com os olhos arregalados.

— Estou chocada. Por ele, mas também impressionada com você. Fez isso mesmo?

Dou de ombros. Algo me incomoda agora. Estava muito orgulhosa da minha subversividade, mas esconder minha história no site não parece um grande feito.

— Era uma história boa, e você e Vache deram um toque a mais.

Ela balança a cabeça.

— Obrigada. Mas o que seu chefe disse não está certo. Ele acha que não vale a pena divulgar nenhuma história armênia?

— Não tenho certeza.

Um lampejo do rosto do nacionalista turco atravessa minha visão, e a culpa que sinto me atinge com força total. Todo o sustento de Erebuni é dedicado a compartilhar a mensagem do nosso passado, mesmo quando a coloca em perigo. Enquanto isso, procurei Richard para divulgar apenas uma história armênia, e só no nosso site. Tudo bem que compartilhei no Instagram, mas para um público mais interessado em selfies do que em cultura racial. É uma tentativa estúpida de dar voz aos armênios, e quero fazer melhor. Não quero ter de me esgueirar para conseguir cobertura para os armênios. Confesso isso a Erebuni. Ela pensa por um instante, seus olhos se estreitando como se sorrissem.

— Eu me pergunto se o seu chefe pensaria diferente se você entrevistasse uma congressista armênia.

— Como assim?

A cor está voltando às bochechas de Erebuni, e fico aliviada por ela se sentir feliz depois de vê-la tão arrasada esta noite.

— O banquete. Sim, é uma arrecadação de fundos para a escola armênia que sedia o evento, mas também serve para chamar a atenção para o projeto de lei que a congressista Grove está copatrocinando. Resumindo, significa que o genocídio armênio será oficialmente reconhecido pelo Congresso, o que não seria só um grande avanço, como também incluiria o ensino sobre o massacre armênio nas escolas. É por isso que estou envolvida nisso. Minha organização a ajudou a coescrever esse material. Portanto, tenho sido o contato dela, e aposto que consigo fazer com que aceite ser entrevistada pela nossa repórter armênia da Bay Area.

Bem... Eu me sinto burra por não investigar *por que* a congressista Grove compareceria ao banquete. Presumi que o comitê havia pagado um cachê considerável para ela falar. Porém, mais importante do que meu pesar agora, é tentar descobrir se Erebuni acabou de me oferecer uma entrevista exclusiva com um membro do Congresso. Seria muito foda. Eu seria a heroína da equipe de redação. Erebuni não para de me surpreender. Ela não só tem esse contato, como acredita em mim a ponto de usar esse capital social tão importante para tentar me ajudar. Logo eu! Nem tenho certeza se conseguirei fazer isso, mas sei que, se a congressista Grove aceitar dar a entrevista, farei tudo que estiver ao meu alcance para não estragar nada. E não apenas isso, também farei com que essa reportagem seja a maior da minha carreira. Quero esticar o braço e apertar a mão de Erebuni, sentir seus dedos pegajosos contra os meus.

Mas. Ai, meu Deus. O banquete. O evento para o qual toda a minha família tem ingresso, incluindo minha mãe. Erebuni e eu nunca conversamos sobre isso. A mariposa desapareceu e, com ela, os pequenos estalidos, mas não me sinto aliviada. Talvez ela finalmente tenha sido eletrocutada.

Devo ter feito uma cara esquisita, pois Erebuni pergunta com ternura:

— Está tudo bem?

Tirando o fato de que não faço ideia de como vou conciliar minha namorada secreta com minha família provavelmente homofóbica, está tudo bem. É muita coisa para administrar. Um bloco gigante de pânico que não consigo desempacotar. Quero me concentrar neste lindo gesto que Erebuni está fazendo por mim, em vez de estragar o momento com vergonha e pressão, que têm se acumulado em torno das implicações de nosso relacionamento.

Eu afasto a preocupação dela.

— Meu chefe não tem sido nada a favor quando dou novas ideias. Não sou o tipo de pessoa que causa problema.

Eu me sinto uma babaca por dizer isso. Ela me presenteou com uma possível mudança na minha carreira (o que deve ter lhe custado algo), e não quero parecer ingrata, mas quero ser realista sobre o desenrolar dessa história no trabalho.

Ela me olha, determinada. Não está chateada.

— Nunca contei isso para você, mas vi várias matérias suas. — Ela cora na mesma hora, ciente do que isso significa. Estou sorrindo. Não posso deixar de pensar nela caçando minhas histórias do mesmo jeito que eu a stalkeei no Instagram. Ela sacode um pouco a cabeça, e sua timidez é cativante. — Eu sei. — Ela faz um gesto com a mão. — Tinha um crush em você! Mas queria dizer que senti você hesitante em algumas matérias, como se estivesse duvidando de si mesma.

Ela percebeu? Nunca pensei em mim dessa maneira, mas, ao mesmo tempo, assim que ela diz isso, as palavras soam verdadeiras e sei do que está falando. Sempre parece que está faltando algo quando revejo uma filmagem minha. Nunca tive certeza do que era. Presumi que fosse minha postura, ou o batom, ou que eu era claramente menos talentosa do que os outros repórteres. Fico maravilhada com seu olhar, com sua capacidade de ver o que eu não conseguia enxergar em mim mesma.

Ela toca meu braço, como quem diz: "Peraí, estou prestes a lhe dar boas notícias". É uma agonia não a puxar para mais perto de mim, não colar meu corpo no dela. Ainda não. Quero ser uma boa ouvinte.

— Mas, quando cobriu a aula de culinária, isso desapareceu. Você estava toda orgulhosa. Quando postou sobre a aula no Instagram, foi a mesma coisa. Sua escrita ficou nítida. Veio de um lugar de força. Sei que você pode ser essa pessoa.

Ela é tão sincera no que diz, na maneira como não quebra o contato visual, que não posso deixar de acreditar em suas palavras. Preciso acreditar que posso ser mais do que a repórter que fica com os trabalhos que ninguém quer. Tenho atrapalhado meu próprio caminho. Tudo bem que, além de mim, há um sexismo sistêmico, mas não tenho me empenhado por minha própria causa.

Mas e se política não for o que quero cobrir? A aula de culinária e uma entrevista com a congressista Grove no banquete resultariam em histórias mais demoradas. Não que isso signifique que sejam piores, de forma alguma. Mas agora vejo como prefiro esse tipo de narrativa prolongada. Parte de mim resiste ao pensamento; eu devia querer ser um tubarão, abrindo caminho rumo ao noticiário como Mark, entrevistando familiares em luto recente e em estado de choque, puxando minha câmera quando um conflito surge (em vez de ser a pessoa que calcula se me encaixo entre as cadeiras da plateia como fiz hoje). E se essa não for eu? É um pensamento muito assustador. Não, a notícia faz parte de quem eu sou. É o propósito que meu pai tinha para mim e que tenho orgulho de exercer. Por enquanto, preciso me preocupar em convencer Richard a me deixar entrevistar a congressista Grove, se Erebuni conseguir cumprir sua parte. É isso.

Tentando parecer mais confiante do que sou, afirmo:

— Darei o meu melhor. Me conta se ela aceitar dar a entrevista, e, caso aceite, vou pensar numa história que Richard não vai poder recusar.

Ela se recosta, satisfeita. Agora tenho mais motivação para colocar essa pauta no ar: não quero decepcionar Erebuni.

Repito as palavras dela em minha mente, "um lugar de força", e penso que, sim, posso me motivar a partir disso. Ok, eu dou conta. Eu. Não a repórter que cobre o desfile anual de corgis em Redwood City.

Acabamos, de alguma forma, nos aproximando uma da outra. Caminhamos até meu carro, de mãos dadas sob o céu abafado. Grupos de estudantes passam correndo por nós, bêbados e comprando discos na Amoeba, e fico maravilhada com quão jovens eles parecem ser. Não tenho certeza de quando isso aconteceu, de quando passei a não ser parte deles. Eles ouvem músicas diferentes, têm piadas internas diferentes, têm heróis diferentes. E a diferença mais notável entre nós — ou melhor, entre o meu eu dessa época e o meu eu de agora — é que antes apenas minha vontade estava em jogo. Como estudante, tive uma independência que não apreciava totalmente — o sucesso ou o fracasso impactava apenas a mim. Parece haver muita coisa em jogo agora.

Erebuni desliza a mão na minha, e, embora estejamos juntas agora, já estou planejando a próxima vez que vou vê-la. Podemos ter um encontro, espero que antes do banquete deste fim de semana. Deus, não paro de pensar em toda aquela questão de ter minha família no evento. Mas, neste instante, estou aqui com Erebuni e me recuso a deixar que isso estrague nosso momento. Tenho muita fé na Nar do futuro. Ela terá um plano brilhante que eu não conseguiria bolar agora.

Chegamos ao meu carro, que está estacionado em uma rua residencial arborizada a alguns quarteirões do campus. É uma rua bonita; há um farfalhar de folhas ao vento. Não quero que ela vá embora, mas também não posso chamá-la para minha casa por causa da minha mãe e tudo mais. Eu me pergunto se ela… Destranco o carro e vou até o banco de trás.

— Estaria interessada numa pegação no carro?

Ela alcança a maçaneta.

— Como adolescentes no estacionamento da escola.

Sem hesitar por um segundo sequer, ela entra, e eu a sigo.

— Diz por experiência própria?

— Talvez — responde ela, sugestiva e travessa. Adoro quando faz isso.

Coloco minhas pernas em cima dela e quero beijá-la, rolar aqui no banco e esquecer que há algo mais importante que isso, mas não posso ficar nessa para sempre. Ela é uma mulher muito foda — e na casa dos trinta, pelo amor de Deus — e a estou tratando como se ela fosse uma menina de dezessete anos.

— Desculpa transportar você para o ensino médio. Minha casa não é... É estranho por ter minha mãe lá e tudo mais.

Ela envolve minhas costas.

— Eu entendo. — Ela hesita por um instante. — Mas, Nar, eu gosto de você. E quero que saiba disso.

Fico travada. Ela gosta de mim. Quer dizer, eu sei, depois do que aconteceu na casa dela, que ela não desgosta de mim, mas a forma como ela disse é mais significativa. Não consigo me mover, porque quero muito que o que ela está dizendo seja real, e sinto que, se eu me mover um centímetro, o feitiço será quebrado.

Ela continua:

— Espero que isso não seja só algo casual para você. Tudo bem se for, claro, mas espero que não.

Minha alma floresce. Isso é... Digo, parte de mim já imaginava, por causa das nossas mensagens, do encontro com as amigas dela, do convite para todos os tipos de eventos. Não é a trajetória que se faz com um amigo casual. Mas ouvi-la dizer, confirmando que ela quer que seja algo mais, me completa de uma forma que parece que vou explodir. Quero o mesmo que ela. Esqueço todo o ruído exterior e as vozes que me dizem: *É um caminho mais difícil. Vai se arrepender e magoar sua família.* Essas vozes não vêm de um lugar de amor. E sei que, sim, estamos no maldito banco traseiro do meu carro agora porque não posso levá-la para casa, mas eu não apresentaria ninguém em casa tão cedo, de qualquer maneira. Quero que sejamos só nós duas por um tempo. Depois compartilhamos com o restante do mundo.

Certifico-me de que ela veja franqueza e seriedade em meus olhos.

— Não, não é só casual para mim. Também gosto de você. Bastante. Se você não tinha certeza disso, é só porque ando me segurando para não parecer uma fã obsessiva. Nossa troca significa muito para mim. Você significa muito para mim.

Com a voz ofegante, ela diz, meio atrapalhada:

— Então não estou sozinha nessa.

— Não está.

Eu a beijo e me deito, como um convite para que ela suba em mim. Ela beija meu pescoço lenta e deliberadamente, e a árvore ginkgo do lado de fora reflete a luz da rua. As nuvens carregadas dão lugar a uma chuva leve que pontilha a janela, e é como se eu tivesse sido transportada. Estou em um lugar lindo, dentro de uma piscina brilhante à noite, com a mulher por quem estou me apaixonando.

17

> Quando um infortúnio te oprime, eles dirão que é um bom sinal.
>
> Թշուառութեան շափն որ անցնի, կ'րսեն աղէկ նշան է:
>
> — *Provérbio armênio*

É quinta-feira de manhã. Sou a primeira a chegar na sala de reunião e estou pronta para arrasar. Garanti a melhor cadeira da sala, aquela giratória de felpa na qual Mark geralmente senta sua bunda ossuda. Graças a Erebuni e sua confirmação de que a congressista Grove aceitou dar a entrevista, meu notebook está aberto com minhas anotações para a defesa da pauta. Minha garrafa de água está cheia, e minha barrinha de cereais está desembrulhada para não atrapalhar a reunião com o barulho de abri-la.

Depois da noite passada, estou me sentindo estranhamente bem. A expectativa de conseguir uma entrevista exclusiva com uma congressista — algo que nem Richard pode negar que é impressionante — me deu um senso de propósito.

Sem contar o que aconteceu no carro — ai, meu Deus. A necessidade de manter as roupas despertou nossa criatividade e, sério, eu devia largar meu emprego para trabalhar na área de novas tecnologias como "a especialista das inovações", porque agora sei que sou muito boa nisso.

Erebuni e eu teremos um encontro de verdade hoje, e vou dormir na casa dela. Só tive de mentir para minha mãe e dizer que estou trabalhando em uma matéria noturna com Elaine, e que talvez acabasse dormindo na casa dela. Eu me pergunto quantas vezes conseguirei escapar.

Nada conseguiu acabar com o meu bom humor ontem, incluindo Trevor respondendo a uma mensagem minha dizendo que sente minha falta e espera que possamos conversar quando ele voltar. A verdade é que, sim, precisamos conversar. Ainda estou com o anel dele. E namoramos por cinco longos anos. Não podemos fazer aquela coisa antiga de ignorar um ao outro e seguir em frente. Temos de nos ver e encerrar nossa relação formalmente. Duas semanas atrás, antes de ele partir, só a possibilidade dessa conversa teria me deixado totalmente apavorada, mas agora parece ser o mais apropriado a fazer, e tenho uma armadura para me ajudar a passar por isso — provavelmente é Erebuni, e a luz protetora e alegre que ela emana ao meu redor. Uma breve conversa com Trevor não vai me derrubar.

À medida que meus colegas de trabalho aparecem, um por um, não consigo deixar de me sentir otimista. Estou elogiando blusas, perfumes, escolhas de bebidas. Até me vejo comentando em voz alta com uma das âncoras que "adoro um ovo cozido pela manhã". Ela ergue a sobrancelha, mas aceita meu elogio estranho, depois responde que eu devia provar sua marca favorita de barrinhas de café da manhã, já que elas têm menos calorias. Bem, algumas coisas não mudam. Entretanto, quando Richard entra e pigarreia, ela revira os olhos na direção dele, e me pergunto se talvez tenhamos mais em comum do que eu imaginava.

A reunião começa com as pautas e tarefas habituais, e as pessoas vão falando uma de cada vez. Até que chega a minha vez. De peito estufado como um pássaro, começo:

— Consegui uma entrevista exclusiva com a congressista Grove no banquete de um evento beneficente que ela participará neste fim de semana.

O bigode de Richard se ergue, o que é seu jeito de sorrir.

— Ótimo trabalho. Está confirmada?

— Está — afirmo, sorrindo por dentro e pensando em como Erebuni conseguiu isso tão rápido.

Além disso, Richard disse "ótimo trabalho". Sei que não deveria querer tanto ouvir isso, mas me enche de orgulho. E Mark fica pessoalmente ofendido. Ele esteve envolvido nas conferências de imprensa da congressista Grove, mas nunca conseguiu falar com ela.

— Isso é música para os meus ouvidos — responde Richard.

Será uma entrevista excelente para o meu portfólio, me tirando da zona de matérias sobre o Dia Nacional da Troca de Sopa e me colocando na direção de entrevistas exclusivas com políticos federais. Lanço um olhar dócil para Mark, que está riscando seu caderno de maneira agressiva demais para alguém que está tranquilo em seu posto. Nossa, que sabor…

— Mark — continua Richard, e Mark desvia a atenção do caderno, pronto para receber uma ordem. — Quero que cubra essa história. Você tem as habilidades e o conhecimento necessários.

Como é que é? Ele simplesmente pegou meu trabalho e entregou para outra pessoa? E o que o maldito do Mark tem a ver com essa pauta? O tom da camisa de Mark, de repente, me parece mais salmão do que realmente é, como se estivesse zombando de mim. Combina com seu rosto presunçoso.

Minha visão periférica começa a escurecer, e sei que não vou conseguir esconder a mágoa da minha voz. Enquanto Mark diz algo como "sim, claro, eu adoraria...", eu o interrompo:

— Richard, tenho certeza de que posso fazer um bom trabalho. Não sei por que está atribuindo isso a Mark. Minha fonte arranjou um encontro meu com a congressista. Além disso, será em um...

Estou prestes a contar a ele sobre o banquete beneficente armênio, mas Richard suspira, exasperado, como quem está cansado de abanar uma mosca que insiste em pousar na sua comida.

— Você não é a repórter certa para esse trabalho.

— Por que não? Fui eu quem conseguiu essa oportunidade. Foi graças ao meu tempo e ao meu esforço. — Estou praticamente cuspindo ao falar agora, e minha boca está sem controle.

Ele balança as mãos para mim.

— Não me fale sobre esforço. Todos aqui contribuem cento e dez por cento, então isso não está em pauta.

Meu rosto está pegando fogo, não há como esconder. Meu sangue está bombeando com força, e tenho medo de falar porque, se eu disser algo rude, pode ser o fim da linha para mim. Porém, o que ele está fazendo agora não é nem um pouco correto da parte dele.

— Escute — diz ele, com a gentileza retornando à sua voz. — Temos uma pauta adorável sobre uma menina de cinco anos que escreveu à Duquesa Kate sobre seu amor por chapéus elegantes e recebeu uma carta em resposta. Bem, da empregada de sua senhora, mas ainda assim foi um grande feito para ela. Ela está bem aqui em Redwood City. As pessoas precisam de pautas alegres, e você é a nossa garota para isso.

Eu sou a garota deles. Para as pautas fofas sobre crianças. Pelo amor de Deus, eu nem gosto muito de crianças. Sempre estou em matérias sobre elas porque Richard presume que sou legal e fácil de lidar, então devo adorar crianças. Nunca vou ser levada a sério aqui, vou? Pelo canto do olho, vejo Winnie, nossa estagiária, com uma expressão impassível e mordendo as cutículas como se estivesse rasgando uma carcaça. Ela, quieta e simpática, provavelmente está pensando que este será seu destino se ficar muito tempo aqui. E provavelmente será. A menos que eu mude as coisas.

Deixo escapar:

— É no banquete armênio. A congressista Grove só concordou em ser entrevistada a respeito da Lei de Reconhecimento do Genocídio Armênio. Sendo a única repórter armênia, eu sou a escolha certa para esta entrevista.

Ao ouvir as palavras "genocídio armênio", Richard revira os olhos.

— Devia ter mencionado isso antes. Nós, que somos uma equipe de notícias local, não estamos no ramo para cobrir uma história centenária. Mark, ligue para o escritório dela e veja se consegue convencê-la a dar entrevista sobre outro tema. Quem sabe o aumento da criminalidade no centro da cidade.

Mais uma vez ele trata minha cultura com essa indiferença cruel. É óbvio que ele conhece o genocídio, uma vez que mencionou que já tem cem anos, então por que não consegue entender a importância do assunto?

Droga. A resposta logo me ocorre: eu também pensava como ele. *Chega de história antiga, vamos falar sobre algo novo e interessante.* Foi só quando conheci Erebuni que me senti diferente em relação a isso. Consegui mudar de ideia — claro, minha jornada incluiu me apaixonar por uma bruxa gentil que deixa meu cérebro confuso e aberto a novas ideias —, mas talvez eu consiga ajudar Richard a mudar sua mentalidade também.

Estou prestes a dizer que a congressista Grove é armênia, que foi ela a autora deste projeto de lei e que, como está no banquete para promover o projeto, claramente quer discutir o tema na sua entrevista. Mas acho que, primeiro, é melhor deixar Mark perder tempo com a equipe dela ao telefone. Depois, irei ao banquete e farei a entrevista de qualquer maneira. Quando eu entregar uma história exclusiva para Richard, ele poderá me falar que tipo de repórter eu sou. E o mais importante: talvez o convença a refletir sobre o porquê de essas histórias serem interessantes.

18

Quem entra no banho, transpira.

Բաղնիք մտնողը կը քրտնի:

— *Provérbio armênio*

Na noite seguinte, pesquiso sobre a congressista Grove cercada por tudo que é sinônimo de conforto. Uma caneca de chá Earl Grey feito no estilo britânico (estou só parcialmente disposta a admitir que fui inspirada pela pequena senhorita que entrevistei ontem), minha calça esfarrapada de dormir favorita que foi comprada na oitava série e meu aquecedor portátil escondido debaixo da minha mesa (a conta de luz é uma típica catalisadora de briga aqui em casa, por isso deve ficar escondido). Mas nada disso está me deixando à vontade.

O banquete é amanhã. A preparação para a maior entrevista da minha carreira até agora está me deixando estressada, porém não mais que a lista de participantes:

1. Minha mãe e Nene
2. Diana, seu noivo e a família dele
3. Os pais de Diana

4. A família da tantig Emma

5. Tantig Sona

6. Erebuni, que estará no centro dos holofotes, pois descobri que será a mestre de cerimônia

É uma regra tácita que a maioria dos eventos do Explore a Armênia seja direcionada para o público mais jovem, mas o banquete é para todas as idades. É uma grande arrecadação de fundos para a escola armênia e outras instituições de caridade, então meio que não dá para eliminar os *baby boomers* cheios da grana. Na época em que minha mãe nos inscreveu, fiquei aliviada por ela estar voltando a sair (a sensação foi acompanhada de um gemido por ter de comparecer a um banquete feito para os mais velhos). Mas agora? Esse banquete está longe de ser entediante.

Não faço ideia de como vou agir perto de Erebuni, como conciliar essas duas partes de mim. No jantar de ontem à noite, e em Berkeley, trocamos demonstrações públicas de afeto e foi muito libertador, exatamente o que eu esperava. Infelizmente, isso também significa que temos o precedente de dar as mãos, beijar, e tudo o mais, em público. O que definitivamente não poderei fazer amanhã. Seria excomungada da família, e minha mãe choraria e lamentaria esse destino. Todo mundo falaria de mim, *a filha gay de Anahid*. E filha única — nenhum reserva, que pena. Não posso fazer isso com a minha mãe. Não posso jogá-la aos leões. Tenho de apresentar algo novo a ela aos poucos.

E nem comecei os trabalhos. Na minha parede, onde ficava meu pôster do ensino médio, há uma pintura abstrata que Erebuni criou com borra de café armênio. Avistei na mesa de trabalho dela ontem à noite, e ela mencionou que não ia pintar mais delas porque não estava dando certo criativamente para ela. Mas eu gostei, tanto pelas formas que minha mente começou a imaginar quanto pela lembrança que me veio de quando a beijei naquela primeira noite, com o gosto do café ainda em nossas línguas. Ela disse que eu poderia ficar com a pintura, então a pendurei — minha primeira tentativa de decoração adulta em meu quarto. Quando minha mãe perguntou de onde era, respondi que tinha comprado na palestra armênia. Ela me elogiou por apoiar um artista armênio. Ah, se ela soubesse...

Meu telefone toca. É Arek mandando uma mensagem no nosso grupo com todos os cinco. Ele enviou duas selfies com a cara séria — a primeira com uma camisa preta de botão, e a outra com uma azul-marinho. As mensagens chegam rápido.

Arek: Qual look devo usar amanhã? A ou B?

Vache: Será que isso importa mesmo, considerando que você vai cegar o público com esse brilho todo?

Arek: Foi mal, cara, não podemos ser todos iguais ao senhor Rogers

Vache: Eu não tenho um cardigã com zíper

Arek: Claro, eles têm botões

Vache: ... porque eles têm botões

Janette: Todo mundo tem um estilo próprio de se vestir que reflete sua personalidade

Arek: Mas você gosta mais do meu né

Erebuni: Não alimente este ego, Janette. Mas, respondendo à sua pergunta, Arek *jan*, a opção B. Azul-marinho combina com você

Janette: Sou obrigada a concordar

Esse grupo. Meu coração chega a doer de tanto que eu os adoro. Isso é tão injusto. No momento em que estou começando a adentrar na minha cultura e a fazer amigos armênios, e logo agora que a relação com a minha mãe está tão boa, corro o risco de destruir tudo. Minha mãe tem estado tão alegre. Quero que permaneça assim o maior tempo possível. Mas, se eu contar sobre minha relação com Erebuni, ela vai pirar; sua mente saltará na hora para o que as pessoas pensarão de nós. Deixaremos de ser uma família normal e respeitável, e viraremos outra coisa.

Entenda, é por isso — por isso! — que nunca ousei chegar tão perto. Aproxime-se do limite do que é "normal", e será exilado. Esse grupo de amigos não me abandonaria, obviamente, mas a minha família, a comunidade em geral, já não sei.

Devia contar minha situação para Erebuni. Que não estou pronta para tornar nossa relação pública porque ainda não me assumi. Tecnicamente, nunca disse a Erebuni que estou no armário. Ou com a porta dele entreaberta. Evitei totalmente esse tópico. Mas mencionei que não me sinto pronta para contar à minha mãe sobre nós, então espero que, quando vir ou conhecer minha mãe (meu coração acelera só de pensar), ela se lembre disso. Fico assustada só de cogitar dizer a Erebuni que não me assumi, porque a confissão pode arruinar tudo. Digo, eu gostaria de ter um relacionamento com alguém que não me apresentasse aos seus pais? Eu não a culparia por terminar comigo antes de começarmos algo oficialmente.

Há uma parte de mim, uma vozinha, que diz: *Ei, o que é que você está fazendo?*, e sei que, em algum momento, precisarei confrontar todos esses pensamentos. E com "confrontar" quero dizer: decidir se namorar uma mulher é demais para mim e terminar com Erebuni — e, na boa, essa é uma opção real para mim agora? Não. —, ou dar um jeito de me assumir e torcer para que eu ainda tenha família depois da revelação. Droga, por que tenho de fazer essa escolha? Queria não gostar tanto dela, queria que sua voz suave e sussurrante não arrepiasse todos os pelos do meu corpo, queria que ela não fosse tão compreensiva, curiosa e ambiciosa, para que eu pudesse concluir que "não, não vale a pena" e voltar a namorar homens.

Mas não posso. Então terei de tomar essa decisão em algum momento após o banquete. Além disso, estamos bem no início desse relacionamento. Eu não deveria ter de fazer essa escolha agora. Quero só aproveitar.

Assim como aproveitei a sensação de acordar na cama de Erebuni hoje de manhã, reparando na grande tapeçaria armênia pendurada na parede acima de nós, sentindo seus braços sonolentos agarrados em mim. Dormimos bastante depois de horas cansando uma à outra. Erebuni é uma grande especialista em provocar — ela é insuportavelmente provocante —, e esse talvez seja o meu único fetiche. Não faça isso, não toque lá, mas dê voltas, e voltas, e voltas por horas, e então, quando eu estiver pensando que vou morrer de vontade, vá em frente. O tempo todo foi como se eu estivesse narrando exatamente o que eu queria que ela fizesse, só que não estava, ela simplesmente fez tudo. Não que eu fosse ficar tímida dizendo a ela o que quero. Muito diferente de Trevor, que é eficiente em todas as coisas, mas gosta de começar (e terminar) o mais rápido possível. Ele disse uma vez que boquete era um "aquecimento".

Depois de passar um tempo sonolenta e meio acordada, quando parecia que Erebuni estava tentando voltar a dormir e me convencer a pegar no sono também, ela deu um pulo, vestiu um roupão preto e disse a mim que não a seguisse. Uma série de batidas e clangores soaram na cozinha. Ela preparou um café da manhã armênio para mim. *Foul* (o pior nome transliterado de todos os tempos; a pronúncia é a mesma de *fool*, tolo ou idiota em inglês) é um dos meus prediletos, e minha mãe faz de vez em quando nos fins de semana. São favas cobertas com tomate, salsa, limão e azeite. Ela adicionou um pouco de queijo armênio e hortelã, e me senti como se estivesse na casa de um parente, mas da melhor maneira possível. Uma sensação de lar que eu jamais conseguiria ter na minha própria casa.

Após mais alguns comentários sobre a camisa, uma mensagem chama minha atenção.

Arek: Acho que todos nós queremos saber o que a nossa MC vai vestir amanhã

Arek: Nar, você deu uma espiadinha?

Meu coração fica preso na garganta, e os traços pretos e nítidos da mensagem de Arek são a única coisa que consigo ver. Esta é a primeira menção de que alguém sabe o que está rolando entre mim e Erebuni. E honestamente? O choque não é bom, mas estou aliviada. Posso falar sobre mim e Erebuni com alguém e me divertir.

Pensando rápido, respondo:

Não vou contar

Em seguida, mando uma mensagem para Erebuni:

Então eles sabem, é?

Ela responde:

Eu devia ter comentado que contei a eles. Acabou
saindo. Está chateada? É seu direito

Não estou, de forma alguma, e quero que ela saiba disso.

Odeio como mensagens podem ser mal interpretadas, então decido ligar para ela como se estivéssemos em 2005. Além disso, quero ouvir aquela entonação sombria.

Ela atende.

— Você está chateada — diz ela. E essa voz, embora ansiosa, não decepciona. Sou transportada para hoje de manhã, para a cama dela, para o nosso flerte pós-café da manhã. Sinto um arrepio na nuca.

— Muito pelo contrário.

Trevor sempre odiou que eu soltasse frases assim. Quase o ouço me repreender. Mas Trevor não está aqui, e posso dizer o que eu quiser.

O grupo está enlouquecendo de expectativa pela minha resposta, mas me recuso a ler qualquer coisa e não responderei até terminar a ligação com Erebuni.

Ela diz, como se tivesse sido absolvida:

— Ai, graças a Deus. Janette reparou que estávamos de mãos dadas depois da palestra, quando nos despedimos, e me perguntou sobre isso. Não pedi a ela que não contasse a ninguém, então a notícia se espalhou. Eles acham fofo. Estão todos felizes por nós.

— Eu também estou.

Agora, esse é o momento em que devo contar a ela sobre o banquete de amanhã, que ainda não estou pronta para me assumir para minha família. Ao longe, Nene começa a tocar piano, uma melodia pesada que me traz à mente como seria caminhar no campo, nos braços de sua amada. Remete a um daqueles passeios pacatos, acompanhada de perto por seus pais, ou qualquer coisa estranha que eles costumavam fazer naquela época.

Minha mãe grita lá embaixo:

— Sem pedais! Já são mais de dez horas da noite. Os vizinhos vão reclamar do barulho.

Erebuni parece não ouvir. Ela diz:

— Que bom. — Tenho a impressão de que ela está sorrindo, é uma promessa de todas as coisas lindas que estão por vir.

Durante o jantar de ontem à noite, aprendi muito sobre sua vida. Como sua família dirigia até Los Angeles para as exposições de arte de sua mãe. Qual era a empresa de esgrima local de seu pai ("O típico casal da artista e seu marido, o magnata da esgrima", brincou Erebuni). Como seu cachorro de infância, Garni, era tão querido que, quando faleceu, sua mãe ficou de coração partido e nunca mais conseguiu ter outro animal de estimação. Que sua irmã muito mais nova — o que foi uma surpresa — ainda está no ensino médio, é obcecada por K-pop e foi representante da turma no ano letivo passado. É dela que Erebuni sente mais falta. Ela deu a entender que adoraria que eu a conhecesse um dia, e eu supertopei. Fresno sempre teve um ar mitológico para mim, como se fosse uma terra agrícola mágica no centro da Califórnia, cheia de armênios de terceira geração (e da primeira geração também). Não tenho ideia de como é a aparência nem a ambientação da cidade, porque imagino planícies cheias de plantações, mas sei que é uma cidade bem grande. O importante é que, na minha opinião, em qualquer loja que você entre, é provável que ouça alguém falando armênio.

Eu quero ir lá. *Erebuni ainda vai ficar com você*, digo a mim mesma, *se você contar a ela que precisa de um pouco mais de tempo para se assumir para sua família*. Eu quero ser a pessoa que salva a si mesma.

— Só tem uma coisa — começo a falar, sentindo meus ouvidos pulsarem em sincronia com os batimentos cardíacos. Não consigo fazer isso, não consigo fazer isso. Sinto uma quentura nos pés de repente, estão secos e queimando. Eu os arranco do aquecedor, giro na cadeira para ficar de frente para a cama. Então desejo que as palavras apareçam. Aperto a mandíbula como se a estivesse desobstruindo. — É que ainda não me assumi por completo. E "por completo" quero dizer "de jeito nenhum". — Então, acrescento rápido: — Ai, meu Deus, me desculpe, tenho escondido isso de você porque estou morrendo de vergonha e preocupada, mas eu tinha... eu tinha que te contar.

Erebuni intervém sem demora.

— Nar. Por favor, não. Não precisa ficar nem um pouco com vergonha. Sei que não estamos todos no mesmo barco.

Não percebi que estava fechando os olhos enquanto falava, mas, ao ouvir as palavras de Erebuni, eu os abro. Meu quarto aconchegante e familiar; os babados do edredom me cercando como um lago convidativo. Eu me levanto, todo o meu corpo transpira com o ato, e me jogo na cama.

— Obrigada por entender — respondo, quase sussurrando.

Ela transmite empatia pelo telefone; consigo sentir quanto ela quer que eu saiba que entende.

— Eu percebi quando levei você em casa. Por causa do nosso beijo. Você estava um pouco tensa, e tudo bem, mas presumi que seria um problema se sua família nos visse.

Acho que essa é a desvantagem de se apaixonar por alguém intuitivo. Eles sempre sabem.

— Você presumiu certo — digo, com um quê de constrangimento na voz.

— Ficarei atenta a isso amanhã.

— Muito obrigada — respondo, transmitindo o máximo de gratidão que consigo com essas duas palavras.

Então, a maçaneta faz um barulho, e minha mãe entra com o cabelo molhado de tinta e coberto com uma touca de banho transparente. Eu me sento de forma abrupta, gerando suspeita.

— Nareh *jan*, você pode, por favor, mandar uma mensagem para a Di… Ah. — Ela percebe minha reação e, em armênio, pergunta sussurrando: — Está falando com quem?

Geralmente, minha mãe usa armênio para evitar que outra pessoa entenda o que ela está dizendo, mas isso não vai funcionar aqui. E não sei o que fazer: dizer a Erebuni que ligarei depois para ela e correr o risco de parecer grossa, como se a estivesse escondendo (o que estou, e é sobre o que acabamos de conversar, mas não parece nada bom, e não quero lembrá-la disso), ou pedir à minha mãe que se retire e correr o risco de ela suspeitar da ligação que não quero que ela ouça. Este último parece pior.

— Ei, tudo bem se eu te ligar daqui a pouco?

— Tudo. Parece que é sua mãe aí?

Gostaria de não ter de interromper nossa conversa assim. Havia muito mais sobre o que eu queria conversar com ela. Queria perguntar está pronta para sua apresentação de última hora amanhã, como está se sentindo, se precisa de alguma ajuda, e dizer que não vejo a hora de vê-la toda arrumada.

— Aham — digo, tentando parecer casual para o bem de ambas as partes que estão ouvindo. É tão ridículo.

Erebuni me diz que posso ligar a qualquer hora e dá um adeus sedutor, que infelizmente não retribuo. Parece que estou desejando felicidades a um conhecido do trabalho.

Minha mãe semicerra os olhos.

— Quem era? Você nunca fala ao telefone, só com aquele namorado.

Ajeito a postura e a corrijo:

— Ou com pessoas que vou entrevistar. — Aponto para o cabelo dela. — Está se embelezando para a grande festa?

Minha mãe toca levemente na touca de banho, fazendo um farfalhar.

— Sim, minha raiz estava bem grande. Os fios brancos estão surgindo como gafanhotos no verão.

Uma referência aos verões que ela passava nas montanhas do Líbano. Ela e a mãe de Diana nos contaram centenas de vezes a história de quando foram atacadas por insetos.

— O que você ia me pedir em relação à Diana?

Ela ativa a postura de coordenadora de eventos não oficiais.

— Amanhã ela vai escolher as toalhas de mesa e precisa da sua ajuda. Acho que ela ligou para você.

Droga. Sim, eu me lembro de ver uma ligação perdida de Diana que tive de deixar de lado enquanto estava mergulhada na história dos chapéus britânicos com aquela garotinha.

— Vou ligar para ela, mas sou péssima com cores e tecidos. Se quer saber, minha ajuda não servirá de nada.

— Tudo bem. Você vai mesmo assim.

— Mãe. É meu único dia de folga, e o banquete é esta noite. Não tenho descanso há, tipo, um mês. Não, não vou passar minha única manhã livre conversando sobre toalhas de mesa.

Ela fica confusa com a minha resposta, com o fato de eu dizer não para qualquer coisa.

— Mas você tem que ir. É a madrinha.

Não vou ceder. Passei muito da minha vida conversando sobre decorações com minha mãe, Diana e minha tia, distribuindo prós e contras sobre qual é a maneira mais elegante de fazer isso, qual o preço justo daquilo e tudo mais. Eu as amo, mas não gosto dessas coisas.

— Desculpa, mas não. Toalhas de mesa não estavam na descrição da vaga.

Ela fecha um pouco a cara, e sei que acionei sua versão defensiva.

— Você está sendo muito teimosa. Tem algo a ver com quem estava conversando? Ele é uma má influência, seja quem for. Não minta. Conheceu uma pessoa, consigo ver em seus olhos. Você está animada com alguma coisa.

Estou rodeada de mulheres intuitivas. E minha mãe é a maior de todas. Ela consegue perceber qualquer mudança sutil, principalmente quando estou tentando esconder alguma coisa. Provavelmente aprendeu com todos os anos em que eu mentia sobre comer *kuftes*, terminar o dever de matemática, quebrar o vaso de cerâmica, escovar os dentes. (Que foi? Minha mãe e meu pai me esfolariam viva por qualquer pequena transgressão. Uma garota precisa aprender a mentir para salvar a própria pele.)

Além disso, quero tanto contar a ela. Contar para Erebuni foi tão libertador, e quero me sentir livre com minha mãe também. Quero compartilhar com ela a alegria de um novo relacionamento, toda a emoção que isso me causa. Não fui capaz de fazer isso com ninguém na minha vida, e não é como se eu não quisesse. Estou morrendo de vontade. Quero que ela leia em meu rosto: "Sim, você está certa". Sinto uma grande dificuldade em reprimir esse sentimento quando respondo:

— Ai, não, essa é sempre a sua resposta quando faço algo fora do comum, como não ir a um passeio de horas sobre toalhas de mesa. Você começa a achar que está vendo algo que não existe.

Ela sorri, e sei que minha expressão facial traiu minhas palavras.

— Tudo bem, Nareh, podemos fingir que não há nenhum homem secreto em sua vida. É melhor que ele seja alguém bom.

Ele. Nem passa pela sua cabeça que eu poderia estar com uma mulher.

Faço um barulho evasivo. Ela muda de rumo, e a animação está de volta.

— Ah! E adivinha quem eu consegui para a nossa mesa? Garen. Sabe, o violinista?

Ops, quase me esqueci dele. O último cara, a última exigência da lista da minha mãe.

— Ah! — Finjo entusiasmo.

— Sim, ele e a irmã, uma pianista, estarão na nossa mesa, bem ao seu lado.

Eu me pergunto o que Erebuni pensará disso. Quero dizer, provavelmente nada. Não é como se eu fosse flertar com ele.

— Bom trabalho, mãe.

Ela faz um gesto com a mão, como se eu estivesse exagerando, embora seja evidente que está orgulhosa do feito.

— Não foi nada. Falei com a Vera, mãe da Lucine, que é muito próxima de Hasmig no comitê de planejamento, e ela concordou que seria bom eles se sentarem lá, já que Nene é outra artista querida pela nossa comunidade. Está tudo certo.

Isso é uma coisa boa. Tomara que este violinista e a sua irmã pianista não sejam esnobes e conversem com Nene sobre música. Sei que ela ficaria feliz, então prometo a mim mesma que facilitarei o processo.

Quero preparar minha mãe para a possibilidade muito real de não me apaixonar perdidamente por Garen, ou por nenhum desses caras. Quero dizer que nosso pequeno experimento está chegando ao fim.

— Mãe — começo, com a voz suave e, espero eu, transmitindo certa vulnerabilidade. — E se eu não gostar de nenhum desses caras? Estaria tudo bem pra você?

E, embora eu não precise da permissão da minha mãe, ainda é algo que quero fazer. Como se ainda fôssemos só nós duas e nosso relacionamento do passado: me sinto uma criança sempre pedindo permissão a ela. Tenho de sair dessa posição, mas não consigo.

Muito tempo atrás, em uma noite de bebedeira em Davis, eu estava com o pessoal do clube armênio — um momento raro de encontro, horas e horas depois do evento, no apartamento de alguém da faculdade, todos quase dormindo devido ao álcool, mas sem querer deixar o momento acabar. Meu corpo estava tão pesado, jogado em um sofá quebrado, que podia sentir os rodapés embaixo de mim. Um cara, Shant, estava praticamente desmaiado no chão, bem ao lado dos meus pés. Ele estava de óculos de sol dentro do apartamento, e lembro que ele acenou com o copo, como um homem bêbado de respeito, e declarou:

— Sua mãe é a coisa mais próxima de Deus que você vai ter.

Foi aí que eu caí nesse buraco. A associação da figura materna com Deus me remeteu à sensação de estar deitada no colo de alguém — da minha mãe. Não sei por que desenterrei aquela lembrança ou por que me lembrei dela usando um vestido justo, as pernas com meia-calça, e eu ali, agarrada a ela. Simplesmente sabia que era algo relacionado ao que ele disse.

Aqui, no meu quarto, minha mãe capta algo em mim, já que ela estende o braço, toca no meu ombro e faz questão de olhar no fundo dos meus olhos.

— É claro que está tudo bem, *janeegus*. Você não precisa gostar de ninguém.

Um breve alívio toma conta de mim, como se eu tivesse enfiado um furador de gelo no cubo da minha ansiedade em relação a Erebuni — contado a ela sobre Erebuni, especificamente. Esqueci também como minha mãe às vezes consegue ser compreensiva quando elimina as expectativas da sociedade. No fundo, ela só quer que eu seja feliz. Assim espero.

19

Duas sortes nunca andam juntas.

Երկու բախտ գիրար չի գտնայ:

— *Provérbio armênio*

Pela terceira vez este mês, estou de volta à escola armênia, ao seu grande salão, mas desta vez estou acompanhada da minha comitiva. Minha mãe está no modo Cleópatra, com delineador longo e elegante, e um vestido preto e prata. Estou de braços dados com Nene; fiz o cabelo e a maquiagem dela, e ela está muito elegante. Diana está agarrada em seu noivo, e ambos são o retrato impressionante do amor jovem que se vê em uma pintura com moldura dourada. Seus pais observam, orgulhosos e aliviados pelos filhos terem se encontrado. A irmã do meu pai, tantig Sona, está se divertindo muito com seu cabelo de rainha do baile e unhas de acrílico com strass em cada dedo indicador.

Nossos outros familiares também já estão aqui, em algum lugar lá dentro. Estou usando um vestido dourado-claro que, ouso dizer, muito me agrada, e estou tendo um dia tão bom com meu cabelo que já tirei várias selfies. Mas não postei. Em vez disso, enviei a melhor para Erebuni, avisando que não via a hora de vê-la.

Agora que estou aqui, sinto um frio na barriga, mas não de felicidade, e sim como se houvesse um oscilador zumbindo nela e me causando refluxo. Preciso ser quatro versões de mim mesma hoje. Primeiro, a filha, a sobrinha e a prima perfeita, que é respeitosa, sociável e atenciosa. Segundo, a repórter, porque faço questão de falar sobre o banquete de hoje à noite, já que nunca estive tanto no modo "dane-se o Richard" em toda minha vida. Terceiro, a namorada nova e incentivadora de Erebuni, já que hoje é uma grande noite para ela. E quarto, preciso não ser a namorada de Erebuni, e sim uma mulher heterossexual interessada no cara que se sentará ao seu lado.

Bacana.

Passamos pela alcova do banheiro, aquela em que Raffi me encurralou e me chamou para sair. Foi há uma semana e meia, mas por que parece que foi há um ano? Fazemos o check-in, recebemos nossos cartões de identificação com pequenos recortes de peixes, vacas ou cenouras e caminhamos, com os saltos altos fazendo barulho, passando pela multidão já formada e entrando no salão principal.

Como na noite do shourchbar, o salão está cheio de gente. A decoração é muito mais chique, com tecidos pendurados de forma imponente no teto e nas paredes, e flores brotando de vasos altos para onde quer que você olhe. Uma música armênia está tocando baixo, e há uma enorme exibição de *mezze* no centro da sala, cercada por um fluxo constante de pessoas servindo-se de *beuregs* com cobertura de gergelim, *kuftes, sarmas, homus* e pão sírio torrado. Há uma cabine para tirar foto no canto do salão, com uma fila serpenteando ao longo da parte inferior do palco. As mesas para convidados estão no centro, e cerca de metade delas está ocupada. Semicerro os olhos para ler os números, pois preciso chegar logo ao meu lugar para não perder a hora da entrevista. Não posso estragar isso. Só mais uma pitada de pressão para adicionar à mistura.

Além disso, há outra pessoa que espero capturar na câmera. Há uma grande celebridade armênia presente, um ator relevante chamado Alex Vanian. Ele interpretou o "homem mestiço" em muitos filmes e programas importantes, mas é mais conhecido por seu papel como Boris, o adorável vizinho ranzinza, em um filme dos irmãos Coen. O homem tem uma legião de seguidores, e os armênios adoram citar uma de suas falas: "Vai me dizer que isso aqui é uma arapuca?". Se eu der sorte, talvez consiga fazer com que ele aceite dar uma entrevista.

Meu olhar vagueia entre as cabeças, tentando encontrar a de Erebuni, mas está muito lotado e sou muito baixa para localizá-la. Puts, acabo avistando Raffi, no entanto. Ele está com um copo de uísque na mão, conversando com seus amigos. Eles parecem estar bajulando o cara. Assim como no evento do conhaque, é bom não me importar. Pego meu celular e envio uma mensagem para Erebuni:

Cheguei! Cadê você?

Somos interrompidos a cada poucos passos por conhecidos nos dando um oi. Minha mãe cumprimenta uma mulher com um beijo no rosto, e a mulher diz que é muito bom vê-la fora de casa, é só então que percebo a importância do dia para ela. Desde que meu pai se foi, minha mãe não foi a nenhum evento como esse — justamente o tipo que ela adorava e nos obrigava a ir. Vendo-a sorrir para as pessoas da sua comunidade armênia, fica óbvio que ela pertence a este lugar tanto quanto qualquer outra pessoa. Estou feliz que tudo isso, todo o meu estranho instinto de concordar em ir aos eventos do Explore a Armênia, possa ter ajudado no processo de tirar minha mãe de sua concha autoimposta.

Depois de um milhão de desvios para parar e conversar, minha família começa a se acomodar nas duas mesas redondas designadas para nós. Não são cadeiras ruins — certamente não são os lugares de honra, mas pelo menos não são mesas esmagadas no canto dos fundos. Diana está sentada com sua família e a do noivo na outra mesa, e isso me dá uma tristeza, como se seu casamento a estivesse afastando de mim. Sei que é um pensamento meio irracional, porque ela sempre será a minha prima mais querida, mas coisas assim — a distância física por ela estar junto da sua nova família e não poder mais se sentar ao meu lado — me afetam. Meu coração dói quando me lembro dos velhos tempos, de quando éramos crianças e as coisas eram simples, e, ao mesmo tempo, desejo um futuro em que possa me sentar com a pessoa que eu escolher para ser minha parceira e sua família. Eu me pergunto se isso seria possível com Erebuni sendo a minha pessoa.

Afasto esse pensamento, coloco minha bolsa na cadeira vazia ao lado, onde o violinista deveria se sentar, e ouço:

— Nar! — Eu me viro e dou de cara com Arek de braços estendidos, vindo em minha direção para um abraço, e Vache logo atrás dele.

Arek está mesmo usando uma camisa azul-marinho chamativa e sapatos tão pontudos que poderiam espetar alguém. Já Vache se esforçou para encontrar algo em seu armário que lembrasse *black tie*.

Conversamos brevemente, e pergunto a eles se seus pais estão por ali, mas os de Arek moram em Fresno (como os de

Erebuni, que também não virão), e Vache comenta que os dele não gostam de todo o lance do banquete.

— Mas os de Janette estão aqui — diz Arek, quase inaudível. — Não tenho certeza se ela vai nos apresentar. Eu nunca os conheci. Não deveria ser uma grande coisa, né? Mas, se ela não nos apresentar, quer dizer, o que isso significaria?

Fica meio evidente que ele está falando sozinho, então lhe garanto que, de qualquer forma, está tudo bem, e que, se ele tiver a oportunidade de conhecer os pais de Janette, tenho certeza de que causará uma excelente impressão.

— Sim, é verdade — assente ele, dando pulinhos na ponta dos pés.

Eu me dou conta de que deveria fazer o mesmo. Tipo, por que não? Vou apresentá-los para minha mãe. Além disso, dessa forma, quanto mais pessoas eu apresentar, será menos estranho quando, ou se, Erebuni aparecer por aqui. *Só mais uma amiga que quero que você conheça, mãe.*

Eu os conduzo em direção à minha mesa.

— Mãe, Nene, quero que vocês conheçam Arek e Vache.

O sorriso da minha mãe é de total inocência, como se ela não tivesse ideia de quem é Arek, como se não o stalkeasse assiduamente no Facebook.

— *Parev, parev* — cumprimenta ela, estendendo o braço. — Nareh me falou sobre seus novos amigos. É um prazer conhecer vocês — diz ela, em armênio.

— Tem sido um prazer conhecer sua filha — responde Arek, com seu jeito supercharmoso, sendo amigável com minha mãe. É como se ele adorasse ser ele mesmo a todo instante. Por uma fração de segundo, depois de um "awn, que fofo", eu me pergunto: *Ah, não, e se Vache ou Arek mencionarem Erebuni e eu?* Eles não fariam isso, fariam?

Nene aponta para Vache.

— Você é o escritor? — pergunta ela, em armênio, e fico impressionada que ela se lembre da nossa conversa no carro.

— Sou — responde Vache, também em armênio.

— Meu primeiro amor foi um escritor — diz Nene, com um sorriso diabólico que não vejo há anos.

Além disso, me desculpe, mas o que foi que ela disse? Seu primeiro amor?

— Ele era da minha aldeia. Um poeta talentoso, da escola de Tumanyan, e tão deprimente quanto, você sabe. Mas bonito.

A maneira como fala é encantadora. Esqueci como ela é capaz de fazer isso — conseguir, mesmo diante de sua fragilidade, dominar o ambiente. Só queria que Erebuni pudesse estar aqui.

— Eu amo Tumanyan — comenta Vache.

— Sim, foi uma pena. Ele foi forçado a largar sua poesia e a trabalhar na fazenda da família, e eu fui persuadida, talvez também possa dizer forçada, a me casar com um empresário de sucesso em Beirute. "Você é nossa única esperança", minha mãe me disse. Como alguém diria não a isso?

Ai, caramba, Nene está se abrindo. Eu sabia vagamente dessa história, pois minha mãe adora falar de seu passado, de qual relação ela foi fruto e de como pensa que, no fundo, Nene nunca foi uma grande fã do meu avô. Mas ouvir isso de Nene… ai, é difícil.

Agora minha mãe está com seu sorriso nervoso, muito esticado. Ela passa o braço sobre os ombros de Nene.

— Mãe, por favor, não vamos contar histórias do Antigo País agora.

Acho que minha mãe é imune aos encantos de Nene. Talvez seja assim com todas as mães e filhas. Já vimos muito do charme.

Nene a ignora completamente. Ela pega sua taça de vinho e acena para nós.

— Não deixem isso acontecer com nenhum de vocês, jovens. Vocês têm inúmeras possibilidades.

Pela primeira vez, sinto uma pontada de esperança. É como se Nene soubesse que tenho de seguir o caminho mais difícil, que também não quero me casar com o comerciante da cidade (hum, Trevor). Então, com a mesma rapidez, perco as esperanças. Como Nene consideraria o amor sáfico algo normal? Acho que eles nem tinham um termo para definir homossexuais naquela época. Provavelmente, era algo considerado anormal. Olha meu estômago embrulhando de novo.

Depois de mais uma conversa breve, algumas pessoas mencionam que querem beliscar algo, e também quero, mas preciso trabalhar enquanto posso. Devo me encontrar com a congressista Grove antes de o banquete começar.

Mark tentou, sem sucesso, convencer a equipe da congressista Grove a mudar de ideia sobre o tema da entrevista, e sei disso porque meu novo contato no escritório dela me ligou, confuso. Assegurei à assessora da congressista Grove que ainda seria a repórter, e abordaria os tópicos previamente combinados. Quando ela perguntou se deveria se dar ao trabalho de retornar as ligações mais recentes de Mark, respondi apenas que não.

Se eu fosse a organizadora do banquete, eu a colocaria no melhor lugar, então pego meu tripé e caminho em direção às mesas em locais privilegiados. É, tenho bons instintos, pois logo avisto o terninho azul-marinho e o cabelo com corte e finalização impecáveis da congressista. Ela está conversando com outra mulher, que veste uma combinação de túnica e calça com transparência e de aparência cara. Meu estômago não parou de revirar.

Ao sentir uma pausa na conversa das duas, entro em seu campo de visão, e, cara, há algo nos políticos, especialmente nos que estão no topo, que os faz parecer diferentes das outras pessoas. Há uma aura ao redor dela, como se estivesse exatamente onde ela quer estar, falando exatamente com quem quer falar, e, se você der sorte de ser notado, será uma bênção.

Sinto um misto de bem-estar e extremo nervosismo quando me apresento.

— Congressista Grove? Sou Nareh Bedrossian, da KTVA News, uma colega armênia-americana. Sua assessora, Natalie Martín, confirmou sua disponibilidade para uma entrevista rápida. Se tiver um tempinho, adoraria ouvir sobre o Projeto de Lei de Reconhecimento do Genocídio e por que ele é importante para você.

Ela me dá um sorriso tão caloroso que sinto como se fôssemos amigas de longa data, e diz:

— Claro. Vim preparada. Tenho tempo para dar uma breve declaração agora, se você estiver pronta.

— Estou prontíssima. Muito obrigada — digo, enquanto posiciono meu tripé no lugar certo o mais rápido que consigo, evitando parecer desesperada. Porque, meu Deus, vou conseguir fazer isso, vou conseguir uma entrevista, um bate-papo exclusivo, com uma congressista de verdade. Ahhh!

Enquanto preparo tudo como se minha vida dependesse disso, ela comenta:

— Vi sua matéria sobre a aula de culinária do Explore a Armênia. Muito bem-feita.

O quê? Ela sabe quem eu sou?

— Ah, obrigada — respondo, e gostaria de não parecer tão idiota ou tão chocada, mas talvez ela goste do efeito que suas palavras têm nas pessoas.

— Uma amiga minha me enviou o material. Minha filha é mais nova que você, ainda está no ensino médio e naquela fase rebelde, principalmente quando se trata de sua ascendência armênia. Ela também gosta de cozinhar. Mostrei sua matéria para ela, e preciso dizer que foi como se uma pequena luz tivesse acendido em sua mente. Naquele fim de semana, ela perguntou se tínhamos alguma receita antiga de família. Eu que deveria estar agradecendo a você.

Uau, uau. Então aquele artigo de culinária que fiz — que ficou muito bom e bem editado, na minha humilde opinião, mas que não quebrou as barreiras do jornalismo — teve um impacto. Algo que criei realmente ajudou alguém? Erebuni disse que aquela matéria veio de um lugar de força. *Foi para esse tipo de história que você nasceu,* uma vozinha dentro de mim insiste em dizer. Mas eu a afasto, aproveitando o êxtase do elogio.

Então, digo a mim mesma que aja com inteligência, pois tenho um trabalho a fazer. Mesmo assim, agradeço com educação e começo a entrevista.

Enquanto me despeço da congressista Grove com um aperto de mão, sinto um tapinha insistente e dedos grandes em meu ombro. Eu me viro e dou de cara com Alex Vanian, um homem baixo, forte e careca, com sobrancelhas grossas e cheias, que irradia energia ativa. Ai, meu Deus. Ok, beleza, não é nada de mais que este homem tenha respirado o mesmo ar que Brad Pitt. Que as pessoas tenham pôsteres dele em seus quartos. Que ele seja uma lenda. Não, ele é só uma pessoa.

— É você a repórter? — pergunta ele, com seu sotaque de Nova York.

— Eu mesma — respondo.

Ele aponta o dedo rechonchudo para o tripé.

— É esse tipo de equipamento que usam hoje em dia?

Meu celular preso ao topo do tripé não é o retrato do profissionalismo, e eu sei disso. Sorrio.

— Temos os equipamentos avançados na KTVA.

Seus olhos brilham com a minha piada, é o mais próximo que consigo chegar de um sorriso.

— Ainda está gravando?

Clico no celular para começar a gravar.

— Agora está.

Ele se apresenta bem no meio do enquadramento e diz:

— Galera, já é hora de autenticarmos o genocídio armênio. Se querem parar de ver minha cara feia repetindo isso tantas vezes, é só acertarem as contas com a gente que eu paro de perturbar vocês.

Caramba, maneiro. Alex Vanian defendendo fortemente o Projeto de Lei de Reconhecimento do Genocídio. E evitou palavrões, graças a Deus. Então, ele faz uma pausa, contrai o canto da boca e se transforma diante dos meus olhos em Boris, o vizinho, semicerrando os olhos.

— Vai me dizer que isso aqui é uma arapuca? — Então, ainda no foco central da câmera, ele dá uma piscadinha para mim e diz: — De nada.

Para ser sincera, sim, estou muito grata, pois não poderia ter pedido uma fala melhor do sr. Vanian.

De volta ao meu lugar, reviso rapidinho o material que captei de Alex Vanian e da congressista Grove e, caramba, estou impressionada com o resultado. É melhor que isso conquiste um espaço na TV. *Por favor, ancestrais armênios, me ajudem a fazer com que Richard veja que isso vale a pena ir ao ar. Me ajudem a compartilhar isso com o mundo.*

Erebuni não me respondeu, mas acredito que esteja ocupada com os preparativos agora, talvez na área atrás do palco, então não fico surpresa. Ainda assim, ter notícias dela faria o início desse evento ser perfeito. Interrompendo meu devaneio, um homem se senta ao meu lado. Ah, não, quase esqueci o violinista. Garen, esse é o nome dele. Ele parece mais jovem do que nas fotos, o cabelo encaracolado em um corte mullet e as roupas meio folgadas em seu corpo magro. Parece bem mal-humorado, como se não estivesse com nenhuma vontade de estar aqui. Eu meio que simpatizo com ele.

Sua irmã mais velha, que minha mãe me contou ser pianista, se senta ao lado dele como uma protetora, e hesito em cumprimentá-los, mas pego minha mãe me olhando com olhos de águia, então acho que preciso fazer isso.

— Oi, eu sou a Nareh — digo, dando um breve aceno para ele e para a irmã.

— Prazer — diz ele, com uma voz carregada de tédio, mal olhando na minha direção.

Eu te entendo, cara. A irmã dele dá um sorriso de canto para mim, tipo: podemos pular essa apresentação estranha e parar de fingir que estamos interessados em conversar? Compartilho do mesmo pensamento.

Há um som alto de batidas eletrônicas que reverbera pelo salão, e, quando olho em direção a ele, lá está Erebuni, na frente do pódio e com o microfone na mão, no centro do palco. Sou salva por ela. E, nossa, ela está linda demais com esse terninho preto sob medida. Não está muito bruxa hoje, exceto pela gargantilha com um pingente que ela sempre usa.

A multidão começa a se acalmar.

— Olá a todos — começa ela, levando o público a um volume respeitosamente baixo. — À congressista Grove, ao

Alex Vanian, ao Reverendíssimo Padre Pachikian, ao diretor Agopian e a todos os nossos convidados de honra. — A forma clássica de iniciar um discurso armênio. Diana e eu costumávamos brincar que não é um discurso armênio, a menos que você chame todos os membros da audiência por nome e título em ordem de classificação e importância. Estou impressionada que Erebuni tenha conseguido mencionar apenas quatro em vez dos vinte de sempre.

Erebuni está falando sobre o Explore a Armênia.

— ... a profunda importância de ser lembrado, de estar reconectado com o que significa ser armênio.

Eu devia estar filmando. Ao me levantar, esbarro na mesa, os talheres e copos chacoalham, e um deles cai, fazendo barulho. Algumas cabeças se viram em minha direção. Meu Deus, que constrangedor... Sussurro um "desculpe" para a minha família. Com o tripé na mão, vou na ponta dos pés até o canto e começo a filmar o discurso de Erebuni. Em uma pausa, ela olha na minha direção e dá um sorriso quase imperceptível. Acho que o capturo na câmera, a mensagem dela para mim, ali mesmo, em público: *Oi, minha querida Nareh.*

— Por isso, gostaria de dar as boas-vindas à congressista Susan Grove para que ela faça suas observações sobre esta causa nobre que defende. Congressista...

As duas dão um aperto de mão e trocam uma palavra no palco, então Erebuni se afasta, vindo bem em minha direção. A congressista começa a falar, mas não ouço nada, apenas vejo Erebuni andando — passos leves e despretensiosos, como se essa fosse, é claro, a direção que teria escolhido, quer eu estivesse lá ou não. Ela toma cuidado para não atrapalhar minha filmagem, pelo que fico muito agradecida. Mas o que ela vai fazer? Como vai me cumprimentar? Meu coração quase sai pela boca enquanto ela se aproxima. E então ela está perto de mim e me dá um abraço de lado, segura minha mão e dá um aperto, depois a solta.

Tento não expirar com muita força, contendo meu alívio. Foi isso. Ela está levando a sério o que conversamos ontem; não vou me assumir para toda a minha família, não hoje.

Aponto para o meu celular no tripé, para mostrar que não posso falar com ela agora, pois a filmagem está rolando. Erebuni pega seu celular, digita e o mostra para mim.

Você está deslumbrante. Deu certo a entrevista?

Aponto para ela e articulo "uau" com os lábios, e dou graças a Deus por estar de costas para minha família. Então, faço um joinha, respondendo sobre as entrevistas. Ela digita e me mostra.

Ótimo. Sua família está aqui?

Assinto, arregalo os olhos e abro as mãos, na esperança de transmitir: "Ah, sim, todos os meus setenta parentes". Ela sorri e digita outra vez.

Eu vou... conhecer eles? Como sua amiga, claro. Espero que não seja muito precipitado perguntar isso.

Meu Deus, é mesmo, não conversamos sobre essa parte. Mencionei que minha família estava vindo, mas não sugeri que "você com certeza devia conhecer todo mundo!", e odeio que tenha de ser assim. Eu me sinto como aquele cara fingido com quem namorei na faculdade e que não queria que eu contasse a ninguém que estávamos namorando porque estávamos na mesma aula de debate. Pensando melhor agora e, vamos combinar, tendo amadurecido como pessoa, percebo que ele simplesmente não gostava muito de mim. Mesmo que ela saiba que não sou assumida, não consigo evitar sentir que estou fazendo a mesma coisa com Erebuni.

Faço outro joinha e dou um sorriso que não esconde meu nervosismo, porque, mesmo se não fosse por toda essa coisa de ser bi enrustida, eu ainda me sentiria um pouco ansiosa com a minha família conhecendo a pessoa com quem estou me relacionando. Erebuni fica animada, e seu rosto se ilumina de forma vívida com a minha resposta.

Ao longo dos discursos seguintes, escrevemos mais mensagens e fazemos mímicas toda vez que Erebuni sai do palco após apresentar cada orador, e, antes que eu me dê conta, Erebuni já está em suas palavras finais. Eles estabeleceram um limite de vinte minutos para os discursos, o que é um alívio porque meus saltos estão acabando com os meus pés. Sem falar que isso torna o clima do banquete muito mais comemorativo do que aquela sensação de ser mantido em cativeiro por livre e espontânea pressão durante uma palestra acadêmica com participação coletiva.

Enquanto tiro meu celular do tripé, Erebuni sai correndo do palco em minha direção.

— Foi perfeito — digo, e ela me pega de surpresa com um abraço.

Seu trabalho por hoje e durante todo o Explore a Armênia basicamente acabou, e ela quer compartilhar isso comigo. Por um breve instante, absorvo seu perfume e me deleito com as cócegas proporcionadas por seus cachos. A pressão urgente de seu corpo me deixa feliz, e gostaria que pudéssemos continuar nos abraçando (e algo a mais), porém me afasto, pensando que não quero que minha mãe nos veja. E me sinto uma grande idiota por isso.

— Que alívio — solta ela. — E a sua parte? Disse que deu tudo certo com a entrevista?

Assinto.

— Foi fantástico, na verdade. Muito obrigada por fazer isso acontecer. Está tudo fluindo tão perfeitamente…

Ela toca minha mão, dedilhando a ponta dos dedos nas minhas por um instante, o que me faz arrepiar.

— Eu sei. Estou meio atordoada com esse evento. Sinto que o projeto tem uma chance real de ser aprovado. Ou talvez seja você aqui, vivendo tudo isso comigo.

Em qualquer outro momento, eu estaria aproveitando ao máximo o humor dela, seria como pular em uma onda de arco-íris e surfar junto dela. Mas, em vez disso, sinto que estou tentando segurar a onda. Tudo em mim — minha postura, minha energia — diz: "Que legal, mas precisamos tomar cuidado". Acabo dizendo:

— Provavelmente é a junção dos dois. O que vai fazer agora? Subir o monte Ararat e fincar uma bandeira armênia no topo?

Ela sorri.

— Não é má ideia. Mas, pensando bem, preciso comer um pouco daquele jantar que perdi. Encontro você depois?

Deixamos combinado assim, já que também não jantei. Ela se dirige até a sua mesa com o comitê. No segundo em que ela sai, desejo estar com ela de novo, especialmente porque tenho de me sentar e fingir que estou a fim de um homem qualquer. A única coisa que está a meu favor é que ele não está nem aí para mim.

Ao voltar para minha mesa, vejo que Nene se sentou no meu lugar e está agitando os braços enquanto conversa com Garen e a irmã. Passo por ali e ouço a voz dela, firme, dizendo em armênio:

— Não dá para ignorar que *Eroica* transformou o significado da palavra *sinfonia*.

Mesmo em meio a sua fúria silenciosa, ela ainda se comporta digna de alguém que faz parte da realeza. Eu me sento ao lado da minha mãe, que observa a conversa totalmente absorta, como se estivesse se perguntando se deveria ou não se levantar e interromper.

— Esses dois têm muitas opiniões sobre música — sussurra ela para mim.

O prato de comida intocado de Nene está na minha frente: espetinho de frango com açafrão e arroz. Geralmente, eu cairia dentro, mas perdi o apetite; sinto um tremor no estômago. Não é nada bom. Fico fora de mim quando não estou com fome. É um sinal claro de que há algo errado comigo, e o que farei para mudar esse cenário? Ignorar.

— Percebi — comento com a minha mãe.

Ela os observa atentamente.

— Não gostei da maneira como ele não é educado com uma mulher mais velha. A forma como ele descarta as ideias dela. Isso me lembra de quando seu pai mostrava um lado ruim dele, quando ele bebia. Quero tirar Nene dali, mas o que você acha? Ela parece estar gostando da conversa, não?

Caramba, esse comentário sobre meu pai ainda reverbera em mim. Sei exatamente que lado dele era esse. Quando chegávamos em casa depois de uma festa e ele reclamava que minha mãe não defendia seus posicionamentos em alguma conversa com os amigos, ou dizia a ela que, da próxima vez, precisavam levar um vinho melhor para a festa, como ela não sabia disso? Era seu trabalho saber essas coisas. Eu subia correndo a escada e fingia que a conversa não estava acontecendo. Era pior quando — tenho vergonha de admitir — eu ficava brava com minha mãe por algo que nada tinha a ver com a briga deles, mas ficava sentada durante a discussão pensando que ela merecia. Você não me deixou usar jeans na festa? Bem, agora alguém está gritando com você. Eu me arrependo de ter me sentido assim, e às vezes o horror desses sentimentos me consome. E meu pai não está mais aqui; nunca mais terei a chance de defender minha mãe dele.

Quanto à pergunta dela, Nene não me parece incomodada com a grosseria de Garen e, de alguma forma, está com mais energia agora do que o normal.

— Vamos ficar de olho. Você está certa, ela tem muito a dizer e quer que esse idiota ouça — sugiro. Então, olho para mamãe e reparo em seu olhar. Continuo em um sussurro: — Então podemos dizer que Garen está fora de cogitação?

Ela suspira.

— Que vergonha… Ele é mundialmente conhecido. Vocês dois poderiam estar viajando o mundo todo. — Então, ela começa a sondar. — Você conhece a mestre de cerimônias? Qual é o nome dela?

Meu corpo inteiro se contrai como se eu estivesse em uma caixa de ferro e não pudesse fazer um movimento sequer, caso contrário serei empalada. Então ela nos viu juntas.

— Erebuni. Já falei dela. Lembra, é amiga de Janette, Vache e Arek?

Ah, essa foi boa. Caminhando para a vitória.

Minha mãe olha para trás, para onde eles estão sentados. Sua voz permanece baixa, felizmente:

— Esse Arek é muito fofo. Fiquei muito feliz por finalmente conhecê-lo. *Shnorkov dgha.*

O que quer dizer "menino de verdade", com todas as implicações de que ele trabalha arduamente e respeita os mais velhos. É provável que seja verdade, mas não tenho tempo para recalibrar a esperança dela sobre Arek e eu estarmos juntos, porque vejo Erebuni atravessando o corredor e sinto que deveria interceptá-la para que ela não sinta que precisa vir até aqui sozinha.

— Falando nisso, preciso falar da matéria com Erebuni e, hum, Arek — digo, torcendo para que ela não faça perguntas sobre o que Arek teria a ver com este trabalho.

Na pressa, meu tornozelo dobra e quase caio, mas me seguro. Meu Deus, tenho de tomar mais cuidado. Estou começando a dar bandeira. Caminhando entre as mesas, Erebuni me lança um sorriso particular.

Lembre-se, digo a mim mesma, *que ela já sabe que será apresentada como sua amiga*. Ainda assim, quando me aproximo dela, meu corpo parece estar ligado na tomada, meus nervos em chamas.

Abro a boca e começo a falar rápido:

— Já falou com Arek e Vache? Eles estão sentados bem atrás de nós. Minha avó começou a contar a Vache como ela se apaixonou por um escritor em Anjar, mas não teve permissão para se casar com ele e foi obrigada a voltar para a cidade e se casar com meu avô. Não foi nada desconfortável. Quer dizer, estou brincando, minha Nene pode dizer qualquer coisa e nada soa estranho. É tipo um superpoder dos idosos.

Ela toca no meu braço.

— Você está nervosa?

Finjo ficar ofendida com o que diz, embora esteja quase tremendo. Uma música suave toca, mas há uma espessa camada de ruído — conversas, vozes altas e baixas, garfos raspando nos pratos, tilintar e risadas estridentes — que ameaça me dominar.

— Por que acha isso? Minha capacidade de falar sem parar sobre nada? Sou boa nisso. Acho que anos cobrindo matérias como "Assustados demais para doces ou travessuras?", falando das decorações de Halloween de um homem que fazia as crianças gritarem com os pais, me deram um arsenal ininterrupto de diálogos bestas que posso dizer a qualquer momento. De qualquer forma, acho que estou um pouco nervosa.

Tento conduzi-la até a mesa de Arek e Vache, mas ela não se deixa conduzir. Ela vira para a direita, em direção à minha mãe. Deve ter visto onde eu estava sentada quando se aproximou.

— Não fique, sou só eu — sussurra ela em meu ouvido, e, por um instante, a cacofonia do salão desaparece.

Tenho de lutar com todas as minhas forças para evitar um desmaio ou que um arrepio percorra todo o meu corpo. Fico imóvel como uma estátua. Os olhos da minha mãe se desviam da conversa de tantig Sona e Emma, na qual ela estava meio que prestando atenção.

— Oi, mãe. Esta é a Erebuni. Fez um trabalho incrível, não acha?

Essa foi boa, Nar. Simples e satisfatório, para Erebuni e para ela. Minha mãe estende o braço e dá um sorriso forçado.

— *Parev*, Erebuni, prazer em conhecê-la. Nareh tem razão, você estava incrível lá em cima. Trabalha para o Comitê de Avanço Armênio?

Erebuni responde com sua despretensão habitual:

— Obrigada. Não, trabalho para a Fundação de Educação sobre o Genocídio, não sou afiliada ao CAA.

— Que bom. — Minha mãe assente, e é uma atitude surpreendentemente incomum, pois ela não gosta muito das organizações políticas armênias. Acha que são extremistas e unilaterais. Como se não permitissem nuances. Fico com esperanças de que ela compreenda a complexidade da minha situação. Mas também é estranho que ela tenha desprezado o CAA, uma vez que a maioria dos armênios não partilha da sua opinião e Erebuni pode ser um deles.

— Concordo. — Erebuni dá um sorrisinho malicioso, e é tão charmoso, como minha mãe conseguiria não a amar também? E, para sorte da minha mãe, sua opinião provocativa combina com a de Erebuni.

— Erebuni me ajudou a conseguir a entrevista com a congressista Grove. A matéria vai ficar ótima.

Meu Deus, a rigidez que estou sentindo transparece na minha voz. Minha mãe se aproxima e dá um tapinha na mão de Erebuni.

— Estou feliz que vocês duas se conheceram. É disso que se trata o Explore a Armênia. Armênios se unindo. Sempre digo isso à Nareh. Nós nos tratamos como uma família logo de cara.

A conversa está fluindo, mas o radar de intuição bem sintonizado da minha mãe (não sei se chega a ser um gaydar) me preocupa. Rezo ao Deus armênio (que tenho apenas parcialmente certeza de que existe) para que nossa conversa continue neste tom vago e de fácil interpretação. Ou para isso acabar.

E acho que quem está lá em cima escuta, porque as luzes diminuem e a música aumenta, fazendo com que todos se voltem para os alto-falantes, onde há um DJ em frente ao seu equipamento. *Obrigada, obrigada, obrigada.*

— Vamos dançar? Vamos chamar Arek e Vache. Janette também. Ainda não a vi — digo a Erebuni.

— *Ahnshoushd* — diz Erebuni, o que significa "claro". — Tantig, a senhora gostaria de vir também?

Ela está chamando minha mãe de tantig, é tão fofo que queria poder dizer isso a ela, mas é lógico que não posso. Com delicadeza, minha mãe dispensa Erebuni com um gesto.

— Ah, não, eu não danço mais. Não quero atrapalhar a diversão dos jovens.

Então, tantig Sona se anima.

— Quero dançar. Anahid, não aja como se fosse velha demais para ir lá comigo. Vai que a gente conhece um belo par de viúvos. — Ela dá uma gargalhada e puxa minha mãe. Ao ver a movimentação, tantig Emma e seu marido se levantam. Diana e sua tropa já estão indo em direção à pista de dança.

Erebuni acena para Arek e Vache. Arek se aproxima, mas Vache revira os olhos, dá um grande gole na bebida e se junta a nós.

Ok, estamos todos fazendo mesmo isso. Nene ainda está conversando, ouvindo Garen e falando com raiva e desgosto. Dou um tapinha no ombro dela e me abaixo, já que há muito barulho.

— Nene, quer vir dançar? — pergunto.

Ela olha diretamente para Garen.

— Não, querida, prefiro ficar sentada aqui e lavar esse garoto da cabeça aos pés para livrá-lo de suas opiniões frívolas.

Ele zomba, e os dois voltam a se atacar.

— Nene quer ficar e lutar — informo para minha mãe, que está à minha esquerda (Erebuni está à minha direita, e não sei se consigo lidar com isso).

Nosso grupo, e outros como o nosso, se movem como um maremoto em direção ao nosso destino. Entramos na pista de dança, que é levemente elevada com azulejos brancos e está lotada de gente. Reconheço a música, mas não sei o nome. É uma música eletrônica armênia de um cantor gregário. Minha família se agrupa, e estou entre eles e Erebuni, Vache, Arek e Janette, que agora se juntou a nós. Sem dúvida, está tudo bem dançar cem por cento sóbria com minha namorada secreta, meus novos amigos e, tipo, toda a minha família.

Mas, conforme as músicas vão passando, sinto que *está* mesmo tudo bem. Vou sobreviver a esta noite, em algum momento contarei à minha mãe e tudo ficará melhor.

Estou começando a relaxar, e Erebuni nota, pois me dá um tapinha brincalhão no ombro, e então a melhor coisa acontece. Uma nova batida começa, e é de "Hey Jan Ghapama", que é uma das minhas músicas armênias favoritas. É uma canção popular (embora esta versão tenha todo o toque eletrônico dos anos 1980) sobre como toda a aldeia está entusiasmada com um bendito prato de abóbora que está prestes a ser servido. Todos estão presentes — pais, primos, tias e sogros —, e, caramba, lá vem o prato enorme de abóbora assada com cheiro adocicado e recheada com arroz, nozes, mel e canela, pronto para alimentar todo mundo. O título e o refrão são um devaneio em grupo que poderia ser traduzido como: "Olha, cara, é o prato de abóbora!". É um sucesso total, e agora os entendo.

Porque é isso que está acontecendo agora — sem a parte do delicioso lanche de abóbora. Todo mundo está aqui dançando, e está tudo bem. Minha mãe saiu de casa e está se divertindo, e Nene está ali perto da mesa, agora rindo de uma maneira genuína e sincera. Diana dá gritinhos de alegria enquanto seu noivo gira ao seu redor como um avião. Erebuni está sexy demais, ela arrasou hoje, e eu consegui uma entrevista exclusiva com uma congressista, então me dou conta de que está tudo mais do que bem. Está incrível. Começo a dançar muito, e Erebuni responde me encarando de maneira sedutora e acelerando o ritmo de seus movimentos. Estou movendo meus pés, o que raramente faço porque requer habilidade real, mas sinto que estou acertando em cheio, e Erebuni está impressionada. Eu me inclino para ela e enterro meu rosto em seu ouvido.

— Estou tão feliz por ter conhecido você.

Ela se vira, se afastando de mim um pouco para não nos beijarmos sem querer.

— Eu também — diz ela, sua voz se confundindo com a música. Eu queria poder arrastá-la daqui e lhe dar um beijo, mas não podemos fazer isso, não aqui. Meu olhar capta uma cabine para tirar fotos no canto do salão. Isso... pode ajudar.

Cutuco Erebuni e aponto para a cabine com o queixo, gritando mais alto que a música:

— Quer dar uma olhada na cabine de fotos? — Eu tento (muito) não parecer sedutora por causa do público ouvinte em potencial, que é basicamente toda a minha família. Talvez tenha conseguido só um pouquinho; praticamente sentindo a luxúria que escorre de mim.

Seus olhos brilham com malícia, e a essa altura deveríamos estar de mãos dadas e escapando, felizinhas. Em vez disso, trotamos depressa (e castamente) até a cabine, como se não víssemos a hora de estar entre quatro paredes — ou cortinas, neste caso. Como a dança começou há pouco tempo, não há fila. É toda nossa.

Erebuni entra primeiro, e eu depois, saboreando quão próximas estamos uma da outra, com pernas e braços roçando. Fecho a cortina e a ajusto para tapar quaisquer lacunas, garantindo que nada de dentro possa ser visto de fora. Apenas nossos pés estão aparecendo.

A tela aguarda o sinal de início, temos de pressionar o botão para iniciar a contagem regressiva, mas, em vez disso, seguro o ombro de Erebuni, puxo-a para mim e a beijo. Ela corresponde segurando meu rosto, passando as mãos pelo meu pescoço e pelo meu cabelo. A coisa se transforma em beijos quentes, mas mantenho a posição das pernas, caso alguém já esteja lá fora.

— Estava doida para fazer isso — comenta ela, gemendo em meu ouvido.

Meu corpo fica quente enquanto contemplo quanto podemos nos safar aqui. Não deveria ser assim, mas é muito sexy que só haja uma tira de pano nos escondendo do mundo lá fora. Mas, quando me vejo enfiando as mãos por baixo de sua blusa, pressionando os botões, ela as retira com delicadeza.

— Temos que tirar as fotos — diz ela. Seu rosto apresenta manchas avermelhadas sob a pele olivácea, seus lábios e olhos parecem maiores do que nunca.

— Ok, estamos aqui para tirar fotos. — Sorrio.

Limpo minha boca para garantir que não tenha batom no rosto, e nós duas ajeitamos o cabelo. Trocamos um olhar antes de Erebuni apertar o botão, e na minha cara está escrito: "Conseguimos passar despercebidas, e, meu Deus, eu te adoro". A dela parece expressar o mesmo.

— Primeiro uma normal, sorrindo? — pergunta ela.

— Sim! — concordo, enquanto a contagem já está em três dos curtos cinco segundos de aviso que a tela da cabine nos mostra.

— A próxima com cara de indignação — sugiro, e ela entra na minha.

Adoro ver o rosto dela na tela se transformar na feição de horror digna de uma tantig chocada por ouvir uma mulher da minha idade dizendo que não quer ter filhos.

— Agora pensativas — sugere Erebuni.

Olhamos para direções opostas, ponderando sobre as grandes questões da vida, por exemplo: como foi que demos tanta sorte de nos encontrarmos naquela noite no shourchbar. Como não consigo ver o rosto dela, fico animada para ver como essa saiu.

A contagem para a quarta foto já começou, e esses últimos minutos na cabine foram tão lindos que quero capturar esse momento por completo, exatamente como ele é. Então, digo:

— Quero beijar você nessa última.

— Tem certeza? — Ela está preocupada, embora com uma pitada de esperança, como se talvez esse relacionamento não precisasse ser escondido para sempre. E também me sinto assim. Quero, um dia, estar com ela na frente da minha família, e tenho essa certeza de que pode acontecer.

— Tenho. Além disso, ninguém vai ver. Vou guardar na minha bolsa.

O cronômetro está marcando o número um e apitando alto. Chega de tagarelice. Nós nos inclinamos ao mesmo tempo, e nos encontramos bem no meio. Não tenho certeza de quão boa a foto vai ficar, já que foi de última hora, mas ainda assim, teremos essa lembrança da nossa grande noite.

Continuamos nos beijando por mais um segundo antes de nos afastarmos.

— Foi muito divertido — diz ela, baixinho e devagar.

— Queria que não tivéssemos que voltar lá para fora.

— Eu sei, mas teremos outros momentos assim — garante ela, sorrindo. Uma promessa do nosso futuro, aquela que fiz quando a apresentei à minha mãe, dancei com ela ao lado da minha família, a beijei na cabine de fotos.

— Sim, teremos.

Abro a cortina, e a festa está a todo vapor, o centro do salão está bombando e fervilhando de dançarinos como o poço de um vulcão. Mas há alguém na fila da cabine. Primeiro, vejo as unhas: acrílico magenta com strass branco estampado no dedo indicador. Tantig Sona está diante de nós, segurando uma tira de fotos — a nossa tira de fotos —, olhando para a última, com a mão tapando a boca. E logo atrás dela está minha mãe, semicerrando os olhos para ver o que deixou Sona daquele jeito.

20

Melhor perder um olho do que a sua reputação.

Աչք դ ելէ անունդ չելէ:

— Provérbio armênio

Enquanto minha mãe analisa a última foto presa entre os dedos de tantig Sona, seu rosto passa de confusão para horror, e então raiva. Algo que estava escondido e seguro dentro de mim está prestes a se romper, e não há como salvá-lo. Não sei o que faço, a reação que costumo ter, que é mentir com expressões ou com as palavras, não será suficiente. Não há nada além de meu olhar surpreso e minha boca parcialmente aberta. Estou me desintegrando. Porque eu sei, eu sei que não tenho como voltar atrás.

Tantig Sona está prestes a dizer algo quando minha mãe afasta o que está sentindo na mesma hora, como se percebesse que está em público, e abre um sorriso sem graça. Ela se aproxima de mim, entrelaça meu braço no dela com força e sussurra:

— Venha aqui comigo.

Não resisto e marcho para onde ela me arrasta, mas olho uma vez para Erebuni e tento transmitir minhas desculpas para ela. Ela está olhando, estupefata. Parece um talo quebrado em meio a um campo próspero.

Para piorar as coisas, olho de relance para a tantig Sona, e ela está meio enojada e meio alegre, obviamente ansiosa para mostrar por aí as evidências que tem nas mãos. Isso não vai ficar entre mim e minha mãe, o que já é assustador. A maneira como ela anda — cada passo irradia uma fúria eletrizante. Sinto um sabor metálico na boca.

Ela me leva até o átrio, depois para um corredor que leva às salas de aula da escola, silenciosas agora, em uma noite de sábado. Ninguém da festa pode nos ver.

— Mãe, eu posso explicar. — É a minha tentativa, como se fosse dar certo igual nos filmes e nas séries clichês, na esperança de que essa afirmação me ajude de alguma forma. De que ela dê uma justificativa por mim.

Ela solta meu braço como se estivesse afastando um prisioneiro. Então, se aproxima, com uma profunda ferocidade, e para ser sincera, estou com um pouco de medo. Do quê, eu não sei. Deve ser de ver minha própria mãe descontrolada, de saber que a deixei assim.

— Você ficou maluca? — sussurra ela, com raiva. — Você beijou uma mulher em um banquete com toda a nossa família presente? E ainda deixou uma foto como prova? Sabe que todo mundo vai comentar agora, não comigo, e sim sobre mim. Era esse o seu segredo o tempo todo? É por isso que anda tão sorrateira e feliz? Por causa daquela mulher?

Quero dizer que sim. *Sim*. Ela acertou na mosca, o que posso dizer? Não quero negar; quero compartilhar com ela que sim, esta é quem eu sou e é isto que tenho feito. Queria que o mundo inteiro soubesse também, mas… isso prejudicará a vida social da minha mãe, sua postura de viúva respeitável. Toda a sua rede de fofocas se voltará contra ela. Qualquer ligação que ela receber será de alguém caçando informações. Ou então as mulheres vão fingir simpatia com ela e, por dentro, estarão dando graças a Deus que seus filhos são héteros.

Minha garganta está vazia.

— Eu... É que... Não é o que parece — digo, solidificando minha identidade de covarde que quer fazer a coisa certa, mas nunca consegue. Só preciso de mais tempo. Quero ficar com Erebuni, quero mesmo, mas este foi o momento errado para sair do armário.

Desde que tenho ido aos eventos do Explore a Armênia, mas principalmente hoje, parece que minha mãe voltou a viver. Voltou a estar no meio de seu povo; ela é um deles. Beijar uma mulher ameaça afastá-la dessa vida.

Se eu parar agora, fingir que foi um mal-entendido, poderei preparar o terreno para minha mãe e, em última análise, minha família, saber do meu relacionamento quando for a hora certa. É isso que vou fazer, parte de mim pensa. Estou sendo racional, não uma covarde que não merece se relacionar com Erebuni.

— Você não tem consideração pela sua família e está fazendo coisas precipitadas para nos envergonhar.

Meu Deus, que ódio... Pelo menos contra isso consigo protestar. Tenho anos de raiva reprimida para soltar em cima dessa afirmação específica.

— É só com isso que você se importa? Com o que os outros acham da gente? Você se preocupa mais com eles do que com sua própria filha?

Ela se aproxima do meu rosto e está meio que satisfeita consigo mesma.

— Então você admite que esteve com essa mulher?

— Não, nós estamos saindo juntas, mas eu não... Eu não queria que nada acontecesse.

As fissuras e rachaduras que surgiram em mim assim que vi tantig Sona com aquela foto estão se rompendo. Fragmentos de mim estão caindo no chão como consequência das minhas mentiras.

Mas minha mãe não comprou. Ela passa a mão pelo cabelo, deixando fios rebeldes no couro cabeludo.

— Não consigo acreditar. Não consigo. Você ignorou todos os homens que selecionei e te dei de bandeja, e foi atrás dessa mulher. Eu não fazia ideia de que você era assim. Eu... Isso é demais para mim. Eu vou chorar.

E sua voz falha no fim, quando ela realmente começa a chorar.

Entro sem demora no modo "acalmar" porque, por mais que minha mãe esteja errada, ela se fecha e guarda as lágrimas para ocasiões raras, como quando o peso da morte do meu pai a atinge. Agora, ao vê-la chorar, sei que é uma dor real, e tudo que consigo pensar é que quero melhorar as coisas. Toco em seu ombro.

— Mãe, escuta, eu sinto muito. Isso foi um erro. Não deve se espalhar assim.

Ela recua em outra explosão de ira, os olhos ainda marejados de lágrimas.

— Ah, você sabe como Sona é. Já deve ter contado para todo mundo o que você fez.

Sinto a crueldade calma e racional assumir o controle. Quero proteger minha mãe, antes de mais nada, do veneno de tantig Sona. Erebuni não está aqui, então posso transmitir a mensagem que eu quiser para minha mãe. Agora é hora do controle de danos familiares. Mais tarde, da verdade.

— Nós vamos negar. Vamos simplesmente negar para todo mundo. Era para ser um beijo na bochecha, mas em vez disso acabamos esbarrando nossas bocas. E foi isso.

Para me salvar da ruína, eu me costuro com linha venenosa. Sou uma grande farsa outra vez, cultivando mentiras que penetram na minha pele. Mas ainda não é suficiente.

Minha mãe olha para cima, considerando.

— Talvez possamos dizer que ela beijou você. Você não a beijou.

Ela relaxa os ombros pela primeira vez durante a conversa. Está enxergando uma solução, e eu me sinto muito mal, embora Erebuni nunca vá saber que foi assim que consegui sobreviver, às custas dela. O bálsamo para minha transgressão é que estou apontando o dedo para Erebuni e gritando: "Bruxa, feiticeira, sedutora!", e todo mundo vai acreditar. Um acordo que ela nunca descobrirá.

Assinto.

— Sim.

Ouço minha mãe expirar, e volto a ouvir a música armênia, a conversa da festa, sons que meu cérebro silenciou enquanto cada sinapse minha se concentrava em sobreviver a essa conversa. E, em vez de me sentir aliviada, eu me sinto mal. Sobrevivi, sim, mas o preço foi alto.

Ela me olha desconfiada, porque, de novo, minha mãe não é burra, e nós duas sabemos que estou louca por Erebuni, mas o fato de eu ter dado a ela essa explicação tão rapidamente, em vez de brigar com ela, mostra que estou do seu lado, e ela enxerga isso também. Mas não está sendo tão fácil quanto eu esperava.

— Vou lá contar a eles antes que a boca de Sona fique descontrolada. Você fica aqui por mais alguns minutos e depois volta como se nada estivesse errado.

— Sim, tá bem — concordo.

Dou alguns passos para fora do corredor para ver minha mãe sair, e, parada ali, de braços cruzados e com uma expressão de desgosto e traição que nunca vi em seu rosto, está Erebuni. Ah, não. Por favor, por favor, meu Deus, tomara que ela não tenha ouvido nada dessa conversa. Havia muito barulho, e minha mãe e eu conversamos baixinho. Né? *Né?*

Minha mãe passa por ela, afastando-se um pouco, como se quisesse evitar gases tóxicos, e desaparece no salão do banquete para fazer o controle dos danos.

Estamos sozinhas, principalmente entre estranhos, então estendo o braço para segurar a mão dela, e ela deixa. Está mole e sem vida.

— Sinto muito, sinto muito por tudo isso — digo, esperando que seja o suficiente.

— Foi isso mesmo que eu ouvi? — Seu tom é de dor.

— Aceitou dizer para toda a sua família que eu beijei você do nada?

Hora de pagar o preço.

— N-Não. Eu não fiz isso.

Alguém grita atrás de nós:

— *Ara, aboush, hos yegur!*

E o clima fica mais turbulento. Não posso ter essa conversa com convidados da festa ao redor. Volto para o corredor de discussões, que é como ele sempre será conhecido por mim, e faço um gesto para que Erebuni me acompanhe. Graças a Deus, ela aceita.

Respiro fundo na esperança de transmitir a ela quanto sinto muito, que estou prestes a explicar alguma coisa.

— Disse a ela que estamos nos conhecendo, é complicado…

Ela parece mais confusa do que magoada.

— Acho que não foi isso que eu ouvi.

— Eu sei, mas como disse ontem, minha família não tem ideia da minha sexualidade. Tipo, é a primeira vez que a minha família suspeita de eu ser bi, e é um choque, então…

— Então você me deixou sair como a vilã?

Sim, foi exatamente o que fiz.

— Eu posso e vou desfazer isso, mas é muita coisa para eles lidarem hoje. Minha mãe está voltando a ser ela mesma, e eu não ia conseguir contar a verdade para ela, ainda não. Foi uma atitude de merda da minha parte dizer o que eu disse, eu sei.

— Como vamos ficar juntas em público um dia se a sua família pensa que sou essa víbora que "envenenou você"? Sem chance.

Ela olha para o átrio como se estivesse prestes a ir embora. E talvez esse seja o meu destino; ela irá embora, para longe da minha vida. Mas vê-la aqui... Erebuni, essa mulher que me inspira a ser uma pessoa melhor, que é tão corajosa, essa mulher que me faz sentir engraçada e querida. Não mereço nem um pingo de sua bondade neste momento, mas não consigo abrir mão dela.

— Vou contar a verdade — garanto a ela. — Quero contar a eles, mas preciso ir aos poucos. Ainda não fiz nenhuma movimentação para isso, então eu... tenho que ir com calma. E só então contarei a verdade sobre hoje.

Ela suspira alto e olha para o chão de madeira. Pressiona a ponta do sapato em uma fenda, depois o puxa. Ela não fala nada, e eu não digo uma palavra, pois sinto que vou estragar tudo. Então, depois do que parecem ser cinco vidas reencarnadas, ela diz:

— Você tem razão, às vezes esqueço que nem toda família é como a minha. — Ela se endireita. — Mas quando vai fazer isso? Vai contar para eles o que realmente aconteceu hoje? Não estou pedindo que seja agora, mas... um dia?

Assinto, fervorosa como o inferno.

— Sim, sim, eu vou.

Ela segura minha mão, reanimando-a, seu toque é de perdão. Estamos sozinhas aqui, e quero mostrar a ela que não estou recuando ao seu toque, então me aproximo e a beijo, e ficamos ali. Sei que esse relacionamento, essa coisa incipiente, vale totalmente a pena. Quero ficar com ela.

Só então ouço a voz arrastada de um homem.

— Eita, mulher, é dela que você está noiva? Achei que tinha dito que era de um cara que estava na Europa.

É Raffi, com uma bebida na mão, relaxado, bêbado e à vontade, acompanhado de um amigo risonho. Vê-lo, ouvir sua voz, me faz dar um pulo para trás como se ele tivesse jogado uma faca em mim. Me preocupa ele ter mais informações para me atingir.

Erebuni balança a cabeça em negação.

— Quê? Não, ela não está noiva. Esta é a Nareh.

Pobre Erebuni. Acha que Raffi me confundiu com outra pessoa, mas ele está certo. Não digo uma palavra, não sei como sair dessa. Quero afastar Erebuni dele, ou estalar os dedos e desaparecer. Mas estamos aqui, neste maldito corredor, e seria suspeito, como se eu estivesse fugindo, se agarrasse o braço dela e fosse embora.

E, como se não pudesse piorar, Vache, Arek e Janette aparecem atrás de Raffi no átrio, sem dúvida à procura da amiga desaparecida. Mais testemunhas da minha mentira, ótimo. Não consigo ver qualquer outra maneira de sair dessa. Eles se aproximam, hesitantes, como se soubessem que algo está acontecendo.

Enquanto isso, Raffi continua tranquilo.

— Sim, a repórter. Chamei você para sair. Você me disse que estava noiva de um europeu, ou algo assim. Pensei que eu tivesse a memória de elefante, mas talvez você tenha dito que era uma mulher, afinal.

Erebuni está visivelmente irritada, esperando que eu desminta logo isso e siga em frente.

— Nar, do que ele está falando?

Eu devia responder que não faço ideia e ir embora. E sei que "não é o que você pensa" é uma péssima ideia, já que essa frase não me levou a lugar algum. Diante da perspectiva de mentir mais uma vez, sendo que momentos atrás eu disse a Erebuni que ela podia confiar em mim, eu simplesmente... não quero mais mentir para ela. Então, gaguejo:

— É complicado.

É então que ela fecha o rosto, como se tivesse sido traída o suficiente hoje, e basta, está completamente arrasada.

— Preciso tomar um ar — diz ela.

Ela sai andando e passa pela multidão, em direção às portas para o lado de fora. Não me importo se é um ato desesperado, eu a sigo. Consegui salvar nosso relacionamento uma vez hoje, posso fazer isso de novo. Eu não vou perdê-la. Dou uma olhada para Vache, Arek e Janette, um pedido de desculpas que espero que eles consigam entender. *Sou tão horrível quanto vocês pensam que sou, e sinto muito por isso.*

— Peraí, então você está noiva de quem? — grita Raffi, mas não me viro para ele.

Os cachos na parte de trás da cabeça de Erebuni balançam com raiva enquanto ela caminha em direção à entrada, e ouço alguém me dar "oi", mas não olho, e parte de mim não consegue acreditar em quão invasiva estou sendo, mas não me importo. Tenho de segui-la.

Não percebi quão úmido e pegajoso estava lá dentro até dar meus primeiros passos para fora e uma onda de névoa fria noturna me envolver. Erebuni está andando em direção a uma parte isolada da escola, longe do salão do banquete. Pressiono a ponta dos pés no sapato enquanto corro atrás dela.

Quando estamos bem fora do alcance dos fumantes reunidos do lado de fora do salão, grito:

— Erebuni!

Enfim, ela se vira, e meu instante de alívio por não ser ignorada se esvai quando vejo seu rosto.

Eu a alcanço, e estamos do lado de fora da sala do diretor. Há cartazes na janela com as atividades de fim de período, de três semanas atrás, que ainda não foram retirados. A fita ainda está esticada, nem enrolou nas bordas.

Ela cruza os braços.

— Você está noiva.

Erebuni me olha de forma banal e indignada ao mesmo tempo. São as sobrancelhas arqueadas e os pequenos acenos de cabeça que me dizem que está farta. Ela me vê de forma diferente agora. Tento ao máximo não parecer desesperada, e sim tranquila, apenas explicando os fatos.

— Não. Eu estava... Meu namorado, ex-namorado, me pediu em casamento umas duas semanas atrás, pouco antes...

— Duas semanas atrás! Você estava noiva duas semanas atrás e nunca tocou nesse assunto?

— Nunca pareceu ser o momento certo.

É a desculpa mais idiota do mundo. Era mais porque eu não queria arruinar o início do nosso relacionamento com um seminoivado secreto.

— Você disse "estava". Então não está noiva agora?

Nunca disse "não" ao Trevor. O anel ainda está comigo. Quer dizer, quando ele voltasse, eu esperava ter um tempo cara a cara com ele para terminar de vez, pessoalmente, como um ser humano decente faria. Mas como ainda não tive essa chance, se tornou um assunto estranho e pendente. Isso é o que eu deveria dizer a Erebuni agora, ou só garantir: "Não, não estou noiva". Mas, em vez disso, hesito, porque estou tentando descobrir como ela receberia isso, como a percepção que ela tem de mim neste momento influenciaria sua compreensão, e não me parece promissor, para ser sincera.

Um carro arranca no estacionamento, com a neblina espessa na frente dos faróis, e sai da escola. As pessoas já estão indo embora. Procuro as palavras certas e não digo nada.

Erebuni ergue os braços.

— O que devo pensar depois de tudo isso? Você é bi, mas não sabe se é mesmo, você está noiva, mas não sabe se está. Até no seu trabalho, quer confrontar seu chefe só na teoria, mas não se posiciona. Quero gritar e pedir a você que faça pelo menos uma escolha! Parece que você quer tudo e todo mundo ao mesmo tempo. Não consegue decidir qual é o lado mais favorável.

Essa declaração me atinge, e me dou conta de que não abri mão da minha zona de conforto. Sou incapaz de sacrificar qualquer coisa. Não sei agir de outra forma. Não há nada que eu possa fazer. Não posso mudar décadas sendo assim.

— Eu sei, eu sei... — digo.

Ela cruza os braços.

— Isso é tão... Eu realmente queria que isso desse em algo. Gostava muito de você.

Gostava, no pretérito. Estamos em um penhasco agora, e ela está pronta para pular.

— Erebuni, por favor. Sinto muito. Eu já disse isso? Sinto muito mesmo. Sei que preciso trabalhar esse lado em mim, mas é difícil. Eu me sinto da mesma forma. Gosto tanto de você. Isso, nós duas, é especial. Você e eu temos algo...

Com um breve balanço de cabeça, ela diz:

— Por favor, não faça isso. Prefiro não ter essa conversa.

Então, ela se vira e vai embora, fazendo a longa caminhada de volta ao corredor. Passos pesados no chão. Quanto menor e mais nebulosa ela fica, mais permanece ao meu redor. O fantasma dela é gigante.

Você tinha algo tão bom, tão verdadeiro, digo a mim mesma. Verdadeiro, essa é a palavra. Erebuni despertou todas essas partes adormecidas em mim e, em forma de agradecimento, eu pisei nela.

Eu me dou conta do frio, mas não o sinto. Deveria estar preocupada, reclamando e chorando por causa do meu cabelo. Eu me sento em um banco, e minha bunda e minhas coxas ficam molhadas devido à condensação. Eu rio alto e em bom som, a risada sai grossa e sufocada.

Abandonada, sozinha e em meio a esse silêncio, apenas com o som vago do baixo ao longe, sou jogada no fundo do oceano, naquela imagem que sempre invoco durante a meditação porque a associo à calmaria e ao equilíbrio. Mas agora essas profundezas me sufocam com toneladas e toneladas de pressão; sou cercada por um frenesi de vida profunda e perigosa. Como achei que este era um lugar calmo? Eu vou morrer aqui.

Meu coração palpita uma, duas vezes, e eu respiro fundo, desesperada para senti-lo novamente. Meu coração bate irregular, um som de piano fora de controle, e tenho certeza de que é isto: estou tendo um ataque cardíaco e estou caminhando para a morte aqui mesmo. Sem Erebuni e com aquela última conversa horrível com minha mãe, é assim que vou partir. Suspiro, clamando por mais ar. Levo as mãos ao rosto e me inclino para a frente. Então, eu ouço. *Tu-dum, tu-dum.* A batida lenta e regular do meu coração. Graças a Deus. O calor do meu hálito permeia o vestido até o topo das coxas, e me permito reconhecer que é uma sensação boa.

Inspiro fundo e expiro devagar. *Meu aplicativo de meditação ficaria muito orgulhoso*, penso, amarga. É o único que se importa comigo agora — meu Deus, que deplorável... Preciso me controlar.

Em busca de consolo, olho para o céu noturno, mas tudo que vejo é uma névoa preto-acinzentada, marcada por pontinhos de luz da iluminação pública. *Quando foi a última vez que vi a lua?*, eu me pergunto. Como esperam que eu seja uma boa pessoa, tome decisões normais, quando não há lua no céu há semanas? Devo estar enlouquecendo.

Principalmente porque tenho de voltar lá e fingir que está tudo bem em prol da minha família.

E, ao ver deles, provavelmente está. Quando eu voltar para lá, estarei igualzinho às selfies do meu Instagram: vou aparecer sorrindo, sozinha, hétero de novo. *E não é que você fez por merecer?*, digo, com desgosto, a mim mesma.

21

Dê um cavalo àquele que contar a verdade, para que ele possa escapar depois de contá-la.

Ճշմարիտ ասողի մի ձի, որ ասի ու փախչի։

— *Provérbio armênio*

Estou na reunião de domingo de manhã no trabalho e, depois de virar a noite olhando para o computador e tentando dormir, bebendo muita água e me levantando para fazer xixi várias vezes, estou aqui. Ao menos fisicamente. Como não cheguei cedo, fiquei com uma cadeira ruim, das que se inclinam ligeiramente para baixo e rangem e reclamam a cada micromovimento. Estou olhando para a mesa de conferência branca e barata, mas em cima estão cenas da noite passada: Erebuni no meio do nevoeiro, totalmente arrasada por eu ter mentido várias vezes. Minha mãe basicamente dizendo que o que as pessoas pensam de nós é mais importante do que quem eu sou ou o que quero.

Os momentos após a partida de Erebuni naquela noite (após a morte da minha alma) foram uma farsa. Meu sorriso fingido devia estar assustador, porque Diana ficou apreensiva em vez de simpática quando me perguntou se eu estava bem.

Disse a ela que estava ótima. Ela me disse que tia Sona mostrou a ela aquela foto minha beijando a mestre de cerimônias. Eu respondi que não, não era o que parecia. Ela era apenas minha amiga. Tia Sona é que está querendo arranjar problema, eu disse.

Ficamos só o tempo suficiente para não parecer que estávamos fugindo de algo. Mas, quando a primeira leva de convidados foi embora, minha mãe, Nene e eu nos enfiamos entre eles e demos o fora dali. Agradeci a Deus por Nene passar toda a (curta) viagem de carro até em casa protestando e rindo da ousadia de Garen, o violinista. Minha mãe e eu não trocamos sequer uma palavra.

Também não nos falamos hoje de manhã.

— Nareh? — A voz de Richard range em meu ouvido. Ele costuma evitar dizer meu nome, e me lembro por quê; ele o diz como se fosse algo doloroso (e é mais doloroso ainda para mim ter de ouvir *Nah-reiê* no sotaque americano). Todos olham para mim como se ele estivesse tentando atrair minha atenção há um tempo.

— Oi? — pergunto, meu tom mais arrogante que o esperado.

— Qual é a sua sugestão? — pergunta ele, no mesmo tom que o meu.

É agora. O momento em que devo me levantar e exibir minhas penas coloridas para a sala, mostrar a eles do que sou capaz. Embora eu tenha montado a reportagem de forma meticulosa ontem à noite em vez de ir dormir, não estou com vontade de alardear minhas conquistas. Sinto um desconforto. Mas é a minha vez de falar, e todos na sala estão olhando para mim.

— Ontem à noite houve um grande evento beneficente para a escola armênia, e a congressista Grove estava lá promovendo seu Projeto de Lei de Reconhecimento do Genocídio...

— Ei — interrompe ele. — Lembra o que eu disse da última vez?

Em vez de ficar intimidada como sempre, algo se acende em mim — é como se eu tivesse despertado —, e, em um piscar de olhos, lembro o que preciso fazer.

Com mais confiança, digo:

— Ah é, você disse que o genocídio armênio era um assunto tedioso.

— Eu não disse exatamente isso — diz Richard, coçando a cabeça. — Disse que não combinava com o posicionamento da nossa equipe.

Ele não disse isso, mas tudo bem.

— Consegui aquela entrevista exclusiva com a congressista Grove — digo, séria. Mark parece pessoalmente ofendido. Richard não fala nada, está pensando.

Coloco o vídeo da minha entrevista com ela no meu notebook e mostro a imagem a ele.

— Quer que eu dê play? — pergunto.

— Não é necessário — diz ele.

Acrescento rapidamente:

— Já editei a matéria, posso colocar no ar a qualquer momento.

E foi um inferno. Juntei as entrevistas, minhas chamadas e outras filmagens, incluindo cenas de Erebuni — pelas quais chorei, especialmente quando revi o vídeo em que ela sorria para mim, mostrando como se sentia em relação a mim naquele momento. Consegui assistir a esse apenas uma vez.

Seu rosto fica vermelho.

— Vou precisar revisar essa gravação.

— Por que, Richard? — pergunto, e, nossa, estou soando indignada de novo. Mas dane-se. Ele está me menosprezando na frente dos meus colegas de trabalho.

— Não sei quantas vezes vou precisar dizer isso, mas esses assuntos são delicados e você é uma repórter júnior. Tenho que analisar suas perguntas, as respostas a elas. Não podemos colocar qualquer coisa no ar.

Qualquer coisa. Não, hoje não. Chega de ser tratada assim, e sei que não sou a funcionária perfeita, mas é ele o escroto e todos precisam saber. Estou farta. Ele mexeu comigo no dia errado. Sinto meu rosto esquentar e me aprumo, como se estivesse me preparando para a batalha.

— Acho que você não quer que eu seja o rosto da sua grande história. Embora eu seja a primeira repórter, ao menos desde que cheguei, a conseguir uma entrevista exclusiva com a congressista Grove, você não quer divulgá-la porque, primeiro, prefere que eu seja pedinte, submissa e aceite qualquer que seja a história de merda que escolhe para mim e, segundo, você se recusa a ver que uma história armênia tem mérito. Então além de sexista, você também é…

— Chega. — Ele me interrompe. E embora eu devesse estar aliviada, pelo bem da minha carreira, porque meu chefe me impediu de chamá-lo de sexista e racista, estou furiosa. Estou dominada pela adrenalina enquanto o ouço continuar:

— Que calúnia… Sua inépcia e atitude deplorável passaram do ponto. Está indo atrás de histórias que não pedimos para você que cobrisse. Pedi várias vezes para que ficasse na sua, e você continua me desobedecendo.

Mark tosse. Richard se vira para ele, com o rosto vermelho.

— O que foi, Mark?

Mark está com um olhar repleto de falsa humildade. Isso é perigoso.

— Senhor, eu não ia trazer isso à tona em público, mas levando em conta essa conversa… Percebi que Nareh publicou uma história não autorizada no site da KTVA. Uma pequena aula de culinária, que você disse especificamente para ela não…

— Eu sei o que disse a ela. Obrigado, Mark.

Suspiro alto, como um participante em um reality show. Exceto que esta é a minha vida, e tenho a súbita e horrível percepção de que não consigo mais estar no controle. Meu controle escorregou para fora da pista e está caindo por terra, rumo ao desconhecido selvagem.

Estou gaguejando quando Richard retoma:

— Não costumo gostar de delatores — diz ele, olhando feio para Mark. Até que é uma sensação boa, mas meu corpo está se comprimindo, tentando se afastar para que ninguém me veja, porque sabe que o que está por vir não tem como ser bom.

Richard se ajeita para me encarar. Não há remorso nele.

— Nareh, acabou. Quero você fora daqui até o fim do dia. — Ele olha para o restante da sala como se lembrasse de que todos estão lá. — Desculpe, pessoal. Vocês não precisavam participar disso.

Desculpe, pessoal? Todos na sala estão imóveis. Meu coração está batendo tão rápido que meu corpo treme, e não quero que ninguém me veja assim. Eu me levanto bem rápido, mas faço um esforço para não demonstrar quanto estou tonta, preciso até apoiar a mão na mesa para me equilibrar. Um segundo depois, fecho meu notebook e pego minha garrafa de água, que bate no metal do meu computador a cada passo que dou, um lembrete auditivo da vergonha que é eu estar saindo da sala enquanto todos os outros ficam.

Quase não consigo acreditar que me lembro de como se anda. É como se alguém estivesse me carregando. Estou no piloto automático. Chego até a minha mesa. Largo minhas coisas, pronta para limpar meu espaço de trabalho. Arranco meu buquê de peônias falsas pelo tronco e as enfio na bolsa.

Sempre me imaginei arrumando os apetrechos da minha mesa com alegria, ansiosa pelo meu próximo trabalho. Eu, a Nar tranquila, disposta a fazer tudo que as pessoas quiserem, fui demitida por insubordinação. Agora fico pensando que eu devia ter sido mais rebelde. Podia voltar lá e gritar com ele, mas não tenho forças, e sinto que estou murchando, ficando menor do que antes.

Um tempo depois, talvez cinco minutos, talvez trinta, meus colegas de trabalho — não, ex-colegas de trabalho — saem da sala de reuniões. Eu esperava ir embora antes de a reunião terminar para me poupar de mais humilhações, mas aqui estou. Sinto uma presença atrás de mim. Elaine, Winnie e MacKenzie — a âncora que nunca sequer prestou atenção em mim — estão na entrada da minha baia. Dou um sorriso fraco para elas.

— Isso foi muito errado — diz MacKenzie.

— Você tem um caso de demissão sem justa causa nas mãos — acrescenta Winnie.

Uma partezinha dentro de mim fica feliz com a gentileza delas. No entanto, acho que não é verdade. Fiz o post no site sem autorização. Suspiro ao me dar conta de que vinha sendo tão jogada para escanteio que achei que agir pelas costas de Richard era minha única opção.

Agradeço a elas de forma genuína, embora eu não vá colocar em prática suas ideias, e me pergunto quando elas sairão dali para que eu possa terminar de arrumar minha mesa.

Elaine se endireita.

— Ei, a matéria que você mencionou está pronta?

Ah, certo. Outro grande buraco no meu estômago: o banquete. Digo a ela que está.

Elaine tem um ar de total determinação, e Winnie captou o entusiasmo dela, seja lá pelo que ela ficou animada.

— Podemos transmitir ao vivo no jornal de hoje à tarde! — exclama Winnie.

Hum, isso significaria que o povo do departamento de Edição teria de escrever as falas de MacKenzie para ela apresentar meu artigo. Recusariam na hora. Tento soar gentil, mas é bem assim que as palavras saem:

— Como você faria isso?

MacKenzie ainda não sorriu, como sempre (sério, ela é a pessoa mais bonita e raivosa que já conheci), mas há um brilho em seu olhar.

— O departamente de Edição me deve um favor. Se eu quiser que esta matéria entre, ela vai entrar. E eu quero que ela entre, porque quero que Richard e seu sexismo do cacete vão para o inferno.

Amah Asdvadz, esta equipe é a melhor de todas. Eu não mereço a bondade delas. Não fazia ideia de que tinha tantas aliadas. Então, acontece algo que achei que nunca mais aconteceria: estou me sentindo um pouquinho menos horrível. Erebuni pode chegar a ver meu rosto na TV ou na tela do computador. Ela pode vir a me procurar. O bolo na minha garganta desaparece, e digo:

— Vocês… Isso é demais. Mas ainda temos empecilhos. Tantos pontos que podem dar errado…

Elaine coloca a mão no meu ombro e diz:

— Não vamos deixar você ir embora sem colocar isso no ar para você.

É então que eu choro.

Pode uma rosa sobreviver ao mar ou uma violeta resistir ao fogo?

Կարո՛ղ է վարդը ծովը միջում, մանիշակը կրակին առջին դիմանալ:

— Provérbio armênio

Contar para a minha mãe vai ser a pior parte. Depois de arrumar minhas coisas e chegar em casa, me permiti ficar jogada na cama por um tempo. Acho que ela está fora, fazendo compras no mercado. Em algum momento, encontro forças para me levantar e assistir ao meu ato final da KTVA. Estou na sala, agachada ao lado da TV, passando pelo guia de canais, pensando em nada. Então, a abertura começa: "A premiada equipe de notícias do Canal 8". Premiada é minha bunda. Esse foi um prêmio que nossa rede parceira deu à melhor equipe de notícias vespertinas da Península, e é claro que não iam dar a um concorrente.

O rosto de MacKenzie aparece.

— Boa tarde. Eu sou MacKenzie Vanderberg, e nossa primeira reportagem da noite é um olhar exclusivo sobre uma causa muito importante para a congressista Susan Grove. A repórter é Nareh Bedrossian.

Ai, meu Deus, colocaram a minha matéria como a principal. E ela pronunciou meu nome um pouco melhor do que costumava fazer. Meu coração se enche de gratidão pela minha equipe ter feito isso acontecer. Então, meu rosto aparece na tela, alegre, radiante com a emoção de conseguir uma entrevista decisiva na carreira. De saber que a nova namorada estará vendo.

Ao ouvir o barulho do salão de banquetes ao fundo, sou transportada para aquela noite. Sinto o cheiro do vinho que bebi, e uma acidez fantasma faz cócegas em minha garganta. Há um vislumbre de Erebuni quando apresento o banquete. Sei que vai aparecer mais dela. Não consigo assistir. No momento, não consigo aguentar o fato de saber se ficou bom ou não. Assim que minha chamada termina, pauso a TV, esperando a transmissão ao vivo avançar para poder pular algumas partes. Só que eu paro bem no rosto de Erebuni. Ela está prestes a explicar a importância do banquete, e deveria ser uma explicação direta, mas os cantos de sua boca estão levantados como se ela não conseguisse conter a felicidade que a domina.

Eu me pergunto se Erebuni vai assistir a isso. Ou se as pessoas encaminharão o corte da reportagem para ela dizendo que viram. Se há alguma chance de ela entrar em contato comigo. Aí me lembro de como ela se sentiu traída ao me ouvir conversando com minha mãe, o tapa da verdade. Depois, do lado de fora da escola, a maneira como ela se afastou de mim, decidida. Não consegui ver sua última expressão, quando decidiu que estava tudo acabado.

Minha mãe entra.

— O que está fazendo?

Desligo a TV rapidamente, como se fosse melhorar tudo. Ela viu, é claro.

— Por que está em casa? E olhando para ela?

Ela. Minha mãe poderia muito bem ter acrescentado "aquela mulher má". Esfrego os olhos.

— Mãe. Fui demitida.

— Você o *quê*? — Graças à sua raiva, seu "QUÊ" soa como uma explosão, que me atinge em cheio. — Como isso foi acontecer? Minha filha, demitida.

— Eu sei.

— O que vai fazer agora? Você sabe que é difícil se reerguer de algo assim. Deve ter feito algo muito errado. O que foi?

Parece que voltamos à época da escola, quando eu tirava uma nota ruim. Só que, desta vez, não vou revidar. Estou tomada pelo desgosto que me domina e me deixa vazia.

— Não foi simpática o suficiente com seu chefe? Não, você não estava focada. Estava muito ocupada fazendo... fazendo...

Ela olha para a TV, agora desligada, mas o fantasma do rosto de Erebuni está presente em nossas mentes.

— Sim, a culpa foi minha, mas ela não foi o motivo.

Minha mãe ignora, cruel.

— O que vamos dizer à família?

Sempre eles, essa construção muito real e falsa de que as pessoas estão prontas para nos envergonhar a qualquer momento. Ela está envergonhada por causa do que nossa família pode pensar. E, enquanto isso, eles estão no mundo, vivendo e evitando nos envergonhar. Mas não ligo para o que eles fazem. Eu amo minha família. Eles não sentem o mesmo por mim?

Na tarde de terça-feira, dois dias depois da minha demissão, não houve nenhuma notícia de Erebuni depois que a matéria foi ao ar. Horas mais tarde, depois de muito refletir, mandei uma mensagem para ela com um link da matéria. O que escrevi foi:

O link da matéria. Você foi perfeita. Me desculpa. Eu sinto muito.

Sem resposta naquele dia, sem resposta agora.

Estou em uma banheira escaldante e cheia de bolhas. Acendi uma vela, uma que Diana me deu com os dizeres MADRINHA na frente. Tem cheiro de limão e bergamota. Esta é a primeira coisa boa que fiz para mim, além de comer no modo de sobrevivência, se é que isso conta, porque não tenho apetite. Sem banhos, sem doces, apenas sono inconstante. E calças de moletom de quinze anos com camisetas furadas. Não sei quem eu sou fora do meu trabalho.

Seco a mão e pego o celular, segurando-o na beirada da banheira. Nada de Erebuni ainda. Talvez eu também tenha ligado para ela uma vez, logo antes de entrar no banho. Fecho os olhos e tento senti-la, estendo o braço pelo universo para dar um tapinha no ombro dela e dizer quanto sinto muito. Quero sentir sua presença e enviar a ela um amor caloroso, mas não consigo canalizar isso.

Ainda assim, dou graças a Deus por poder me esconder nesta banheira. Não aguento mais ficar em casa. Minha mãe parece sentir dor física com a minha situação. Desde o banquete, ela tem tido dores de estômago horríveis e dores agudas e estranhas nas pernas e nas costelas. É tudo por minha causa. Então, nos últimos dias, tenho andado cambaleando pela casa, pensando que estou matando minha mãe aos poucos.

Nunca senti que morar com minha família fosse um fracasso. Mas agora? É tão desmoralizante. Quando meu seguro-desemprego acabar, serei a filha vagabunda que vive da limitada pensão de professora da mãe. Ainda tenho um mês, então vou aproveitar e me candidatar ao máximo de vagas possíveis. Assim que eu sair deste banho. O que pode ser nunca.

Meu telefone toca, e abro os olhos com uma pitada de esperança no coração. Tem de ser Erebuni.

Em vez disso, é Trevor. Ele diz:

Estou com saudade.

Sem minha permissão, meus olhos se fecham. Desligo o telefone e afundo na água. Meu braço dói com o calor no começo, mas também é bom.

Ler o que Trevor escreveu... Não sabia quanto precisava disso. Não tinha me dado conta de quão sozinha estava me sentindo até ler a mensagem dele. Achei que não tinha ninguém, mas agora tenho Trevor. É tarde da noite, e lá está ele, pensando em mim. Ele é exatamente assim, ressurge no meu momento mais triste — sempre pronto, confiável. Como fui me esquecer disso? Isso não vale mais que os extremos altos e baixos da minha curta paixão por Erebuni?

Pego meu celular. Respondo:

Também.

Eu me sinto péssima. O pico de serotonina que recebi graças à mensagem dele sumiu, e estou esgotada. Sinto que estou traindo Erebuni, embora ela tenha deixado claro que não quer mais nada comigo.

Ele responde:

A Alemanha não foi tão divertida quanto eu esperava.

Se eu responder, se disser que quero vê-lo, seria o fim, eu não poderia voltar com Erebuni. Eu me viro, meu corpo distorcido sob a água. De repente, o banho parece muito frio, mas em vez de adicionar mais água quente, eu saio. Apago a vela, fazendo com que a fumaça com cheiro de limão suba no ar antes de desaparecer.

Depois de me secar e enrolar a toalha em volta do meu corpo quente, respondo à mensagem, porém me limito a enviar um emoji de carinha triste. Porque não é com ele que quero conversar e estar junto. É com Erebuni. Não vou desistir dela. Ainda não.

Vasculho a minha mente. Como? Como posso reconquistá-la? Estou parada no banheiro úmido, de olhos fechados e com a respiração suspensa. As últimas palavras dela me vêm à mente. E aí está, uma pequena chama, despertando em mim uma energia que não sentia há dias. Pode haver outra maneira.

23

Se uma mosca entrar na orelha de um leão, ela o domina.

Ճանճը առիւծին ականջը կը մտնէ, կը յաղթէ։

— *Provérbio armênio*

Já se passou uma semana e meia desde a minha ideia, e, embora não tenha ouvido uma palavra de Erebuni, tenho estado ocupada. Canalizei toda a minha energia do término para escrever um artigo intitulado "Demitida por entrevistar uma congressista e outras histórias da redação". Não só escrevi, como também enviei a quinze veículos de comunicação. E fui rejeitada por treze deles até agora.

O número treze da sorte chegou esta manhã. A primeira coisa que fiz quando acordei foi procurar meu celular e ver meu e-mail, e fui recebida com:

> Obrigado por nos dar a oportunidade de ler seu artigo. Embora o assunto seja intrigante, não se enquadra em nosso editorial neste momento. Por favor, sinta-se à vontade para nos contatar quando quiser.

Bem, pelo menos foram educados. Recebi uma resposta negativa que basicamente dizia: "Essa porcaria não é o tipo de material que publicamos".

A única razão pela qual ainda estou um pouco confiante é porque Vache — sim, Vache — me ajudou a editá-lo. Entrei em contato com ele por mensagem, sentindo que, de todos os meus novos amigos, eu precisava pedir desculpas a ele primeiro (e suspeitei que ele poderia ser o mais receptivo). Ele sugeriu que a gente se encontrasse no trabalho dele, no Café Monocle, e conversamos tomando um café com leite em xícaras tão grandes que pareciam tigelas de sopa.

Acontece que Erebuni não falou muito sobre o término com os amigos, e foi um estranho alívio saber que ela não andava por aí me criticando para as pessoas mais próximas. Vache achava que a gente terminou por causa do meu noivado. Esclareci a ele, mas também confessei tudo e contei quanto eu havia mentido para minha mãe a fim de manter as aparências. E que tenho me martirizado por causa disso.

Ele pareceu compreender quão sério eu estava falando, e senti que havia algo nele que realmente queria continuar sendo meu amigo, apesar de tudo. Dessa forma, continuamos com a conversa, começamos a falar sobre escrever e contei minha ideia para ele. Então, por um milagre, ele se ofereceu para dar uma olhada. E, caramba, ele leva jeito.

Agora estou deitada no chão do meu quarto, alongando os tendões da coxa depois de um treino completo de uma hora, porque não tenho mais nada para fazer e preciso sentir que estou me movimentando de alguma forma. Enquanto estou focada na queima dos meus músculos, não preciso me concentrar no fato de que só me faltam duas respostas, e muito provavelmente elas seguirão a tendência do: "Não, nós não queremos seu artigo".

Não sou boa o suficiente. Ou ninguém se importa com sexismo atrelado a questões armênias. O próprio Richard disse isso, e estou começando a achar que ele estava certo: eles não sabem quem são os armênios e não se importam.

Sei que isso soa um tanto exagerado, mas esperava que, publicando este artigo, pudesse enviá-lo para Erebuni (ou, hum, Vache poderia) e dizer a ela: *Viu? Não sou uma fraca covarde.* Tentei não ser, pelo menos no âmbito profissional. Escolhi um lado, como ela me sugeriu. E paguei o preço, mas vou bancar minha decisão, reivindicar e escrever sobre isso. Continuo imaginando Erebuni lendo o artigo e o que ela poderia pensar. Como isso poderia se converter em uma segunda chance.

Eu me viro para o outro lado, e meu músculo lateja enquanto tento esticá-lo. *Dor é progresso*, digo a mim mesma, quase acreditando.

Mas ninguém vai publicá-lo, ele permanecerá no meu notebook sem ser lido. Nada vai mudar. Erebuni nunca vai me perdoar. Cogitar isso quase me deixa enjoada, e contenho uma onda crescente de náusea. Aff, acho que malhei demais. Minha mãe não aprovaria.

Relaxo os músculos do pescoço, e meu rosto afunda ainda mais no carpete. Os fios fazem cócegas no meu nariz. É estranho — este é o mesmo carpete com o qual cresci e, embora eu conheça o formato de cada mancha de refrigerante ou caneta ao longo dos anos, não consigo me lembrar de um único incidente que tenha causado uma mancha. Tenho certeza de que eles pareciam um grande problema na época; tenho certeza de que meu pai e minha mãe gritaram comigo por causa disso.

Meu telefone toca, e presumo que seja Diana, que tem sido muito gentil. Ela me levou até o salão para fazer as unhas, e eu reclamei do meu ex-emprego e do meu ex-chefe. Ela foi supersimpática, mas ainda não contei a ela a verdadeira história por trás de Erebuni. Quase soltei, mas minha garganta apertou e não deixou as palavras saírem.

Mas a mensagem não é dela, é de Trevor. E não é uma mensagem no WhatsApp, é uma mensagem de texto mesmo, o que significa que ele voltou.

Eu me viro e me sento direito. Não tenho notícias dele desde nossa troca de mensagens educada e melancólica há uma semana e meia. Ele pode estar dizendo qualquer coisa agora. "Acabou." "Quero ver você." "Estou do lado de fora da sua porta." Quer dizer, provavelmente não seria essa última opção, mas quem sabe, talvez ele ache romântico. Toco na tela para ler.

Cheguei em casa. Acabei de desfazer as malas.
Adoraria te ver, se você quiser. Pode passar aqui.

Ah, não. Ele *adoraria* me ver. Passamos de "sinto sua falta" para "adoraria te ver". Parece um pouco mais do que educação. Parte de mim sente que precisa de Trevor agora, mais ou menos como preciso me exercitar para fazer algo e progredir. É um bálsamo para aquilo em que venho tentando não pensar há dias. Que, no fundo, estou sem rumo e com minha futura carreira prejudicada pela demissão. Não afastada, mas demitida. Que grande parte da minha esperança na última semana dependeu do meu artigo, e que agora está claro que ele nunca será publicado.

O pensamento assustador quando junto tudo isso em minha mente é que não tenho nada. Mas Trevor… poderia ser alguma coisa. *Seu alicerce*, uma voz me diz. E peço a ela que se cale.

O que meu pai acharia de mim agora? Ele adorava que eu fosse repórter, que fosse o rosto e a voz do noticiário estadunidense. Sempre teve orgulho da minha carreira, ao contrário de minha mãe, que se importava mais com os perigos e o estresse físico do meu trabalho. "Decepcionado" não seria suficiente para descrever como ele se sentiria; isso é óbvio. De certa forma, estou feliz que ele não precise me ver assim. Não haveria gentileza alguma em seus sentimentos. Ele agiria como se minha demissão fosse uma afronta a ele. Meus pais sempre depositaram muita expectativa em mim e levavam tudo para o lado pessoal, como se eu fosse uma extensão deles, e não uma pessoa à parte. Então, ele entraria em ação com uma alternativa para me reerguer, talvez um plano para processar Richard e a redação. "John Casings é advogado. Ele pode nos auxiliar", eu o imagino dizendo. Ou ele pediria conselhos a Trevor, embora Trevor seja advogado de patentes.

Eu me lembro, outra vez, do tanto que ele adorava Trevor. Conheceu os pais dele antes do acidente, em uma churrascaria clássica de São Francisco, e lembro quanto amou o pai de Trevor. Não é surpreendente, eu acho. O pai de Trevor é exatamente como eu acho que os cowboys de antigamente eram: alto, quieto, bonito, com um toque de misoginia. Meu pai ia querer que eu voltasse ao rebanho — ele me diria que Trevor era minha passagem de volta para uma vida normal.

Mas eu não sei.

Uma batida soa na porta do meu quarto. Eu me endireito.

Minha mãe a abre. Ela está segurando um monte de roupas, e reparo em uma meia rosa felpuda pendurada na parte inferior, quase caindo.

— Você tem roupa vermelha?

As coisas estão estranhas entre nós. Ela vem assumindo três posturas na minha presença: ficar na ponta dos pés na minha porta como se eu fosse contagiosa, me atormentar para que procure emprego (embora eu tenha dito a ela que estava escrevendo, o que, segundo ela, não é um trabalho), ou ressignificar minha presença me atribuindo tarefas domésticas, contas e coisas do gênero. Não ouvi nem um comentário sequer sobre Erebuni desde aquele momento estranho em que ela viu seu rosto na nossa TV, e eu também não toquei no nome dela. Tenho medo do que eu diria, de culpá-la por nos separar, embora não tenha sido culpa da minha mãe.

Minha mãe pode ter razão sobre a busca por um emprego, no entanto. Sou totalmente a favor de um período de luto após um choque, mas está durando mais do que eu esperava. A ideia de voltar a uma redação de jornal me deixa fisicamente doente. É por isso que tenho escrito meu artigo e ignorado o resto — é algo que parece dar um propósito para minha vida. Mas tenho pavor da realidade por trás disso, porque, mesmo que meu texto seja publicado, sei que um artigo não é suficiente para começar uma nova carreira. Nem eu sei direito o que posso fazer além das notícias diárias, e tenho muito medo de saber, com receio de que meu tão esperado futuro — me arriscar a contar histórias culturais encantadoras sem que sejam notícias de última hora — não vingue.

Agora ela está me perguntando sobre lavanderia. Depois, vamos ao mercado. Em seguida, faremos comida. Então, lavarei pratos. E limparei a casa. Minha mãe adorou a ajuda extra e está deixando mais tarefas para mim. Temos feito pratos mais complicados, separado roupas velhas e concluído tarefas que há muito estavam sendo adiadas. Mas não tenho certeza de quanto tempo mais poderei ficar sentada nesta casa, concluindo um circuito interminável de tarefas.

— Mãe, como você faz isso todo dia?

— Lavar roupa? Não faço isso todo dia. Esse é o segredo.

— Não, digo, não trabalhar. Como você aguenta? Não fica entediada? Não gostaria de ainda estar dando aula?

Ela faz uma careta e um gesto com a mão.

— Não fale comigo sobre esse tipo de coisa.

Mas quero insistir. Estou curiosa de verdade.

— Então nunca quer pensar sobre isso? Estou há uma semana e meia desempregada e enlouquecendo. E você é muito mais inteligente que eu; você deve estar morrendo por dentro. Já faz anos que se aposentou.

— Você se acostuma. — Ela dá de ombros. — O que mais vou fazer? Não tenho netos. — Sua voz fica sombria. — E, pelo visto, nunca terei.

Suponho que seja uma referência a Erebuni. Ela me atinge — certeira, afiada e implacável — com esse descuido. Quero revidar.

— Você não pode simplesmente esperar que eu torne sua vida mais interessante...

Ela interrompe:

— Por que não? Eu sou sua mãe. Uma mãe com uma filha velha tem suas expectativas.

Velha! Sou literalmente jovem demais para os padrões sociais, mas não para os padrões das mães armênias.

— Mas a vida tem me decepcionado — conclui ela.

Não vou cair nessa. Sinto que está fazendo isso para que eu sinta pena dela, e me resta muito pouca depois do banquete. Sem contar quando perguntei onde estava a foto minha e de Erebuni, e ela respondeu que a roubou de Sona e a rasgou. Mesmo que eu nunca mais quisesse ver aquela foto que causou tantos problemas, não foi culpa das fotos. Aquela tira continha as únicas fotos minhas e de Erebuni, e mesmo que eu nunca mais a veja ou fale com ela, queria guardar de recordação. Uma lembrança de quando as coisas eram muito, muito boas.

Ela olha para mim.

— Vou lavar as roupas vermelhas, depois as brancas, depois as coloridas, e vou passar o aspirador e o pano, e isso vai levar metade do dia. É a isso que estou fadada.

Ok, agora eu senti pena dela, mas ela ainda não está admitindo sua falta de responsabilidade e ação, por ficar esperando que eu faça as coisas acontecerem em sua vida.

— Mas parte disso é escolha sua. Só porque não quer deixar Nene sozinha em casa, não significa que não possa encontrar uma alternativa. Comece um negócio de aula particular de matemática. Não precisa fazer disso um empreendimento se não quiser. Só peça às crianças que venham aqui duas vezes por semana e…

Ela torce o nariz como se eu tivesse sugerido um absurdo.

— Por que está querendo que eu trabalhe? É só você ter um filho, que isso estará resolvido.

Suspiro. Não estou a fim de brigar.

— Eu só tenho vinte e sete anos. — Levanto a voz para evitar uma interrupção. — E, antes que você diga que tinha vinte e sete anos quando me teve, em primeiro lugar, eu sei, e, em segundo lugar, as coisas eram diferentes naquela época.

Ela olha no fundo dos meus olhos com uma expressão sarcástica.

— Sim, hoje em dia você pode se casar com uma mulher.

Não acredito que ela mencionou o casamento homossexual e a minha sexualidade de forma tão direta. Estou um pouco surpresa, e adoraria poder compartilhar mais sobre Erebuni com ela. Ela é minha mãe; queria poder confessar que estou sofrendo. Mas o que falo sai errado, na defensiva.

— Sim, posso. E, para a sua sorte, aquela mulher não quer mais falar comigo.

Ela fecha a cara.

— Não quero saber. Você que resolva seus problemas. E já que não tem roupa vermelha... — Ela se vira e sai sem fechar a porta. A meia rosa cai no chão.

Estou me sentindo indomável, impulsiva, com raiva, irritada e tão, tão necessitada de amor. Ela quer netos? Beleza. Eu vou dar netos a ela. Pego meu celular e envio uma mensagem para Trevor:

Adoraria ver você também.

24

Puxe um fio e milhares de remendos cairão.

Քաշէ թելը և հազար կարկտաններ կան ներքև:

— *Provérbio armênio*

Algumas horas depois, estou de banho tomado; me esfreguei bem e levei um tempo para secar o cabelo e passar boas camadas de maquiagem, como uso na TV. Quero estar bonita. Afinal, estou indo até a casa de Trevor para convencê-lo de que vale a pena voltar comigo.

Abro a caixa de joias na qual guardei o anel no mês passado. Preciso levá-lo, obviamente, mas devo usá-lo? Parece algo… decisivo. E se eu apenas experimentá-lo, para saber como me sinto? Coloco o anel, e os diamantes que revestem a aliança arranham minha pele. Não o uso desde o dia em que Trevor o colocou no meu dedo. É lindo, sem dúvida, e é o anel que meu pai diria que eu merecia. Acho que vou com ele. Meu pai estaria orgulhoso de mim agora.

Desço a escada, esperando que consiga evitar minha mãe. Ouço o barulho de uma panela no fogão e o som de água corrente vindo da cozinha, então fico totalmente em silêncio.

Quando me ajoelho perto da sapateira ao lado da porta, as fivelas pesadas das minhas sandálias tilintam quando as puxo para cima. Ela espia pela porta da cozinha como se estivesse em alerta para o perigo.

— Sou eu. — Tento fingir que estou saindo despretensiosamente, sendo que pareço estar indo para uma sessão de fotos da *Vogue*.

— Aonde você está indo? — pergunta ela, semicerrando os olhos.

— Para a casa do Trevor. — Ela fica surpresa, então acrescento: — Ele voltou.

— E o que vai fazer lá?

— O que você acha? — Aponto para meu dedo com o anel.

Eu me sinto um pouco mal por não a ter consultado ou informado. Mas também meio que estou cansada da minha mãe. É isso que ela quer. Bem, ao menos o objetivo final: casamento e filhos. Prendo um dos sapatos e arrumo o outro.

— Ah — solta ela, pensativa. Acho que não esperava essa resposta. Deve fazer semanas que ela não pensa em Trevor.

Com os dois sapatos calçados, eu me levanto. Adoro aquela sensação inicial de usar salto alto, quando você se sente tão alta e vê o ambiente de uma nova perspectiva. Isso me deixa mais confiante em relação à minha decisão. Estou literalmente me colocando acima de minha mãe. Ela tem uma expressão de quem está montando um quebra-cabeça, e diz:

— Tudo bem então. Faça o que achar melhor.

Hum. Ela prefere que eu fique com Trevor, um cara de quem ela nem gosta, do que com Erebuni, uma mulher que tenho certeza de que ela adoraria se a conhecesse. É assim que o mundo funciona. Esta é a versão que tenho de ser para fazê-la feliz. Seguro as chaves na mão com tanta força que os dentes cravam na minha pele, mas não a solto.

Ao sair, digo, sem olhar para trás:
— Farei.

Depois de quinze minutos circulando para estacionar, paro em uma vaga paralela muito apertada, no lado esquerdo da rua de mão única de Trevor (sou a deusa da baliza, exijo elogios por isso).

Ele mora no Distrito da Marina, em um prédio creme e dourado do início dos anos 1900, assim como todos os outros no quarteirão. O prédio fica no topo da ladeira, e dá para ver Alcatraz e a Golden Gate Bridge da sala.

Quando saio do carro, percebo que está ensolarado. E quente até. Há algumas listras de nuvens suaves como aquarela no céu. Um bom dia para uma reconciliação. Deixo minha jaqueta no carro e dou uma olhada no celular. Duas chamadas perdidas da minha mãe. Hum. Mas nenhuma mensagem, então não deve ser urgente. Provavelmente queria encerrar nossa conversa de uma maneira que achasse mais adequada, na qual ela se saísse por cima. Minha mãe gosta de ganhar discussões, ainda mais comigo. Não vou ligar de volta para ela.

Vou até o portão do prédio de Trevor. Aperto o botão do apartamento número 12 e, segundos depois, ouço o zumbido desordenado da porta sendo destrancada (que mais parece algo dando terrivelmente errado, mas estou acostumada depois de tantos anos). A última vez que estive aqui faz mais ou menos um mês e meio. A entrada tem o mesmo cheiro de madeira velha com um toque de aspirador, mas o carpete da escada tem manchas que parecem ter no mínimo cinco décadas. Tenho certeza de que todos os moradores conseguem me ouvir subindo a escada, a caminho de dizer a Trevor: "Sim, eu me caso com você. Vamos morar juntos e construir uma vida".

Paro na frente da porta dele e não bato. Eu poderia simplesmente ir embora. Deslizar o anel debaixo da porta e dar meia-volta.

Meu Deus, onde estou com a cabeça? Não, vim aqui para ficar com Trevor. Não há nada de errado com ele. Será um ótimo parceiro de vida.

Levanto a mão para bater, mas a porta é aberta. Ele deve ter me ouvido subir a escada.

Trevor está diante de mim, com a barba por fazer, o que o deixa mais bonito e, de alguma forma, me irrita. Sem dizer uma palavra, ele me abraça, o que é muito fofo, mas também aperta meu pescoço de um jeito desconfortável, e, se isso durar muito mais, sinto que posso colocar algo para fora. Ele é tão ossudo e duro comparado a Erebuni. Eu me contorço e sorrio para ele não ficar sentido por eu ter me afastado.

— Você está ótimo — digo.

— Você também — diz ele, segurando minha mão e me observando. — De salto e tudo mais. Nossa, você parece uma miragem. As mulheres alemãs nem se comparam.

Não consigo imaginar Erebuni dizendo algo assim. Então digo a mim mesma que pare com isso porque Erebuni não me quer. Ele quer.

Trevor sai do caminho para me deixar entrar no apartamento. Está do mesmo jeito de sempre, um brinco. Sua TV ocupa a maior parte da parede principal, mas há duas estantes com seus antigos livros da faculdade de Direito e um punhado de itens, como sua pistola de automassagem e um smartwatch conectado ao carregador. O notebook e o planner estão na mesa, então ele devia estar trabalhando um pouco antes de eu chegar. Acho que não tirou o dia de folga.

Apoio a mão no sofá de couro preto, me permitindo contemplar um pouco a vista da Golden Gate Bridge, e sorrio.

— E aí, se divertiu muito?

Seu olhar encontra minha mão, aquela com uma grande pedra cintilante. Ah, é.

— Você está usando o anel — murmura ele, emocionado.

Assinto. É, é isso. Estou aceitando o pedido, era isso que eu queria. Terei um futuro com Trevor. Sinto um bolo na garganta.

— Mas deveria saber que… — Faço uma pausa. Devia contar a ele sobre Erebuni, falar que tínhamos praticamente terminado, por isso fiquei com outra pessoa. Mas não foi só uma ficada. Como posso falar sobre ela para ele? Continuo: — Perdi meu emprego. Na verdade, fui demitida. É uma merda.

Para minha surpresa, gaguejo, emocionada, e, meu Deus, em segundos meus olhos se enchem de lágrimas. Ele solta um longo "ah" e me abraça mais uma vez. Meu pescoço está ainda mais confortável desta vez, mas sinto como se estivesse amarrada.

Quem se afasta agora é ele, e olha bem nos meus olhos.

— *Schatzie*, vai ficar tudo bem. Fui promovido, e ainda recebi um bônus gigante. Para ser sincero, você não precisa trabalhar nunca mais.

A maneira como ele diz a última frase… Duvido que queira dizer isso, mas parece que pegou toda a minha carreira, enfiou em uma caixa e pisou nela. Minha voz sai baixinho:

— Ah, que bom… Parabéns. Estou feliz por você.

Ele olha fixamente para mim e coloca as mãos em meus ombros.

— Senti sua falta — sussurra ele, como se estivesse com muito medo de dizer essas palavras em voz alta e mostrar quão vulnerável isso o torna. Digitar é uma coisa, dizer em voz alta? Não, não demonstre fraqueza. Então, ele aproxima o rosto cada vez mais do meu e, ah, não, ele vai me beijar. Por

315

que achei que seria ok? Ele começa, seus lábios tocam nos meus, e tudo em mim se revolta. Tudo dentro de mim está em uma crescente, gritando: *Não, pare já com isso.*

Então, me afasto e estou prestes a contar sobre Erebuni, mas ele levanta um dedo, como se dissesse: "Peraí, tenho uma coisa". Ele corre até a cozinha, e eu afundo no sofá, desejando que o couro fosse mais macio para me engolir inteira. Quero ser corajosa, quero dizer "não" a ele, não posso continuar assim. *Vai atrás dele, Nar. Diga isso a ele.*

Erebuni. Ainda não cansei de esperar por ela, nem de me arrepender do que fiz, ou de querer fazer as pazes. Não cansei de querer estar com ela. Mesmo que meu artigo nunca vingue, não posso desistir dela.

Mesmo que ela nunca mais fale comigo, não posso ficar com Trevor. Eu não devia ter vindo aqui assim, com esse anel.

Vou derrubar meu alicerce, me preparando para ficar potencialmente sozinha para sempre. Mas serei livre.

Meu Deus, coitado do Trevor. *Foi mal, cara*, penso, ouvindo a voz de Arek na minha cabeça. A lembrança dos amigos de Erebuni cai com delicadeza sobre mim, triste e feliz ao mesmo tempo.

Eu me levanto para seguir Trevor e contar a ele, mas nesse instante ele entra, todo animado, segurando duas taças de champanhe e uma garrafa de Dom Pérignon, e é claro que ele tinha uma dessas por aqui. Sempre gostou de champanhes sofisticados. Ai, meu Deus, isso vai doer. Ainda assim, sei, agora mais do que nunca, que é a coisa certa a fazer. Vou começar essa jornada com Trevor e continuar fazendo a coisa certa para sempre.

— Eu fiquei com uma pessoa — confesso. Isso não era… exatamente o que eu queria dizer, mas não consigo começar com "a gente não vai voltar". Há uma explosão de raiva em seu rosto, o vislumbre do ciúme que se transforma em outra coisa que não consigo decifrar. Culpa?

Ele dá de ombros.

— Não posso ficar chateado com você por isso. Fiquei com umas duas pessoas também.

Duas? Estou tendo dificuldade em reprimir o choque em meu rosto, porque Trevor não é do tipo que fica com alguém casualmente. Pelo menos era o que eu achava. Mas, sobretudo, percebo que ele não entende o que estou querendo dizer e está prestes a falar algo como "o que acontece em Munique fica em Munique" e que deveríamos esquecer os pecados um do outro. Mas não é isso que estou tentando dizer a ele.

Ele apoia a garrafa e as taças na mesa de jantar.

— Não significaram coisa alguma, foram mulheres na balada. Numa festa que rola a noite toda, e que quase não me deixaram entrar porque eu era certinho demais. — Ele bufa com a lembrança, depois fica sério de novo. — Elas não significaram nada. Só sexo casual. Não chegavam aos seus pés.

A maneira como ele fala, me comparando a mulheres com quem transou casualmente, me faz sentir como se elas talvez tivessem vantagem, sim. Mas não importa.

— Eu não estava... O meu caso não era...

Por que não consigo simplesmente proferir as palavras? O medo do desconhecido e de ficar mesmo sozinha está me impedindo, mas não posso permitir. *Solte as palavras, ou você vai acabar inventando alguma desculpa e ficará com ele por conveniência.* Não consigo fazer isso, não vou.

— Não tenho certeza se a gente deveria ficar junto.

Isso atrai a atenção dele. Seu olhar perde o brilho.

— Quê? É por causa desse cara? — Então, de forma acusadora: — Quem é ele? Eu o conheço? Meu Deus, é o Dave? Ele sempre teve uma queda por você, eu sabia...

Eu o interrompo antes que ele prossiga com o pensamento:

— Não, não é o Dave. Você não conhece. Eu conheci ela recentemente.

Ele arregala os olhos.

— Ela?

Eu permaneço indiferente.

— Eu te disse que era bi. É tão difícil assim de acreditar?

— É, mas achava que era apenas pra dar uns pegas. Sabe, não para namorar, só sair com a pessoa.

É a cara do Trevor dizer isso. Ele está olhando para o chão, balançando levemente a cabeça. Toco o anel e o tiro, raspando minha pele no processo. Está na palma da minha mão.

— Trevor, sinto muito, não quero me casar. Acho que precisamos terminar. Desta vez é sério. Sim, tem a ver com ela, mas vamos encarar os fatos. Não temos essa chama. Vamos ser sinceros, temos feito apenas o que é necessário ultimamente.

Eu me mantive calma, até simpática. Mas ele reage com combustão. Sua expressão não está nada amigável, e tenho um vislumbre dele como advogado.

— Talvez você tenha agido assim. Eu não. Eu estive aqui. Tudo era verdadeiro para mim. Há quanto tempo se sente assim? Anos?

Para ser sincera, nem eu sei. Meu namoro com ele tem sido uma linha constante, sempre boa. Algo fácil na minha vida. Então, sim, me sinto assim há anos, mas nunca percebi até estar com Erebuni. Minha falta de resposta é o suficiente. Ele passa as mãos pelo cabelo e solta um grunhido de raiva.

— Você entrou aqui usando meu anel.

— Eu achava que a gente pudesse voltar. Eu queria, mas... não me parece certo. Sinto muito, Trevor. O anel é lindo.

Finalmente, eu me desfaço dele, colocando-o sobre seu planner.

Ele balança a cabeça em negação. O dia está lindo demais para isso, quase zombando de nós em suas suaves faixas de nuvens, a água tranquila da baía. Pequenos veleiros brancos como pássaros pousados na água. Mas preciso continuar:

— A gente ficaria de boa juntos, mas você não tem vontade de sentir aquela adrenalina só de estar com uma pessoa?

Trevor está perdido. Nenhuma surpresa. Dei a ele uma selva inteira de surpresas em que se perder. Por que não jogar mais alguns arbustos em sua direção?

— Já falei isso, mas vou falar de novo. Katie é completamente apaixonada por você. Ela quer se atirar em você. Você deveria, hum, dar uma chance a ela.

Isso desperta nele algo semelhante a pânico, o que também me alarma.

— Katie. Ops. Eu a chamei para comemorar — diz ele. Semicerro os olhos.

— Você. Chamou... a Katie? Para a nossa reconciliação?

Não sei por onde começar. Pelo fato de que ele estava tão confiante de que eu correria até ele (quer dizer, eu fui) que convidou alguém para celebrar conosco. E então, em vez de passar a tarde comigo, sua namorada com quem teria voltado, ele ia me colocar na friend zone para que todos pudéssemos sair juntos com a colega de trabalho que está apaixonada por ele? E quanto ao...?

— Não esperava que nós...? Você sabe... — Inclino minha cabeça sugestivamente. — Onde Katie se encaixa nessa história?

Ele ergue as mãos, na defensiva.

— Sei lá, não sei.

Estou começando a achar que Trevor também gosta dela. Ele só está comigo por uma lealdade equivocada. Quero dizer isso a ele, mas ele não parece muito receptivo às minhas ideias no momento, é como se pudesse jogá-las fora só para me contradizer.

Ele cruza os braços, depois os descruza.

— Eu não estava pensando direito. Quem se importa? Ela já vai chegar. — Ele solta um suspiro curto e frustrado. — Está falando sério? Estamos terminando?

Assinto.

— Estamos.

Então, ouço uma batida na porta, e Katie surge.

— *Toc, toc.* Espero que estejam prontos para comemorar. Trouxe queijo brie e um balde de ostras. Bem-vindo de volta, senhor!

Katie, uma mulher alta, com cabelo longo e grosso e óculos de armação preta, usando um vestido vermelho e marrom peculiar que deixaria Zooey Deschanel com inveja, entra, eufórica. Trevor e eu não nos movemos. Ele não estava brincando. Ele marcou de ela vir no mesmo horário que eu. Meu Deus, se eu ainda tinha alguma dúvida de que isso era uma má ideia (e não tinha), com certeza ela não existe mais.

Alguns instantes depois, Katie, astuta como sempre, lê nosso semblante, e o sorriso dela se transforma em um pequeno "o".

— Esqueci uma coisa no meu carro. O molho picante, dã. Não consigo fazer ostras sem ele. Só vou… deixar isso aqui… — Katie coloca a comida na mesinha de centro e começa a recuar, mas, antes que ela vá, digo:

— Não, está tudo bem. Eu já estava indo.

Ela ergue a sobrancelha.

— Você estava indo — diz ela, mais como uma declaração.

Assinto. Então, me viro para Trevor.

— Tchau, Trevor — digo, com um sorriso de desculpas.

Ele retribui com um gesto de rendição, e nos abraçamos brevemente. Não consigo superar quão duro e pontudo seu corpo é, tão diferente do de Erebuni, claramente não é o que eu quero. Parte de mim está triste com o nosso último abraço — afinal, foram cinco anos de relacionamento —, mas outra parte está muito pronta. Mesmo que eu nunca mais veja Erebuni, esta é a coisa certa a fazer. Embora eu espere, com todas as minhas forças, que não seja o caso.

Ando até a porta, onde Katie está focada no celular, mas, quando me aproximo, vejo que está só na tela de bloqueio. Eu me inclino na direção dela e, com um sorriso sugestivo, sussurro:

— Ele está solteiro.

Ela me lança um olhar que é um misto de autoridade e gratidão, e diz:

— Já era hora.

Fecho a porta. Ela faz um clique, um som lento e deliberado.

Encontrei muito tarde e perdi muito cedo.

Ուշ գտայ, շուտ կորսնցուցի:

— *Provérbio armênio*

Do lado de fora do apartamento de Trevor, sob a luz suave do sol, um casal caminha de mãos dadas; ela está segurando uma sacola de compras, e ele carrega um pacote de água com gás no ombro. Os dois estão com um Ray-Ban, sorridentes, e são altos, loiros e queimados de sol. Um ideal que um dia almejei. Poderia ter alcançado há poucos minutos. A óbvia adoração de um pelo outro me faz ter certeza de que eles não me viram.

A Marina, com todas as vistas deslumbrantes e a adorável arquitetura antiga, é meio sem graça. Cheira a Trevor e seu grupinho; preciso sair daqui.

Entro no carro e fecho a porta, esperando o calor ficar sufocante. Parte de mim quer me punir. Sei que fiz a coisa certa, mas me avalio: estou desempregada, terminei um namoro de cinco anos e, o pior de tudo, não tenho Erebuni. Sei que não tenho direito de ligar para ela e dizer: "Ei, adivinhe! Terminei de verdade. Estou pronta para você agora!". Não faria isso com ela.

O calor estático fica enjoativo, tornando o ar denso e difícil de respirar. Chega. Ligo o carro e abro as janelas, sentindo a brisa quente entrar. Então, pego o celular e ligo para Diana.

Ela atende.

— Feliz quinta-feira?

— Di, preciso conversar com você. Tem um tempinho agora?

O fato de poder fazer essa pergunta a essa hora do dia é que tenho muita sorte de minha melhor amiga ser corretora de imóveis.

— Você está bem?

É tão desconfortável dizer isso. *Não, não estou bem, não tenho ideia do que estou fazendo, do que fiz ou do que vou fazer. Preciso de ajuda.*

— Mais ou menos. Preciso conversar... sobre algumas coisas — respondo.

— Chuto que você não quer me encontrar em casa?

Balanço a cabeça em uma negativa, embora ela não consiga ver. Não tinha pensado nisso, mas sei exatamente aonde quero ir.

— Vamos para a praia. Ocean Beach.

É como se eu fosse puxada em direção ao litoral, para ver onde o mundo termina. A saudade que sinto de Erebuni tem aumentado, mas agora parece ferver. Não tenho certeza se tenho alguma chance de ficar com ela outra vez, mas parece que isso é algo que preciso fazer. Uma parte de mim espera que estar onde Erebuni e eu estivemos, conjurando magia juntas, me ajude a encontrar minha voz para contar a Diana o que tenho medo de dizer. À medida que subo, passando por Lands End, a vista se torna magnífica: ondas brancas e espumosas quebrando por quilômetros.

Escolho o mesmo local onde estava a fogueira e mando uma mensagem para Diana informando onde é. Tiro os saltos e ando descalça até a praia. Quando a areia fria alcança meus pés, me pergunto se algum grão é o mesmo de duas semanas atrás. Se algum deles ainda possui resquícios de Erebuni e de mim neles. Como se fizesse alguma diferença, mas parece importante de alguma forma para mim.

As ondas rugem em intervalos e, embora sejam altas, estão longe o suficiente para que eu as considere seguras. Talvez essa seja uma das razões pelas quais as pessoas gostam destas praias frias do norte da Califórnia: a demonstração de perigo, mas a uma distância confortável, como leões no zoológico. Diana acena do estacionamento não muito tempo depois. Ela está com sua fantasia de corretora de imóveis, como gosto de chamar — saia lápis e um suéter com pérolas —, e, de repente, me sinto um pouco mal por arrastá-la até aqui. Pelo menos suas botas têm salto baixo.

— A praia, hein? Não venho aqui desde que estava tentando impressionar aquele cara, Ben, fingindo gostar de coisas ao ar livre.

Se eu não sou muito da natureza, Diana também não é nem um pouco. Para ela, até uma refeição na área aberta dos fundos de um restaurante é difícil.

— Vim aqui faz pouco tempo e...

Hoje não está nada como no solstício. O sol está forte, refletindo na areia e na água; tudo está frenético — as ondas, os pequenos caranguejos e qualquer criatura que esteja debaixo da areia, ocupada com o próximo destino. Não há aquela sensação de calmaria que Erebuni me passava. A coragem que eu esperava criar graças à natureza é inexistente.

— Quer sentar?

Diana faz uma cara de nojo, como se eu tivesse pedido a ela que se deitasse em uma pilha de lixo.

— De jeito nenhum. Estou bem aqui.

Sorrio para ela, mas aí meu sorriso se torna falso, tenso, enquanto tento contar por que a arrastei até aqui. *É só falar. Vá direto ao ponto e diga tudo de uma vez. Vai doer menos.* Olho para baixo e faço cócegas no dedão do pé com a areia.

— Isso é estranho, mas preciso te contar. Certo. Você lembra que às vezes eu ficava com uma mulher na faculdade? Acontece que, na verdade, eu gosto mesmo de mulheres. — As palavras se amontoam e saem rapidamente.

Sem chances de eu olhar para o rosto de Diana agora. A verdade não deveria ser tão desconfortável, mas parece que estou contando a ela sobre minha vida sexual de uma forma embaraçosa. Fui adestrada, eu sei, mas não há tempo para pensar nisso agora. Continuo, uma torrente de palavras se chocando:

— E sabe o banquete? Eu beijei Erebuni, a mestre de cerimônias, e aquela não foi a primeira vez. Na verdade, estávamos meio que namorando e nos apaixonando, mas, como minha mãe nos viu juntas, eu surtei e fingi que Erebuni e eu não tínhamos nada, e então o idiota do Raffi disse a ela que eu estava noiva e, resumindo, ela me largou. Pode ser que a gente nunca mais volte, mas ela é a coisa que mais quero no mundo. E, se por algum milagre ela me der outra chance, o que vou dizer para a nossa família? Isso pode nunca dar certo. Né?

Na última palavra, crio coragem e olho para ela. Diana não está chocada. Está quase impassível, como se estivesse refletindo sobre tudo.

— Agora entendi por que me trouxe até aqui.

— Como assim?

— Estou tão preocupada com o vento deixando meu cabelo encaracolado que quase não me importo com mais nada do que você está dizendo. — Ela ri. — Brincadeira. Nar, eu sempre soube que você gostava de mulheres. A maneira como falava sobre esses encontros casuais não era só por diversão. Eu... Eu admito que não tive a melhor reação naquela época. Ir da escola armênia à escola católica não nos prepara para a diversidade do mundo. — Diana olha para baixo. — Espero nunca ter feito você se sentir mal por isso.

Ela sempre soube.

— Não. Nem achei que você sabia. Achei que só pensava que eu era um pouco mais estranha que você.

— Bem, isso é inegável. — Ela zomba de mim, depois fica séria mais uma vez. — Mas não por causa de quem você gosta. Mesmo que eu não consiga acreditar que estava namorando aquela mulher, Erebuni, e nunca me contou! Ela é tão bonita e tão serena. Eu te disse, você sempre gostou dos intelectuais.

Não consigo evitar, fico vermelha. Adoro ouvi-la falar sobre Erebuni assim.

Ela continua:

— Eu sabia que tinha algo acontecendo no banquete quando tantig Sona apareceu batendo os braços como um pássaro enlouquecido e nos mostrando a foto, mas, primeiro, eu não queria ter nada a ver com a fofoca dela sobre você; e, segundo, não sabia o que fazer com aquilo porque tinha certeza de que você teria me contado.

Uma pitada de culpa toma conta de mim por não ter confiado nela. Mas quero lhe contar a verdade.

— Estava com medo de que você dissesse que eu devia focar nos homens, e não me distrair com algo sem futuro.

Diana fica quieta por um instante.

— Entendo o que te fez pensar isso. Talvez eu tenha agido assim em algum momento. Mas você sabia que o irmão do Remi é gay? Não assumido. Por mais que os pais tenham a mente aberta, ele sente que nunca vão aceitá-lo, então de vez em quando ele sai com uma mulher para manter as aparências. Isso parte meu coração. No seu caso, quer dizer, admito que nunca pensei que chegaria a esse ponto. Você sempre namorou homens, estava prestes a se casar com o Trevor...

Ela se aproxima de mim e atrai minha atenção de forma significativa.

— Se essa mulher é quem você quer, ou se não for ela, se for outra pessoa, estou totalmente com você. Quero que saiba disso.

Não havia me dado conta até agora de que enterrei meus pés completamente na areia, como se esconder uma parte de mim no calor e na escuridão me ajudasse, de alguma forma, a seguir com essa conversa. Agora eu os tiro dali e me levanto em um pulo para abraçar Diana.

Sussurro para o vento do oceano:

— Obrigada. Preciso muito, muito de você.

Nós nos afastamos, e ela diz:

— Quero ser uma boa prima. Você é minha melhor amiga, não importa o que aconteça... mesmo se recusando a escolher tecidos comigo.

No carro, com uma porta aberta para deixar entrar a brisa do mar, vejo que tem uma notificação do e-mail no meu celular. Deslizo o dedo na tela e vejo, *eita*, outro e-mail de uma revista. Tenho quase certeza de que será mais uma rejeição. Até agora, todas as vezes que recebi um e-mail de um editor, tive primeiro uma onda de esperança, seguida por uma voz irritada gritando para afastar essa esperança, porque altas expectativas sempre levam à decepção. Vamos ver se a rejeição deles faz parte do grupo das simpáticas ou das cruéis.

Olá, Nareh,

Agradecemos por enviar seu artigo para nós. Adorei sua voz neste texto, e a maneira como você equilibra a crítica e a seriedade do assunto com pitadas de humor é revigorante.

Bem, foi um detalhe legal, agora vamos ao "mas... não vamos aceitar neste momento". Continuo lendo.

O timing não poderia ter sido melhor, pois amanhã publicaremos uma série sobre sexismo no ambiente de trabalho. Se puder nos enviar uma foto de autora e uma biografia (em terceira pessoa) nas próximas horas, podemos inserir seu conteúdo. Caso contrário, talvez tenhamos que esperar um mês ou dois até que o tema volte. Oferecemos 350 dólares por este trabalho, que é nosso preço padrão para textos de 1.500 palavras.

Obrigada! Mel

Começo a tremer de nervoso, como se eu tivesse tomado uma dose de cafeína direto na veia. Leio de novo para ter certeza. Puta merda, eles querem meu artigo. Querem publicá-lo. Amanhã! Ainda serei paga por isso. Um preço justo. E eles precisam de informações minhas. Leio outra vez e, desta vez, a biografia e a foto se solidificam em minha mente. Ok, ok, fique calma. Não! Não fique calma. Eles precisam disso o mais rápido possível, caso contrário não serei publicada. Esperar dois meses? De jeito nenhum. Preciso que Erebuni veja isso agora; pode ser a linha tênue entre termos uma chance e nunca mais termos uma chance.

Fecho a porta e permito que a urgência encha meu corpo de adrenalina. Uma foto e uma bio. Começo a pensar no que vou escrever enquanto analiso minhas últimas fotos profissionais. Quando ligo o carro, sorrio por dentro. Anos encarando os piores engarrafamentos de São Francisco me prepararam para este momento.

Abro as janelas. Quero sentir o vento no rosto.

26

Um homem honesto cumpre sua promessa.

Խոսքը կտրիճին կեան է, տուած խոսքը կը կատարէ:

— *Provérbio armênio*

Envio tudo a tempo. Sim, tive de gritar para minha mãe, apesar dos protestos dela para que contasse o que estava acontecendo, que tudo estava bem e que eu precisava de um tempo em completo silêncio para terminar algo importante. Bati e tranquei a porta para poder me concentrar. Depois, editei minha bio para que fosse menos sobre notícias e mais sobre mim no geral. Estou muito sorridente em todas as minhas fotos profissionais, mas encontrei uma em que mal sorrio, e o ângulo não me faz parecer uma aspirante a Miss América.

Enquanto estava isolada, minha mãe bateu à porta e eu não abri, mas ela me informou que estava indo fazer doces na casa de sua amiga Nora, para o chá de bebê da filha dela. Fiquei surpresa. Faz muito tempo que minha mãe não ia a algo assim com alguém além de nossa família. Isso é bom, e quero ficar feliz por ela, mas havia amargura em sua voz, já que a filha de Nora é apenas um ano mais velha que eu, é casada e tem um filho. Só respondi com um "tchau". Não seria impedida de enviar meus arquivos. E, se isso significasse que minha mãe ficaria fora por várias horas, poderia evitar falar com ela hoje à noite.

Quando acordo na manhã seguinte, fico atualizando meu e-mail sem parar. Escovo os dentes e atualizo. Lavo meu rosto, hidrato e atualizo. Faço umas flexões e atualizo.

Então, quando faço a postura do cachorro olhando para baixo, ergo a mão para atualizar e vejo a notificação, um enorme banner anunciando a série de artigos sobre local de trabalho. Ai, meu Deus. Perco o equilíbrio e caio de quatro, olhando para o celular. Não, preciso apreciar isso em uma tela maior. Na minha mesa, abro a página no computador e passo por manchetes fascinantes que me provocam raiva. E ali está meu artigo, "Demitida por entrevistar uma congressista e outras histórias da redação". Na capa, as cores da bandeira armênia (não tenho ideia de onde eles conseguiram isso, mas estou adorando).

Leio rapidamente uma vez e vejo que o publicaram sem edição, na íntegra. Ousado. Quer dizer, já perdi as contas de quantas vezes estive no ar, e versões em artigo das minhas reportagens eram postadas na internet quase todos os dias, mas isso é diferente. É um pedaço da minha história que estou compartilhando com o mundo. Já compartilhei meu rosto, meu corpo, minha voz, mas nunca minhas opiniões, nunca minha história. É bom. Assustador, sem dúvida, mas um assustador bom.

Leio outra vez por meio do olhar de Erebuni e como ela se sentiria se lesse. Já fiz isso mil vezes durante o rascunho, mas preciso fazer de novo, nesta fonte, com este espaçamento. Ela não sabe que fui demitida, então imagino seus olhos se arregalando ao ler o título. Meu cérebro também escolhe o parágrafo em que demonstro orgulho de minha terra natal (talvez a tenha chamado de "pátria mãe"), e penso em como Erebuni pode se sentir orgulhosa de mim. Sinto que preciso enviar para ela.

Mas não posso, não diretamente. Só recebi silêncio desde o banquete. Isso deixa bem claro que ela não quer saber de mim. Eu deveria mandar uma mensagem para Vache, e será que ele enviaria para ela? Devo pedir a ele que envie? Não, isso é desespero.

Os posts neste site estão com os comentários restritos (louvado seja Jesus), mas coloquei um link para meu Twitter. Fiz uma boa limpeza na minha conta antes de escrever o artigo. Excluí os tweets que falavam sobre a redação, reescrevi minha bio, troquei minha foto e mudei meu nome para N. Bedrossian, correspondendo ao meu nome no artigo. Não queria trazer muito alarde para Richard nem especificamente para a redação, embora qualquer pessoa que queira ler consiga procurar essas informações. Caso o artigo tome grandes proporções, não quero que as pessoas apareçam na porta de Richard, atirando alface podre nele ou, mais provavelmente, mandando hate para ele no Twitter. Estou escrevendo isso por mim, não por vingança.

As pessoas começaram a compartilhar. Nada muito extremo até agora, alguns comentários do tipo "vocês precisam ler isso" e "uau" nos retuítes. Decido enviá-lo para alguns meios de comunicação digitais armênios, me perguntando se poderia haver uma possível colaboração com eles no futuro. Talvez eu descolasse uns trabalhos como freelancer. Me voltar para a perspectiva armênia pode ser o caminho.

Feito isso, sei que não posso continuar adiando o envio para Vache, já que ele foi fundamental para que o artigo chegasse até aqui.

Não vou falar sobre mandar para Erebuni. Se ele fizer isso, ótimo. Se não... Bem, talvez eu peça a ele daqui a uns dois dias. Rolo a tela para encontrar o nome de Vache em minhas mensagens. Digito:

Saiu! Obrigada de novo por toda a sua ajuda.

Abro o Instagram, me perguntando se deveria postar lá também, mas, em vez disso, sou sugada pelo meu feed, e fico espiando as casas perfeitamente selecionadas e os cafés de latte de outras pessoas.

Então, meu telefone apita com a chegada de uma mensagem. E vejo o nome dela: Erebuni. Só o nome faz todo o quarto desaparecer, sumir da minha visão, de modo que tudo que vejo são as letras que compõem o nome dela, chegando até mim. Ela viu o artigo? Como saberia onde encontrá-lo?

Abro a mensagem.

Este é um conteúdo inesperado e excelente.
Obrigada por compartilhar com a gente.

A gente. *A gente?* Olho para o topo da tela e vejo todos os nomes: Arek, Janette, Erebuni, Vache.

Reprimo um grito. Mandei a mensagem no grupo. Vache foi o último a enviar uma mensagem — percebi que tinha rolado muito para baixo para encontrar o nome dele, mas não associei... Ai, meu Deus.

Então, Arek manda uma mensagem:

Não sei por que você está me agradecendo, mas,
se precisar de alguém com uma espingarda para
conversar com seu ex-chefe, é só me avisar. Estou
com você, garota.

Merda, merda, merda. Sim, a mensagem de Arek foi fofa,
e estou aliviada por ele estar pronto para me defender depois
de eu ter partido o coração de sua amiga ao mentir e ser uma
pessoa horrível. Mas… Preciso não parecer uma esquisita o
mais rápido possível, então digito:

Desculpem, queria mandar para o Vache. Ele me
ajudou a editar. Direcionem todos os elogios para
ele, o homem é brilhante.

Então, solto um gemido primitivo. Erebuni vai pensar
que mandei para ela de propósito, me esgueirando como a
cobra que provei ser. Reli a mensagem dela. *Inesperado*. Quer
dizer, tudo bem, apareceu nas mensagens dela do nada. Mas
excelente, essa palavra é promissora. Não se diz *excelente* para
alguém que você odeia.

Meu celular anuncia outra mensagem e, embora parte
de mim queira tacar o celular longe, uma parte mais forte
está muito curiosa sobre a nova mensagem que se aproxima.

Uma mensagem de Erebuni. Uma mensagem no privado,
não no grupo (olho outra vez). Diz:

Estou orgulhosa de você, Nar. Fico feliz que tenha
mandado, mesmo que não fosse para mim.

Consigo ouvir as batidas do meu coração, está acelerado.
Nar, soa tão familiar, parece que ela está mais próxima. Erebuni

está orgulhosa de mim, o que significa, em primeiro lugar, que vale a pena eu sentir orgulho de mim e, em segundo, que eu agi e ela reconhece isso. Eu tenho uma chance. Ou, eu talvez tenha uma chance.

Antes que meu cérebro me censure, meu coração bate pelos dedos:

> Não, obrigada por me dar coragem. E, bem, sei que isso é pedir muito, mas por acaso você estaria disposta a me encontrar?

Assim que envio, penso: *O que foi que eu fiz?* Então me animo com o risco, com a possibilidade de que valerá a pena. Os três pontos aparecem, mostrando que ela está digitando. *Vamos, vamos, vamos.*

E chega:

> Acho que ainda não estou pronta. Ainda estou muito magoada com a nossa conversa.

Ai, meu Deus, aquele sentimento de vergonha me atinge como uma queda no chão, a dor se espalha quase de imediato. Eu me pergunto brevemente se algum dia vou parar de me sentir assim. Não acredito que depositei tanta expectativa neste artigo. Como se o fato de eu ser corajosa assim fosse suficiente para ela dizer: "Na verdade, sim, esqueça todas as mentiras e traições. Estou de boa agora". Parece tão óbvio que não seria suficiente.

Então, os pontinhos ressurgem. Chega uma mensagem:

> Mas estou sendo sincera sobre o artigo. Estou orgulhosa de você.

E, com isso, um pontinho de esperança retorna. Suas palavras são como um bálsamo curativo. Sei que a verdade doeu, mas aqui está algo para tornar isso um pouco menos difícil. Ela não daria essa atenção e esse cuidado se tivesse me descartado por completo, se a porta estivesse totalmente fechada.

Só depende de mim. Preciso agir e tenho um palpite sobre qual poderia ser meu próximo passo. Tenho dado ouvidos a algumas palavras na minha cabeça desde ontem à noite, me incentivando a examiná-las. Quando fechei os olhos, com a cabeça no travesseiro, elas giraram em espiral acima de mim, gritando. Dei ouvido a elas de novo hoje de manhã, mas as afastei, me concentrando na entrega do texto. Mas eu deveria prestar mais atenção a elas, por mais difícil que seja.

Primeiro, respondo a Erebuni.

Eu entendo. E obrigada de novo por dizer isso. Você me ajudou a perceber o que precisava ser escrito. Haverá outros. Estou escolhendo um lado.

Então, decido que é hora de sair do quarto e me assumir para a minha mãe.

27

Todo homem tem um leão que dorme em seu coração.

Ամեն մարդու սրտումը մի առիւծ է պառկած:

— *Provérbio armênio*

Desço a escada como quem não quer nada, o que se traduz em um leve *bop*, como se eu fosse um aspirante a Fred Astaire. Mas eu sei. Sei que consigo fazer isso. Consigo contar para a minha mãe. Nene está no sofá lendo um livro francês sobre Beethoven. Sua testa está franzida, e não quero atrapalhar sua concentração. Minha mãe está na cozinha, com um lindo vestido azul-marinho. Está cozinhando para desestressar, pelo que parece. Ela passa o pincel com gema de ovo na parte superior dos pedaços de massa folhada para deixá-los crocantes e brilhando no forno. Há também uma pilha de vagem pronta para ser aparada. *Beureg* e *fassoulia* (ensopado de vagem, tomate e carne moída) para o almoço. Que sorte.

— Terminou seu trabalho importante de ontem à noite? — Seu tom de voz é um misto de arrogância e curiosidade.

— Terminei. E sabe o que eu queria agora? Um pouco de *sourj*.

Minha mãe suspira.

— Estou ocupada aqui, depois eu faço.

Abro um armário superior e lá está, o *jezveh*. O nosso é azul-cobalto com um pavão de longa penugem pintado nele.

— Eu faço — digo.

— Você? — pergunta ela, me olhando, desconfiada.

Não a culpo, nunca fiz um café armênio de improviso aqui em casa.

— Onde está o café? — pergunto em armênio. Estou um pouco envergonhada por não saber onde o guardamos. Ela aponta para a geladeira.

— Na prateleira de cima — responde.

Faço o café exatamente como Nene me ensinou e como Erebuni fez em sua cozinha. Mas nada de cardamomo, pois tenho certeza de que não tem aqui. Minha mãe continua pincelando os *beuregs* e os colocando no forno, olhando de relance para meu progresso e não encontrando nada para criticar.

Quando sirvo a mesma dose em três xícaras, minha mãe coloca as mãos na cintura.

— Onde aprendeu a fazer isso?

É isso. É agora que eu conto a ela.

— Onde você acha? — devolvo a pergunta. Acabo soando mais triste do que pretendia.

Entrego a ela uma xícara de café e saio correndo para colocar uma na mesa ao lado de Nene. Ela me olha por cima do livro por uma fração de segundo, faz um som de agradecimento e volta para a leitura.

De volta à cozinha, tenho a oportunidade de falar sobre Erebuni. É o que eu devia fazer. *Lembre-se de como Diana a recebeu de braços abertos. Minha mãe pode reagir da mesma forma.* Estou tentando evocar a brisa marítima, esperando que isso me dê um pouco de coragem. Mas a lembrança não está despertando a coragem que eu, desesperadamente, preciso. Repreendo algo entre uma tosse e um pigarro.

— Enfim — digo —, terminei com o Trevor de vez. Devolvi o anel para ele. Acabou.

Começo devagar.

Minha mãe solta o ar aos poucos. Está... decepcionada? Então, olha para cima e fala:

— Park Deroch! Graças a Deus.

Ah.

— Sabia que você não era muito fã dele, mas pensei que queria que eu tomasse jeito e esquecesse... Você sabe, mãe.

Ainda não consigo dizer o nome dela na frente da minha mãe. Tentei, mas as sílabas ficam presas na minha boca. Como vou contar para a minha mãe quem eu sou se nem consigo falar o nome dela?

Ela apoia a mão na bancada, como se não conseguisse se manter em pé por muito tempo.

— Foi por isso que liguei tanto para você. Queria dizer para não voltar com ele, que não fizesse nada de, hum... Como se diz mesmo?

— Precipitado?

— Isso! Essa palavra. Então acabou mesmo?

— Completamente. Desta vez não me restam dúvidas.

Ela assente para si mesma. Então, me olha, quase como se estivesse com medo.

— Quero que você seja feliz — diz, baixinho.

A esperança ressurge dentro de mim. *Talvez ela te aceite, no fim das contas*, sussurra. Assim como Diana. Preciso contar agora. Não há momento melhor. Ela me deu uma abertura. Mas a esperança me assusta, as coisas estão tão boas entre nós neste momento que não tenho certeza se conseguiria lidar com a pressão da decepção outra vez.

Foi tão lindo da parte dela dizer isso. Eu deveria abraçá-la, agradecer. Mas não faço nada. Só dou um gole no café e me dou conta de que esqueci de colocar açúcar. Está amargo pra caramba.

Minha mãe vai até a despensa para pegar latas de molho de tomate e me indica o saco de vagem. Embora eu queira ir embora e me esconder na minha miséria, parece que minha mãe quer dividir o trabalho, e seria muito egoísta da minha parte recusar.

Ajudar a cortar as pontas da vagem para a *fassoulia* é uma das minhas primeiras lembranças de ajudar no jantar. Aqui estou eu de novo, sendo nada mais do que uma criança fazendo qualquer coisa para agradar minha mãe. Deve haver, tipo, setenta dessas vagens na minha pilha, e, embora eu não esteja ansiosa pela monotonia da tarefa, pelo menos estarei me concentrando em algo, em vez de pensando na minha covardia.

Ficamos uma do lado da outra, minha mãe tirando os feijões de dentro da vagem como uma rainha decidida. *Snap, snap*. Eu me atrapalho com a primeira, pego outra no monte e a dobro até quebrar. Isso vai levar uma eternidade.

O silêncio parece errado. Há uma urgência dentro de mim, uma sensação de que estou à beira de algo grandioso, só preciso reunir forças e criar coragem para me jogar.

As próprias palavras da minha mãe, de que ela quer que eu seja feliz acima de tudo, estão me dando esperança. Além disso, já meio que confirmei que Erebuni e eu estávamos saindo, por causa do meu comentário sobre o café. Minha mãe gosta de estar mentalmente preparada para aceitar novas informações. Ela odeia surpresas (hum, mais ou menos como eu; nunca pensei nisso). Acho que já passou tempo suficiente.

— Está procurando emprego? — pergunta ela, mais como uma acusação do que uma pergunta.

— Mais ou menos. — Peguei o ritmo e estou tirando os feijões rápido. Sinto que estou me desfazendo assim como o legume. Eu nunca vou falar nada, né?

Ela adiciona mais alguns feijões limpos à tigela "pronta".

— Não vai ser fácil… — começa ela, pronta para seu sermão de sempre sobre como é dez vezes mais difícil achar outro emprego depois de ser demitida. Não vou conseguir ouvir isso de novo.

— Mãe — digo, interrompendo-a.

Sinto um frio na barriga. As palavras estão lá. *Fala! Conta pra ela. Ela já sabe. Você só vai confirmar.* Parece que o universo está sussurrando no meu ouvido que eu conte a ela logo, que eu tire isso de mim, que eu pare de esconder.

Eu me viro para ela.

— Eu menti para você. Eu estava com Erebuni. Estávamos nos conhecendo.

Ela dá um passo para trás e leva a mão ao peito em estado de choque. Se eu não continuar, nunca mais direi. Eu me pego olhando fixamente para ela.

— É verdade. Estávamos, hum… começando a namorar. Gostávamos muito uma da outra. Não consigo parar de pensar que ela é mesmo a melhor pessoa com quem já estive.

— O quê?… Por que está me contando isso agora? — Ela balança a cabeça. Não é a melhor resposta, mas não é a pior. Não está gritando, não está recuando nem saindo da cozinha. Ela está prestando atenção, está me ouvindo.

— Não foi um acaso. Gosto de mulheres desde que me entendo por gente. Assim como gostava de homem, eu gostava de mulher também. — Minha mente é transportada para o acampamento de verão quando eu tinha sete anos e me apaixonei por uma menina linda e loira vários anos mais velha que eu. Sempre reparava no cabelo dela balançando enquanto corria durante o jogo de pega-pega. — Sempre foi assim. E sei que pode ser difícil de ouvir, mas não consigo mais esconder. É quem eu sou.

Digo a última frase de forma suave, e o pânico nos olhos dela se esvai um pouco. Ela solta uma risada abafada, e agora quem fica surpresa sou eu.

— Eu suspeitava desde o banquete — diz ela. — Mas você é tão feminina — insiste. — Tem certeza?

— Ah, tenho — digo, e espero que não tenha soado muito lasciva. Ela cobre o rosto com as mãos e solta o ar, e então abaixa as mãos.

— Ainda há alguma chance de você ficar com um homem? Ainda gosta de homens? Ou isso acabou?

Tento muito não ficar frustrada. Respiro fundo.

— Eu também gosto de homem, isso não mudou. Há chances de eu namorar um cara. Mas estou lhe contando isso porque posso também acabar namorando uma mulher. E você tem que saber isso a meu respeito.

— Seria mais fácil se ficasse com um homem. Para você, e não digo isso para te pressionar, mas para mim também — diz ela, suplicante.

Fofocas. Odeio que isso esteja em jogo. Tenho a sensação de que ela quase não ficaria receosa se não fosse pela intrusão externa, pelo coro de pessoas gritando: "Ah, que horror!". Tenho empatia por ela. É difícil dizer "que se dane" para todo mundo. Digo, é com isso que tenho tido problemas esse tempo todo. Não posso esperar perfeição dela quando mal consigo resistir às convenções.

— Eu sei. E sinto muito por toda a dor que isso pode causar a você. Não quero que isso aconteça conosco. Mas não tem o que fazer. Eu sou assim.

Ela balança a cabeça.

— A comunidade é tão antiquada.

Meu rosto esquenta, meus olhos se enchem de lágrimas. Ela entende. Sabia que ela entenderia.

— É mesmo.

Então, seus olhos se enchem de lágrimas e não parecem felizes.

Tenho vontade de soltar um gemido de dor porque, quando minha mãe chora, eu cedo ao que ela quer e viro as costas para mim mesma. Posso lidar com sua raiva e arrogância, mas nunca com sua tristeza genuína. Ela dá um pequeno passo em minha direção.

— Isso quer dizer que nunca vai ter filhos?

Quase rio. Claro que é com isso que está preocupada. Balanço a cabeça enfaticamente.

— Não. Eu quero ter filhos, no futuro. Existem maneiras de ter filhos sem ser casada com um homem. — Mudo para armênio: — Um dia, você será avó.

Ela solta o ar bem devagar e faz o sinal da cruz.

— Então consigo conviver com quem você estiver. Tantig Sona e sua boca grande que se danem.

Espero que ela se disponha a muito mais do que apenas conviver, mas já é um grande passo. Parece que tantig Sona é uma representação do restante da intolerância da comunidade. Minha mãe está do meu lado, eu nem consigo acreditar.

— Mãe, vai ficar tudo bem. Vou dar orgulho para a senhora.

— Nareh, você já me dá. Diana me mandou seu artigo. Ele é… Nem acreditei que foi minha filha que escreveu. Senti que estava lá com você. E queria estrangular esse homem que fez aquilo.

Ela… Ela leu?

— Por que não me disse?

— Eu ia te contar, mas aí você me interrompeu para dizer que é gay. Ou sei lá, não sei as palavras certas. — Ela bufa e continua: — O artigo ficou muito bom, é o que quero dizer. Com esse talento, sei que vai conseguir outro emprego.

Pressiono os lábios, tentando evitar que um grito saia. Não consigo lhe agradecer com palavras, então me aproximo e a abraço, ela me abraça de volta, e ficamos assim por um tempo; tinha me esquecido de quão bom é só abraçar e ser abraçado pela sua mãe. Sou uma criança outra vez; ela cheira e parece a mesma pessoa de quando eu tinha cinco anos.

Quando finalmente nos afastamos, minha mãe me olha de forma estranha.

— Sabe, no primeiro ano do ensino médio, você teve que escrever uma redação sobre um colega de classe. Você escreveu sobre sua amiga do time de futebol. Qual era o nome dela mesmo, Jasmine? Você descreveu bastante o corpo dela. Achei que talvez a admirasse muito, mas agora talvez eu pense diferente.

Eu me lembro de qual redação ela está falando. Nos meus tempos de menina ingênua, nos passaram o estranho exercício de escrever uma redação descritiva sobre um colega de classe, e aproveitei a oportunidade para deixar meu coração discorrer livremente na página sobre os meus sentimentos por Jasmine (sem entender que era, na verdade, desejo, embora eu imaginasse a gente se beijando no armário do zelador, detalhe não incluído na redação). Não acredito que minha mãe se lembra disso.

— Pois é — digo. — Não era só uma admiração amigável. Era uma paixonite total.

Ela balança a cabeça em negativa.

— Nunca vi algo assim na minha época. Lá em casa, todo mundo era casado ou solteiro, não existia gay. Às vezes você suspeitava, mas uma mulher não poderia andar na rua com um homem com quem não fosse casada, que dirá dois homens de mãos dadas. Eles seriam assassinados na hora.

— Que horror...

Ela faz um som de profunda concordância. Então, diz, sério e baixinho:

— A gente nunca se esquece dessas coisas. Quando vi você beijando Erebuni, pensei: "Eles vão matar a minha filha".

Nossa. Não sabia disso. Eu poderia dizer que não se preocupasse, que isso não ia acontecer. Seu medo é contestável. Mas ela está compartilhando essa parte de si mesma comigo, e sei que não quer ser tranquilizada. Ela só quer que eu saiba quão assustada estava. Isso é o mais próximo que posso chegar de um pedido de desculpas pela maneira como ela agiu no banquete.

— Lamento que tenha se sentido assim.

Ela suspira.

— Sei que é burrice.

— Não, não é. Você foi criada assim, foi isso que viu e ouviu. Eu entendo. Estou feliz que você possa ver além disso agora. Sério, obrigada. Por tudo.

Ela estuda o pano de prato amarelo no qual está apoiando a mão e faz um gesto de desdém com a outra.

— Não me faça parecer tão preconceituosa só porque foi algo difícil *para mim*.

Sorrio. Ela sempre precisa estar certa. Por mim tudo bem.

— Tudo bem, mãe.

Então, Nene entra com uma expressão de quem está prestes a compartilhar algo grandioso. Minha mãe e eu nos voltamos para ela. Nene levanta o dedo.

— Lá em Anjar tinha uma mulher que eu conhecia, mais velha que eu.

Apoio meu peso na outra perna. Adoro quando Nene conta sobre seu passado, mas meio que esperava ter mais tempo com minha mãe para conversar sobre minha saída do armário, e sobre Erebuni especificamente. Receio que, depois de interrompidas, nosso papo acabe por aqui e a gente nunca mais retome o assunto.

Nene continua:

— Ela era uma lutadora feroz, de Musa Dagh. Tinha umas fotos dela com balas do pescoço até a cintura. Dizem que ela matou cinquenta soldados inimigos enquanto defendia sua casa. Ela e a sua família enfim partiram em 1939, creio eu, quando a França anexou definitivamente a Turquia. Eu tinha nove anos, e nós os encontramos logo depois. Anjar era muito pequena. Nunca se casou. Ela me disse uma vez, depois do que viu e do que fez, que nunca deixaria um homem mandar nela. Foi a mulher mais impressionante que já conheci, e, quando me casei com Hrant, fiquei triste por não poder ser mais parecida com ela.

Caramba... Então Nene estava nos ouvindo esse tempo todo? Ela, sem dúvida, captou essa coisa de namoro entre pessoas do mesmo sexo. Quanto da conversa ela entendeu? Além disso, entre esta conversa e a do banquete, parece que Nene se arrepende de algumas atitudes que tomou, ou melhor, não tomou. Seu amante poeta, aquele que ela largou para se casar com meu avô. Ela guardou essas lembranças por décadas e só agora as está compartilhando.

— Então, estou lhe contando isso porque acho que ela é um pouco parecida com sua amiga, Nar, minha querida. A mulher alta que você apresentou para a gente no banquete, com quem conversava, feliz da vida, toda vez que ela descia do palco. Aquelas duas, elas se expressam da mesma maneira.

Fico boquiaberta. Ela estava prestando atenção, e não só agora: ela viu Erebuni e eu juntas no banquete, fazendo mímicas e digitando mensagens no celular. Meu coração dói ao pensar em como nós estávamos felizes naquele momento, sem saber o que estava por vir apenas uma hora depois.

E que Erebuni a faz se lembrar desta feroz guerreira de Musa Dagh.

— Traz ela para jantar aqui em casa. Para que a gente a conheça melhor — sugere Nene.

Minha mãe respira fundo, roubando todo o oxigênio do cômodo. Para ela, é um passo de cada vez, e provavelmente começar assim é um pouco demais.

— Ela está, hum… meio chateada comigo agora. Porque menti para ela — explico. Nene faz aquela cara como se tivesse toda convicção do mundo. Ela faz um gesto com a mão.

— Vocês conseguem fazer as pazes. Você é uma garota com muitos recursos.

Ela me dá um tapinha no braço e sai da cozinha como se não tivesse jogado a maior bomba no nosso colo.

Eu olho para minha mãe.

— Você sabia disso? — pergunto.

Minha mãe está tanto surpresa quanto inabalável, como se essas grandes revelações de Nene fossem rotina em sua vida cotidiana.

— Nene é um mistério para nós duas — responde. Ela se vira para a pilha de vagem e continua: — Precisamos continuar, se quisermos ter alguma esperança de comer *fassoulia* hoje. — Depois acrescenta em armênio: — Minha filha.

Uma janela pode ter se fechado para que os meus sentimentos se expandissem detalhadamente, mas já me sinto mais leve. É como se eu tivesse arrancado uma camada inteira de pele e estivesse toda brilhante e macia por baixo. Estou catando feijão, esmagando alho e abrindo latas de tomate como se não estivesse aqui. Continuo repassando mentalmente a cena de minutos atrás.

Tem mais um detalhe. Agora que contei para minha mãe e para Nene, quero continuar contando, gritar para o mundo.

Quase não consegui acreditar em quão libertador foi escrever aquelas palavras sobre o que aconteceu na KTVA com Richard, quanto eu precisava disso. Foi o que me ajudou a entender tudo. Agora preciso fazer isso de novo, e não é como se eu não tivesse o lugar perfeito para gritar sobre minha sexualidade para o mundo. A necessidade de fazer isso está me impulsionando, me incitando a encarar os fatos.

São quase dez horas da noite, e há uma luz penetrando a neblina. Sei aonde preciso ir. Dou uma última olhada na bancada e informo à minha mãe que preciso sair um pouco. A forma como digo — sem pedir permissão, sem pedir desculpas — surpreende até a mim mesma.

28

Um muro não se constrói com uma só pedra.
Մեկ քարով պատ չի կայնիր:

— Provérbio armênio

Em casa, depois de colocar o último prato do jantar na lava-louça, estou no meu quarto, à vontade com o aquecedor ligado e revisando a foto escolhida. Estou segurando o celular como se ele fosse uma joia rara e me deixasse encantada com seu poder. Percorro as palavras que passei o dia todo escrevendo.

Este não será o tipo de post que costumo fazer no Instagram. É o mesmo tipo de selfie sorridente, ainda a Nareh que adora matcha lattes e flores nas calçadas, mas há outra camada de mim que escondi por muito tempo e quero compartilhar com todos vocês.

Sou bissexual. É isso, uma coisa tão pequena, só duas palavras, mas que tive medo de dizer abertamente. Tenho medo de que as pessoas pensem que estou compartilhando demais da minha vida, querendo atenção ou sendo explícita a respeito da minha vida sexual. Enquanto escrevo isso, imagino alguns leitores balançando as mãos, como quem diz: "Hum, não precisava saber disso". Se você se encaixa nessa descrição, o botão "deixar de seguir" está logo ali.

De vez em quando, eu lia histórias de outras pessoas se assumindo e ficava feliz por elas, sentia orgulho, mas sempre pensei: "Isso é para outras pessoas, não para mim". Achei que, enquanto estivesse com meu (agora ex) namorado, nunca precisaria me assumir. E, para ser sincera, se eu não tivesse conhecido a mulher mais incrível do mundo, tem uma parte de mim que acha que eu nunca teria me assumido. Fico assustada só de pensar que eu poderia ter passado minha vida inteira dentro do armário.

Mas agora esta declaração também faz parte de mim. Porque não quero me esconder como se fosse algo vergonhoso. Porque não quero ter de fingir que alguém é só uma amiga. Porque não quero machucar as pessoas com mentiras só para seguir as regras. Porque a vida é assim, e você não escolhe por quem você se apaixona.

Ser aberta sobre quem sou pode dificultar alguns aspectos da minha vida (por exemplo: a aceitação da comunidade, porque, vão por mim, nem todo mundo que mora em São Francisco é um aliado de coração aberto), mas só de digitar essas palavras, já me sinto mais leve. Quero um tipo específico de liberdade que só surge quando você grita quem você realmente é. Desejo que isso inspire outras pessoas também.

Obrigada por estarem aqui comigo e me permitirem compartilhar minha história com vocês.

Já li e reli centenas de vezes; está pronto. E a foto está perfeita. Eu em Ocean Beach, com meu cabelo solto e um sorrisinho de surpresa no rosto, como a primeira reação ao sentir cócegas. E, na minha camisa, minha nova aquisição. Fui a uma loja de bugigangas em West Portal e encontrei um broche de arco-íris. Eu me senti um pouco forçada fazendo isso, tipo, *ah, agora você compra um broche de arco-íris, Nar.* Mas, sim, é exatamente isso; este é o meu momento. O broche de arco-íris está aparecendo no canto da minha camisa, onde ainda está, já que não o tirei. Mas ainda não cliquei em "Compartilhar".

Porque, por mais que eu tenha me assumido para minha mãe, e não importa quanta confiança eu transmita no post, ainda assim é assustador.

Estou fazendo um anúncio para milhares de pessoas, algumas das quais conheço. Meus primos me seguem, alguns amigos da minha mãe também. É a atenção deles que me deixa mais nervosa, não a dos estranhos. Droga, vou ter de mandar uma mensagem para os meus primos um por um e contar para eles primeiro? Não, não precisa. Um post, e pronto, está no mundo.

Sei o que meu pai pensaria. Ele odiaria tudo isso. Todos os meus medos sobre atrair atenção e o compartilhamento excessivo de informações foram sementes plantadas por meu pai. Ele não gostaria que o mundo soubesse que sua filha gosta de mulheres, que ela não é um espécime perfeito dos Estados Unidos branco e hétero. Bem, que se dane. Uma parte de mim se sente culpada por achar coisas ruins dele e por como me safei facilmente, já que ele não está aqui para brigar comigo.

Um pensamento me ocorre, e é estranho, mas vou em frente mesmo assim.

— Pai — digo em voz alta. — Essa sou eu. Espero que você me aceite.

Eu me sinto melhor depois disso, como se a última pessoa para quem eu precisava contar tivesse sido informada. Nunca pensei que minha grande revelação incluiria me assumir para um fantasma, mas aqui estamos.

Na minha parede está a arte abstrata de café que Erebuni me deu. Eu me pergunto se ela se lembra que eu a tenho, esse pedaço dela em minha casa. O café derramado parece sujeira, vendo de primeira. Então, enxergo uma pá, uma enxada. E talvez flores tremidas nas bordas, dálias e anêmonas. Não tenho certeza se é isso que Erebuni tinha em mente ou se sou a única pessoa que consegue ver esses objetos, mas sinto que são um sinal positivo.

Estou mesmo me transformando em minha mãe com esse lance da superstição. Bem, lá vai. Passo o dedo sobre o botão e clico rápido, para não desfazê-lo. "Compartilhar." Está feito. Estou fora do armário. Meu coração quase sai pela boca. Ai, meu Deus, o que eu fiz? Ainda dá tempo de apagar. É algo grande e assustador de partilhar, e não há como voltar atrás quando as pessoas virem.

Então, as notificações começam. *Curtida. Curtida. Curtida. Curtida.* Elas vibram na tela, uma após a outra, como um pulso. Depois, entram alguns comentários e emojis de coração com a bandeira. Ganho um "Amo você, garota" de um dos meus primos. Tá bem, talvez… Talvez não seja tão ruim.

E, sejamos realistas, fiz isso em parte para Erebuni ver minha revelação. É para mim, mas há uma mensagem forte diretamente para ela. Já são mais de nove da noite, e, embora tudo que eu queira fazer seja mandar uma mensagem para ela, decido que, primeiro, é tarde demais para mandar mensagem para alguém que ainda está triste com você; e, segundo, que devo agir com calma em vez de sair gritando para ela: "Olha o que eu fiz!".

Eu me deito na cama e absorvo os comentários de bondade chocante de estranhos. Estão chegando uns mais específicos agora. Mulheres dizendo que são bi também, mas não contaram a ninguém; mulheres que são assumidas e estão orgulhosas de mim também; outras pessoas que não dizem qual é sua sexualidade, mas que me agradecem pelo post mesmo assim, ou dizem que meu cabelo fica lindo daquele jeito. Um homem comentou "gostosa". Não é o tipo de apoio que eu procurava, mas é melhor ele dizer algo idiota do que me mandar *hate*.

Já faz uns dois anos que tento não me afetar com comentários, sejam eles bons ou ruins — caso contrário, cairei na armadilha de deixar os outros ditarem minha vida, deixá-los definir quem eu sou. Sempre imagino que estão falando com um personagem, não com Nar, meu verdadeiro eu. Mas hoje tiro o véu e dou a cara a tapa para os comentários, sentindo todos eles. O mundo me conhece. Sou mais eu do que nunca. É com este pensamento que pego no sono.

A claridade do sol no meu quarto me acorda. A julgar pela inclinação da luz na parede, eu diria que são oito da manhã. De… um sábado, é. Costumava ser o meu dia de folga, pelo qual tanto ansiava, mas agora tenho uma longa lista de vários nadas esperando por mim. Pelo menos posso ler os comentários novos.

O pensamento me desperta o suficiente para tirar o braço das cobertas e pegar meu celular. E, sim, há mais de noventa e nove notificações do Instagram, mas todas elas podem esperar porque há uma mensagem de Erebuni.

Eu me sento na cama. Talvez ela tenha visto o post. E, ai, meu Deus, ela enviou logo depois das onze horas. Uma mensagem tarde da noite só pode ser uma coisa boa. Eu acho. Espero.

Deslizo o dedo na notificação para ler.

> Li seu post. Sinto um bolo na garganta. Estou chocada. O texto é muito vulnerável e bem escrito. Não deve ter sido fácil. Como está se sentindo depois disso?

Logo abaixo outra mensagem.

> Você está muito bonita na foto também.

Ela está puxando papo. E um elogio?! Sim, meu Deus, talvez eu tenha uma chance. Enfio a cabeça debaixo das cobertas e solto um gritinho de felicidade. Então, volto para respirar e leio as mensagens de novo.

Droga, ainda é muito cedo para responder. Acho que em meia hora, lá pelas 8h45, eu respondo. Escovo os dentes e me arrumo enquanto penso na minha resposta, como se me preparar fisicamente fosse me trazer uma inspiração divina, mas ajuda a me distrair de responder à mensagem imediatamente.

Finalmente, digito.

Obrigada, me sinto ótima. Estou surpresa com todas
as respostas positivas.

Ir com calma, por mais que a resposta mais precisa para
o momento fosse: *"Você me mandou uma mensagem! ISSSSSSO"*.
Mantendo a compostura, continuo com:

Como você está?

Pouco depois, ela responde.

Não ando muito bem, mas algo está diferente hoje
de manhã.

Esperança? Eu estaria me gabando se achasse que fosse
por minha causa, né?

Aí vem outra:

Vou entender se você não quiser, por eu estar
distante, mas será que você toparia me ver? Hoje
estava querendo ir no Conservatório das Flores.
Quer me encontrar lá?

Prefiro me encontrar com ela a fazer qualquer outra coisa
nesse bendito mundo. Tentando não soar desesperada, digo
a ela que, sim, quero. Ela pergunta se consigo chegar lá em
duas horas. Consigo, com certeza.

29

De coração para coração, existe um caminho.

Սրտէ ի սիրտ ճամբայ կայ։

— *Provérbio armênio*

Nunca fui ao Conservatório das Flores. Esse é o peso de crescer na cidade; você raramente visita os pontos turísticos que são referência por algum motivo. Uma vez meu pai e eu tentamos ir a Alcatraz com Diana e o pai dela. Mas, quando chegamos ao cais, os ingressos estavam esgotados, pois, aparentemente, é preciso planejar essas coisas com antecedência. Queria ter ido lá com meu pai, porém nunca mais tentei ir. Talvez eu vá com minha mãe e Nene; poderíamos visitar as pedras escarpadas e nos lembrar dele.

Disse à minha mãe e à Nene que ia ver Erebuni, e minha mãe me deu dicas sobre o que vestir e como não parecer muito desesperada — o que aceitei de bom grado. Nene me disse para levá-la para jantar lá em casa outra vez.

Visto de fora, o lugar parece uma enorme gaiola branca, e, quanto mais me aproximo, menos consigo deixar de me sentir como um pardal pulando de volta para o ninho. São onze da manhã, ainda há neblina e o clima está fresco, porém está esquentando, mesmo o ar não estando tão denso. Sinto um arrepio, estou com uma ciganinha branca, uma calça jeans reta e uma sapatilha rosa pastel com lacinho. Estou apostando em mostrar, de forma sugestiva, os meus ombros para provocar olhares naturais, sem parecer que estou me esforçando muito (é sério).

Olho ao redor do parque para ver se há uma bruxa esbelta em meio às pessoas, mas não avisto Erebuni. Ela pode já estar lá dentro, e estou muito nervosa para mandar mensagem, já que são onze em ponto. Não quero parecer desesperada. Entro sozinha.

Lá dentro, o contraste é nítido. Espaços escuros e apertados, com plantas suspensas e seus galhos cheios, as folhas cerosas pendendo para baixo. E muito calor — dá quase para sentir o cheiro da umidade. Nenhuma dessas plantas tropicais parece ser nativa de São Francisco, e, considerando o calor que precisam para prosperar, a temperatura interna faz sentido. Respiro fundo e sinto como se estivesse sendo purificada de alguma forma.

Está silencioso aqui, os outros visitantes falam baixo, como se estivessem em uma biblioteca. Tenho a sensação de que estive em um lugar parecido recentemente, e então me recordo do jardim de inverno de Kiki, da entrada de vidro. Lembro de Erebuni com sua blusa vermelho-sangue. De beijá-la no sofá antigo de veludo. Diante de mim, há uma planta longa e alta, com folhas macias e peludas na ponta. A suavidade da textura me lembra muito daquele momento na casa de Erebuni. Então, sinto um toque leve no meu ombro e ouço um "oi" sutil.

Eu me viro, e lá está ela. Está toda arrumada, com uma blusa preta decotada, calça jeans e batom escuro. A vegetação atrás dela a enquadra como se fosse sua aura, o que me deixa impactada com sua divindade.

Então, a adrenalina toma conta de mim, uma insanidade que me leva a questionar se é mesmo ela ou se foi minha mente que a inventou. Eu me dou conta de que pensei que nunca mais a veria. Mas é Erebuni mesmo. Seus micromovimentos, seu sorriso de canto (o grunhidinho mais amigável do mundo); eu não conseguiria inventar tudo isso.

Porém, há algo diferente nela, uma tensão que não captei em nenhum de nossos encontros anteriores. Nenhuma de nós se inclina para um abraço. Não restam dúvidas de que há um limite agora.

— Gostei da sua blusa — digo, como uma boba. — Eu nunca poderia usar algo assim.

Faz dez segundos que estamos juntas e eu, graciosamente, direcionei a conversa para seios. Eu não tenho jeito mesmo.

— Claro que poderia — diz ela.

Parece que ela vai falar de novo, mas para. Em vez disso, a quietude nos rodeia. Se eu não disser algo agora, será insuportavelmente estranho. Faço um gesto ao nosso redor:

— Que lugar legal!

Ela concorda.

— Quer dar uma volta?

— Com certeza.

Nós duas tomamos a frente ao mesmo tempo, em direções opostas, o que faz com que a gente se trombe. Eu sorrio e passo a mão no local onde nos tocamos.

— Pode ir — digo.

— Não, você primeiro.

Eu a guio até o andar de cima, e nos conduzo por um corredor onde as plantas de ambos os lados crescem ligadas umas às outras, formando um arco acima de nós. No chão, há uma estrutura de metal *art déco* que ressoa conforme caminhamos nela.

Nós duas paramos para admirar uma delicada flor em forma de aranha, então ela diz:

— Eu não queria te deixar no vácuo depois do banquete.

Graças a Deus, ela tocou no assunto. Minha covardia não me permitiria fazer isso. Mas agora que o assunto foi introduzido, talvez eu consiga comer pelas beiradas. Faço um som para indicar que foi uma atitude compreensível. Ela continua:

— Mas fiquei muito magoada. E achei que, se a gente conversasse, eu ficaria normal com você e fingiria que aquilo nunca aconteceu, mas me agarrar a esse ressentimento fez com que isso envenenasse nosso relacionamento. Eu não queria isso. Eu devia ter sido mais direta. Mas fiquei magoada e muito surpresa com a notícia do noivado. Com o que você disse para sua mãe.

Os sentimentos daquela noite me atingem mais uma vez, me lembro da maneira como ela olhou para mim, sentindo-se totalmente traída. E ela estava no direito dela. Para afastar a lembrança, me concentro em um lírio ceroso, um verde tão claro que é quase amarelo, tão brilhante que poderia ser de mentira, como se tivessem colocado uma isca aqui e ali para deixar o lugar mais exuberante. Mas sei que não é o caso. Tudo aqui é muito real.

Não consigo expressar quanto sinto muito nem consigo olhar para ela. Pelo menos, continuamos a andar. Olhando fixamente para a frente, digo:

— Eu sei. Não posso te culpar. Não que eu te culpe, é só um jeito de falar. Quer dizer, aconteceu muita coisa naquela noite, e sinto muito por isso.

Erebuni respira fundo, como se estivesse se preparando.

— A palavra de alguém é muito importante para mim. Gosto de gente que tem palavra, confiável, de me jogar nos meus namoros. Nas amizades também. E, claro, mesmo que eu entenda que as circunstâncias são diferentes para quem já se assumiu, fingir não ser sua namorada seria muito difícil para mim. Posso fazer isso por um tempo, mas preciso ter alguma certeza de que não será para sempre. Depois daquela noite, não tive certeza se conseguiria.

Assinto, olhando para baixo.

— Entendo por que se sentiu assim.

Ela para de andar.

— Mas tenho me sentido um caos, Nar.

O quê? Sempre presumi que ela tivesse seguido em frente por raiva. Que sentiu sua raiva particular contra mim e depois voltou à sua rotina. Finalmente, consigo olhar para ela. Erebuni está realmente angustiada. Dedos entrelaçados, como se estivesse com medo de separar as mãos uma da outra.

— Senti sua falta. A gente quase não... Ficamos juntas só por duas semanas, mas parece que foi mais tempo. Eu me convenci de que você tinha voltado para o seu noivo e que eu não devia entrar em contato.

Preciso falar alguma coisa agora. Se eu esperar, pode ser tarde demais, pode virar uma reflexão tardia. Quero ser franca com ela.

— Eu voltei...

— Quê? — pergunta ela, me interrompendo. — Mas aquele seu post... Você falou de mim de um jeito que me fez pensar que você não ficaria com ele.

Suas palavras saem muito mais alarmadas do que eu esperava. Nossa conversa estava fluindo como uma música, tudo caminhando para um *crescendo,* e agora foi como se eu tivesse desligado o som. E espera aí. Ela só disse que queria me encontrar porque tinha certeza de que Trevor e eu tínhamos terminado? Não quero criar expectativa de que isso signifique que ela quer voltar, mas é claro que é o que eu mais quero. Agora posso ter simplesmente desperdiçado a minha oportunidade.

— Não, não. Eu voltei, mas por muito pouco tempo. Depois que conversamos, depois que você me largou, fiquei deprimida, me sentindo sozinha. Nunca me senti tão sozinha. Então, quando ele voltou de viagem e me procurou, não quis perder a chance de sentir que alguém no mundo se importava comigo. Eu sei, é horrível, mas esse é o único motivo que me fez ir vê-lo. E quando cheguei lá... — Ai, meu Deus, me ajude a criar coragem para falar, porque sei que isso pode estragar tudo, mas quero ser honesta com ela. — Eu o beijei.

— Ah — diz ela, baixinho. Seu semblante murcha com a decepção, seus lábios se contraem. Então, ela começa a se mover, como se nem percebesse que está andando.

Eu a acompanho enquanto entramos em um novo ambiente, mais quente e úmido que o anterior. As plantas ficam maiores, as folhas se espalham de forma impressionante. Percebo pela primeira vez que a umidade do ar deve estar deixando meu cabelo enrolado, e não me importo.

Tento atrair a atenção dela.

— Pareceu muito errado. Você e eu tínhamos terminado havia uma semana, mas eu ainda sentia que estava te traindo de alguma forma.

Um casal mais velho com jaquetas roxa e azul se aproxima de nós na direção oposta. Erebuni diminui a velocidade até parar, eu me acalmo e dou a eles um sorrisinho educado. Eles se afastam, mas continuo falando baixo:

— Senti que estava traindo a mim mesma. Então, terminei com ele de vez, foi logo depois disso.

Eu a ouço suspirar. Mas não parece ser de alívio, e sim uma reflexão.

Dou um passo em direção a ela, captando seu olhar relutante.

— Achei que nunca mais veria você, e mesmo assim terminei com ele.

Seu olhar está distante.

— Mas tentou voltar com ele. Tentou ver se daria certo.

Dou de ombros, me desculpando. Ainda não terminei, preciso que ela entenda o panorama da situação. Pelo menos ela está ouvindo. Ainda tenho sua atenção.

— É, de certa forma, sim. Não foi bom para mim. Ficamos cinco anos juntos, não importa o que poderia acontecer, eu tinha que vê-lo pessoalmente, já que tínhamos dado um tempo daquele jeito… sem muito esclarecimento. Eu estava num momento ruim quando fui. Parte de mim presumia que a gente ia simplesmente se reconciliar e dar certo. Que era isso que eu devia fazer. Pensei que minha mãe queria que eu ficasse com ele.

— Ah, sim, sua mãe. — Ela não diz isso de forma ácida ou sarcástica. Soa estático, como um objeto imóvel.

Isso desperta algo em mim. Também achava que esse era o maior obstáculo. Quer dizer, era, mas acontece que esse pensamento não ficou enraizado em mim para sempre. Tento esconder um sorriso.

— Mas não é mais assim. Você viu o post. Não me assumi só para o mundo anônimo. Antes de postar, contei para minha prima Diana e para minha mãe. Até para minha avó.

Erebuni para de andar de novo, assim que entramos em outro ambiente, o mais amplo em que estivemos até então, com enormes nenúfares redondos como formas de torta, pontilhando um lago como se fossem um caminho de pedras.

— Você contou para elas? Eu esperava que tivesse contado, mas não acreditei... — Sua voz tem um tom de euforia.

— Contei.

Não digo mais nada porque estou muito ocupada apreciando sua mudança de expressão. Há uma transformação em cada detalhe seu.

— O que elas disseram? — pergunta, ansiosa e esperançosa. Ela quer acreditar que vai dar certo, e eu absorvo como a luz do sol a sensação que ela está causando em minha pele.

Respondo rápido:

— Diana basicamente já sabia. Ela foi muito gentil e empática. E minha mãe ficou ok. Ela precisou de um tempo para digerir, mas, depois que contei abertamente, não foi um choque tão grande. Ela entendeu que sou assim. — Sorrio para Erebuni. — Vai ficar tudo bem.

Digo a última frase com firmeza e, quando sinto uma lágrima quente no rosto, me dou conta de que estou dizendo isso tanto para mim quanto para Erebuni. Ainda não tinha admitido totalmente para mim mesma. Vai ficar tudo bem, e é só o começo. Pode ficar tudo mais do que bem. Muito mais.

Então, sinto algo. Sua mão está na minha, e há calmaria em seu toque. O gesto me tranquiliza, todo o meu corpo estremece, incapaz e sem vontade de se mover. Talvez seja por causa dos meus olhos marejados de lágrimas ou pelo tremor dentro de mim, mas, neste momento, é como se eu visse o mundo através de uma textura de tecido. E a maneira como ela está olhando para mim é totalmente nova. Ela fica corada. De repente, Erebuni parece disposta a tentar.

— Nar — diz ela.

Enxugo a lágrima com a outra mão, sem me atrever a afastar a que ela está segurando. Nunca mais nos quero separadas.

— Oi. — Minha voz está embargada por causa das lágrimas que tento conter.

— Você conseguiu. — Não é uma pergunta, mas eu respondo:

— Eu consegui — sussurro, concordando.

Ela se aproxima.

— Posso te dar um beijo?

Assinto e viro meu rosto em direção ao dela. Sinto a maciez de sua bochecha roçando na minha, e então ela me beija com lábios tão maleáveis e firmes quanto água corrente. O cheiro de seu perfume de rosa se mistura com a umidade, tornando o cheiro tão inebriante que me perco nele com a certeza de que, não importa o que aconteça, nunca esquecerei este aroma.

Ela se afasta devagar. Há um rubor mais intenso do que antes em seu rosto, o contorno de suas íris está mais destacado. Não há nada a ser escondido nem medos ocultos. Cada linha em seu rosto é acolhedora. Memorizo suas maçãs do rosto, o tamanho de seus olhos. Mas não quero ter só que me lembrar disso.

Preciso dizer a ela; isso é tão importante quanto respirar.

— Eu quero ficar com você. De verdade. Você é muito especial para mim, e quero dar uma chance de verdade para nós duas.

Ela dedilha o polegar na minha mão.

— Eu gostaria muito disso.

Não consigo evitar, praticamente me jogo em cima dela, lhe dando outro beijo, e Erebuni dá uns passos para trás. Paramos contra um muro de plantas sem esmagá-las, e as trepadeiras se enrolam em nossos cabelos como se fossem cobras de jardim.

Rimos por causa da quase queda.

— Isso está acontecendo mesmo, né?

— Está — responde ela. Depois, em tom de confissão, acrescenta: — Eu não estava aguentando ficar longe de você. Tudo que fiz tinha um pouco menos de brilho, até as coisas com as quais sempre me importei. Seu artigo, seguido do seu post, me fizeram ter certeza de que era um ponto de virada. Você tomou decisões tão poderosas e difíceis. Eu me sinto mal por duvidar que você faria tudo isso. Desculpa por não ter acreditado mais em você.

Ainda não superei o fato de ela ter sentido minha falta nas últimas semanas. Penso em como ela deve ter se sentido quando leu meu artigo e depois meu post me assumindo. Parte de mim sabia, porém, que minha conexão com Erebuni não estava totalmente encerrada. Aquele fio prateado que nos conecta através do éter estava esticado, mas não partido. Ela deve ter sentido o mesmo.

— Não, não, eu que tenho que me desculpar. Vamos ser sinceras: aquela noite no banquete foi um show de horrores.

Ela ri.

— Total. — Ela puxa uma pequena pétala branca do meu cabelo. — Mas você se redimiu muito bem. — Ela pega sua bolsa e, puxando algo que parece um marcador de página, continua: — E falando em banquete…

Ela entrega para mim. Nossa tira de fotos feita naquela noite.

— Não tenho vergonha de dizer que ando com isso por aí. Vai que…

Todas as fotos, até mesmo as duas bobas, irradiam a nossa alegria de estarmos juntas. As fotos nos capturam inteiramente como éramos e como, me permito desejar, seremos.

— Não acredito. Minha mãe disse que tinha jogado fora, fiquei tão chateada com ela…

— Tinham duas cópias — conta ela, com um sorrisinho de satisfação.

Seguro a tira de fotos como uma joia rara que pensei ter perdido.

— As fotos ficaram lindas — digo.

Estar aqui assim, com ela, é tudo que eu queria. O sorriso dela, saber que ela pensou em mim esse tempo todo. Seu perdão. Mas começo também a me sentir constrangida. Não tenho me sentido muita coisa nas últimas semanas. Ultimamente sou uma pessoa que só usa pijama, faz tarefas domésticas e aspira a coisas melhores.

— Se quiser tentar de novo, preciso avisar que não tenho certeza do que tenho a oferecer como namorada. Estou desempregada e sabe-se lá quando vou arranjar um emprego de novo. Fui demitida. Digo, você leu o artigo. Tem certeza de que quer namorar comigo? — digo, meio que brincando, mas também falando sério, e espero que perceba isso.

— Li. Achei muito armênio da sua parte. Morrer em honra da sua causa, contra inimigos extremos. — Ela sorri com a própria piadinha e continua: — Você tem muito potencial. Na verdade, semana passada eu estava conversando com um amigo meu, dono de uma empresa parecida com a Vice News, focada em questões armênias e com um formato mais longo, com mais *storytelling*. É claro que pensei em você, mas na época presumi que ainda estivesse no seu antigo emprego. Não tinha ligado os pontos até agora.

Eu me esforço para me concentrar no que ela está dizendo, porque é como se um desfile com bateria e faíscas explodindo estivesse acontecendo na minha cabeça. Essa pode ser a minha chance.

— Se estiver interessada, coloco vocês em contato. Ele está procurando repórteres — continua Erebuni.

Meu anjo da guarda. Seria um sonho, a solução perfeita, tanto que nem me permiti sonhar com isso. Parece melhor do que qualquer outro trabalho que passou pela minha cabeça nas últimas semanas, e já me pego pensando nas histórias que eu poderia cobrir.

Não está garantido, e tampouco tenho certeza se uma empresa como essa me contrataria, já que todos os meus segmentos são bem café com leite. Mas tenho minha reportagem da aula de culinária armênia e a do banquete armênio com a congressista Grove. Posso mostrar a eles quanto quero isso.

Ainda não respondi, e Erebuni acrescenta:

— Só se estiver interessada. Não quero interferir na sua carreira.

— Não — digo, interrompendo-a. — É incrível. Eu adoraria.

Eu me sinto preenchida por algo. É uma imensidão de possibilidades, uma onda de puro otimismo que me faz ter certeza de que nada mais pode me abalar.

Quero compartilhar isso com ela, caminhar com ela, então digo:

— Vou adorar que você faça parte de tudo. Quero te contar tudo, quero contar muito mais e ouvir tudo que andou fazendo. Será que posso ser superotimista e perguntar se podemos passar o dia inteiro juntas? Tem algum outro plano?

Erebuni parece nem um pouco surpresa, inabalável como sempre, e aproxima meu rosto do dela.

— Não tenho nenhum plano além de você.

Seguro a mão dela, a beijo, mas não a solto. Continuamos a andar pelo conservatório e reparamos nas plantas pelas quais passamos antes e não vimos. Mesmo se passássemos o dia inteiro aqui, continuaríamos descobrindo algo novo.

Andamos com calma, respirando a magia destas plantas durante algumas pausas. Paramos para nos beijar de vez em quando, ou para apoiar a cabeça no ombro uma da outra...

Fazemos tudo que temos vontade.

Epílogo

É melhor ir para o cativeiro com toda a aldeia do que ir sozinho a um casamento.

Նախընտրելի է բանտարկվիլ բոլոր գիւղին հետ քան թէ հարսնիքի երթալ մինակ:

— Provérbio armênio

— *Agora gostaríamos* de convidar todos que estão na pista de dança para se juntarem ao lindo casal. — A voz do DJ ressoa nos alto-falantes, o jogo de luzes destaca tons de néon pelo espaço. *O lindo casal.* As palavras se enraízam em minha mente, e mais uma vez tenho aquela chocante constatação de que este é o casamento da minha querida prima, minha amiga desde que nascemos. Eles escolheram um lugar e tanto, o Manor Hotel, que tem cem anos, pés-direitos altíssimos e detalhes dourados da virada do século ornamentando cada centímetro de parede.

Estou sentada em uma cadeira chique e estofada, cercada pelo trabalho árduo de Diana (e um pouco do meu) com as toalhas, os talheres e as flores dos seus sonhos — desta vez tivemos a ajuda de uma florista profissional, graças a Deus. Meu lugar é na mesa imperial com as outras madrinhas e seus acompanhantes. Erebuni está ao meu lado.

Ela está usando um vestido roxo-escuro com mangas bufantes que deixa os ombros de fora e um colar que dá várias voltas. Nos olhos, há um traço de sombra roxa metálica. Na boca, batom escuro matte. Meu par está radiante.

Eu me levanto, percebendo quanto fiquei satisfeita depois do bife com vegetais (que só foram suficientes porque é difícil alimentar trezentas pessoas e competir com os aperitivos armênios que o hotel nos permitiu servir). Estou com um vestido azul-gelo que vai até o chão, com um tule transparente que vai do busto ao pescoço, como uma gola rolê. Para um vestido de madrinha, até que é fofo. Sem alças, sem queixas.

Seguro a mão de Erebuni que está com um anel de cruz armênia em um dedo e um anel de lua no outro.

— Quer dançar? — pergunto.

Ela sorri e se levanta. Começamos a sair de onde estamos, mas Erebuni para e me faz olhar para a mesa da minha mãe. Minha mãe está sentada, intrigada com algo em suas mãos, bem embaixo da mesa. Estranho ela não ter se levantado para dançar, já que costuma ir para a pista de dança na primeira música. E Nene está recostada com os braços cruzados.

— Será que a gente vê se sua mãe e Nene querem ir também?

Nene insistiu para que Erebuni a chamasse de Nene, o que ela aceitou fazer com alegria. É fofo pra caramba ver Erebuni preocupada com minha mãe. Concordo e mudamos de direção, indo até ela. O DJ está tocando "Uptown Funk", e Diana e seu vestido gigante com saia princesa serpenteiam de acordo com o ritmo. Não tenho certeza de como ela consegue dobrar o torso daquele jeito com um espartilho, mas ali está ela, desafiando a física. Seu noivo — espera aí, seu *marido* —, Remi, está dançando ao seu lado, segurando sua mão e admirando a beleza de Diana como se ela fosse capaz de bombardear a Terra. E poderia mesmo. Uma multidão se formou ao redor deles, e só aumenta à medida que Bruno Mars chama os convidados para a pista de dança.

Conforme nos aproximamos da mesa da minha mãe e de Nene, tantig Sona, que estava sentada alguns lugares depois da minha mãe, empina o queixo ao me ver com Erebuni e passa por nós com nítido desdém. Por um instante, sou tomada por aquele medo de ser rejeitada pela minha família e de ficar sozinha. Tantig Sona me rejeitou. Mas então volto à realidade: Erebuni está bem ao meu lado, me dando uma força protetora, e minha mãe disse para que eu não me preocupasse com tantig Sona nem por um segundo. *A opinião dela não importa*, palavras de minha mãe.

Parada a apenas três metros de distância de nós, tantig Sona sussurra algo em um dos ouvidos da tantig de Diana e aponta com a cabeça para Erebuni e eu. O medo retorna. Sinto uma dor dentro de mim, porque minha própria tia, irmã do meu pai, me vê como alguém digna de desprezo e alimenta a fofoca. Eu a conheço minha vida inteira. Ria de suas piadas, comia sua comida. Embora eu saiba que ela está errada, dói. Pode ser que nunca pare de doer. Tantig Sona está botando minhoca na cabeça da tantig de Diana, que nem se vira para nós.

Ela lança um sorriso sem graça para Sona, depois anda na direção oposta. É o que me consola. Sou novamente preenchida pela lembrança, pela sensação de uma luz brilhante e quente, lembrando que o restante da minha família me apoia. Fiquei muito impressionada com eles e com a recusa em ceder à necessidade de Sona de espalhar fofocas. Eles não consideraram meu namoro com Erebuni uma balbúrdia. Eles recepcionaram nós duas e meu novo namoro com o mesmo entusiasmo que dedicariam a qualquer outro novo casal. Minha mãe liderou esse movimento, sua aceitação foi um exemplo, e serei eternamente grata por isso.

Erebuni percebe o gesto de tantig Sona. Ela segura minha mão — fria e macia — e dá um leve aperto.

— Está tudo bem — sussurro para ela. Anseio que ela entenda minhas palavras e que, embora não esteja tudo bem com a reação de tantig Sona, isso não me afeta. Não vou deixar as ações da minha tia me afetarem.

Nós nos aproximamos da minha mãe, que segura um pedaço de papel em uma mão e uma caneta azul na outra. Ela finalmente olha para cima quando chegamos bem perto; minha mãe sempre conseguiu se concentrar como ninguém.

— *Aghchiknerus* — diz ela, com um sorriso de identificação, nos dando as boas-vindas em armênio para "minhas meninas". Aí está de novo: aquele maravilhoso sentimento de amparo por minha mãe aceitar Erebuni e a mim.

— Está fazendo um quiz? — pergunto, porque é isso que parece daqui de cima, perguntas espaçadas ao longo de uma página.

Um garotinho de sete ou oito anos corre até ela, com o cabelo volumoso e encaracolado, e diz:

— *Oreort Anahid, eenchbes uhree?*

Ligo os pontos na hora, assim que o ouço usar o título "professora". Minha mãe está corrigindo um dever de matemática no meio do casamento de Diana. Agora que ela voltou a atuar na área (desta vez como tutora), está tendo dificuldade de não trabalhar no seu tempo livre. Nem o casamento da sobrinha consegue afastá-la dos números e das frações.

Ela se vira para ele, feliz com sua chegada.

— Pontuação perfeita. Percebi que você teve dúvida na questão cinco, mas encontrou uma solução. Excelente. — Ela se vira para Erebuni e para mim. — Antranig é meu melhor aluno. — O menininho sorri. Ela lhe entrega o papel e o afasta.

— Diga à sua mãe que são vinte dólares extras. Ok, obrigada.

Eu sorrio.

— Adorei a dedicação, mas provavelmente deveríamos ir para a pista de dança. Dar uma força para Diana, o que acha?

Minha mãe balança as mãos para mim.

— Não me cobre tanto, agora estou fazendo um bom dinheiro — diz ela, se levantando com cuidado.

— Temos que apreciar sua dedicação ao seu ofício, tantig — diz Erebuni.

Minha mãe pega seu copo e dá um golão.

— Vodca — diz ela, pronunciando o V como W. — Você entende muito bem a importância da dedicação. Todo mundo está comentando sobre o seu *khachkar*.

Ela aponta com a cabeça na direção da mesa de presentes, onde Erebuni colocou um de seus *khachkars* de ametista. Está lá envolto em uma fita simples e com uma etiqueta de presente. Há três convidados ao redor da mesa, com os olhos fixos em sua arte. Ela finalmente terminou, e o primeiro foi para Diana.

Minha mãe se inclina para Erebuni.

— Mas não diga a Diana que ele está roubando a cena.

Erebuni e eu rimos. Então, pergunto a Nene se ela gostaria de se juntar a nós, já sabendo a resposta trivial que estou prestes a receber.

Nene está vestida com verde-sálvia, o cabelo preso em um coque imponente. Ela se recosta na cadeira.

— Fico feliz observando todos vocês, jovens. Já dancei muito em casamentos. Só vou a mais dois — comenta ela, apontando para Erebuni e para mim. Ela já disse isso ontem no carro, a caminho do jantar de ensaio e na volta. — Minhas duas netas. Karine e você, Nareh *jan*. Então ande logo, não quero morrer antes de ver você e Erebuni se casarem.

Minha mãe solta um suspiro rápido, como se pensasse *lá vamos nós de novo* e, convenhamos, porque é muita pressão. Quer dizer, até eu acho isso. Erebuni e eu ainda estamos no início do namoro, mas... espero que a gente chegue lá. Eu rio, me inclino e dou um beijo na bochecha de Nene. Dou uma olhada furtiva para Erebuni, para ver como ela está reagindo, e acho que consigo detectar um rubor que não estava ali antes. Minha mãe, Erebuni e eu cambaleamos em direção à pista de dança. De repente, há um zumbido no meu bolso — pois é, o vestido veio com bolsos —, e pego meu celular.

É uma mensagem de Vache:

> O hotel confirmou, te mandei as informações por e-mail.

Uma onda de excitação me domina quando penso em nossa próxima viagem para Washington, DC. Vamos cobrir o Projeto de Lei de Reconhecimento do Genocídio Armênio para a Pom Media, o novo meio de comunicação armênio que Erebuni nos apresentou. Vache e eu também seremos parceiros na cobertura de notícias, trazendo reportagens de interesse humano na capital, como essa que terá participação de descendentes dos sobreviventes do genocídio. E é claro que Erebuni também irá, já que é graças a sua mediação que parte do projeto de lei relativo à educação sobre o genocídio foi redigida. Será nossa primeira viagem juntas. Nem consigo acreditar direito que estou vivendo tudo isso.

Respondo *Perfeito* rapidinho e guardo o celular de volta no bolso.

— Tudo certo com o hotel — digo a Erebuni.

— Queria que você não precisasse viajar tanto — comenta minha mãe, lamentando. — Aviões são um perigo.

— Prometo que nós tomaremos cuidado — responde Erebuni.

— Eu sei. Você é mais cuidadosa que esta aqui. — Minha mãe me cutuca levemente.

— Ei! — protesto, mas só há leveza na minha voz. Minha mãe pode me insultar quanto quiser se for para bajular Erebuni.

Chegamos à pista de dança e seguimos educadamente em direção à Diana. O rosto dela se abre como um girassol quando nos vê.

Há um monte de tantigs, tios, primos e amigos da família — alguns próximos e outros vagamente familiares para mim —, e estamos todos cercando Diana e Remi em uma rodinha alegre, dançando ao som da batida.

Não estou preocupada. Não vou me entregar à ansiedade pensando nas pessoas vendo Erebuni e eu juntas. Em vez disso, quero me agarrar à energia coletiva do nosso grupo, passar meus dedos nela, dançar de forma eletrizante, comemorar a sorte que tenho.

Nesse caso, a demonstração da minha alegria vem por meio de "YMCA". Erebuni dá de ombros de forma elegante e se posiciona logo ao meu lado.

De repente, a inconfundível versão sintetizada da romântica "Lady in Red" começa, entre gritinhos dos convidados ao reconhecerem a música. Não é um casamento armênio californiano se não tocar "Lady in Red". Enquanto os casais formam duplas, Erebuni faz um movimento como se estivesse prestes a se afastar da pista de dança. Ela se aproxima de mim para falar.

— Não precisamos ficar se você não quiser. Quero que esteja à vontade.

Quando ela se afasta, reparo que sua feição é apaziguadora. Ela está sendo sincera, não ficaria ofendida. Seguro sua mão macia como uma pétala.

— Obrigada, mas estou à vontade. Quanto a você, a nós, a tudo isso.

Há vislumbre de surpresa em sua postura, um pequeno solavanco que logo se suaviza, e o início de um sorriso se forma em seu rosto.

— Vem — eu a chamo, e a conduzo de volta até o meio da pista de dança. Colocamos nossos braços em volta uma da outra, com os corpos colados. Tomara que eu sempre sinta isso, a adrenalina que corre em minhas veias toda vez que estamos perto.

Ela está transbordando de alegria por causa da dança, e posso jurar que seus grandes olhos estão mais brilhantes. Sob o toque de suas mangas transparentes, sinto sua pele quente. Inclino minha cabeça em direção a ela e a beijo. E desta vez é intencional, é público e contém toda a gigantesca felicidade que só surge a partir da liberdade.

Estou no casamento da minha prima, nos braços de Erebuni, exatamente onde quero estar.

Agradecimentos

Em primeiro lugar, um grande muito obrigada à Katelyn Detweiler. Obrigada por me dar essa chance, por sua defesa incansável e por engrandecer minha história com sua visão astuta. Cada e-mail seu é uma alegria, e sou muito grata por tudo que você faz (ou seja… por muita coisa). Agradeço às minhas estrelas da sorte todos os dias por você ser minha agente.

Obrigada também à Denise Page e à Sophia Seidner, e ao restante da equipe da Jill Grinberg Literary Management; é um prazer trabalhar com todos vocês!

E onde eu estaria sem Cindy Hwang e Angela Kim? Muito obrigada a ambas por realizarem meus sonhos. Sim, minha primeira ligação com vocês foi um dos pontos mais altos da minha vida, mas cada interação desde então tem sido um grande prazer. Obrigada por seus olhares perspicazes e suas orientações — vocês enxergaram a alma de Nar e ajudaram a extrair muito mais da história. Obrigada também pela gentileza inabalável de vocês durante todo o processo.

Foi uma alegria trabalhar com a equipe da Berkley. Agradeço a Kristin Cipolla e a Elisha Katz pela ajuda na divulgação deste livro. Obrigada, Abby Graves, pela edição encantadora — magia purinha. Obrigada, Katie Zaborsky, por emprestar seus olhos de águia a este livro. Obrigada, Christine Legon e Alaina Christensen, por me ajudarem a trazer esta história ao mundo.

À Liza Rusalskaya e a Katie Anderson, obrigada por fazerem uma capa tão linda. Vocês capturaram a essência de Nareh e Erebuni, e fizeram o romance exalar nessa cena da capa. Sou muito grata por todos os elementos armênios que vocês incluíram com tanta habilidade.

Um imenso obrigada a Jesse Q. Sutanto por escolher minha história para orientar, por dar o seu melhor, o tempo todo. Obrigada por me ajudar a acreditar em *Foi mal, cara*, por fazer o livro brilhar e por sua generosidade infinita. Sem sua mentoria eu não teria chegado até aqui.

Um mega obrigada à Heather Ezell, que foi a primeira leitora de *Foi mal, cara*, que me guiou com delicadeza e perspicácia. Eu não teria conseguido terminar meu primeiro rascunho sem você, Heather, então infinitos agradecimentos por ser a melhor coach literária de todos os tempos.

Obrigada a todos os voluntários do Author Mentor Match por criarem uma comunidade tão valiosa. E uma saudação à minha equipe do AMM, todos vocês são escritores talentosos e completamente adoráveis: Elizabeth Reed, Elle Gonzalez Rose, Po Bhattacharyya, Alice Y. Chao, Hadley Leggett, Tiara Blue, Zufishan Shah, Jenna Yun, Kalie Holford, Hannah Bahn e Trang Thanh Tran. E uma grande menção a Trang por aquelas duas semanas loucas durante o processo de indagação, quando só nos comunicávamos com pontos de exclamação pelas DMs.

Falando em momentos de dúvida, muito obrigada à Dahlia Adler por dedicar seu tempo revisando minhas solicitações e minha lista de forma tão generosa, e por todas as suas amáveis palavras sobre *Foi mal, cara*. Serei eternamente grata por sua ajuda.

Para Leanne Yong, obrigada por seu olhar atento e pelas edições extremamente úteis durante minha consultoria!

A Tim Ditlow, obrigada por seus conselhos e apoio caloroso. Significam muito para mim.

Nona Melkonian, obrigada por responder às minhas muitas perguntas sobre jornalismo e reportagem!

Um imenso obrigada à Mary Antoinette Chua por me ajudar com suas ideias brilhantes e por toda sua alegria ao longo da jornada!

Muito obrigada aos autores famosos que foram generosos ao tirarem um tempinho para ler e divulgar este livro!

Obrigada à Nancy Kricorian por postar provérbios armênios no Twitter, despertando meu interesse por eles, e por me indicar *Seven Bites From a Raisin*, um livro de provérbios armênios.

Obrigada aos Berkletes — um grupo tão dinâmico! — por estarem ao meu lado nas muitas vezes em que fui correndo para o nosso chat em busca de ajuda. Vocês são relíquias de bondade e de apoio.

À equipe do Word Cave, que ainda não foi mencionada, obrigada por sua amizade e pelo apoio durante a difícil jornada de pré-produção. Estou torcendo por todos nós! Taylor, Kayvon, Kyla, Jeff, Kamilah, Miranda, Sarah, Andy, acho vocês as pessoas e os escritores mais adoráveis do mundo.

Para Elyse Moretti Forbes, meu Deus, obrigada por estar comigo em todas as etapas do processo. Obrigada por me deixar compartilhar minhas boas notícias de forma tão animada, por ser solidária durante as más notícias e por suas inúmeras formas de apoio. Sempre que duvido de mim mesma, volto para reler o e-mail que você me enviou depois de ler o livro. Você é uma mulher-maravilha, e eu tenho sorte de ser sua amiga.

Amy Kazandjian, estou muito grata por você ter concordado em ser minha leitora sensível armênia. Você foi um apoio e tanto, e seu olhar aguçado para o humor armênio acrescentou outra camada de profundidade para *Foi mal, cara*. E o que falar de suas reações em áudio e vídeo? *Seerdus letsoun eh.*

À Lisa Weinstein, obrigada por seu apoio inesgotável à minha escrita e ao meu livro. Meu coração se enche de amor quando você me apresenta como escritora ou conta a seus amigos sobre meu livro. E o fato de você ter organizado o primeiro clube do livro de *Foi mal, cara* sempre será uma das minhas lembranças mais especiais. De verdade, ter o seu apoio "na vida real" significa muito.

À Jen Corrigan, obrigada por defender minhas palavras de forma consistente. Aprendi muito com você e me esforço para atingir o seu nível de vulnerabilidade brilhante na escrita. Agradeço demais pela sua amizade!

Irving Ruan, você é um mestre na escrita de humor, e sou muito grata por você ter dedicado seu tempo para me ajudar a aprender a tornar minhas palavras engraçadas. Então, pessoal, se vocês não acharam este livro engraçado, a culpa é do Irving. Brincadeira, saiba que serei eternamente grata, Irving!

A Robert James Russell e K.C. Mead-Brewer, obrigada por me ensinarem a escrever. RJR, por me ajudar a compreender pela primeira vez quão importante é a ambientação e por quê. K.C., por me ajudar a aprender a aprimorar a beleza e o amor em meus escritos. Obrigada por serem tão pacientes e gentis, embora minha escrita seja insignificante em comparação ao talento de vocês. Vocês dois são o máximo.

Já se passaram décadas, mas penso frequentemente em você — Dra. Jane Healey, minha professora de inglês do segundo ano do ensino médio, obrigada por ser a primeira pessoa a me dizer que eu era escritora. Aquele momento e seus ensinamentos estarão para sempre comigo.

A KZV, minha escola armênia, e aos muitos educadores por trás de suas paredes: vocês foram meu mundo inteiro por mais de uma década. Obrigada pela comunidade familiar e por fazer com que eu me conectasse tão profundamente à minha ancestralidade. Espero ter homenageado vocês nas páginas deste livro.

Um grande obrigada à Cindy, Tom e Alex por cuidarem do meu filho durante muitos fins de semana e dias de semana para que eu pudesse escrever. Muitos prazos só foram cumpridos por causa da ajuda de vocês. Obrigada, minha querida família, por sempre apoiar minha escrita; isso significa muito para mim.

Aos meus pequenos, meus amores, obrigada por me ensinarem a parar de ser tão exigente com o meu momento de escrita. Não preciso mais estar em um café, a exatos 23ºC, com um certo nível de cafeína e uma música perfeita. Obrigada, também, por fazerem meu coração se encher de amor e me ajudarem a ter empatia com as mães em todos os lugares. Este livro não poderia existir até que eu me tornasse mãe. Eu amo vocês.

À minha família armênia: obrigada por serem vocês. Os momentos em que nos reunimos estão entre as lembranças mais queridas no meu coração. Eu pude, finalmente, canalizar um pouco disso em minha escrita, e espero que, se lerem este livro, vocês sintam quanto amo todos vocês.

Pai, obrigada por sempre encontrar maneiras de encorajar a minha escrita. Primeiro, sempre alimentando meu amor pelos livros com nossas inúmeras idas a lojas de quadrinhos, ou me presenteando com livros no Natal, e, desde então, sempre perguntando como vai minha escrita, e até mencionando meu trabalho em seu discurso no meu casamento. Sempre senti que você sabia quanto escrever era importante para mim, e sou muito grata por ter seu apoio.

Tamara, minha irmã, minha alma gêmea e minha primeira parceira crítica, obrigada por suas demonstrações de amor por esta história. Já falei e vou repetir: o fato de você ter amado *Foi mal, cara* é o suficiente para mim. Quando eu estava escrevendo, senti de novo aquela versão de mim, de quando tínhamos oito e dez anos, no chão, escrevendo histórias lado a lado para compartilharmos uma com a outra. Obrigada por sempre me deixar contar qualquer coisa sobre este livro, sobre o processo, e por torcer e lamentar comigo. Admiro sua habilidade de escrita e espero poder escrever algo tão bem planejado e hilário quanto você. (Ainda estou rindo da sua piada sobre o suéter da Banana Republic).

Para minha mãe — a mãe no livro não é você, é claro, mas eu nunca poderia ter escrito ela sem conhecer você. Pessoalmente falando, acho que ela rouba a cena. Obrigada por suas contribuições ao meu livro, me ajudando com as traduções e com a ortografia armênia. E, principalmente, obrigada por ser a influência número um em minha vida, por sempre me incentivar a fazer o melhor que posso, por me cercar de recursos e por me ensinar a me concentrar nas coisas que importam. Eu te amo, sou grata a você por esta linda vida.

Ryan, obrigada. Você esteve presente em cada passo desta jornada enquanto eu redigia e editava este livro, enquanto eu me lamentava e comemorava. Quando não fazia as tarefas da manhã por causa de uma ideia que precisava escrever, você assumia o controle. Quando passamos meses sem nossos encontros noturnos de Netflix para que eu pudesse escrever, você sempre entendeu. Posso falar com você sobre minha escrita a qualquer momento, e você estará genuinamente interessado e será totalmente solidário; isso realmente significa muito para mim. E obrigada pelo título. Quem diria que uma piada durante o jantar poderia aparecer na capa de um livro publicado?

Se esqueci alguém, saiba que estou morrendo de vergonha e passarei o resto da minha vida revivendo esse sentimento, provavelmente quando estiver prestes a dormir.

Há um último grupo que preciso mencionar. Obrigada aos leitores de todos os lugares do mundo, especialmente aos leitores armênios e armênios *queer*. Torço para que esta história com final feliz tenha ressoado em vocês e lhes dado esperança, ou pelo menos um pouco de luz. Não há histórias armênias suficientes, e é um objetivo meu adicionar outra (e outra e outra e outra, se eu conseguir) narrativa ao coletivo cultural armênio, para compartilhar nossas antigas e belas tradições com o mundo. Obrigada por escolherem este livro e por lê-lo.

Primeira edição (agosto/2024)
Papel de Miolo Ivory slim 65g
Tipografia Berkeley e Sideroad
Gráfica LIS